金陵科技学院文化产业学重点学科经费资助
江苏省一流专业中国古典文献学专业经费资助

离骚臆解

LISAO YIJIE

刘树胜◎著

安徽师范大学出版社
ANHUI NORMAL UNIVERSITY PRESS
·芜湖·

图书在版编目(CIP)数据

离骚臆解 / 刘树胜著. —芜湖:安徽师范大学出版社,2022.12
ISBN 978-7-5676-5920-9

Ⅰ. ①离… Ⅱ. ①刘… Ⅲ. ①楚辞研究 Ⅳ. ①I207.223

中国版本图书馆CIP数据核字(2022)第235382号

离骚臆解　　刘树胜◎著

责任编辑:王　贤
责任校对:胡志恒
装帧设计:王晴晴　冯君君
责任印制:桑国磊
出版发行:安徽师范大学出版社
芜湖市北京东路1号安徽师范大学赭山校区　　邮政编码:241000
网　　址:http://www.ahnupress.com/
发 行 部:0553-3883578　5910327　5910310(传真)
印　　刷:苏州市古得堡数码印刷有限公司
版　　次:2022年12月第1版
印　　次:2022年12月第1次印刷
规　　格:700 mm×1000 mm　1/16
印　　张:17
字　　数:252千字
书　　号:ISBN 978-7-5676-5920-9
定　　价:68.00元

凡发现图书有质量问题,请与我社联系(联系电话:0553-5910315)

凡 例

一、本书以《四部丛刊》本《楚辞补注》为工作底本。个别明显错字，参照别本进行了校改；个别异文，在字词注释中标出。

一、《离骚》文字长达二百七十四句两千五百余字，释读文字二十余万字，已具单行规模；兼之十五年前已有《九歌浅论》行世，《九章》又自具特点和规模，故本书只释读《离骚》一篇。

一、书名题作“臆解”，取谦谦之意，非敢自立门户，强作解人耳。

一、释读两句一解，依其意义划分层次，每层每段，则于当前诗句释读文字后加以说明。

一、释读一般依字词注释、意义阐释、结构分析和文学鉴赏的次序，随文短长。

一、注释文字先注出今文意义，之后依据择善而从的原则，择要旁采旧注，以资印证。篇中虚词出现频繁，遇有前后相同者，为方便阅读计，均随文释出，不作“见前某处”注；意义阐释一般结合上下文结构，说明当前句与前文之关系，再予以释读。遇到争议问题，则采用词法、句法等语法分析的方法，不惮辞费，以详明为期许；遇到词约义丰、浅貌深衷的诗句，则以文学欣赏的方式别加诠说。

一、篇中对诗句中的虚字作了详覈的诠释，对其语法作用进行了发掘，力避模棱支离。

一、篇中所引参考文献多为无句读之古本旧籍，所引文献标点多为个人所加；由于征引较多，文中均未注明文献详细页码，读者可参看篇后开列参考书目；书目开列了各书版本，读者可按图索骥。文中所引书名前，有“楚辞”二字者，均作简称。

一、为方便更广泛的读者阅读，本书使用简化字横排排印；遇有不可更易的古体、异体、通假字，则酌情不改。

目 录

105 / 浇身被服强圉兮，纵欲而不忍。
106 / 日康娱而自忘兮，厥首用夫颠陨。
107 / 夏桀之常违兮，乃遂焉而逢殃。
108 / 后辛之菹醢兮，殷宗用而不长。
109 / 汤禹俨而祗敬兮，周论道而莫差。
111 / 举贤而授能兮，循绳墨而不颇。
111 / 皇天无私阿兮，览民德焉错辅。
113 / 夫维圣哲以茂行兮，苟得用此下土。
114 / 瞻前而顾后兮，相观民之计极。
115 / 夫孰非义而可用兮？孰非善而可服？
116 / 阽余身而危死兮，览余初其犹未悔。
117 / 不量凿而正枘兮，固前修以菹醢。”
118 / 曾歔欷余郁邑兮，哀朕时之不当。
119 / 揽茹蕙以掩涕兮，霑余襟之浪浪。
121 / 跪敷衽以陈辞兮，耿吾既得此中正。
122 / 驷玉虬以乘鹥兮，溘埃风余上征。
123 / 朝发轫于苍梧兮，夕余至乎县圃。
124 / 欲少留此灵琐兮，日忽忽其将暮。
125 / 吾令羲和弭节兮，望崦嵫而勿迫。
126 / 路曼曼其修远兮，吾将上下而求索。
127 / 饮余马于咸池兮，总余辔乎扶桑。
128 / 折若木以拂日兮，聊逍遥以相羊。
129 / 前望舒使先驱兮，后飞廉使奔属。
130 / 鸾皇为余先戒兮，雷师告余以未具。
131 / 吾令凤鸟飞腾兮，继之以日夜。
132 / 飘风屯其相离兮，帅云霓而来御。
133 / 纷总总其离合兮，斑陆离其上下。
134 / 吾令帝阍开关兮，倚阊阖而望予。
136 / 时暧暧其将罢兮，结幽兰而延伫。

171 / 民好恶其不同兮，惟此党人其独异！
172 / 户服艾以盈要兮，谓幽兰其不可佩。
173 / 览察草木其犹未得兮，岂珵美之能当？
174 / 苏粪壤以充帏兮，谓申椒其不芳。
176 / 欲从灵氛之吉占兮，心犹豫而狐疑。
177 / 巫咸将夕降兮，怀椒糈而要之。
178 / 百神翳其备降兮，九疑缤其并迎。
180 / 皇剡剡其扬灵兮，告余以吉故。
180 / 曰：“勉陞降以上下兮，求榘矱之所同。
182 / 汤禹严而求合兮，挚咎繇而能调。
183 / 苟中情其好修兮，又何必用夫行媒？
184 / 说操筑于傅岩兮，武丁用而不疑。
185 / 吕望之鼓刀兮，遭周文而得举。
186 / 宁戚之讴歌兮，齐桓闻以该辅。
188 / 及年岁之未晏兮，时亦犹其未央。
189 / 恐鹈鴂之先鸣兮，使夫百草为之不芳。”
190 / 何琼佩之偃蹇兮，众薆然而蔽之。
191 / 惟此党人之不谅兮，恐嫉妒而折之。
192 / 时缤纷其变易兮，又何可以淹留？
193 / 兰芷变而不芳兮，荃蕙化而为茅。
194 / 何昔日之芳草兮，今直为此萧艾也？
195 / 岂其有他故兮？莫好修之害也！
196 / 余以兰为可恃兮，羌无实而容长。
197 / 委厥美以从俗兮，苟得列乎众芳。
198 / 椒专佞以慢慆兮，榝又欲充夫佩帏。
200 / 既干进而务入兮，又何芳之能祗？
201 / 固时俗之流从兮，又孰能无变化？
202 / 览椒兰其若兹兮，又况揭车与江离？
204 / 惟兹佩之可贵兮，委厥美而历兹。

序　言

楚辞是战国时代以屈原、宋玉为代表的楚国诗人所开创的一种新诗体，以其产生于楚地，带有明显的地域色彩，故谓之楚辞。楚辞开始并不叫楚辞，而是叫“辞”或“词”，屈原亦自称为“诗”。楚辞之名最早出现于《史记·酷吏列传》称朱买臣等“善为楚辞”（实指吟诵），指的也是屈、宋之作。汉成帝时校书郎刘向在整理皇室典籍的过程中，发现了屈原、宋玉等人的作品并将其编辑起来，又收录了西汉贾谊、淮南小山等人的拟作，辑为一书，统称《楚辞》。《四库提要·集部·楚辞叙》称：“裒屈、宋诸赋，定名《楚辞》，自刘向始也。”东汉王逸为作《章句》，于是“楚辞”之名便确定下来。自此，“楚辞”既成为一种诗体的名称，又成了一本书的名字。

《楚辞章句》一书著录的作家作品有两类。王逸《楚辞章句序》称：“初，刘向裒集屈原《离骚》《九歌》《天问》《九章》《远游》《卜居》《渔父》、宋玉《九辨》《招魂》、景差《大招》，而以贾谊《惜誓》、淮南小山《招隐士》、东方朔《七谏》、严忌《哀时命》、王褒《九怀》及向所作《九叹》，共为《楚辞》十六篇。”也就是说，楚辞作家分为两个阵营，即战国楚阵营和汉阵营。汉阵营里的所谓楚辞创作均系拟作，其创作风格已与屈宋创作不尽相同，而明显地带上了自己那个时代的特点。如贾谊的《吊屈原赋》《鹏鸟赋》和《旱云赋》，淮南小山的《招隐士》等，已显现出由诗向文的过渡迹象，故后世称之为“骚体赋”。楚辞所以被称为楚辞，“楚”是最根本的因素：创作于有个性的楚地，创作于个性特色鲜明的战国时代，产生于经历特别的楚人之手。

而屈原、宋玉这两位楚辞作家，其创作及其对后世诗坛的影响，仍以屈原为主。因为宋玉虽流传下了约16篇文学作品，但大多属于赋体文学创作，如《神女赋》《高唐赋》《登徒子好色赋》《风赋》《笛赋》等，而属于楚辞的仅有一篇《九辩》。故而研究楚辞，最主要的研究对象仍是屈原及其创作。而研究屈原及其创作，就必须了解其生平、经历和思想，也就是孟子所说的“知人论世”。

关于屈原这一历史人物的真实性问题，历史上曾有过争论。其发难者是清末民初的廖平，随后，胡适也在《读楚辞》里提出了屈原是个“箭垛式”人物的观点。其后，日本学者冈村繁、铃木修次、浅野直彬等则大肆鼓吹屈原否定论，其理由是《史记·屈原列传》不可靠。《史记·屈原列传》由于错简或误记等原因，委实产生了一些前后抵牾之处，如流放与疏远的先后、张仪欺楚，等等。在学术研究中，对某一史实有所怀疑是可以原谅的，而政治上的别有用心则是要遭人唾弃的。经过20世纪80年代的论战，这一问题已得到了解决，认识已达成一致——屈原是战国时代楚国的伟大爱国诗人。

作为中国文学史上第一位有名有姓的伟大爱国诗人，屈原以其忠、清、醒的品质而成为历代忠臣义士学习的楷模。屈原所处的时代，是礼崩乐坏、征伐频仍的战国时代，号为天下共主的东周王室已名存实亡。而屈原所爱之国是他的宗主国楚国，并非东周王室所代表的天下，因此，说他爱国或说他有爱国思想是没有问题的，这是针对他那种忠君恋阙、追步尧舜的精神而言的。而屈原首次被称为忠君爱国者，则始于南宋朱熹的《楚辞集注》。在《楚辞集注·自叙》中，朱熹一方面肯定了屈原的“忠君爱国之诚心”，一方面又指出了《楚辞章句》和《楚辞补注》于其“大义”“皆未尝沉潜反复、嗟叹咏歌以寻其文词指意之所出”“或以迂滞而远于性情，或以迫切而害于义理”的缺陷，申明其自著之目的就是要“使原之所为壹郁而不得申于当年”“晦昧不见白于后世”的君国大义昭示于天下！

那么，屈原到底是怎样的一个人呢？关于屈原的事迹，主要见于其自叙性质的政治抒情诗《离骚》、纪行诗《九章》、司马迁的《史记·屈原贾生列传》和刘向的《新序·节士》等若干作品。据此，可以勾勒出屈原生平经历的大概：

《史记·屈原列传》开头便说："屈原者，名平，楚之同姓也。"《离骚》首八句也说："帝高阳之苗裔兮，朕皇考曰伯庸。摄提贞于孟陬兮，惟庚寅吾以降。皇览揆余初度兮，肇锡余以嘉名。名余曰正则兮，字余曰灵均。"由此可知他的出身、生年和名号。屈原，名平，字原，出身于楚国贵族，与楚王同姓。其先祖瑕封于屈地，乃以屈为氏。关于他的生年，由于学者对"摄提贞于孟陬兮，惟庚寅吾以降"这两句话的理解不同，结论也不一样，有前353年、前343年、前342年和前341年等不同的说法。现在较通行的说法是，生于前340年的正月十四日（或初七），这是郭沫若先生的观点。

关于屈原的亲属，历史上没有记载，《离骚》里提到的只有他的父亲伯庸和不知其谁的女媭。赵逵夫先生考证说，这个伯庸就是楚章王的大儿子句亶王熊伯庸（参看《屈原和他的时代》）；女媭或是姐姐，或为侍女，究竟是何关系，甚至有无其人都难以确定，因为《离骚》毕竟是文学作品。《哀郢》还说到"民离散而相失"，王逸注为"与室家相失"。而关于妻子儿女的情况，正史和作品中都没有记录。

关于屈原的故里，历史上有秭归、郢都和南阳三种不同的说法，秭归说最早，南阳说最新，各家争论不一。秭归说旁采文献与传说，最具典型性和说服力；南阳一说，论证迂曲，难以服众。先师任望先生认为，屈原可能生于秭归、长于郢都，持证公平，合情合理，我同意他的说法。

据文献记载，屈原有超出常人的禀赋。《离骚》中自叙其有与生俱来的美质："纷吾既有此内美兮，又重之以修能。"同时又非常重视后天的培德："汩余若将不及兮，恐修名之不立。朝搴阰之木兰兮，夕揽洲之宿莽。"这绝非自高之词。《史记》本传说屈原有"博闻强志，明于治乱，娴于辞令"等聪明人应有的素质，正是因为这些素质，他才跻身于楚国政坛并一路高歌猛进。

怀王前期，屈原曾做过三闾大夫，主管王族三姓昭、屈、景的子弟教育事务。这是一个极其重要的角色，因为王族子弟是古代政权乃至王权的重要继承人。对这一工作内容，《离骚》以象征的手法进行过形象的描述：“余既滋兰之九畹兮，又树蕙之百亩。畦留夷与揭车兮，杂杜衡与芳芷。”大抵因为工作成绩突出，继而成为“楚怀王左徒”。这应该是一个举足轻重的职务，它涉及了国家的内政与外交两大领域：“入则与王图议国事，以出号令；出则接遇宾客，应对诸侯。王甚任之。”但就在其事业处于巅峰的时刻，却“信而见疑，忠而被谤”了。上官大夫因“夺稿”一事谮毁屈原“伐功”自高，怀王竟听信谗言，“怒而疏屈平”。被疏之后，屈原曾一度流亡到汉北，这大概是怀王二十四年以后的事情。因为此后数年秦楚关系空前和睦，主张联齐抗秦的屈原无疑就成了主和派的眼中钉，被放于偏远之地是情理之中的事情。这一状况，可能一直持续到怀王三十年入秦不返而顷襄王继立；顷襄王元年，新王以子兰为令尹，子兰令人在新王面前说了屈原的坏话，顷襄王随之又将屈原迁谪到条件更为恶劣的江南沅湘地区，这种状况一直持续到他的生命终结。

前279年，秦将白起率军攻破郢都，烧夷了楚王的祖坟，顷襄王迁都于陈。目睹了祖国沦亡和人民涂炭，屈原万分绝望，于前278年农历五月五日自沉汨罗而死。关于屈原赴死的原因，目前学术界尚有不同的说法，有人认为屈原是代楚王而死，而证据不足；关于屈原为何水死，学术界也有争议。我认为，自杀者选择自杀方法不外有三点考虑：一是就近原则，行为方便快捷；二是扩大影响，造成轰动效应；三是符合个性，追求一贯作风。屈原水死与此三点吻合：汨罗河网密布，随处可死；端午是楚国的重要节日，其时民众齐集水滨祓除不祥，选择此时影响巨大；屈原向以清白清廉自认，在众多的死法里，水死最切合他恋洁的个性。并且，屈原在《离骚》里说过“愿依彭咸之遗则”和“吾将从彭咸之所居”的话，设使王逸“彭咸，殷贤大夫，谏其君不听，自投水而死”的说法可信的话，这个问题也就不是问题了。

屈原的思想属于什么家？李陈玉认为：“屈子到底是儒学，神仙其寓言耳！”可问题似乎没有那么简单。当时的社会正处于战国百家争鸣的时代，学术思想十分活跃。班固《汉书・艺文志》将其归并为十家，最著名的有儒、墨、道、法四家。有人说屈原的思想是儒家的，因为他的作品里屡称尧、舜和三王：“彼尧舜之耿介兮，既遵道而得路。”“昔三后之纯粹兮，固众芳之所在。举贤而授能兮，岂唯纫夫蕙茝。”有人说屈原的思想是法家的，因为他主张修明法度，“循绳墨而不颇”；有人说他的思想是道家的，因为他在作品里多次提到求仙、卜居和远游，甚至《渔父》里还有随世浮沉的意思；还有人说他的思想是纵横家的，因为他主张联齐抗秦，而其文辞又议论风发、纵横捭阖……通读屈原的作品，概括其思想，主要的有以下几个方面：美政理想是他的精神追求，爱国情怀是他的一贯心结，顽强抗争是他的执著个性，疾恶如仇是他的是非判断。要而言之，他的思想是复杂的，难以用一家一派来归纳他的观点。

与其皎洁的思想内涵相呼应，屈原的人格是高尚的，是可与日月争光的。《史记》称说：“濯淖污泥之中，蝉蜕于浊秽，以浮游尘埃之外，不获世之滋垢，皭然泥而不滓者也。推此志也，虽与日月争光可也。”他追求高尚，独立不屈，卓尔不群，有非常敏锐的洞察力，有非常明确的是非标准，这是他成为高尚君子的主要原因。然而，水至清则无鱼，人至察则无徒。越是追求完美的人，越容易走向孤独和执著。屈原终生标举的就是“独清”和“独醒”。这种人格是伟大的，但这种人的性格却有脆弱的一面。屈原最后以自杀结束了自己的生命，与这种性格有关。

李白曾说“屈平辞赋悬日月，楚王台榭空山丘”，杜甫曾说“窃攀屈宋宜方驾，转益多师是汝师”，均高度评价了屈原在文学上的成就，其在文学史上的崇高地位是难以替代的。众所周知，楚辞与《诗经》并称“诗骚”，但楚辞的篇数是远逊《诗经》的。《诗经》存诗305首，而楚辞总共才有27首（除汉人的拟作外）。以如此有限的篇什而堪与《诗经》相媲美，这不能不说是一个奇迹。而这一奇迹的创造者只有两个人：屈原和宋玉。而在这27首作品中，属屈原名下的有26首，这就更值得引起我们的注意了。文学史上，屈原作品的数目有一个逐渐增多的过程。最早著录其作品篇目的是《史记·屈原列传》，它提到和全文引述的篇目有《离骚》《天问》《招魂》《哀郢》《怀沙》和《渔父》全文，计6篇；班固在《汉书·艺文志》中著录“屈原赋二十五篇”，大概是刘向辑《楚辞》时屈原作品的总数，但未列篇名；王逸《楚辞章句》标明“屈原之所作”计有《离骚》《九歌》《天问》《九章》《远游》《卜居》《渔父》，合于25篇之数，所据大抵为刘向的《楚辞》辑本。但又说《大招》既为屈原之作，又称“或曰景差，疑不能明也”，又将《招魂》系于宋玉名下；据后世学者考证，《离骚》《天问》《九章》是屈原自作，《九歌》是屈原根据民间祭神歌词加工再创作而成，据《史记》载《招魂》亦属屈原作品。《远游》《卜居》《渔父》或疑伪作，或曰不伪；《大招》模仿《招魂》而辞采不及，不应为屈原作品。

试比较一下中国诗史上的领军人物：李白称“诗仙”，现存诗900多首；杜甫称“诗圣”，现存诗1400多首；陆游诗现存9400多首。这些人在诗界的领袖地位，虽主要取决于其艺术水平的卓越，但也不排除其创作数量之巨大的因素。而屈原一生的创作仅存二十六首（《离骚》《九歌》《天问》《九章》《远游》《卜居》《渔父》《招魂》），却被誉为诗界的高标，这绝不是偶然的。而在这二十六篇作品中，篇幅最长、成就最高、影响最大、被目为代表作的就是《离骚》。后人常用“屈骚”代指屈原的楚辞创作，用“骚体”代指楚辞作品。而后世楚辞作家的楚辞创作，也主要是学习与模仿《离骚》的。《离骚》以其浓烈的激情、丰富大胆的想象与联想、庞大的比兴象征体系和成功的形象塑造，成为中国文学史上难以逾越的积极浪漫主义高峰，与《诗经》一起成为我国诗歌的源头，分别代表了我国文学史上浪漫主义与现实主义的重要基石，是重要的文化元典。

关于《离骚》的题旨，自西汉以来，颇多异辞。《史记·屈原列传》云：“屈原疾王听之不聪也，谗谄之蔽明也，邪曲之害公也，方正之不容也，故忧愁忧思而作《离骚》。离骚者，犹离忧也。……屈平正道直行，竭忠尽智以事其君，谗人间之，可谓穷矣。信而见疑，忠而被谤，能无怨乎？屈平之作《离骚》，盖自怨生也。”而“离忧”二字，有“遭遇忧愁”和“离愁别绪”两种含义；班固《离骚赞序》云：“屈原以忠信见疑，忧愁忧思，而作《离骚》。离，犹遭也；骚，忧也。明已遭忧作辞也。是时周室已灭，七国并争。屈原痛君不明，信用群小，国将危亡，忠诚之情，怀不能已，故作《离骚》。”意谓“遭忧”之意；王逸《楚辞章句》云：“屈原执履忠贞，而被谗邪，忧心烦乱，乃作《离骚经》。离，别也；骚，愁也；经，径也。言已放逐离别，中心愁思，犹依道径以风谏君也。故上述唐、虞、三后之制，下序桀、纣、羿、浇之败，冀君觉悟，反于正道而还已也。”意谓“别愁”（离别之愁）之意；项安世《项氏家说》云：“《楚语》吴举曰，德义不行，则迩者骚离，而远者距违。韦昭注曰：骚，愁也。离，畔也。盖楚人之语，自古如此。屈原《离骚》，必是以离畔为愁而赋之。其后词人仿之，作《畔牢愁》，盖如此矣。畔为散去，非必叛乱也。”意谓“散愁”之意；李陈玉《楚辞笺注》云：“‘骚’乃文章之名，若‘离’之为解，有隔离、别离、与时乖离三义。”游国恩先生则以为，《离骚》即是楚古曲《劳商》，二者本为双声，可以通转，是“一事而异名”。后来又将“离骚”训为“牢骚”，释义似不合作品旨意。由于历代注家对“离骚”一词的理解各执一偏，致使《离骚》题旨含混难明。从“离骚”动宾结构的词法关系看，“遭忧”说难以概括全篇；从创作时地及其年岁心态看，“别愁”又不是他此时的心态；从作品结构分析看，“乱辞”中充满了对前途的绝望情绪，而文中表现屈原心路历程的五个“吾将”所表现出的预期色彩，正是“告别忧愁”或“与忧愁告别”的意思。

《离骚》当作于屈原被放之时。而其一生被放两次，一次是怀王时流于汉北，一次是顷襄王时被放江南。根据《离骚》中“老冉冉其将至”“恐年岁之不吾与”等诗句，可知屈原此时已近老境。而首放时屈原尚年轻力壮，再放时则年届五十，符合诗意。据《离骚》中出现的“沅湘”“苍梧”“九嶷”等几个地名及求索路线，可知当作于江南，而其放于江南正当顷襄王时。由作品中的“忳郁邑余侘傺兮，余不忍为此态也。宁溘死以流亡兮，余独穷困乎此时也”“国无人莫我知兮，又何怀乎故宇？既莫足与为美政兮，吾将从彭咸之所居”等诗句看，屈原当时已经到了山穷水尽的绝望境地。且屈原被放江南后，一直没有回过朝廷，这也符合诗人的心境。所以，《离骚》作于顷襄王将其放于江南之时的说法，应该可信。

《离骚》是一首政治抒情诗，这两千多字的篇幅，蕴藏了十分丰富的内容。作品塑造了一位纯洁高大的抒情主人公灵均形象，其峻洁人格，与他的美政理想、爱国热情、疾恶如仇的批判精神、九死未悔的坚毅品质，水乳交融，不分彼此。就诗人本身而言，诗中描述了他大半生的奋斗历程及其汲汲追求的美政理想，以及为实现这种理想而进行的艰苦斗争，乃至失败的整个过程。从社会的角度来看，《离骚》反映了一个剧变的时代，它以楚国的政治舞台为背景，描写了这场社会大变革中正直进步力量与腐朽没落势力之间进行的尖锐激烈的斗争。这首先体现为屈原对美政理想的热烈追求。《离骚》在乱辞中，点明了诗人一生追求的最高目标就是要实现“美政”。这一政治主张，概括起来就是举贤授能和修明法度，反对腐朽贵族势力“背绳墨以追曲”与“任人唯亲”。他主张把真正有才能的人提拔起来治理国家，诗中列举了众多史实，倡言从下层举荐贤才，反对不合理的世卿世禄。民本思想又是其思想的一个核心，他从史实中总结出了“皇天无私阿兮，览民德焉错辅。夫唯圣哲以茂行兮，苟得用此下土”的真理。在当时的楚国，屈原的这一政治理想就意味着必须进行彻底的政治改革，这一改革势必导致他与黑暗势力的尖锐对立。其次，体现为屈原深沉的爱国情感。昏庸的楚王任用腐朽无能的贵族集团，把持了楚国的朝政，使一个曾举足轻重的国家，面临着覆亡的命运。作者在诗中毫不留情地揭露了上层社会统治集团黑暗反动的政治，表达了他对国家前途命运的担忧。众所周知，怀王虽一度重用屈原，但听信谗言，疏远并放逐了这个忠心耿耿的臣子。然而，屈原的不平遭际虽也使他有所怨愤，但始终没有销蚀他深厚的爱国情感。他热爱祖国、眷恋祖国的感情，在诗篇中得到了充分体现。他对祖国的命运至为关切："岂余身之殚殃兮，恐皇舆之败绩。"他并不计较个人的安危，担心的是国家的存亡；"乘骐骥以驰骋兮，来吾导夫先路"。他愿为国家走上坦途而作一名马前卒；"余固知謇謇之为患兮，忍而不能舍也；指九天以为正兮，夫唯灵修之故也"。他明知忠言直谏会带来祸患，但始终不放弃自己的责任，表现了对君国的无限忠诚；他虽也想远离楚国，却终于在灿烂的阳光里望见故乡，于是"仆夫悲余马怀兮，蜷局顾而不行"了。在那个楚材晋用、朝秦暮楚之风盛行的战国时代，屈原始终坚守着"受命不迁"的崇高志节，不肯离开灾难深重的祖国，这充分说明了他的爱国思想是多么坚定，爱国感情是如何真挚！再次，体现为屈原坚持理想、宁死不屈的斗争精神。诗中突出表现了诗人始终保持高洁操守的品格。在群小攻击、昏君疏远和放逐的情况下，屈原仍不放弃他的政治理想而苦苦求索。《离骚》写他上天入地、寻求出路，就是他追求理想实现的形象描述。他反复申述："虽体解吾犹未变兮，岂余心之可惩"，"亦余心之所善兮，虽九死其犹未悔。"正是他坚定地追求理想、九死不悔的斗争精神的表白。最后，体现为屈原疾恶如仇的批判精神。在坚定追求理想和光明的同时，屈原不惟直接揭批黑暗、指斥奸佞："众皆竞进以贪婪兮，凭不厌乎求索。羌内恕己以量人兮，各兴心而嫉妒"，"背绳墨以追曲兮，偭规矩而改错。"他甚至将矛头直接指向了最高统治者，他怨责怀王昏聩和无信："曰黄昏以为期兮，羌中道而改路。初既与余成言兮，后悔遁而有他。""荃不察余之中情兮，反信谗而齌怒。"这种爱憎分明的精神品格，给人留下了难忘的印象。

现实主义与浪漫主义相结合的创作方法，使这一作品拥有了异常感人的力量。首先，表现为浓烈激情与奇幻想象的相互结合。《离骚》是具有深刻现实性的浪漫主义诗篇，诗人把对理想的热烈追求和奔腾澎湃的激情融化在了艺术的想象之中，表现在了他所创造的神奇意境中。诗的前半部分重在回顾往事，叙述自己的出身、经历和遭遇，基本上是实写。但那些以比兴手法铺叙夸饰自己美好品质的诗句，已具有了奇特想象的特色；诗的后半部分叙写对未来道路的探索，则更将火一样的激情、忠贞深沉的爱国情感，通过奔腾飘逸、上天入地的想象淋漓尽致地喷发出来，经过壮丽奇幻的描写，更显得动人心魄。如女媭劝告、陈辞重华、上下求索、灵氛占卜、巫咸降神，以及在天空中遨游远行的描述，均属作者精骛八极的艺术想象。尤其是诗人描写上天下地、周游四方、去国离乡、遨游天界的场面，驱策龙凤，役使百神，上叩帝阍，下求佚女，发天河，行流沙，遵赤水，尽情地在广阔无垠的宇宙和远古神话的境界中遨游驰骋，其思维完全超越了时空的界限，显示了诗人异常丰富的想象力。其次，诗作为我们塑造了一位纯洁峻美、独立不屈、富有鲜明个性的抒情主人公形象。在表现手法上，作品以内心独白的方式表达了主人公的思想感情。通过这首长诗，我们看到了一位充满爱国激情、具有崇高的政治理想和高洁人格的伟大诗人的形象。作品充分表现了诗人“与日月争光”的人格和意志，并使之成为对后世产生无限感召力、永远令人景仰的不朽典范。再次，比兴手法拓展而为完整的象征体系。说到《离骚》的比兴，王逸将其对号入座，谓之“善鸟香草，以配忠贞；恶禽臭物，以比谗佞；灵修美人，以媲于君；宓妃佚女，以譬贤臣；虬龙鸾凤，以托君子；飘风云霓，以为小人”。而作品一连串的“依《诗》取兴，引类譬喻”，构成了一套完整的象征体系。其比兴手法的运用，比《诗经》更为丰富和灵活、形象而生动。它不仅仅运用了比《诗经》更为丰富的喻象，也不仅仅因为它将《诗经》中的片段比兴发展成为长篇诗歌中的连续使用，更在于它把《诗经》中那种喻象、喻体各自独立的单纯比喻合二为一，熔铸成浑融的艺术境界，使之具有了象征的意味。其寄情于物、托物抒情的表现手法，形成了我国文学以香草美人托喻的传统，濡溉后世，影响深远。又次，表现为结构上的整饬恢宏。诗人忠贞不渝的故国情感和追求崇高理想、九死不悔的斗争精神是全诗的中心，全诗围绕这一中心谋篇布局。诗的第一部分回顾历史，表现的是现实斗争；第二部分由现实斗争过渡到思想斗争；第三部分表现了思想斗争，是理想的追求。前者为实写，后者为虚写，前后两部分，一实一虚，回环往复，抒情写志，通彻淋漓。后一部分又多奇幻神话的描述，使诗章跌宕生姿，思想感情任情挥洒。

关于《离骚》的结构，前人作过许多探索。据姜亮夫先生统计，历代学者对《离骚》的分段方法有九十五家之多。清人王邦采在《离骚汇订》中提出了三分法：从开头到“岂余心之可惩”为第一部分，从“女嬃之婵媛兮”到“余焉能忍与此终古”为第二部分，从“索藑茅以筳篿兮”至全文结束是第三部分，这一分法对今人影响较大。而通行的分法与此稍有不同，即第二部分终于“蜷局顾而不行”，第三部分即“乱辞”部分的五句。从内容上看，第一部分采用了自传的形式，直叙个人的生平、抱负、道德修养与政治理想，以及为实现“美政”理想而进行的顽强斗争，突出了理想与现实之间的尖锐对立，是其对生活道路和现实斗争的回忆与反思；第二部分集中描写其济沅湘、问重华、上天入地的追求，是对其进与退、战与降、留与去的思想斗争描述；第三部分是对全诗内容的收束，是对其艰苦卓绝的现实斗争和尖锐复杂的思想斗争的总结，反映了主人公强烈的悲愤心情和以身殉国的决心。王邦采在谈到第一大部分的内容时，指出了全文三大部分的内在联系：“（以上）为第一段之结束，而全文已包举。后两大段虽另辟神境，实即第一段之意，而反复申言之。所谓言之不足，又嗟叹之也。其中起伏断续，变化离奇，令人莫测。”（《离骚汇订》）也就是说，第一部分已将全文的意思讲完了，后两部分是进一步深化主题。其说虽有一定道理，但并不准确，因为思想斗争与现实斗争并不完全就是一回事。

实际上，第一部分中“悔相道之不察兮”至“岂余心之可惩”这一段，到底是现实斗争的回忆，还是思想斗争的一个环节，尚需斟酌！关于这一段的归属问题，楚辞学史上存在两种意见：一是将其划归第一部分，代表人物是王邦采。其《离骚汇订》云：“文势至此，为第一段大结束，而全文已包举。”认为此段是对前文的总结，后面两部分是对第一部分的“申言”。朱冀《离骚辩》云：“此一又束上文无数波澜，至此一齐收结矣。下文又矗奇峰。”一是将其划归第二部分，代表人物是林云铭。其《楚辞灯》云：“已上自叙被谗之后，不能变好修之性以从俗，妄思进用。前以驰骛非急、欲立修名犹在时俗之中，此以行迷当复、欲观四荒竟在时俗之外矣。总以时俗中无一人知原，亦无一人类原，而原又无去国他适之意，除是四荒或有相遇，乃极言楚国必无一遇也。自此至篇末，皆是此意。”言外是此段与后半篇思想一贯，当归一处。先师任望先生《楚辞探踪·〈离骚〉段落分析》云：“第一段（‘悔相道不察’——‘岂余心之可惩’）叙述自己曾想退出政治舞台，独善其身。然而，理想的光芒，在眼前闪耀；斗争的火焰，在胸中燃烧；他不能逃避现实。他决心不惜一切牺牲，继续为理想而战斗。这是第一个思想斗争——退和进的斗争。”主张此段属于思想斗争。从作品第一部分所涉及的几个内容看：开头自叙出身、生日、美名、品德、才能和勤奋自修的精神，显然是陈述为王前驱的条件，其中充满了对担当此任的自信，现实描述的色彩极强；陈述辅佐君王励精图治的志向及其美好的政治理想，同时指出了楚国面临的危险处境，表明了自己对君王的忠诚，也极富对往事的回顾色彩；以如此优美的资质、忠心耿耿的情怀、奔走先后的热情，换来的却是因小人进谗而导致的痛苦与懊恼，也颇具陈述的性质；同志的变节从俗，无疑是雪上加霜，而其痛苦也只能以“虽萎绝其亦何伤兮，哀众芳之芜秽”的口吻来自我安慰，其中又包括多少园丁滋树期冀的情景；“众皆竞进以贪婪”以下，叙述了自己和党人生活志趣的迥异，以及与其在政治上的矛盾与斗争，找出了自己不见容于社会的根源，同时也表现了他坚持理想、斗争到底的意志，这其中又有多少子兰、上官、靳尚辈与自己的龃龉睚眦！总之，在这一部分里，作者所叙述的是过去的现实存在，抒写的是其怀才不遇、忠而被谤的哀愁，是无情现实给他造成的无尽忧伤。而从第三部分涉及的思想斗争内容看：女媭的劝告、重华的鼓励，使他陷入了降与战的矛盾中，降则皆大欢喜，战则孤立无援，屈原又选择了后者。这种痛苦的选择，显然属于思想斗争；上天无路、高丘无女、下女难合的求女之败，表现了屈原精神追求的失败，也折射了其现实生活的遭遇；灵氛和巫咸的劝告，又引起了屈原思想上去与留的矛盾，表现了屈原精神上的苦苦挣扎。而仔细揣摩“悔相道之不察”这段内容，既与上述现实斗争的内容有一定关联，又与思想斗争的内容近似，它表现了屈原因种种不尽人意的现实而产生的心理矛盾。然而，这一段的表现形式既不同于前文现实斗争的客观描述，又不同于后面思想斗争的大胆虚构与幻想。虽然此段内容里的退守故辙和往观四荒不过是一种前途设想，却形象地展示了屈原因处处碰壁而产生的复杂心理矛盾。介于此，个人认为，此段内容既是对过往现实斗争的理性总结，又是向未来神游的思想斗争的导引，是全篇结构的瓶颈。掌握了它，即可打通上下，使全篇内容弥缝无痕，成为一个浑然的整体。朱熹《集注》评之曰：“（此段）承上文‘清白以死直’之意，而下为‘女媭詈余’启也。”已注意到了这一段的过渡性质。蒋骥《山带阁注楚辞》云：“总承篇首至此之意而结之，以起下文，实一篇之枢纽也。”大而言之，自“悔相道之不察”至此，由前文备受挫折而来，至此心起波澜，平稳过渡到下文思想斗争，实乃一篇之灵枢！

《离骚》篇幅虽长，结构虽大，却始终贯穿着屈原报效祖国、寻求真理、为美政理想坚持斗争的主线。刘熙载《艺概·赋概》评之曰：“《离骚》东一句，西一句，天上一句，地上一句，极开阖抑扬之变，而其中自有不变者存。”这个“不变者”，就是上述这根主线。清人朱冀云：“盖《楚辞》中最难读者，莫如《离骚》一篇。……章法大则开阖亦大。中间起伏呼应，一离一合，忽纵忽擒，如海若汪洋，鱼龙出没，变态万状，令人入其中而茫无津涯。”（《离骚辩》）这也是《离骚》难读的一个重要原因。

除此之外，在诗歌形式和语言方面，《离骚》采用了民歌的形式，也吸取了散文的笔法，创造了一种句式长短不拘、韵散相间的骚体诗；它打破了《诗经》四言诗的形式，同时，增长了篇幅，使诗的容量增大了，这就更利于表现丰富的内容和热烈奔放的情感；诗作后半篇设为主客问答，铺排描写，对后来汉赋的形成产生了深远影响；《离骚》的语言丰富多姿，楚地风物纷至沓来，双声叠韵比比皆是，既丰富了诗歌境界，又增强了艺术表现力。诗人还吸收方言入诗，如“兮”“蹇”“羌”等，增强了楚辞的地域色彩。

王逸在《楚辞章句序》中，以“金相玉质，百世无匹，名垂罔极，永不刊灭”来评价以《离骚》为代表的楚辞作品，精准确当。

离骚臆解

帝高阳之苗裔兮，朕皇考曰伯庸。摄提贞于孟陬兮，惟庚寅吾以降。皇览揆余初度兮，肇锡余以嘉名：名余曰正则兮，字余曰灵均。

帝高阳之苗裔兮，朕皇考曰伯庸。

帝，古帝，古称天下主宰者。《说文解字》云："帝，谛也。王天下之号也。"高阳，五帝之一颛顼。《史记·楚世家》云："楚之先祖，出自帝颛顼高阳。高阳者，黄帝之孙，昌意之子也。"王逸《章句》云："高阳，颛顼有天下之号也。《帝系》曰：'颛顼娶于滕隍氏女而生老僮，是为楚先。其后熊绎事周成王，封为楚子，居于丹阳。周幽王时，生若敖，奄征南海，北至江汉。其孙武王，求尊爵于周，周不与，遂僭号称王，始都于郢。是时生子瑕，受屈为客卿，因以为氏。'"之，结构助词，的。裴学海先生《古书虚字集释》（以下简称《集释》）云："'之'，口语之'的'也。"苗裔：后代子孙。王逸《章句》云："苗，胤也。裔，末也。"朱熹《集注》云："苗裔，远孙也。苗者，草之茎叶，根所生也；裔者，衣裾之末，衣之余也。故以为远末子孙之称也。"兮，语气词，相当于"啊"。朕，上古不论贵贱，第一人称代词通称"朕"，秦以后，始定为皇帝专称。朱熹《集注》云："朕，我也。古者上下通称之。"皇考，对已死父亲的美称，显赫的先父。王逸《章句》云："皇，美也。父死称考。"钱杲之《离骚集传》云："《礼》：'祭其父，称皇考。'"曰，是。裴学海先生《集释》云："'曰'犹'是'也。"伯庸，屈原亡父的表字。王逸《章句》云："伯庸，字也。"

屈原劈头便说：我是高阳帝颛顼的后裔，我显赫的先父是伯庸。开口说自己出身高贵，绝非拉大旗作虎皮，而是别有一段深意。史载，楚国王族为高阳帝颛顼之后，而屈原的先祖屈瑕又是楚武王熊通之子，因此，屈原与楚王族存在血缘关系。王逸《章句》云：“屈原自道本与君共祖，俱出颛顼胤末之子孙，是恩深而义厚也。”林云铭《楚辞灯》云：“颛顼者，与楚同姓。为世臣，便有宗国不可去之义。”钱澄之《屈诂》云：“开章泝陈氏族，见已为国宗臣，谊无可去。”均将这种血缘关系指认为屈原系恋怀王、不忍离楚的根本原因，的确抓住了“家国同构”这一问题的要害。有学者称，屈原这句话并非表明个人出身高贵，而是表明出身微贱，理由是“苗裔”乃“远末子孙”而非金枝玉叶，并将其与《惜诵》“忽忘身之贱贫”句联系起来加以坐实。这样理解，显然失之公允！因为，句中所谓“苗裔”者，并非针对自己与时王之血缘而言，而是针对自己与远祖颛顼而言！要知道，屈原与楚王都是远祖高阳帝颛顼的“苗裔”呢！如果将其理解为自举为时王的旁门远支，与君王家并没有多少瓜葛，那就从根本上把这句话的本意颠倒了！屈原首介自己与楚君同宗共祖这层关系，目的在于为下文爱国张本，因为楚国之事即是屈原家事。接着，屈原又称说其先父伯庸，足见伯庸在当时也是一个颇有声望的人。而伯庸到底是怎样的一个人呢？赵逵夫先生在《屈原和他的时代》里论证说，伯庸就是楚章王之子句亶王熊伯庸，引起过学界不小的震动。至于屈原为什么还要称说其父，王逸《章句》云：“屈原言我父伯庸，体有美德，以忠辅楚，世有令名，以及于己。”这是为下文忠君所作的铺垫，意谓屈家世为楚臣，家有令名，我当以为楷模。把两句话的言外之意合起来，就是“爱国忠君”。

这两句诗，是《离骚》全篇的诗眼！文有“文眼”，诗有“诗眼”，“眼”居文辞之要，有提纲挈领的作用。《离骚》全篇内容的结穴处，既在于抒情主人公既是“帝高阳之苗裔”，又兼其“皇考曰伯庸”，亦即“爱国忠君”为其家学渊源。下文所叙屈原培德、树人、导先路、作前驱、上天入地等情节，无一不是围绕着这一首脑而展开的！贺宽《饮骚》云："此屈子自叙年谱，开汉人韦氏及班马扬雄述祖德、言志等诗之祖也。"可见其影响之大。

摄提贞于孟陬兮，惟庚寅吾以降。

摄提，摄提格的简称，古代岁星纪年术语，即寅年。太岁纪年与干支纪年对应如下：甲、乙、丙、丁、午、己、庚、辛、壬、癸十天干，对应的太岁为阏逢、旃蒙、柔兆、强圉、著雍、屠维、上章、重光、玄黓、昭阳；子、丑、寅、卯、辰、巳、午、未、申、酉、戌、亥十二地支，对应的太岁为困敦、赤奋若、摄提格、单阏、执徐、大荒落、敦牂、协洽、涒滩、作噩、阉茂、大渊献。王逸《章句》云："太岁在寅曰摄提格。"朱熹《集注》云："摄提，星名。随斗柄以指十二辰者也。"戴震《屈原赋注》云："太岁在寅曰摄提格，亦通称摄提。"贞，正当。王逸《章句》云："贞，正也。"王夫之《通释》云："贞，当也。"于，介词，在。裴学海先生《集释》云："'于'，'在'也。"孟，第一个。王逸《章句》云："孟，始也。"陬，王逸《章句》云："正月为陬。"朱熹《集注》云："陬，隅也。正月为陬，盖是月孟春，昏时斗柄指寅，在东北隅，故以为名也。"惟，副词，表示唯一，独独，正是。裴学海先生《集释》云："'惟'，'独'也。"庚寅，日也。王夫之《通释》云："庚寅，原生日。"以，乃，就。裴学海先生《集释》云："'以'犹'乃'也。"降，降生。古音洪，与庸、东、中通韵。王逸《章句》云："降，下也。"

屈原叙完出身，接着又述生辰：正当寅年寅月，就在庚寅那一天，我降生到人间。为什么屈原对自己的生日这样看重呢？古人认为，这种日子出生的人上应天象，具有常人所不及的先天美质，符合周代人"男命起寅"的习俗，是"天生德于予"的意思。王逸《章句》云："言己以太岁在寅，正月始春，庚寅之日，下母之体而生，得阴阳之正中也。"钱杲之《离骚集传》云："原自以寅岁寅月寅日而生，若有祯祥然。"由此可知，屈原对自己的禀赋是非常自信的。他非常崇尚修美，是一个彻头彻尾的理想主义者。而理想主义者又多是绝顶聪明的人，这样的人对任何事情都非常敏感，大到国家政体，小到别人对自己的看法和态度。屈原自述自己于寅年、寅月、寅日降生，而有的学者却认为“摄提”与“摄提格”是两个概念，进而认为屈原不一定是寅年出生，理据不足。顾炎武《日知录》云：“摄提，岁也；孟陬，月也；庚寅，日也……岂有自述其世系生辰，乃不言年而只言月日者哉？”此问振聋发聩！蒋骥《山带阁注楚辞》云：“盖原之生，年月日皆在寅也。”屈原生在寅年、寅月、寅日，是一个地道的小老虎，这是研究屈原生辰最可靠的资料，后世所有关于屈原生年、生月、生日的说法，均是从这里得出的。由于学者们对“摄提贞于孟陬兮，惟庚寅吾以降”的理解不同，关于屈原的生年，迄今尚无确论，有前353年、前343年、前342年和前341年等几种不同的说法。目前较流行的说法是，屈原生于公元前340年的正月十四日（或初七），这是郭沫若先生的观点。

句中的“贞”“惟”“以”和“降”四字，透露了些许神秘消息，流露出屈原难以抑制的欢喜心情：噫！寅年恰当寅月，又独在寅日，我就降生了！陈本礼《屈辞精义》云：“开首标一‘贞’字，便见生时已得乾刚四德之一。叙祖考见世德之美，纪年月见生时之美，皆所谓内美也。”堪称解人！而李陈玉《楚词笺注》对“降”字更是情有独钟：“降，旧解从母腹坠地，非也。乃‘维岳降神’之降，此乃屈原自负不浅处与高岸不合时人处。”意谓屈原乃天上神物降生人间之意，正是屈原自信的渊源。

皇览揆余初度兮，肇锡余以嘉名：

皇，皇考之省称。王逸《章句》云：“皇，皇考也。”王夫之《通释》云：“皇，皇考省文。”览，观察，端详。王逸《章句》云：“览，观也。”揆，衡量，揣度。王逸《章句》云：“揆，度也。”初度，初生时的容貌器度。钱杲之《离骚集传》云：“初度，谓幼时态度也。”蒋骥《山带阁注楚辞》云：“初度，初年之器度。”肇，始。王逸《章句》云：

“肇，始也。”锡，通“赐”，上予下曰赐。王逸《章句》云：“锡，赐也。”以，介词，用，表示赖以达成“赐”这一行为的手段。裴学海先生《集释》云：“‘以’，‘用’也。”嘉名，美好的名字。王逸《章句》云：“嘉，善也。”

上言世系、生辰，此则自述嘉名，颇有自传风格：显赫的先父端详了我初生时的模样，揣度了我当时的器度，考量了我出生年月日均合天地之正中，这才赐给我富有深意的美名。婴儿命名，长则取字。命名取字，绝非儿戏！所以，伯庸在为屈原命名、取字时，态度是非常庄重的：他反复端详了小公子的长相，揣度了他的器度乃至生辰八字，这才赐予他美好的名字。戴震《屈原赋注》云：“皇考以其始生有端善之度，爰以立名。”林云铭《楚辞灯》云：“初生时气象便与凡人不同，父视而揣之，知余长成时必无邪行，始择其名之美者而命之。”父亲所赐之名为“嘉名”，这也是屈原自信的一种表现。

有人说，“皇考”伯庸是屈原的先祖而非生父，设若如此，则这个命名结果就是占卜所得了。那么，这个为其命名的先祖应该是谁呢？是颛顼？祝融？熊绎？熊通？还是屈瑕？退一万步讲，即使先祖们真的显了灵，其“览揆”之态却是无法重现的！可见，“先祖”说显然不能成立。“皇”是光明伟大的意思，代指先父，正说明此诗的回忆性质。《礼记·内则》云：“立于阼，西乡，妻抱子出自房，当楣立，东面。姆先，相曰：‘母某敢用时日，只见孺子。’夫对曰：‘钦有帅。’父执子之右手，咳而名之。”显然是说，孩子的命名权归父亲所有；而“览”是看的动作，“揆”则是猜度思忖的表情。孩子刚刚出生，父亲当然是先仔细地端详一番，再认真地思考一番，最后才给孩子命名的。所以“皇考”指的应该是屈原的父亲。

“览揆”这两个字下得很生动，也很形象，它刻画了伯庸为儿子取名时那种反复斟酌、仔细品味的慎重态度。“览揆”连用，次第分明：先是仔细看了看婴儿的长相，再是认真揣度了一番他的器度。钱澄之《屈诂》云：“览揆，揆度也，犹今初生为推测福命也。”而“肇”这个副词，又以延长时间的方式，将其慎之又慎的心理状态作了定格。可见，品味对于正确解读文本是非常重要的。

名余曰正则兮，字余曰灵均。

名，名词用如动词，命名。曰，是。裴学海先生《集释》云：“‘曰’犹‘是’也。”正则，公平正直的法则，暗含“平”之义。王逸《章句》云：“正，平也。则，法也。”字，名词用如动词，取字。曰，同上。灵均，神异广大的大地，暗含“原”之义。王逸《章句》云：“灵，神也。均，调也。”

伯庸所赐之“嘉名”，包含了名和字两层意思：给我取了一个名叫正则，给我取了一个字叫灵均。古人非常重视孩子的命名，因为它往往体现了长辈对后人的一种期许，或表示纪念，或标识特征，或代表愿望。《礼记》云：“子生三月，父亲名之，既冠而字之。名所以正形体、定心意也，字者所以崇仁义、序长幼也。夫人非名不荣，非字不彰，故子生，父思善应而名字之，以表其德、观其志也。”一个男子，既要有名，又要有字。名和字，要么是同义词或近义词（如子路字子由），要么是反义词（如曾皙字点）。屈原，名平，字原，显然，他的名与字是近义词。这样的名字，明显带有强烈的理想色彩，寄予了其父伯庸的美好愿望。而在这里，屈原并没有说自己名平字原，却说自己名“正则”字“灵均”，这是为什么呢？“正则”，即公正而有法则，寓有“平”义；“灵均”，即神异而广大的原野，寓有“原”义，这是屈原名字的变相。洪兴祖《补注》云：“‘正则’以释名‘平’之义，‘灵均’以释字‘原’之义。”朱熹《集注》云：“高平曰原，故名平而字原也。正则、灵均各释其义，以为美称耳。”

为什么屈原在这里要用这种表达方式呢？这是因为，《离骚》是自叙性质的政治抒情诗，可以用自己的真实姓名，当然也可以不用。徐焕龙《屈辞洗髓》云：“正则、灵均，盖从平、原二字衍释其义而为词也。”意思是说，前者与后者是有联系的；李陈玉《笺注》云：“不说出名字，以正则代名，以灵均代字，又是一样寓言。”意谓“正则”“灵均”既是“平”“原”的隐语，又是“公平正直”“神异广大”的隐喻。王夫之《通释》云：“隐其名而取其义，以属辞赋体然也。”认为屈原之所以如此称说自己的名字，是一种辞赋文学的表达方式而已。

如此一来，就涉及了屈原“名平”“字原”在先，还是“名正则”“字灵均”在先这个问题。也就是说，是屈原自己的说法在前，还是司马迁的说法在前呢？《史记》是历史著作，太史公到汨罗访谈屈原事迹时，当地百姓告诉他屈原的名字应该就是屈原名“平”字“原”。“正”就是公平、正直，“则”就是准则、标准，公正的标准就是平。由这个名字，可以看出屈原的人生理想和个人志趣。

以上八句，屈原首先作了简单的自我介绍，叙述了自己的出身、生日和名字。刘知几《史通·序传篇》云：“盖作者自叙，其流出于中古。按屈原《离骚经》，其首章上陈氏族，下列祖考，先述厥生，次显名字。自叙发迹，实基于此。”黄文焕《听直》云：“迦所自出，明为宗臣，休戚存亡，谊勿获避，此不得不竭忠之前因也。”开头就讲明自己的出身，表明自己与楚王同宗共祖，说明国事即家事，这也正是屈原一直没有退却和出走的原因。贺贻孙《骚筏》云：“《离骚》开首云‘朕皇考曰伯庸’，即子长所谓‘人穷反本’也。未有知有君不知有父者，竭智尽忠，不过求无愧于皇考而已。况‘庚寅吾以降’，天既授我以刚德，而父复命我以正则乎！若曰吾非不知为上官大夫、令尹子兰所为可以保禄而固宠，但保禄而固宠，是叛父也，是违天也。不敢叛父，不敢违天，是以不敢欺君误国云尔。即此数行真实语，是《离骚》一篇本领，是屈子一生本领。近世假人，侥幸说不来，剽窃说不去。”其说可信。

纷吾既有此内美兮，又重之以修能。扈江离与辟芷兮，纫秋兰以为佩。汩余若将不及兮，恐年岁之不吾与。朝搴阰之木兰兮，夕揽洲之宿莽。日月忽其不淹兮，春与秋其代序。惟草木之零落兮，恐美人之迟暮。不抚壮而弃秽兮，何不改乎此度？乘骐骥以驰骋兮，来吾道夫

先路！

纷吾既有此内美兮，又重之以修能。

纷，美盛貌。王逸《章句》云："纷，盛也。"王夫之《通释》云："纷，不一之谓。"既有，表示已然，已经拥有。此，近指代词，代指上文所述内容，这些。内美，内在的美质，指与生俱来的美质，指上文所叙出身、生辰和名字。汪瑗《集解》云："内美，总言上二章祖、父、家世之美，日月生时之美，所取名字之美，故曰纷，其盛也。"王夫之《通释》云："内美，得天之美命，为亲所嘉予。"戴震《屈原赋注》云："内美，生而质性容度之粹美。"又，再。裴学海先生《集释》云："'又'，'复'也。"重，动词，增益，加上。钱杲之《离骚集传》云："重，犹加也。"之，代词，代指上言诸内美。以，介词，用。裴学海先生《集释》云："'以'，'用'也。"修能，优异的才干。修，长。能，才干。修能即长才，指后天才能而言。或谓"能"作"态"，则修态即美好的仪态，此就外在表现而言。能，读作耐。朱熹《集注》云："修，长也；能，才也。"钱澄之《屈诂》云："修能，犹云长才也。"

上文缅述了个人与生俱来的美质，这里又申说后天养成的才干：我已拥有如此众盛的内在美质，在此基础上，又增长了优异的才干。就一个人的长足发展看，只拥有与生俱来的内美是远远不够的，因为，仅仅仰仗先天的赐予会使人故步自封，造成智力冻龄而终为人弃。要在社会上立足，还必须通过后天的努力，培养自己立身处世的本领，如德行、才干、技艺等非基因遗传的素质。屈原自知身具众多与生俱来的"内美"，但他并没有就此陶醉而裹足不前，他还养成了许多"修能"。钱澄之《屈诂》云："内美以质言，修能以才言……重之，言既有其质，又有其才也。"汪瑗《集解》云："内美是得之祖、父与天者，修能是勉之于己者，下文扈离芷、佩秋兰即是比喻自家修能。"他们都把"内美"和"修能"区分得很清楚，即先天自带与后天附加，但汪瑗把下文扈离芷、佩秋兰也看成"自家修能"则是不准确的。从"既……又……"这个复句的关系上看，这两句诗的重心在“重之以修能”，因为“纷吾既有此内美”复述的是上文内容。

句首的形容词“纷”是修饰“内美”的，它本应置于“内美”之前，这是楚辞的特点；“既”字是修饰过去行为的副词，这个副词的言外之意就是上述所说的内容属于内美，是与生俱来的天赋；副词“又”表示除此之外复加的内容，意谓除去天赋好以外，还有后天养成的长才；“修能”即长才，即超出一般人的能力。这些能力指的又是什么呢？是不是下文的进德修业呢？应该不是！我想，“修能”指的应是《屈原列传》里所说的“博闻强志，明于治乱，娴于辞令”等所有帮他挣得朝中一席之地的素质，它重点突出的是“能”，不包括下文所说的进德修业。屈原是非常自信的，这种自信不是妄自尊大，也不是凭空捏造，而是来自后天的自我修炼。

扈江离与辟芷兮，纫秋兰以为佩。

扈，楚国方言，披挂。王逸《章句》云：“扈，被也。楚人名被为扈。”周拱辰《离骚草木史·离骚拾细》云：“织萧障水曰扈，取组织之义，故曰扈。”江离，香草名，生于江中，又名蘼芜。朱熹《集注》云：“离，香草，生于江中，故曰江离。”吴仁杰《离骚草木疏》云：“《说文》云：‘江离，蘼芜也。’郭璞《山海经注》云：‘芎䓖一名江离。则芎䓖也，江离也，蘼芜也，三者异名而同实。’”王夫之《通释》云：“江离，大叶芎䓖，叶似芹者。”与，连词，及。裴学海先生《集释》云：“‘与’，‘及’也。”辟芷，生于幽僻林薄中的白芷。辟，同“僻”。芷，香草名，即白芷。朱熹《集注》云：“芷亦香草，生于幽僻之处。”王夫之《通释》云：“芷，一名茝，一名药，一名虈。”纫，用绳线贯穿，连缀。陆善经《文选离骚注》云：“纫，谓纪而缀之。”戴震《屈原赋注》云：“纫，犹贯也。”秋兰，秋天开花的兰草。王逸《章句》云：“兰，香草也，秋而芳。”以为，以之为，将其作为。佩，名词，佩带在身上的饰物。王逸《章句》云：“佩，饰也，所以象德。”朱熹《集注》

云："佩，饰也。《记》曰：'佩帨茝兰。'则兰芷之类，古人皆以为佩也。"

这两句诗承上而来，描述个人的品德修养，这是屈原赖以自信的第三方面素质。诗人以象征的笔法，描述了他加强自身道德修养的举措：我身上披挂着香洁的蘼芜与幽香的白芷啊，我连缀起秋兰的花瓣儿作为佩戴的花环。意思是说：除去内美和长才之外，我还博采众芳以附己身，养成了爱好香洁的品德。上文叙述自己具有高贵的资质，又兼具优秀的才能，在此基础上，复以讲求整饬为喻，以追香恋洁喻进德修业，借以约束自己的行为，这是对下文出现的"好修"性格的形象化表述。中国古人特别注重以物比德，即以某种具体可感之物所具的某一特质，比附人所具的某一品质，也就是以有形比无象。在这里，屈原就是以江离、辟芷、秋兰来比个人德操的。王逸《章句》云："言己修身清洁，乃取江离、辟芷以为衣被，纫索秋兰以为佩饰，博采众善以自约束也。"认为扈离芷、佩秋兰是借以自我约束，其说失之毫厘；李光地《离骚经注》云："扈者，被服在身，以喻德美；佩者，随身取用，以喻材能。"以为所述乃是比喻，能通文脉；钱澄之《屈诂》云："扈兰纫芷，所谓被服礼义，涵濡道德，学问之事也。"以为是"道德学问"之象征，可谓善读诗者。江离、秋兰、辟芷均为香草，且均为生长于幽僻之处不与百花争宠的香草，这种香草香气浓郁，正是正人君子的象征。屈原身上披挂着江离和辟芷，又以秋天的兰花为佩饰，并非客观真实的描述，而是君子品格的象征。有人认为，屈原特别崇尚修美，总爱把自己打扮得漂亮、香洁、不同寻俗，是女性癖的表现，实为皮相变态之言。

从这两句描述中，尚可以粗浅地领略到屈原知识结构的庞大，举凡自然、社会，无所不包。你看，这里就涉及了服饰缝纫方面的知识。

汩余若将不及兮，恐年岁之不吾与。

汩，水流急貌，比喻时光飞逝。王逸《章句》云："汩，去貌，疾若水流也。"朱熹《集注》云："汩，水流去疾之貌。"若，好像。将，将要。裴学海先生《集释》云：“‘将’，几然尚未然之词也。”不及，赶不上。恐，害怕，担心。洪兴祖《补注》云：“恐，疑也。”年岁，指自己的年龄。之，句中助词，取消单句“年岁不吾与”的独立性，使之成为谓语动词“恐”的宾语。不吾与，即“不与吾”，不等待我。与，等待。王逸《章句》云：“又恐年岁忽过，不与我相待，而身老耄也。”

前面，屈原申说自己有众多“内美”，又兼“修能”，复不懈修德，这里紧接着又强调了个人的忧患意识，目的仍在于培德好修：时光如流水一般，我好像要赶不上时间的脚步了，我担心的是我的年龄不再等我。屈原就是这样一个追求完美的理想主义者：明明已经才、质兼备了，却仍然自强不息；明明已经进德修业了，却依然常怀戒惧。朱熹《集注》云：“言己之汲汲自修，常若不及者，恐年岁不待我而过去也。”钱澄之《屈诂》云：“此言其进德修业，欲及时也。”戴震《屈原赋注》云：“承上而言，及时好修。”从以上所述三方面素质看，“内美”“修能”均只提过一次，而象征被服礼义、涵濡道德学问的追香恋洁却成了一种常态，足见屈原对道德修养的看重！这种人才理念，对现代教育有一定的启发意义！孔子以德行、政事、言语、文学四科教弟子，陶行知先生说“一个人如果没有德行，即使有更多的知识，也是毫无用处的”。后世有识之士提倡德智体全面发展，都是颠扑不破的真理！教育不应只强调应用以谋稻粱，教育更应该提倡教人做人。

“若”字不可轻易放过！它表示一种推测或预感，是一种不确定的感觉，离真实情况尚有一定距离；“将”字也不可等闲视之！它表示事态快要到了临界状态，但还没有真正临界。如此，这句话就变得非常有趣而值得琢磨了：时光飞快流走是一种主观印象，表现的是内心的忧虑；似是而非的预感又使这种忧虑变得近乎真实而煎熬；而临界状态带来的恐惧则使原就忧虑的心情益发沉重。那么，屈原担心的又是什么呢？下一句给出了答案：他担心的是岁月不再等他。我们不禁要问，屈原在这不等人的时间里要做些什么呢？一般来讲，慨叹“岁月不待人”的人不外两种：一是吃喝玩乐、游戏人生的人，他们总怕剩下的时间太短，亏了自己；一是胸有宏图、壮志未酬的人，他们生怕时光飞逝，实现不了人生理想。屈原就属于后者，他有自己的理想，没有悲哀的情绪，是一个孤独的强者。从这两句话里，大致可以推断屈原创作《离骚》的时间——应该在老境即将到来之前。何焯《义门读书记》云：“‘恐年岁之不吾与’，此‘恐’字谓身之修。”意谓这个“恐”字是针对自己的修身而言的。《离骚》全篇，“将”字出现了十四次，“恐”字出现了八次（屈作也只有八“恐”），意义都很典型。

朝搴阰之木兰兮，夕揽洲之宿莽。

朝，早晨。搴，拔取。王逸《章句》云：“搴，取也。”阰，山坡。戴震《屈原赋注》说：“南楚语：小阜曰毗，大阜曰阰。”下句与之相对的“洲”是一种地形，则“阰”自然也应是一种地形。汪瑗《集解》云：“地之相次而比者也，对下句‘洲’字而言。”意谓这是一种山丘相连的地形。之，结构助词，的。裴学海先生《集释》云：“‘之’，口语之‘的’也。”下同。木兰：树名。香如兰，花如莲，亦名大莲，皮似桂而香，生山谷间，去皮不死。王夫之《通释》云：“木兰，香木，辛夷之白者。”夕，黄昏。揽，用手采取。王逸《章句》云：“揽，采也。”洲：水中小岛。王逸《章句》云：“水中可居者曰洲。”周拱辰《离骚草木史》云：“阰与洲同。水中之土曰洲，邱阜之阿曰阰。”宿莽：冬生不死之草，或谓拔心不死之卷葹。王逸《章句》云：“草冬生不死者，楚人名曰宿莽。”《尔雅》云：“卷施草拔心不死，即宿莽也。”

因时光如流，屈原担心自己年命不再，因而努力及时进德修业：早登山，夕入泽，采摘坚韧挺秀、质地香洁之木兰与拔心不死之卷葹，以喻勤于修德，致力培养香洁、挺拔、坚毅之德操。木兰是一种晚春开花的香木，宿莽则是一种经冬不死的绿草，前者幽娴而后者坚毅，均具象征意义，它们象征的是高尚的道德修养。朱熹《集注》云：“言所采取皆芳香久固之物，以比所行者皆忠善长久之道也。”徐焕龙《屈辞洗髓》云：“年岁易除，寸阴是惜，朝夕勤修，以益贞其永远幽香之操也。”均注意到了其比德意义。表面上看，这与前面所言扈离芷、佩秋兰的进德修业意义重复，但披离佩芷、连缀秋兰重在对香洁亦即高尚品德的追求，而搴木兰、揽宿莽则重在对挺拔坚毅品格的追求，实则不是一种简单的重复。它不只表现了屈原对反复修德的重视，也说明了进德修业过程是有次第的。

一“朝”一“夕”两个表时间的名词，浓缩了从早到晚一整天的时间，它说明，这种“搴揽”工作是一个马不停蹄、从无间断的流程，它生动地表现了屈原的时间紧迫感。何焯《义门读书记》云：“朝夕，即‘若将不及’之意。”更有趣的是，由木兰和宿莽体现出来的节令是一“春”一“冬”，它说明，这种“搴揽”的工作不是某个一“朝”一“夕”，而是天天如此、年年如此的经常行为。这两句话的意思是说，无论朝夕，无论春冬，他都在不停地培养自己的道德。这一手法就是互文见义。

以上八句，屈原回顾了如何加强自身修养的经历。需要注意的是，这不是表决心、发宏愿，而是对过去生活经历的回忆。

日月忽其不淹兮，春与秋其代序。

日月，太阳和月亮，代指白天和黑夜，喻时光。忽，匆遽貌。其，然，的样子。裴学海先生《集释》云：“‘其’犹‘然’也。一为状事之词。”淹，久留。王逸《章句》云：“淹，久也。”钱杲之《离骚集传》云：“淹，水不流也。”春与秋，一年中的两个季节，代指四季。其，连词，而，用于主语和谓语之间，表示强调的语气。代序，更相代替次序，即春过了秋来了、秋过了春又来了的意思。王逸《章句》云：“代，更也。序，次也。”

这两句也表现了屈原的时间紧迫感：白天和黑夜一刻不停地匆匆交替，春与秋无休止地更换着次序。乍看，它与“汩余若将不及兮，恐年岁之不吾与”意义重复，但用意却不相同。前者是为“恐年岁之不吾与”张本的，而此处却是为“恐美人之迟暮”铺垫的。“恐年岁之不吾与”怕的是自己老境将至，而“恐美人之迟暮”忧的是美人老境到来。奚禄诒《详解》注“恐年岁之不吾与”云：“此‘年岁’指己说，下‘日月’二句指君说。王注混，令‘美人’句不可接。”可谓行家慧眼！在这里，不能把“日月”笼统地理解为时光，而应该将其分解为太阳和月亮及其所代表的白天和黑夜，唯有如此，“日月不淹”所描述的白天和黑夜的无限交替才更具形象性，才能映现出抒情主人公忧惧之真切。“忽”形容太阳与月亮的交替速度之快，这对于素有抱负的诗人来说，无疑是一种无形的威压；“春秋代序”表现的是季节的无限交替，这种交替绝非一次，而是无限次，它预示的是老境的临近、无常的到来。这种从日月交替到岁月更迭的时间变化，体现了屈原的时间紧迫感和生命短暂的忧患意识。王逸《章句》云：“言日月昼夜常行，忽然不久；春往秋来，以次相代。言天时易过，人年易老也。”蒋骥《山带阁注楚辞》云：“言欲以其修能，与君及时图治也。”显然，这两句是针对君王而言的！刘梦鹏《屈子章句》云：“日月不淹，春秋代序，言时事渐晚之意。”则是引申一步的说法。

“忽”是表示事物极其微小的形容词，空间上有忽米，时间上有忽秒，所以，习惯上也用它代指速度极快。《庄子·齐物论》云：“人生天地间，若白驹之过隙，忽然而已。”说的就是这个意思。“其”字用于形容词之后，表示事物具备那个形容词的特征，相当于“然”字，它描述了太阳和月亮交替的匆急之态。

惟草木之零落兮，恐美人之迟暮。

惟，动词，想到。林云铭《楚辞灯》云：“惟，思也。”草木，自然界中的花草树木。之，句中助词，取消句子“草木零落”的独立性，使之成为“惟”的宾语。零落，凋零坠落。王逸《章句》云：“零落皆堕也。草曰零，木曰落。”美人，喻楚怀王。王逸《章句》云：“美人，谓怀王也。人君服饰美好，故言美人也。”朱熹《集注》云：“美人，谓美好之妇人，盖托词而寄寓于君也。”林云铭《楚辞灯》云：“美人，称君之词。”或谓屈原自喻，不通。之，句中助词，取消句子“美人迟暮”的独立性，使之成为“恐”的宾语。迟暮，暮年。王逸《章句》云：“迟，晚也。”

由“日月忽其不淹兮，春与秋其代序”表现出来的时间紧迫感，联想到世间万物的荣枯；再由世间万物的荣枯，联想到美人的迟暮，这是一种由此及彼的思维方式。俗语云：“人生一世，草木一秋。”意思是说，人这一辈子非常短暂，形同草木一般，一荣一枯也就结束了。这是古代士人的共通情怀：秋天来了，悲情就来了！因为秋天一到，草木就枯黄了。看见草木枯黄，就想到了自己的萎谢。作为强者，屈原很少有悲哀的情绪，他看到草木枯黄，想到的却是奋发努力。在这里，屈原担心的并不是自己迟暮，而是“美人”迟暮。这个“美人”就是楚怀王。屈原为什么又担心怀王迟暮呢？何焯《义门读书记》云：“‘恐美人之迟暮’，此‘恐’字谓君之正。”意思是说，这个“恐”字是针对怀王改正秽行而言的。屈原由物换星移，感发了人生兴衰，又由人生兴衰，感发了国运成败。他认为，怀王如不及壮而试、发愤图强，一旦精力衰老，国是日非，将会面临噬脐莫及的命运。贺贻孙《骚筏》云：“‘汩余若将弗及兮’六句，自伤易老，读之惕然。忽接以‘惟草木之零落兮，恐美人之迟暮’，以草木自喻，以美人指怀王。盖自伤未既，忽伤美人，谓吾老君亦将老矣。”除“以草木自喻”“自伤未既”“谓吾老”的理解有所偏差外，亦可谓慧眼如炬！

那么，屈原为什么担心怀王迟暮呢？这与他和怀王的关系有关。由《战国策·楚策》对怀王的记载可以看出，怀王曾是一个有所作为的君主：他重用过屈原，有过奋发图强的想法，也曾经做过六国的纵长。屈原看好他，目的就是要将其作为实现“美政”的平台，因而，他担心怀王迟暮。需要注意，“恐美人之迟暮”也可以像“恐年岁之不吾与”那样有两种不同的解释：一是君王奋发有为，故而怕他离去得太早；一是君王秽行太多，故而怕他来不及改正。无论怀王属于哪一类君王，他的“迟暮”都会对屈原实现“美政”造成威胁，所以，屈原有理由担心怀王老去。

楚辞学史上，不少人认为这个“美人”是屈原自况，如黄文焕、李陈玉、钱澄之、贺贻孙等皆主此说。屈原的创作有一个习惯，他喜欢用男女悲欢离合象征君臣遇合。在这类象征事件中，屈原有时扮演男性，有时扮演女性，角色并不固定。这说明，屈原用男女之情比附君臣关系，看中的只是一方对另一方的追求或一方对另一方的疏远，并未给角色定格。所以，“美人”也就不固定性别和对象。比如，《云中君》“满堂兮美人”和《河伯》“送美人兮南浦”的“美人”是女性，《抽思》“矫以遗夫美人”“与美人抽怨”的“美人”指的就是怀王，《思美人》“思美人兮，揽涕而伫眙。媒绝路阻兮，言不可结而诒”的“美人”也是怀王。屈作“美人”一词凡九见，除《招魂》一例泛指女子，《九歌》两例特指故事中的女性外，其余六例皆指怀王，而无一处自指。

用草木零落比况“美人迟暮”，是一个精彩的比喻！不惟准确生动，更是动人心魄。贺贻孙《骚筏》云：“不独情意凄恻，而转折映带之妙，不啻骏马蓦涧。”所谓转折映带者，指的就是由上文“汩余若将不及”的自况到此处“惟草木之零落”的转折与对举。由此，自然引入了个人与君王的冲突。

不抚壮而弃秽兮，何不改乎此度？

不，“何不”的省文，与下句“何不”义同。一本无“不”字，就下句“何不改乎此度”看，“此度”当指上句“不抚壮而弃秽”言，故当有“不”字。抚，趁着。刘良《文选五臣注》云：“抚，持也。”钱杲之《离骚集传》云：“抚，犹据也。”壮，盛年。朱熹《集注》云：“三十曰壮。”而，顺接连词，表示“抚壮”是“弃秽”的背景条件，对“弃秽”起修饰作用。弃，抛掉。王逸《章句》云：“弃，去也。”秽，秽行，行为之丑恶者。王逸《章句》云：“秽，行之恶也，以喻谗邪。百草为稼穑之秽，谗邪亦为忠直之害也。”朱熹《集注》云：“草荒曰秽，以比恶行。”何不，为什么不。改，改变。王逸《章句》云：“改，更也。”乎，句中语助词，也。裴学海先生《集释》云：“‘乎’犹‘也’也。一为助句之词。”此度，这些法度，指“不抚壮而弃秽”的恶行。度，法度。

这两句承上“恐美人之迟暮”而来，是奉劝怀王的话。陈本礼《屈辞精义》云：“指上‘美人’言。”屈原一想到草木凋零，就开始担心君王也要到迟暮之年了，如此，君王秽行太多，就来不及改正了，而自己实现“美政”所依托的平台也就靠不住了。所以，他奉劝君王趁着壮年抛弃秽行，改正那些不良习气。林云铭《楚辞灯》云：“君不肯乘壮岁而除之恶行，后将无及。”蒋骥《山带阁注楚辞》云：“抚壮弃秽，谓及壮盛之年弃其秽恶之行也。”王逸《章句》云：“愿令君甫及年德盛壮之时，修明政教，弃去谗佞，无令害贤，改此惑误之度，修先王之法也。”意谓怀王应趁着壮年，远离那些谗邪小人，改掉亲佞远贤的恶行。怀王要远离小人，无论何时均可做到，而抛弃个人秽行却只能趁着壮年。王之秽行，绝非单指谗邪，而主要指下文所列内容。

有人说，屈原是一个只知愚忠的可怜虫，为了赢得君王的青睐，只会一味表白忠心，把自己比作战战兢兢的小媳妇儿。这是对屈原的污蔑！屈原忠君不假，爱国出于真心，但屈原并非愚忠，他有非常鲜明的是非标准。他敢于指责君王有秽行，这是怎样的胆气！班固《离骚传赞》就曾指责他“露才扬己，显暴君过”，恰恰证明屈原并非愚忠。而怀王又有哪些秽行呢？由《史记·屈原列传》和《战国策·楚策》所载史实可知，怀王好大喜功，刚愎自用，局量狭窄；在这首诗里，还表现为左右摇摆，缺乏主见，耳根子太软，这些表现均非明君所应有。屈原谏劝怀王弃秽改行，其目的就是要在英明君王的支持下完成其“美政”大业，把国家引领上发展的坦途。

乘骐骥以驰骋兮，来吾道夫先路！

骐骥，骏马的代称，比喻杰出的人才。王逸《章句》云：“骐骥，骏马也，以喻贤智。”钱杲之《离骚集传》云：“骐马，青骊，文骥，良马也。”以，顺接连词，表示“驰骋”是“乘骐骥”的目的，去。驰骋，打马飞跑，比喻在发展道路上飞速前进。汪瑗《集解》云：“直奔曰驰，横奔曰骋，皆疾走也。”来，招呼之词，来吧！钱杲之《离骚集传》云：“来，引导之词。”汪瑗《集解》云：“‘来’者，招邀之词。”道，引导，引领，一本作“导”。黄文焕《听直》云：“道，引也，引君以行也。”夫，代词，彼，那。裴学海先生《集释》云：“‘夫’犹‘彼’也。”先路，前路。王逸释为“圣王之道”，王夫之《通释》云：“先路，前路也。”一说车名，不通。

前面，屈原奉劝怀王放下包袱，这里又鼓励君王奋发有为，并申说了甘愿为君王做一名马前卒的愿望：驾驭着骏马而奋勇前进吧，来啊君王！我为您引导前路！看，屈原的忠君爱国之情何其高涨！王逸《章句》云：“言己如得任用，将驱先行，愿来随我，遂为君导入圣王之道也。”张凤翼《文选纂注》云：“驾驭贤才，譬则乘骏马以驰骋，则我当为之先驱矣。”前文说过，屈原是一个非常自信的人，为君王引导先路当然也是其自信的一个表现。而为君王引导先路的人，无疑就是“为王前驱”的“邦之杰”。那么，文中“乘骐骥”的人是谁？而所乘之“骐骥”里包括不包括屈原自己呢？从上下文的联系上看，“乘骐骥”的人应该是君王。屈原先是奉劝君王放下思想包袱，继而又鼓励君王依靠杰出人才使国家走上正确的轨道。从这个意义上讲，“骐骥”也应该包括屈原自己；而紧接着又说，他要给君王“导夫先路”，因而，他又似乎出离于“骐骥”之外，是一个驾驭杰出人才的“乘骐骥”的人。这正是屈原自信的表现：他既坚信自己是一个杰出的人才，更坚信自己是一个能驾驭杰出人才的领导型人才；他不是被动地追随国君于后，而是主动地引领国君于前。

“来”字后面必有一顿，这一顿既为语气停顿，又是语法停顿，是招呼君王随他前来的意思，里面蕴藏着屈原的高度自信。“夫”字是特指代词“彼”的意思，特指下文其所开列的先王之路。方苞《离骚正义》云：“欲君之弃秽，故下言三后之用芳；欲导君以先路，故陈尧舜之遵道、桀纣之窘步、斜径之幽险；忧皇舆之倾败，而奔走先后，以及前王之踵武，皆所谓导以先路也。”真可谓文思如织，巧构玲珑。

以上八句，侧重表现了屈原欲图辅佐怀王使国家走上发展坦途的远大志向，以及为实现这一理想而付诸的不懈努力。须知，这也是屈原对过去经历的概括性回忆。

以上为全诗第一部分的第一层。在这一层里，屈原先是自叙世系、生辰和命名的含义，接着交代了自己纯正美好的禀赋和坚定倔强的性格，随之叙写了及时培养个人德才的经历，最后表达了希望怀王弃秽改行而自己愿为前驱的政治理想。

昔三后之纯粹兮，固众芳之所在。杂申椒与菌桂兮，岂维纫夫蕙茝！彼尧舜之耿介兮，既遵道而得路。何桀纣之猖披兮，夫唯捷径以窘步。惟夫党人之偷乐兮，路幽昧以险隘。岂余身之惮殃兮，恐皇舆之败绩！忽奔走以先后兮，及前王之踵武。荃不察余之中情兮，反信谗而齌怒。余固知謇謇之为患兮，忍而不能舍也。指九天以为正兮，夫唯灵修之故也。曰黄昏以为期兮，羌中道而改路！初既与余成言兮，后悔遁而有他。余既不难夫离别兮，伤灵修之数化。

昔三后之纯粹兮，固众芳之所在。

昔，过去，回忆的口吻，有引经据典、旁证博譬之意。三后，三位先王。王逸《章句》云：“后，君也，谓禹、汤、文王也。”之，判断系词，是。“之”处于名词和形容词之间，表示“三后”具有“纯粹”这一性质。裴学海先生《集释》云：“‘之’，‘是’也。一为‘是非’之‘是’。”纯粹，纯正无杂质，比喻三后德行完美无缺。纯，丝无杂。粹，米无杂。王逸《章句》云：“至美曰纯，齐同曰粹。”汪瑗《集解》云：“纯粹，皆无一毫驳杂之意。”固，副词，当然。裴学海先生《集释》云：“‘固’，本然之辞也。”众芳，各种香木和香草，比喻众多各种各样的贤才。王逸《章句》云：“众芳，喻群贤。”之，结构助词，的。

"之"处于名词"众芳"和名词性介宾词组"所在"之间，表示"所在"是"众芳"的归属。裴学海先生《集释》云："'之'，口语之'的'也。"所在，聚集之处。

从这两句诗开始，屈原所列举的前贤及其事业，就是他要为君王引领的"先路"，换言之，就是为怀王树立的榜样。它上承"先路"而来，以具体的史实阐述自己的政治主张，为君王指出向上一路：从前，三位贤君的德行是那样纯正完美，当然是群贤毕集之所。这话里面暗含着屈原对君王的委婉批评和热情期许：您现在的德行还不够纯粹，所以您被群小所包围而贤人日远；如果您弃掉秽行使自己的德行像三后那样纯正完美的话，贤士们就会团结在您周围了！说穿了就是：天下至圣，众美在躬！细思其意，"先路"与"弃秽"也有千丝万缕的联系。另外，这两句话之间构成了较为明显的因果关系：因为三后品行纯粹无邪，所以就成了各种人才汇聚的所在。这种因果，容易为人理解和接受。《文选五臣注》打了个颠倒，认为这种因果可以倒置："三王所以有纯美之德，以众贤所在故也。"说法较新颖，有新意。朱熹《集注》继承了这一说法。

关于三位先王所指为谁，学界说法不一：有主张是夏、商、周三代开国之君禹、汤、文王的，以王逸《章句》为代表："后，君也。谓禹、汤、文王也。"有主张是夏、商、周三代开国之君禹、汤、文王、武王的，以林云铭《楚辞灯》为代表的："禹、汤、文、武，能弃秽矣。"有主张是楚国三王鬻熊、熊绎、楚庄王的，以王夫之《通释》为代表："三后，旧说以为三王，或鬻熊、熊绎、庄王也。"有主张是楚国三王熊绎、若敖、蚡冒的，以戴震《屈原赋注》为代表："在楚言楚，其熊绎、若敖、蚡冒三君乎？"其中以王逸和戴震两说影响较大。熊绎等三人，在楚国的创建和发展过程中确有重大贡献，也为楚人所共仰，戴说似颇近情理。但屈原所追求的并不只楚之三王，而其终生所向往的则是夏、商、周三代盛世，这是屈原的远大理想。我认为，下文所列正反两方面的历史人物，既然都是不分国界、颇具代表性的，那么，这里的三王也应该与他们相对应，也就是说，三王指的应该是夏、商、周三代明君。而将其释为楚之三王，也的确有些夸张，楚国的国君里，能够堪当此誉的并不多见，生拉硬扯，实在勉为其难。

句中“昔”字耐人寻味！“昔”者如彼，“今”则不然！多少况味！几多委婉！“固”字是理所当然之意，而理所当然的事则是需要条件的，它所需要的条件，就是这两句话要突出的话题：您还得德行纯粹啊！看来，“读书不求甚解”，并不是囫囵吞枣的别解呢！

杂申椒与菌桂兮，岂维纫夫蕙茝？

杂，兼用，组合使用。李周翰《文选五臣注》云：“杂，非一也。”夏大霖《屈骚心印》云：“杂，不苛求而广集也。”申椒，或谓申地所产之椒，申地在今河南南阳地区。或谓秦地所产之椒称为大椒，大椒亦名申椒。椒，花椒，香木名，其实簇生累累，其味辛烈。与，连词，和。裴学海先生《集释》云：“‘与’，‘及’也。”菌桂，香木名，或称肉桂，为桂木品种之一。桂树树干正圆如竹，皮薄可卷，称为桂皮。此处以椒、桂这两种带有特殊香辣味儿的事物，比喻具有一技之长而又直言敢谏的贤臣。岂，哪里。裴学海先生《集释》云：“‘岂’，反诘之词也。”维，通“唯”，唯独，只是。裴学海先生《集释》云：“‘惟’，‘独’也。字通作‘维’。”纫，用线穿，连缀起来作为佩饰。王逸《章句》云：“纫，索也。”夫，代词，那些。裴学海先生《集释》云：“‘夫’犹‘彼’也。”蕙，香草名，生湿地，色香如蘼芜。茝，香草名，即白芷。此处以蕙、茝比喻纯正有为的贤臣。王逸《章句》云：“蕙、茝皆香草，以喻贤者。”

既然三后那里是“众芳之所在”，那么，在他们那里又汇聚了哪些“众芳”呢？这两句诗就是答案：他们那里兼用着申椒和肉桂，岂止连缀那些香洁的蕙草和白芷作为佩饰呢？王逸《章句》云：“禹、汤、文王虽有盛德，犹杂用众贤以致于治，非独索蕙茝任一人也。”花椒和肉桂均为木本香料，蕙和茝均是草本鲜花。一般来讲，香草的价值要远超香木的价值，人们更看重香草。所以，这里说，在三后那里，不只有香草蕙和茝，还有稍微低等一些的花椒和肉桂。言外之意是：他们那里聚集了各种各样的人才，有高等的，也有一般的，三后就是这样成为“众芳之所在”的！您要成为“众芳之所在”，也应该如此！这里讲的是三后用人的问题。钱澄之《屈诂》云：“椒、桂性芳而烈，比亢直之士，非如蕙、茝一味芳馥可亲。‘杂’字着眼，惟‘杂’而后可以得‘纯粹’也。”现实生活中也是如此，孟尝君养士三千，兼容并包，甚至鸡鸣狗盗之徒在关键时刻也能发挥作用。

这与上文是如何联系起来的呢？上文说，他奉劝怀王弃秽改过，并且要为怀王引导“先路”，紧接着就讲三后如何延揽人才。仔细揣摩，就会发现，屈原之所以这样说，旨在间接地批评怀王的秽行之一——不注意延揽人才而专佞小人，其目的是为其指出向上之路，让他效法三王。你看，《离骚》上下文的联系是多么自然而紧密！

彼尧舜之耿介兮，既遵道而得路。

彼，远指代词，那。尧舜，传说中的古代圣明天子，其统治时期被儒家目为“大同”之世。王逸《章句》云：“尧舜，圣德之王也。”之，判断系词，是。“之”处于名词和形容词之间，表示“尧舜”具有“耿介”这一性质。裴学海先生《集释》云：“‘之’，‘是’也。一为‘是非’之‘是’。”耿介，光明正大貌。王逸《章句》云：“耿，光也。介，大也。”既，副词，表动作完成状态，已经。裴学海先生《集释》云：“‘既’，‘已’也。一为‘业已’之义。”遵道，沿着正道，即遵循国家发展的正道。王逸《章句》云：“遵，循也。”张凤翼《文选纂注》云：“董仲舒云：‘道者，所由以适于治之路也。’”而，顺接连词，承上启下之词。得路，找到了出路。洪兴祖《补注》云：“路，大道也。”

前面四句先列举了三王如何延揽人才，从其心地纯正、善于用人的角度为怀王指出“先路”。这里又从尧舜胸怀光明正大、为政遵循正道的角度，继续以具体史实阐述自己的政治主张，为君王指出向上一路，并树立学习的榜样：那尧舜二帝品德光明正大，他们已然循着正道找到了国家发展之路。这话里面也暗含着屈原对君王的委婉批评和热情期许，言外之意是：您的心胸和处事也是有问题的——不够正大光明，也不遵循正道。因为您现在的胸怀还不够耿介，所以您不能遵循正道走上坦途；假如您弃掉这些秽行，使自己的胸怀像尧舜那样坦荡光明的话，楚国早就凤鸣九皋、声闻于天了！他告诫怀王，只有像尧舜那样品格正大光明、行为合乎正道，才能走上发展的坦途。另外，这两句话之间也构成了鲜明的因果关系：因为尧舜胸怀光明正大，所以才能沿着正道找到出路。胡文英《屈骚指掌》云："惟遵道，故得路。"这种因果，容易为人理解和接受。王逸也给这一因果关系打了个颠倒："尧舜所以有光大圣明之称者，以循用天地之道，举贤任能，使得万事之正也。"以上是正面的榜样！

以上所列先贤，三王竟置于尧舜之前，似与史实不合，而别有深意。其用意在于说明，好传统由近及远，远接古人，渊源有自。王逸《章句》云："夫先三后者，据近以及远，明道德同也。"

何桀纣之猖披兮，夫唯捷径以窘步。

何，多么。这个词是形容"猖披"的，与"纷吾既有此内美"句式相同。桀纣，夏桀和商纣，夏、商两代著名的昏君、暴君、亡国之君。王逸《章句》云："桀纣，夏殷失位之君。"之，判断系词，是。"之"处于名词和形容词之间，表示"桀纣"具有"猖披"这一性质。裴学海先生《集释》云："'之'，'是'也。一为'是非'之'是'。"猖披，一作"昌披"，衣不束带貌，形容行为没有约束，毫不检点，猖狂放肆。王逸《章句》云："昌披，衣不带之貌。"钱杲之《离骚集传》云："猖披，行不正貌。"汪瑗《集解》云："猖，狂也。披，乱也。"夫，代词，他们。钱杲之《离骚集传》云："夫，犹彼也。"唯，正是。裴学海先生《集释》云："'惟'，'独'也。字又通作'唯'。"捷径，近路，此处指邪路。汉乐府诗有"斜径败良田"之语。以，顺接连词，乃，才。表示

“捷径”是“窘步”的原因，“窘步”是“捷径”的结果。裴学海先生《集释》云：“‘以’犹‘乃’也。”窘步，行动困窘，举步维艰。汪瑗《集解》云：“谓不由正道而所行蹩迫，多踣仆之虞也。”

在列举了三后与尧舜的成功事例后，在这里，屈原又列举了两个反面典型，旨在说明：像桀纣那样放肆猖狂、不遵法度的人，都会因贪走斜曲的小径而使国步维艰。洪兴祖《补注》云：“桀纣之乱，若衣披不带者，以不由正道，而所行蹩迫耳。”胡文英《屈骚指掌》云：“猖披，放纵无检束，如‘不介马而驰’之类也；捷径窘步，喻以私智行小道，故至于颠覆也。”屈原例举桀纣的言外之意是：您如果贪走斜径而不遵循正道，也会像桀纣那样举步维艰。旨在讽谏怀王抛弃秽行，向尧舜看齐。以上四句，将一正一反两种截然不同的史实形成了鲜明的对比，使人能及时、准确地做出判断取舍，以便达到引领“先路”的目的。这是引以为戒的反面典型。

以上八句所列举的历史事件，真实而典型，其目的就是要从正反两方面让怀王作出判断和取舍，这就是屈原给怀王引领的“先路”。仔细体味，均带有鲜明的讽谏意味。而其文脉昭然，有水到渠成之感。徐焕龙《屈辞洗髓》云：“八句一气贯注。三后惟杂用群贤，故能于彼尧舜之耿介，尽遵其道而得其路。祖宗道路昭然，子孙家法不远，何至桀纣乃遂昌披，不用周行，惟邪出小路，以自窘国步乎？怪而叹之，紧喝听信党人之故。”其说颇得文心。

惟夫党人之偷乐兮，路幽昧以险隘。

惟，正是。裴学海先生《集释》云：“‘惟’，‘独’也。”夫，远指代词，那些。裴学海先生《集释》云：“‘夫’犹‘彼’也。”党人，结党营私的小人，指朝中那班朋比为奸的人。王逸《章句》云：“党，朋也。”蒋骥《山带阁注楚辞》云：“党人，谓靳尚、上官、子兰、郑袖辈。”之，结构助词，的。裴学海先生《集释》云：“‘之’，口语之‘的’也。”偷乐，苟安享乐。王逸《章句》云：“偷，苟且也。”路，指国家发展之路。王逸《章句》云："路，道也。"幽昧，幽深昏暗。王逸《章句》云："幽昧，昏暗不明也。"以，并列连词，又且。裴学海先生《集释》云："'以'犹'且'也。一为'又且'之义。"险隘，危险狭窄。王逸《章句》云："险隘，喻倾危。"朱熹《集注》云："险，临危也。隘，履狭也。"

前面讲到，屈原以三后、尧舜为正面典型，以桀纣为反面教材，要把怀王引领上一条效法先王的光明大道上去。紧接着，又从桀纣"猖披""窘步"的史实反观楚国当时的黑暗现实，提出了自己的担心。自"惟夫党人之偷乐兮，路幽昧以险隘"句以下，即是他的担心所在。他指斥和批判朝中的"党人"：正因那些结党营私的小人们苟安享乐，致使国家的发展之路幽深昏暗且危险狭窄。意谓尧舜、三后之成功大路易得，而其险阻重重，"党人偷乐"即是一重！在这里，屈原的批判矛头，首先指向了朝中的那班小人，谴责他们因苟安享乐而使国家走上了一条幽深昏暗、危险狭窄的路。陈本礼《屈辞精义》云："党人为罪之魁、祸之首也。"钱澄之《屈诂》云："惟君不能信贤，故小人得以植党，如上官、子兰、靳尚、郑袖辈，内外一气，以成朋比是也。偷乐但顾身家，不顾君国，图目前不图后来耳。"贺贻孙《骚筏》云："'偷乐'二字，写尽小人情状。……不独'幽昧险隘'从偷乐而生，而'恕己量人'亦偷乐之所必至也。……那班庸人做去，被屈子无意描出，不觉失笑。"

这两句诗在用词上非常考究！"夫"是远指代词，仔细体味，有鄙夷、厌恶之意；"党人"指那些结党营私的小人。孔子云："君子矜而不争，群而不党。"可见这个"党"字是拉帮结伙的意思。在《惜诵》里，屈原尚称那些小人为"众人"，好像还给他们留了一些面子。而在这里，则直呼他们为"党人"，明显带上了鄙夷的感情色彩！这也正说明，在创作时间上，《离骚》晚于《惜诵》，应该是屈原晚年的创作，我曾在《〈惜诵〉与〈离骚〉的比较》一文中谈到过这个问题；"幽昧"指幽深昏暗，因为幽深所以昏暗，辨不清方向；"险隘"指危险狭窄，因为狭窄所以危险。汪瑗《集解》云："幽昧则不显明，而一物无所见；险隘则不平正，一步不可行也。"屈原驾驭语言的能力，实在高超奇妙！

文章如草蛇灰线，痕迹巧留。上文说尧舜得"路"，又说桀纣"捷径窘步"，都是为这里叙述楚国走上了"幽昧险隘"之路做眼。从历史中走来，到现实里去看，楚国所走的不是"遵道"而得之路，而是"窘步"之"捷径"，是一条"幽昧以险隘"的窘途！这样推下去，结论是非常可怕的，因为下一步就是走上这条窘途的国君了：不成尧舜，即为桀纣！所以，屈原是真忠，不是愚忠。

岂余身之惮殃兮，恐皇舆之败绩！

岂，难道。裴学海先生《集释》云："'岂'，反诘之词也。"余身，自称，我个人。之，判断系词，是。裴学海先生《集释》云："'之'，'是'也。一为'是非'之'是'。"惮，害怕。张凤翼《文选纂注》云："惮，畏也。"殃，灾祸，祸殃。王逸《章句》云："殃，咎也。"恐，担心。皇舆，君王所乘之车。王逸《章句》云："皇，君也。舆，君之所乘，以喻国也。"君王负一国之安危，所以屈原托言皇舆以寄托忠君爱国之情。之，副词，将。裴学海先生《集释》云："'之'犹'将'也。"败绩，军败而车覆人溃，形容大败，此处形容国家危亡。张铣《文选五臣注》云："败绩，崩坏。"汪瑗《集解》云："败绩则指车之覆败，以喻君国之倾危也。"戴震《屈原赋注》云："车覆曰败绩。"

上文明确指出，正因党人"偷乐"，致使国步维艰，陷国家于倾危。这两句则明确表示，自己所以不辞忤怒党人而招致祸殃，完全是出于为君国不至"败绩"考虑：难道说我个人害怕遭殃吗？不！我担心的是君王的车子颠覆散坏。钱杲之《离骚集传》云："余不从党人，岂唯自惮殃咎，诚恐君舆由邪道而败。"看得已非常明白。蒋骥《山带阁注楚辞》云："二句盖谓党人导君非义，于余身非有患害也，特恐有误国是，而不忍坐观耳。"则又从文理角度解释了上下文的关联。前文所列举的三后、尧、舜、桀、纣与此处所揭批之党人，其成败得失的关键，取决于各自选择的方向和路径，这是最根本的问题。用今天的话讲，就是路线、方针和政策的问题，亦即走哪条路的问题，由此不难看出屈原的政治观点；而在讲到甘愿为君国牺牲时，尤其可以看出其牺牲精神和爱国情怀。

前句句首的“岂”字，非常感人！它以反问的形式，表明了自己为了国家前途而毫无畏惧，将一己生死置之度外的决心。次句句首一个“恐”字，生动地刻画了屈原以天下为己任的忐忑心态，重点表述了其心头所想与所急。这就与党人的“偷乐”形成了鲜明对照，表明了自己与党人之间难以调和的矛盾与冲突。钱澄之《屈诂》云：“‘惮殃’与‘偷乐’对，党人所为乐，原所为殃。偷者，偷其乐之在己；惮者，惮其殃之在国。”这两句感慨，主要是针对党人而发的。何焯云：“‘恐皇舆之败绩’，此‘恐’字谓国之安。”陈子展《直解》云：“屈子之政治路线：变法图强，爱国拒敌。党人之政治路线：偷安守旧，卖国投降。”正说着了屈原的心思。

忽奔走以先后兮，及前王之踵武。

忽，匆匆忙忙，形容急迫之态。洪兴祖《补注》云：“忽，疾貌。”闵齐华《文选瀹注》云：“忽，急也。”奔走，急走如跑。以，介词，于。裴学海先生《集释》云：“‘以’犹‘于’也。”先后，前后，指君王车前马后。洪兴祖《补注》云：“相导前后曰先后。”及，赶上，跟上。前王，指前文所举三后、尧、舜等贤明君王。之，结构助词，的。裴学海先生《集释》云：“‘之’，口语之‘的’也。”踵武，足迹，脚步，代指发展步伐。朱熹《集注》云：“踵，足跟也；武，迹也。追前人者，但见其跟之迹耳。”

“忽奔走”两句上承“皇舆”句而来，讲自己在楚王左右做事，所以用“奔走先后”来形容为君国出力。屈原前面说，要为君王“导夫先路”，接着树三后、尧、舜等圣明之王为楷模，列桀、纣等暴虐失国之君为前鉴，又指斥楚国朝中“党人”只顾偷乐而使国步窘迫，至此才说满朝只有自己为王奔走，匆匆忙忙地在皇舆前后左右效力，意在引导君王正道直行，不至使皇舆失路而倾覆。他奔走于君王先后的目的，就是要使楚国赶上前面所举的那些圣明君王的脚步。朱熹《集注》云：“所以奔走以趋君之所乡，而或出其前、或追其后以相导之者，欲其有以蹑先王之遗迹也。”而无良之辈置“及前王之踵武”一句而不顾，遽然割裂前后两句的联系，故意将屈原这样一副冰雪肝胆指实为谋求一己之私，将“忽奔走以先后”诬指为一副谄态，真是天生的坏种！仔细揣摩，这两句与下两句的联系似乎更近一些，这应该是针对楚王说的。

“忽奔走以先后”一语，颇具画面感，最为生动感人！“奔走先后”的行为与“忽”的状态相结合，将其匆遽忙碌之态刻画得惟妙惟肖。鞍前马后为王跑腿儿，一副急匆匆的样子，正是为王效力之态，当然也包括诸如为君王出主意、想办法等智力行为，是“不惮殃”和“恐败绩”这两个抽象概念的具象化。闵齐华《文选瀹注》云：“奔走先后，正不惮殃也；踵前王之武，正恐败绩也。”钱澄之《屈诂》云：“‘忽奔走’，言见皇舆之将败，不自禁其奔走耳。先之后之，将以持危扶颠也。”徐焕龙《屈辞洗髓》云：“‘忽’者，无商量、不姑待也。唯恐败绩，故忽奔走以先后其车，务使不输尔载，不失其驰，以追及前王开疆拓地、内治外威之踵武。”皆堪为解人。

以上四句，屈原在从历史回归现实之后，转向了个人的真情表白，与党人的行径形成了鲜明对照。而文中的“路”和“皇舆”，又为下文“荃”的出现作了铺垫：党人偷乐致使“路”入险途，我奔走“皇舆”前后乃是恐其“败绩”，而那个坐在“皇舆”上的“荃”又当如何呢？你看，屈原的文笔该有多么细腻精巧！

荃不察余之中情兮，反信谗而齌怒。

荃，香草名，又名荪，或曰石上菖蒲，此处用以代指君王，特指楚怀王。王逸《章句》云：“荃，香草，以喻君也。人君被服芬香，故以香草为喻。恶数指斥尊者，故变言荃也。”王夫之《通释》云：“荃与荪通，似石上菖蒲，而叶无剑脊，亦香草也。”戴震《屈原赋注》云：“荃，灵修相谓之美称，篇内借以言君也。”察，看得仔细清楚。之，结构助词，的。裴学海先生《集释》云：“‘之’，口语之‘的’也。”中情，内心，本心，指屈原那种“惟草木之零落兮，恐美人之迟暮”“乘骐骥以驰骋兮，来吾道夫先路”“岂余身之惮殃兮，恐皇舆之败绩！忽奔走以先后兮，及前王之踵武”的恳切之心，即忠君爱国之情怀。反，转折连词，反而。信谗，相信谗言。而，且，并且。裴学海先生《集释》云：“‘而’犹‘且’也。”齌怒，暴怒，盛怒。“齌”的本义是猛火炊饭，和“怒”字连文，作暴怒、盛怒解。《说文》云：“齌，炊餔疾也。”王逸《章句》云：“齌，疾也。”王夫之《通释》云：“齌，疾急也。”汪瑗《集解》云：“齌怒，言怒气之盛如火也。”

这两句承上申说自己辛勤拱卫“皇舆”，希望楚国赶上前王（三后和尧舜）脚步，使国家走上光明正道而来。虽则如此，可屈原全身心为之付出的怀王，又是怎样对待屈原的呢？竟不料，怀王非但不体察我内心的真情，反而相信谗言并对我勃然大怒。王逸《章句》云：“言怀王不徐徐察我忠信之情，反信谗言而疾怒己也。”文章由“导先路”而来，转而指斥党人偷乐，表白自己奔走先后，最后落笔于君王信谗而齌怒，正面指出了他与怀王、党人之间的矛盾冲突，回顾了楚国朝廷内部尖锐复杂的政治斗争，这就是《史记·屈原列传》所记述的“王怒而疏屈平”的情节。而屈原与怀王及党人之间的矛盾与斗争，正是诗篇的中心线索。自此开始，至“伤灵修之数化”这十句感慨，均是针对楚王而发的。

需要注意，《离骚》对怀王的称谓变化多端，或称“美人”，或称“灵修”，或称“荃”，均是以香草美人为喻美称君王的，它体现了屈原对君王的一片忠爱之心。需要说明的是，句中的“反”字用得精到，真有一字千钧之妙！它表示，后面描述的情况是一种出乎意料的结局，是一种非但没有想到，也是绝不合逻辑的结局！这一结局，比“不察余之中情”还要疏离常规！“而”字用得也好！这个表进一步的连词，标明了“信谗”与“齌怒”的先后顺序，符合人情常理。林云铭《楚辞灯》云：“信谗在先，又疑原欲以所谏之事自伐耳。”前面，屈原极力表白了自己的志向、品质、忠心，到此，情形却陡然翻转——君王非但不买自己的账，反而相信谗言并对我大怒不止。自己向来付出的一切努力，至此全部付诸东流了！不难想见，此时屈原的情绪从峰顶直落而下，扫兴到了极点。

余固知謇謇之为患兮，忍而不能舍也。

固，副词，本来。知，懂得。“知道”和“懂得”是有区别的，“知道”浅表一些，“懂得”则更加理性和深邃。謇謇，本义为不善表达之状，引申为忠诚貌。王逸《章句》云：“謇謇，忠贞貌也。”朱熹《集注》云：“謇謇，难于言也。直词进谏，己所难言而君亦难听，故其词之出有不易者，如謇吃然也。”周拱辰《离骚草木史》云：“謇謇，乃謇謇谔谔之意，语不违心，戆直自任也。”胡文英《屈骚指掌》云：“謇謇，讷言而诤也，数而取辱之意。”龚景瀚《离骚笺》云：“朱说为本义，王训为忠贞，则转义也，兼之始备。”之，句中助词，取消“謇謇为患”的句子独立性，使之成为“知”的宾语。为患，招致祸患。汪瑗《集解》云：“患，害也。”忍，忍受，忍耐，即忍耐着自己的祸患，与《怀沙》“冤屈而自抑”的意思相仿佛。而，顺接连词，承上启下之词。不能舍，不能停止，不能放弃。王逸《章句》云：“舍，止也。”

这两句上承怀王“信谗齌怒”而来，虽然怀王听信谗言对屈原大发雷霆，屈原还是要直言进谏！我本来就懂得忠直敢言会招人怨恨而带来祸患，但为了君国，我忍受着祸患不能止而不言。王逸《章句》云：“言己知忠言謇謇谏君之过必为身患，然中心不能自止而不言也。”徐焕龙《屈辞洗髓》云：“余固知忠言逆耳，必为身患，欲隐忍不发，而爱君至性终不能止。”明知多言招祸，仍以匡扶自任，这就是忠臣本色！设使遇到圆滑一些的人，谏了你而挨了批，从此就三缄其口了！即使会尽人间，也只暗中点头而已！孔子之“知其不可而为之”，体现了目标的明确性和态度的坚定性，一旦认定，绝不改易；庄子之“知其不可奈何而安之若命”，体现了对生命的关切和态度的圆融，一旦受挫，随遇而安。这就是儒道两家迥异的人生观。屈原就是那种“知其不可而为之”的人，所以，李陈玉《笺注》说屈原的思想“到底是儒家”，是不无道理的。

句中的“固”字下得非常地道！本来懂得如此，但还要那样去做，这就是执著！一旦咬定，绝不放松！它把屈原那股子爱国忠君的倔强劲儿写活了；“謇謇”二字原为口吃之状，此则形容忠心可鉴又难以完整表达之状，情态如画。中国向有“文死谏，武死战”的忠义传统，死谏是忠臣的座右铭。屈原是一个爱国者，他的爱国，具体表现为忠君，表现为冒死进谏，因为他生活在一个家国同构的时代。所以，句中的这个“忍”字下得也非常沉痛！他把一个明知会招致祸殃却偏不放弃的忠臣形象生动地刻画出来了；另外，“不能舍”也颇耐寻味！“不能舍”不是侧重于主观意愿的“不想舍”，而是侧重于客观责任的“不能舍”！因为，一旦舍了就前功尽弃了，一旦舍了就毁了自己的美德美誉了！一旦舍了国家也就完了！它透露了屈原内心激烈的矛盾冲突，这一冲突，使得屈原形象更加血肉丰满，更加生动伟岸。句末的“也”字也不可等闲视之！这个表示感叹的语气词，不只是诗意的表达，更是强烈感情的辅助性抒发。

指九天以为正兮，夫唯灵修之故也。

指，用手指指着，是发誓的意思。王逸《章句》云：“指，语也。”九天，上天，苍天，中国古代神话认为天有九重。朱熹《集注》云：“九天，天有九重也。”以为，以之为，让它作。正，通“证”，证明。张凤翼《文选纂注》云：“正，犹‘证’也。”汪瑗《集解》云：“正，古与‘证’通用，如此解更明白。”徐焕龙《屈辞洗髓》云：“正，证明也。”夫，近指代词，这。裴学海先生《集释》云：“‘夫’，‘此’也。”唯，副词，只是，表示目的的唯一性。裴学海先生《集释》云：

"'维'，'独'也。字又通作'唯'。"灵修，代指君王。王逸《章句》云："灵，神也；修，远也。能神明远见者，君德也，故以喻君。"朱熹《集注》云："灵修，言其有明智而善修饰，盖妇悦其夫之称，亦托词以寓意于君也。"陈本礼《屈辞精义》云："灵修，称君之辞。"鲁笔《楚辞达》云："'灵'字有三义，神也，明也，善也。"值得参考。之，结构助词，的。裴学海先生《集释》云："'之'，口语之'的'也。"故，缘故。

前面说，怀王不体察他的忠心，反而相信谗言大怒不止，进而又疏远他，罢免他，流放他。而他却坚持冒死直谏、忍而不舍，其目的绝非为一己之私，而怀王却不再信任他。他的冤屈实在无可告语，所以一气之下发誓说：我手指苍天让它做证，直谏不舍这些看似傻气的做法，只是因为君王的缘故。手指苍天，呼天做证，是人遭遇极度委屈而又无可奈何时的表现，这一动作，委婉地表现了屈原因内心冤屈又无处倾诉所造成的极端痛苦。今人考证，国人指天誓日的习惯，源于先秦时期的太阳崇拜。古人常说："吾心如日月!""日月可鉴!"孔子也曾对子路发誓说："予所否者，天厌之！天厌之!"均反映了这一习俗。司马迁对此亦颇多感慨："夫天者，人之始也；父母者，人之本也。人穷则反本，故劳苦倦极，未尝不呼天也；疾痛惨怛，未尝不呼父母也!"由此看来，指天誓日这一行为，隐藏着屈原对怀王不纳忠言的谴责与批判。林云铭《楚辞灯》云："中情唯有天知，求为持平。"刘梦鹏《屈子章句》云："耿耿中情，九天可质。"陈本礼《屈辞精义》云："太史公曰：'人穷则反本，未有不呼天者。''指九天以为正'，此呼天之词也。"均认识到了这一点。

后句中的"唯"字，强调了个人罹患原因的唯一性，并将个人的内心世界充分展示给了"灵修"，从而反衬了"灵修"狭隘多疑的一面，可谓一字千钧。

曰黄昏以为期兮，羌中道而改路！

曰，说好，约定。朱熹《集注》云：“‘曰’者，叙其始约之言也。”黄昏，古人结婚在黄昏之时。朱熹《集注》云：“黄昏者，古人亲迎之期，《仪礼》所谓初婚也。”以为，以之为，将其作为。期，吉期，即好时辰。黄昏为期，古人结婚不在清晨，而在黄昏，故曰“结婚”。《易经·屯卦》云：“屯如，邅如；乘马，班如。匪寇，昏媾。女子贞不字，十年乃字。”就是古代黄昏抢亲风俗的遗迹。夏大霖《屈骚心印》云：“黄昏为期，图议密勿之比。”可参。羌，楚国方言，此处有“竟然”之意，表示出乎意料的结局。鲁笔《楚辞达》云：“羌，楚人转语词，乃也。”中道，中途，半路。而，连词，又。裴学海先生《集释》云：“‘而’，犹‘又’也。”改路，即改道，喻改变初衷。

屈原所钟情的、忍而不能舍的“灵修”却是这般模样：已说好将黄昏作为亲迎的吉期，竟不料您中途又改了道。一本无此二句，一本有此二句。而王逸《章句》于此无注，至下文“羌内恕己以量人”句始释“羌”义，似已疑此二句为后人所增。因此，后世据此怀疑此二句为后来读者以楚辞句法给下面两句所作的注释。陈本礼《屈辞精义》驳之云：“‘曰’者，标经正文，故以‘曰’字另起。今考王逸本现有此二句，惟《文选》脱此二句，似昭明不知《离骚》有叙，特删此二语，使叙文联成一篇，故后世以讹传讹，实自昭明始也。”虽其“叙文”之说欠妥，而证明《文选》脱文可信。实际上，虽然此四句内容貌似相同，但意义并不重复！前两句所云“曰黄昏以为期，羌中道而改路”，侧重于指出行为的变易；下两句“初既与余成言，后悔遁而有他”，侧重于揭示心灵的裂痕。而这两者之间又存在一定的因果关系：之所以约定了黄昏为期而中道改了路，是因为背叛了成言而悔遁有他了！《九章·抽思》“昔君与我成言兮，曰黄昏以为期。羌中道而回畔兮，反既有此他志”四句所叙与此类似，而与此不同的是，前两句均在陈说原来已经有了约定，而后两句却分述了行为变易和心灵裂痕两个结局。既然《抽思》可以如此，《离骚》当然也能这样。在这里，前一句陈说怀王曾与自己有过约定，后一句则控诉他半路上竟改变了初衷。

需要注意：屈原擅长以男女恋爱婚姻为喻，表达自己与君王之间的君臣关系，这甚至可以从屈原对君王的称谓上略见一斑。贺贻孙《骚筏》曾对屈原称君有过较全面的论述：“至后而求虙妃，求有娀，求二姚，复归咎于理弱媒拙、闺中邃远，则明明以美人况怀王矣。而又云‘指九天以为正，夫惟灵修之故也’，灵修，妇人悦其夫之称。既以美人况君，又以灵修况君者，亲昵之至也。其自拟曰兰，曰蕙，曰椒，曰桂，曰芙蓉，曰木兰，曰秋菊，曰薜荔，曰胡绳，非所谓‘其志洁，其称物芳’者耶？而曰‘荃不揆予之中情’，则又以芳草况怀王矣。既以芳草自况，又以芳草况君者，爱慕之至也。反复缠绵，颠之倒之，无往不妙。”可备参考。对此，过去曾有学者说，屈原是一个女性狂，有强烈的女性癖。他枚举了屈原作品中所有有关恋爱婚姻和屈原爱鲜花香草的句子，证明屈原确有此疾！真是变态到了极点！在中国文学史上，比兴是《诗经》开创的创作手段，而《楚辞》又将这一手段发挥到了极致，形成了以象喻为特征的浪漫主义手法。实际上，这一手法在先秦诸子和先秦历史散文中也有丰富的表现，像齐人有一妻一妾、邹忌讽齐王纳谏等，都是以家庭关系比附某种人际关系的例子。后世的文学创作，如朱庆余的《上张水部》，更是把自己比作了刚过门的新媳妇儿。其所以如此，不过因为比与被比的双方在某种心理上有相似之处罢了。

“羌”字有令人“心折骨惊”的力量！这一带有“竟然”之意的楚语，突出了屈原对怀王背弃成言、“中道改路”行为的始料未及，活现了怀王“二三其德”的负心人形象。

初既与余成言兮，后悔遁而有他。

初，当初。王逸《章句》云：“初，始也。”既，副词，表示动作已成过去，已经。裴学海先生《集释》云：“‘既’，‘已’也。一为‘业已’之义。”成言，彼此相互约定的誓言，特指婚姻行为中的信誉之词。洪兴祖《补注》云：“成言，谓诚信之言，一成而不易也。”朱熹《集注》云："成言，谓成其要约之言也。"陈本礼《屈辞精义》云："成言，黾勉同心之言也。"皆可参考。后，与"初"相对，后来。悔，后悔，翻悔。遁，躲闪，逃避，是心虚理亏的表现。张铣《文选五臣注》云："悔，改；遁，移也。"戴震《屈原赋注》云："《说文》云：'遁，迁也。'"而，连词，又。裴学海先生《集释》云："'而'，犹'又'也。"有他，有了他志，即有了二心。

此承上继续指责怀王，您不只行为上违弃了约期而中途改路，就是心眼里也改变了初衷又有了二心：当初您与我已有约在先，后来您翻悔了，逃避了，又有了别的打算。这两句诗与上面两句诗的意思看上去很相似，好似都是诉说二人当初情好似蜜而如今却分道扬镳了，所以，有人怀疑前两句是这两句的注释文字。其实，二者并不相同：上两句重在表现行为的改易，而这两句重在表现心灵的裂痕。这恰与下文"灵修之数化"相互照应。

在《离骚》中，屈原习惯用男女恋爱婚姻比附君臣关系，用婚姻的约定比附君王对自己的好感，用"悔遁有他"比附君王对自己失去了信任，疏远了自己而改信了别人。在这里，屈原用恋爱中男女的情感、心理及婚约的描写，反映了失去君王信任后的痛苦心情。在《离骚》用以作比的男女关系中，屈原似乎永远是一个男性，而君王又永远是一个女性。据此，有人说屈原有同性恋的嫌疑，还有人说屈原有什么女性癖，这些说法本身，都在说明持论者自己心理有问题，本身就是一个变态狂。如果真的如此，则"众女嫉余之蛾眉"和称王"灵修"应如何解释呢？而《九歌》里那些男女爱情故事就是一个有力的反证——它的情况比较复杂：抒情主人公时而为男时而为女，故事情节也没有固定的模式，往往视其具体情况而定——文学作品，尤其是《楚辞》，比兴手法和象征手法使用得相当普遍。

以上八句感慨，均是针对君王而发的。屈原指责君王糊涂，看不清自己的忠心；指责君王的性格变化无常，总是朝三暮四、二三其德。与此同时，屈原也申说了自己的冤屈。

余既不难夫离别兮，伤灵修之数化。

既，表动作完成的副词，已经。裴学海先生《集释》云：“‘既’，‘已’也。一为‘业已’之义。”不难，不以……为难，不将其视为难事。夫，近指代词，这种。裴学海先生《集释》云：“‘夫’犹‘此’也。”离别，长久地与人分开，此处指与君王分开。王逸《章句》云：“近曰离，远曰别。”钱杲之《离骚集传》云：“离别，去其君也。”伤，悲伤，痛苦。李周翰《文选五臣注》云：“伤，惜也。”之，结构助词，的。裴学海先生《集释》云：“‘之’，口语之‘的’也。”数化，屡屡变化，即反复无常。王夫之《通释》云：“数，亟也。”王逸《章句》云：“化，变也。”林云铭《楚辞灯》云：“数化，屡变也。”

这两句诗承上由君王“中道改路”和“悔遁有他”所造成的身心离别而来，陈说个人对此种“离别”的看法，心情非常沉痛：我已不再以与之离别为难事了，我痛苦的是君王的反复无常。朱熹《集注》云：“我非难与君离别也，但伤君志数变易无常操也。”要知道，君王的反复无常是造成二人离别的主观原因，而离别则是君王反复无常的必然结果。屈原不以结果为悲，却以原因为悲，旨在凸显君王“二三其德”的性格缺陷。而“不难”则是其心情极度沉痛时故作潇洒的豪言壮语，这是这两句诗动人心魄的关键所在。钱澄之《屈诂》云：“不难者，难也。”另一理解是：灵修数化的结果，直接导致了屈原政治理想的破灭，因而，离别比之于数化，对屈原的伤害自然要轻得多，所以，他才不以离别为难而以灵修数化为悲。林云铭《楚辞灯》云：“叙己之见疏不足恨，但君德无常操，不足与有为，是可悲耳。”可谓善解人意。

这里的“离别”又是什么意思呢？王夫之《通释》云：“离别，君不用则退而待放。”好像是指君臣心灵上的隔阂；林云铭《楚辞灯》云：“离别，谓不再见君而言事，若远去者也。”好像是指君臣空间上的分别。要正确认识这一问题，就得与前文连起来看了：君王改路了，悔遁了，有他了，所以两个人就分开了，这就是离别，也就是男女意义上的离别，其寓意就是君臣关系疏远乃至破裂了。前人在解释这两句诗的时候，往往忽略首句的那个“既”字，其实它非常重要。“既”是一个表示动作已经完成了的时间副词，限定了“不难”离别的时间是现在，意思是过去还是“难”的。这就与下面“伤灵修之数化”构成了紧密的时间承接关系，这种过去的“难”到今天就化而为“伤”了，而所“伤”的是灵修之“数化”，这个“数化”也就是“中道改路”和“悔遁有他”。

以上为第一部分的第二层。此层紧承上层“来吾道夫先路”而来，指明了为王所导“先路”的具体内涵：三后道德纯粹，故而聚集了各类贤才；尧舜光明正大，已遵循正道找到了出路；桀纣行为放荡，因贪走捷径而举步维艰。屈原如此铺张，旨在以历史兴亡为怀王提供借鉴。但当时的楚国，党人偷乐、怀王信谗，屈原信而见疑，忠而被谤，其人生道路固不免要阻碍重重、险象环生了。这一层，说明了屈原的政治理想，指出了楚国危败的政治处境，表白了自己对君国的无限忠诚，诉说了因怀王信谗而造成的无尽悲伤。

余既滋兰之九畹兮，又树蕙之百亩。畦留夷与揭车兮，杂杜衡与芳芷。冀枝叶之峻茂兮，愿竢时乎吾将刈。虽萎绝其亦何伤兮，哀众芳之芜秽。

余既滋兰之九畹兮，又树蕙之百亩。

既，连词，与下句的“又”前后呼应，表示两种情况同时存在。滋，培植，培植花草也叫“莳”。王逸《章句》云：“滋，莳也。”兰，香草名。常绿草本植物，丛生，叶子细长，春季开花，气味清香。兰的种类很多，主要有春兰、蕙兰、建兰、寒兰、墨兰等。李陈玉《笺注》云：“兰为国香，大贤之譬。”之，用于定语和中心词之间，作定语后置的标志。裴学海先生《集释》云：“‘之’，口语之‘的’也。”九畹，即二百七十亩，形容极多。畹，田亩的计量单位。《说文·田部》云：

“畹，田三十亩也。”又，复。裴学海先生《集释》云：“‘又’，‘复’也。”树，动词，种植。王逸《章句》云：“树，种也。”蕙，香草名。李陈玉《笺注》云：“蕙次于兰，小贤之譬。”蕙与兰并提，可见是两种花卉。黄庭坚认为兰、蕙有别，其《兰说》云：“《离骚》曰‘余既滋兰之九畹，又树蕙之百亩’，《招魂》‘光风转蕙泛崇兰’，以是知楚人贱蕙而贵兰矣。兰、蕙丛出，莳以沙石则茂，沃以汤茗则芳，是所同也。至其发华，一干一华而香有余者兰，一干五七华而香不足者蕙也。”可见二者是有区别的。之，用于定语和中心词之间，作定语后置的标志。同上。亩，田地计量单位。王逸《章句》云：“二百四十步为亩。”

前面，屈原批判了昏庸善变的怀王，指斥了结党营私的小人，接下来又把矛头指向了蜕化变节的后学弟子：我既培育了九畹的兰草，又种植了百亩的蕙草。屈原培育了许多兰，又种植了不少蕙，还种植了各种花花草草！我们不能据此皮相地认为屈原是一个花匠，须知，这是一种文学的表达，这种手法同样也来源于生活。我们经常听到父亲这样训斥儿子：“你到八十也长不成八吊钱的驴！”“你一辈子也长不成个像样儿的材料！”人注定是长不成驴的，也长不成匠人做工用的料，但说者与听者都明白这是人才的比喻。中国古人善于以物比德，屈原就是如此，他以香洁高雅的兰和蕙比喻高端人才。这一层，应该是屈原对任职三闾大夫期间生活的回忆，即钱杲之《离骚集传》所谓“言己平日培植群贤，《序》所谓‘率其贤良，以厉国士’者也”。在此期间，他为国家培养了大批的“兰”和“蕙”，其中特别高级的“兰”占了多数，不怎么特别高级的“蕙”也有不少，这当然是非常令人自豪的事情。洪兴祖《补注》云：“九畹盖多于百亩矣，然则种兰多于蕙也，此古人贵兰之意。”滋兰九畹又树蕙百亩，工程浩大，成就非凡，于此足见屈原对个人工作成就的自信。

作为楚辞中的香草意象，兰和蕙一直受到人们的高度关注。自古及今的楚辞学家，几乎无一例外地认为，兰、蕙和下文讲到的杜衡、芳芷之类的香草，都是用来比喻各级人才的。李陈玉《笺注》云：“兰为国香，大贤之譬；蕙次于兰，小贤之譬；留夷、揭车、杜衡、芳芷，俱香草之至小者，又是一材一艺可为国需者之譬；树众芳者，树众贤之譬。”蒋骥《山带阁注楚辞》云：“以香草喻己所荐拔之士。”皆为善解之人。众所周知，《离骚》乃至屈原的全部作品，习惯以香草比贤士君子，已形成了一种象喻传统。

古关联词“既……又”的使用，别有妙趣！一“既”一“又”，虽表示前后两种情况同时存在，既体现了工作的先后顺序，又自然分出了兰蕙的等次。

畦留夷与揭车兮，杂杜衡与芳芷。

畦，本义为田地五十亩，此处为名词用如动词，是分畦种植之意。陆善经《文选离骚注》云：“畦，为区隔也。”朱熹《集注》云：“畦，陇种也。”留夷、揭车，均为香草名。朱熹《集注》云：“留夷、揭车，皆芳草。”杂，动词，杂植，间作，即套种的农业技术。杜衡，亦香草名。洪兴祖《补注》云：“《尔雅》：杜，土卤。注云：‘杜衡也，似葵而香。’《山海经》云：‘天帝山有草，其状如葵，其臭如蘼芜，名曰杜衡。’《本草》云：‘叶似葵，形如马蹄，故俗云马蹄香。’”与，与上“与”字皆为连词，和。芳芷，芳香的白芷。王逸《章句》云：“杜衡、芳芷，皆香草也。”

除种植了二百七十亩兰草、一百亩蕙草外，屈原还分畦种植了留荑和揭车，套种了杜衡与白芷。这是屈原以象征手法自叙为国家培养贤才的经历：其中最优秀的兰、蕙固然是重点培养对象，就是层次较低的留夷、揭车、杜衡、芳芷，也没有遭到冷落。而分类种植的做法，又说明他培养的人才是有等第、有层次、多方面的。李陈玉《笺注》云：“留夷、揭车、杜衡、芳芷，俱香草之至小者，又是一材一艺可为国需者之譬。”班固《离骚序》称，三闾大夫主管王族三姓昭、屈、景的子弟教育，这里则以象征的手法对此进行了生动形象的描述，反复吟哦，其间多少带有一丝自矜的况味。黄文焕《听直》云：“既滋又树，自叹自怜，费多少精神，竭多少气力也。……自怜亦复自矜。”

由此段可以窥见，屈原的知识结构该有多么庞大！单单农业种植技术一项，在这里就一口气列举了四种：滋、树、畦、杂。分畦种植技术有利于田地灌溉和保墒，也有利于不同植物的分类管理；套种技术可以合理利用土地资源，便于植物通风透光，增产增收。过去，我和刘泽曾合作写过一篇题为《屈原知识结构刍议》的长文，文章把屈原创作中所有的知识内容进行了细致的梳理和分类，所得结论令人惊叹。这种全面发展的培养人才方式，不同于日趋纤细的“锯箭”式专业人才培养模式，值得教育人士深入思考。

冀枝叶之峻茂兮，愿竢时乎吾将刈。

冀，希望，期望。王逸《章句》云：“冀，幸也。”张凤翼《文选纂注》云：“冀，望也。”之，句中助词，取消“枝叶峻茂”的独立性，使之成为“冀”的宾语。峻茂，动词，长得高大茂密。峻，树干高大。王逸《章句》云：“峻，长也。”茂，指枝叶浓密。王夫之《通释》云：“峻，茎高。茂，叶盛也。”愿，愿意，盼望着。竢时，等待时机。对农作物来讲就是等待收获的季节，对于人才来讲就是等待启用的机会。乎，表提顿的语气词，也。裴学海先生《集释》云：“‘乎’犹‘也’也。”刈，收割，收获。王逸《章句》云：“刈，获也。草曰刈，谷曰获。”王夫之《通释》云：“刈，采而用之也。”

从滋之树之，到畦之杂之，竭气力，费精神，其目的就是要有所收获。俗语曰：“春种桃李，夏得荫其下，秋得食其实。”就种植一事讲，高大茂密是所有栋梁之材应有的共同特点，而等待时机将其用于正途是所有种植者的共同心愿。屈原也不例外：他期待它们长得高大而枝繁叶茂，他盼望着等待时机收获它们。这显然与前面四句的象征手法是相呼应的，他希望培养的后学弟子能够成为国家的栋梁，他在等待时机将其置于要路，让他们发挥出重要的作用，其欣喜之情、得意之色溢于言表！王逸《章句》云：“言己种植众芳，幸其枝叶茂长，实核成熟，愿待天时，吾将获取收藏而飨其功也。”林云铭《楚辞灯》云：“喻平日所培植之士最多，望其成德，以时进之于朝。”这就是以上六句诗的真意。

句中的“将”字，把园丁那种期待中幸福而又惶恐的心理凸显了出来。此段以象征手法，将屈原培养人才的辛苦和期盼人才成为栋梁的心理，刻画得细致而婉转。

虽萎绝其亦何伤兮，哀众芳之芜秽。

虽，副词，引导一种条件或一种假想后果，即使。裴学海先生《集释》云：“‘虽’犹‘即’也。假令兼推拓之词也。”萎绝，枯萎死掉。王逸《章句》云：“萎，病也。绝，落也。”陆善经《文选离骚注》云：“萎绝，犹将死也。”其，转折连词，而。裴学海先生《集释》云：“‘其’犹‘而’也。”亦，又。裴学海先生《集释》云：“‘亦’犹‘又’也。”何伤，何妨，有什么关系。哀，可哀，可悲。汪瑗《集解》云：“哀，悯惜之意。”众芳，即上文所列之兰、蕙、留夷、揭车、杜衡、芳芷等，比喻自己培育的各种人才。张铣《文选五臣注》云：“众芳，喻众贤也。”汪瑗《集解》云：“众芳，指上六物也。”之，句中助词，取消“众芳污秽”的独立性，使之成为“哀”的宾语。芜秽，动词，荒芜腐烂。洪兴祖《补注》云：“芜，荒也。秽，恶也。”

这两句是针对自己所培植的人才们说的：即使它们都枯萎了死掉了，又有何妨呢？最使我痛心的是，它们非但无用反而变了质，成了浊秽不堪的东西！前面说，屈原总希望培植的青年长大成材，届时可以为国家效力，殊不料希望都成泡幻，培养出来的人一无用处。这还不算什么，最可哀痛的是，他们都变成了坏人，倒向了敌对一方，反过来祸国殃民。这正是下文所说的“何昔日之芳草兮，今直为此萧艾”的意思。屈原曾为三闾大夫，那些年纪较轻附从敌党的人，可能有不少就出于他的门下，所以，他特别伤心，失落之意溢于言表！李光地《离骚经注》云：“言我昔者有志于为国培植，冀其及时收用；今则不伤其萎绝，而哀其芜秽。虽萎绝，芳性犹在也；芜秽，则将化而为艾，是乃重可哀也。”可谓慧眼独具！屈原对自己辛苦培养的人才的“萎绝”肯定是充满感伤情绪的，但令他最不可解的是，他们居然变成了与小人同流合污的人，所以，他才说“哀众芳之污秽”！以往注家多忽略了这一点。其实，这种情感与前文“余既不难夫离别兮，伤灵修之数化”非常相似——屈原的政治理想要仰仗怀王来实现，但君王却疏远并放逐了他，他怎能不悲伤呢？所以“不难”是真“难”！——在这里，屈原培养的人才背叛了他，成了敌对营垒里的人，他如何能不在乎呢？所以“何伤”是真“伤”！显然，这里的“亦何伤”既是故作豪言壮语，又是彻心的哀伤。

这两句诗中的用词也是很讲究的！一是“萎绝”。它由“萎”和“绝”两个词素构成，这两个词素体现的是一个渐变过程，即先“枯萎”后“断绝”，统而言之就是死掉；一是“芜秽”。它由“芜”和“秽”两个词素构成，“芜”指失于管理而杂乱不堪，“秽”指变为有害的垃圾，这里用以比喻所培植的人才改变了节操而与小人同流合污。这两个词，把贤才变成坏人的过程切片化了，真是精妙至极！

我刚开始教书的时候，教“古代文学史”。讲到《离骚》的这一段时，有学生说，这一段读起来像是写一个花匠种花。我让他们把上下文连起来读，他们这才发现再那样理解就显得与全文格格不入了。这就是问题意识！这八句叙事，没有一个字涉及人才培养问题，而实际上却是字字不离其左右，其手法含蓄委婉，使文情摇曳生姿。这种手法，是对《诗经》比兴传统的继承和发展，是一种新型的联类比兴的象征手法。

以上是第一部分的第三层，通章以象征的手法回忆了自己为国育人的经历，进而批判了人才的变节。

众皆竞进以贪婪兮，凭不厌乎求索。羌内恕己以量人兮，各兴心而嫉妒。忽驰骛以追逐兮，非余心之所急。老冉冉其将至兮，恐修名之不立。朝饮木兰之坠露兮，夕餐秋菊之落英。苟余情其信姱以练要兮，长颇颔亦何伤！擥木根以结茝兮，贯薜荔之落蕊。矫菌桂以纫蕙兮，索胡

绳之纚纚。謇吾法夫前修兮，非世俗之所服。虽不周于今之人兮，愿依彭咸之遗则。

众皆竞进以贪婪兮，凭不厌乎求索。

众，众人。指前文所及之“惟夫党人之偷乐”的党人，他们人多势大，所以屈原在这里用了“众”字。汪瑗《集解》云：“众，指党人也。”皆，范围副词，都。竞进，争相进取，这里指争名夺利。洪兴祖《补注》云：“并逐曰竞。”陈第《屈宋古音义》云：“竞，争也。”以，连词，又。裴学海先生《集释》云：“‘以’犹‘且’也。一为‘又且’之义。”贪婪，贪得无厌。王逸《章句》云：“爱财曰贪，爱食曰婪。”凭，楚国方言，满。王逸《章句》云：“凭，满也。楚人名满曰凭。”不厌，不满足。汪瑗《集解》云：“不厌，不以为足也。”厌，古作“饜”，原意是吃饱，这里指满足。乎，介词，于。裴学海先生《集释》云：“‘乎’，‘于’也。”求，追求。索，索取。洪兴祖《补注》云：“索，求也。”

从这一句开始，屈原又把斗争矛头指向了那班蝇营狗苟的小人，进一步刻画了那班人龌龊的心态：他们在利益面前竞相进取，争先恐后，贪财贪吃，虽已中饱了私囊，仍然毫不满足，继续追求索取。王逸《章句》云：“在位之人，无有清洁之志，皆并进取，贪婪于财利，中心虽满，犹复求索，不知厌饱也。”从生物学的角度讲，人的欲望是无限的。人的一生可能有很多目标，一个目标实现了，还会重新设置一个新的目标。譬如，一个人的钱包填满了，他不会嫌弃包里的钱太多，而是抱怨钱包太小；一个人的肚子吃撑了，他不会埋怨自己太贪吃，而是抱怨自己的胃口不好。总之，利欲的无限膨胀就是“贪婪”，就是“凭不厌乎求索”。王邦采《离骚汇订》、陈本礼《屈辞精义》皆谓“众”指“芜秽众芳”而言，恐有不妥。看下文对其“恕己量人”“兴心嫉妒”“驰骛追逐”等一系列丑恶行径的描绘，以及对个人品行为“世俗不服”和“不周今人”的表述，可知这个“众”字绝非专指芜秽之众芳。屈原在第一部分里批判的人共有三个层次：君王是第一个层次，芜秽众芳是第二个层次，党人（众人）是第三个层次。这三者虽然颇多交集，如在“导先路”之后先批了党人，又批了君王，但他们是并列关系。在屈原看来，党人的队伍是越来越大了，所以，“党人”就发展成了“众人”；芜秽了的众芳既然走到了自己的对立面，自然也就成了“党人”或“众人”中的分子。

句中的“皆”字用得好，它是一个表范围最大的副词。在《离骚》《九章》《渔父》等作品里，屈原在选择表范围的副词时是很讲究的，大的用“皆”，小的用“独”或“唯”，如“众人皆醉而我独醒，世人皆浊而我独清”等。而大的特指敌方，小的特指己方，这就形成了一种鲜明的、悬殊的力量对比，以此凸显了屈原对敌斗争的艰苦卓绝。“竞进”与“贪婪”这两个词也非常精到！“竞进”侧重于求名，“贪婪”偏重于趋利。为帽子，需要争相进取；为财货，就得锱铢不遗。这两者，用一个表递进的“以”字连接起来，说明“众”皆好名又贪利，实在精妙！

羌内恕己以量人兮，各兴心而嫉妒。

羌，楚国方言，发语词。一说训为副词“乃”，为“竟然”之意，说亦可通。吕延济《文选五臣注》云：“羌，乃也。”胡文英《屈骚指掌》云：“羌，孰料也。”内，对内，即对自己。恕己，宽恕自己，承上指宽恕自己的贪婪求索。钱杲之《离骚集传》云：“恕己，不责己也。”以，转折连词，乃，却。裴学海先生《集释》云：“‘以’犹‘乃’也。”量人，度人，即以严格的标准去衡量别人。刘梦鹏《屈子章句》云：“量，犹绳也。”各，各自。兴心，起心，即动了念头。黄文焕《听直》云：“兴心者，触之而心辄起，不待我之开罪也。”而，顺接连词。裴学海先生《集释》云：“‘而’，承上起下之词也。”嫉妒，猜忌，妒害。王逸《章句》云：“害贤为嫉，害色为妒。”似非作者原意。结合“众皆竞进以贪婪”和此处“各兴心而嫉妒”，以及下文“忽驰骛以追逐”所指的叙述对象来看，“嫉妒”是权奸内部之间的行为，是他们之间互相猜忌、互相攻讦、互挖墙脚的丑态。

“众人”除了争权夺利和永不知足外，还有许多不堪！他们竟然宽恕自己的过恶，而以法定的尺度去衡量他人，各怀鬼胎，相互嫉妒。他们把自己的种种龌龊视为天经地义，其理据就是“人同此理”：“人为财死，鸟为食亡”，我这样争权夺利贪婪成性，合情合理！因此，其贪婪求索也就变得心安理得了；而当别人贪墨了公家的财产，他们则认为这是贪赃枉法，理应受到制裁！这种处事法则，就是双重标准，也就是“宽以待己，严以律人”，这就是“恕己量人”的意思。张凤翼《文选纂注》云：“‘恕’乃责己则昏之‘恕’。言责己则恕，度人则刻，各生妒心也。”刘梦鹏《屈子章句》云：“量犹绳也，言众人恕己而刻绳人。”可谓慧眼独具！以往学者多将其理解为“以宽恕自己的态度衡量他人”，显然是有问题的。因为，“内恕己”对应的是“外量人”，内、外之别就是不同对象的意思，此其一；“量人”是用尺度量人长短，本身就带有裁定和批判的意义，此其二；唯有“内恕己以量人”，才会造成“各兴心而嫉妒”的内斗，此其三。不仅如此，他们之间还心生嫉妒，彼此仰望，相互攀比。小贪羡大贪，大贪吃小贪，这就是“兴心嫉妒”。有人把“兴心嫉妒”理解为“众人”嫉妒屈原，那么，“各”字就有了问题，难不成屈原也“竞进以贪婪”，也“兴心而嫉妒”么？

上两句用一个“皆”字把“众人”划进了官儿迷贪腐圈儿，揭露了楚国权力机构的黑暗腐朽；这里用一个“各”字又将这些贪腐的官儿迷划进了无数个内斗圈儿，暴露了他们为一己私利互相猜忌的丑恶嘴脸。这里要特别注意对“各”字的理解，它还领属着下面一句话。

忽驰骛以追逐兮，非余心之所急。

忽，匆匆，匆忙。刘良《文选五臣注》云：“忽，急也。”驰骛，飞速乱跑。洪兴祖《补注》云：“骛，乱驰也。”汪瑗《集解》云：“驰骛，乱走也。”以，介词，于。裴学海先生《集释》云：“以，犹‘于’也。”追逐，同义复词，即追名逐利。汪瑗《集解》云：“追逐，急走也。”

非，不是。之，结构助词，的。裴学海先生《集释》云：“‘之’，口语之‘的’也。”所急，急于要做的事。

这两句诗是巧妙的过渡，第一句总括了前头的内容，第二句引出了后面的话题：“众人”匆忙地奔跑着追名逐利，那都不是我心中的当务之急。“忽驰骛以追逐”承上“众”皆竞进贪婪、不厌求索而来，揭露了他们急于追名逐利；“非余心之所及”承上“众”恕己量人、兴心嫉妒而来，一转而引出自己不同于“众”的人生态度，从而在与党人的对比中表现了个人爱修洁、崇道德的高尚品质。王逸《章句》云：“言众人所以驰骛惶遽者，争追逐权贵、求财利也，故非我心之所急。众人急于财利，我独急于仁义也。”李陈玉《笺注》云：“非不知和光同尘，与之驰骛追逐，或可以免祸，乃我心更有急于免祸者。老至矣，修名不立，尚可随波逐流、空过此一生邪？”

“驰骛追逐”这四个极具喜感、极具动态的字，将“众人”竞进贪婪的可笑丑态呈现于人前，颇耐玩索，令人喷饭！一个“非”字，极尽顿挫抑扬之致，将自己的人生态度与众人的所作所为判然分为两个世界：他心之所急是追名逐利、互相嫉妒、竞进贪婪，我心之所急却并非如此！陈银《发蒙》云：“‘非余心’，极尖冷，能令妒者茫然。原非好名者，曰名，特对贪妒者言耳。”所谓“极尖冷”，指语言尖刻冷峻，足以使人另眼相看！所谓“妒者茫然”，意谓那些驰骛追逐之人闻此三字，心下不解而生疑惑：他既不追名，又不逐利，他要干什么呢？见解独到，切中肯綮！

老冉冉其将至兮，恐修名之不立。

老，老境。王逸《章句》云：“七十曰老。”《礼记·曲礼》称，五十始衰，六十岁称将老，七十岁曰老。冉冉，渐渐地。王逸《章句》云：“冉冉，行貌。”吕向《文选五臣注》云：“冉冉，渐渐也。”其，然，的样子。裴学海先生《集释》云：“‘其’犹‘然’也。一为状事之词。”将至，将要来临。修名，长名，美名。洪兴祖《补注》云：“修名，修洁之名也。”朱熹《集注》云：“修名，长名。”钱杲之《离骚集传》云：“修，亦远也。”之，句中助词，取消“修名不立”的独立性，使之成为“恐”的宾语。立，树立。王逸《章句》云：“立，成也。”

上文讲到，驰骛追逐并非“余心所急”，这是一个转折，从此，话语转向了屈原的自我表白。因此，这里紧接着就开始详述“余心所急”的内容了：老境渐渐地将要来临了，我担心的是，我的美名不能树立起来！这是其“所急”之一。前面，屈原曾担心“年岁不与”，意在趁着年华尚在，要有所作为，实现“美政”；这里又担心老境一到，“修名不立”。“美政”与“修名”是有区别的，前者看重公德事功，后者看重私德长名；二者又是有联系的，个人层面的私德和社会层面的公德，在某种意义上，也是民族精神层面的大德的组成部分。屈原所担心的“修名不立”，就是儒家所提倡的“三不朽”——立德，立功，立言。这三者都是美名兼长名，这才是“我”心所急的，这也正是屈原忧老的原因。切不要把屈原的“好修名”曲解为“好名”！须知，人生世上，富贵可忽而修名必立，流芳百世非好名者所能企及。而遗臭万年岂非长名乎？长则长矣，非“修名”也，亦非所好也！洪兴祖《补注》云：“屈子非贪名者，然无善名以传世，君子所耻。故孔子曰：‘伯夷、叔齐饿于首阳之下，民到于今称之。’”这是孔子对“修名”的肯定。贺贻孙《骚筏》对屈原的“叹老”有深刻的体认：“常怪屈子不畏死而畏老，不伤无年而伤无名。既视死如归矣，则殇子与彭祖皆死也，又况于死后之虚名耶？……盖屈子一生好修，彼其从彭咸也，必有所以俱死者；倘不即从彭咸，亦必有挟以俱老者；苟无所挟以俱老，则老之可畏甚于死；无所挟以俱死，则无名之可伤甚于无年。此屈子所以三致意也。”见解极其独到。

此处的“老”是正在进行时态，指的是老境渐渐逼近，这是我们判断《离骚》写作年代的重要内证。既然七十岁才叫“老”，而五十岁又是始衰，则“老冉冉其将至”显然是将老未老的六十岁左右。“其”这个虚词的位置是很特别的，它前面是连绵形容词，后面是这个连绵形容词修饰的动词，处于这样位置上的“其”字，相当于摹状的“然”字，是“的样子”的意思。《离骚》多次用到“将”这个副词，意义不尽相同。前面讲到“汩余若将不及兮，恐年岁之不吾与”时说过，“将”表现的是一种临界状态，说明那种状态还没有完全到达。“老冉冉其将至”里的这个“将”字，与其用意相同；《离骚》文中八次用到“恐”这个动词，这个“恐”字，体现了屈原强烈的忧患意识，包括国家和个人两个层面的忧患意识。

朝饮木兰之坠露兮，夕餐秋菊之落英。

朝，早晨。饮，喝饮料。洪兴祖《补注》云：“饮，啜也。”木兰，香木，春天开花。之，结构助词，的。裴学海先生《集释》云：“‘之’，口语之‘的’也。”坠露，坠落下来的露珠。王逸《章句》云：“坠，堕也。”夕，黄昏。餐，吃食物。洪兴祖《补注》云：“餐，吞也。”秋菊，秋天的菊花，坚贞孤高之花。之，结构助词，的。裴学海先生《集释》云：“‘之’，口语之‘的’也。”落，解作“始”。《尔雅·释诂》云：“初、哉、首、基、肇、祖、元、胎、俶、落、权舆，始也。”英，花朵。王逸《章句》云：“英，华也。”“落英”与上文“坠露”相偶成文，可见“落”字与“坠”字一样，分别是限定“英”和“露”的动词。

前面说，屈原与“众”不同的“所急”乃是“修名不立”，因此，这里紧接着就叙述了他树立修名的具体做法：早晨，我喝的是木兰花上滴落下来的露珠；黄昏，我吃的是秋天菊花刚刚绽开的花朵。从这两句诗里可以知道，屈原所树修名有两个标准，一是不贪婪，二是要香洁，这与“众”人大异其趣。在“众”人贪婪不厌的时候，他的饮食却是木兰之坠露和秋菊之落英，他的佩饰却是以木根结茝而贯薜荔落蕊、以菌桂纫蕙而索胡绳。众所周知，追香恋洁、衣食简朴固然能够做到，而非必真个要饮露餐花、披萝带荔！这是文学创作的象征手法！它象征的是廉洁、高尚而已！王逸《章句》云：“言己旦饮香木之坠露，吸正阳之津液；暮食芳菊之落华，吞正阴之精蕊。动以香净，自润泽也。”张铣《文选五臣注》云：“取其香洁以合己之德。”均注意到了其餐饮的比德意义。

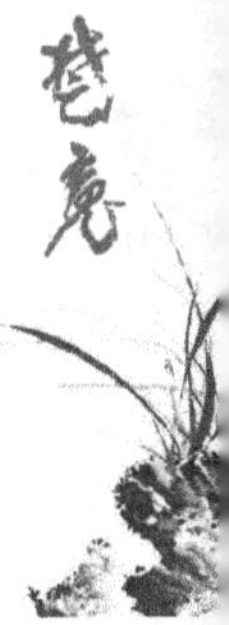

一“朝”一“夕”，是一天的两头儿，代指一天乃至天天，它体现了时间的连贯性和紧迫感，以及工作的连续性和紧张感，紧扣上文的“急”字。汪瑗《集解》云：“所言朝夕，不过谓己动以香洁常自润泽耳。所谓循行仁义，勤身勉力，朝暮不倦是也。”木兰和秋菊，是分属春秋两个季节的植物，里面隐藏的是一“春”一“秋”。而“春”“秋”代指的是一年乃至若干年内的情况，体现了时间的连续性和工作的持续性，这就在原本就“急”的基础上又增加了一个“恒”字；木兰和秋菊又都是香洁的植物，它们的坠露和落英自然也就成为香洁的化身，而餐饮它们的人自然也就有了独特的追求。显然，这也是象征的手法！

有学者提出，屈原是道家丹鼎之术、服食神仙的先驱，真是标新领异！学术走向这样的极端，简直令人瞠目结舌！问题是，这种理解，完全脱离了文学的本真，置诗歌比兴、象征手法于不顾，名为征实探索，实则滑向了“索隐派”的泥潭！

苟余情其信姱以练要兮，长顑颔亦何伤。

苟，表示充要条件的关联词，只要。裴学海先生《集释》云：“‘苟’犹‘但’也。”余情，我的内心世界。其，判断系词，是。裴学海先生《集释》云：“‘其’犹‘是’也。一为‘是非’之‘是’。”信，确实。姱，美好。洪兴祖《补注》云：“信姱，言实好也。与‘信芳’‘信美’同意。”以，并列连词，又且。裴学海先生《集释》云：“‘以’犹‘且’也。一为‘又且’之义。”练要，精要，即纯正专一。朱熹《集注》云：“练要，言所修精炼，所守要约也。”钱杲之《离骚集传》云：“练要，犹治要也。”戴震《屈原赋注》云：“练要，精炼要约也。”长，长久，永远。顑颔，因饥饿而面黄肌瘦的样子。《说文·页部》云：“顑，饭不饱面黄起行也。”又：“颔，面黄也。”洪兴祖《补注》云："顑颔，食不饱面黄貌。"亦，又。裴学海先生《集释》云："'亦'犹'又'也。"何伤，何妨。

上文说，屈原"朝饮木兰之坠露，夕餐秋菊之落英"，以坠露、落英为饮食，自然容易饿成"顑颔"的样子。这是诗句表面的意思。徐焕龙《屈辞洗髓》云："承上所急非彼，所恐在此，故虽朝无饮，但饮木兰之坠露；夕无餐，但餐秋菊之落英。清贫若此，顑颔可知。诚使余之中情信实姱美，以至精炼要约，长此顑颔，亦又何伤？正与贪婪之辈相反。"而一个人修洁自持，不与世俗同流合污，那他自然也就容易显得众叛亲离，与人格格不入，换句话说就是容易成为众矢之的。身处如此环境的人，压力大，心事重，情绪坏，自然也就容易像个病汉。但是，屈原坚定了一个信念：只要我的内心世界真正美好而纯正专一，就是永远面黄肌瘦也毫不在意！这是以饮食比修德治身，乃其"所急"之一端。李陈玉《笺注》云："'练要'二字，应上'急'字。理身理国，紧要处着功夫，一切驰骛追逐，皆末事也。"抓住了问题的关键。林仲懿《离骚中正》云："谓义之悦心，犹刍豢之悦口，有此大美在中，虽长顑颔何伤？所谓谋道不谋食也。"比喻形象贴切。

"苟"字表充要条件，是"只要"的意思。而论者往往将其释为"假如"，这肯定是有问题的！因为，你内心世界是否纯正精要，你自己最清楚，用不着作假设。这个"苟"字，把"信姱"和"练要"视为个人唯一的追求目标，自然与众人的驰骛追逐形成了鲜明对照；而在与下句"长顑颔亦何伤"的对举选择中，表达了自甘为之牺牲的坚定信念。"顑颔"二字，意谓因饥饿而黄瘦的样子。《渔父》里说，屈原放逐，披发行吟泽畔，"颜色憔悴，形容枯槁"，大概就是这般模样。屈原心事重重，又饮露餐英，形容憔悴，容易理解。陆时雍《楚辞疏》云："坠露易晞，落英几何？如是而顑颔，所必至矣。"当然，这只是一个象征，一个设想。

马其昶《屈赋微》云："此四句言餐饮之清洁，下四句言佩服之芬芳。"

擥木根以结茝兮，贯薜荔之落蕊。

擥，同“揽”，持取。一作“擘”。王逸《章句》云：“擥，持也。”钱杲之《离骚集传》云：“擥与揽同。”木根，当系一种草木的名称，未详何物。汪瑗《集解》云：“木根，泛言香木之根。”陈本礼《屈辞精义》云：“木根，木兰之根须。”王泗原《离骚语文疏解》云：“‘擥木根’，即拿根木头。”其说欠妥。考“擥木根”与下文“矫菌桂”相对成文，“菌桂”既属一种香木，则“木根”亦当为一种植物的名称，谓系“根须”或“木头”之类，均属望文生义。而王夫之《通释》又谓之“恶木之根”，更是令人瞠目咋舌！以，介词，用。裴学海先生《集释》云：“‘以’，‘用’也。”结，用绳子系。茝，白芷。贯，贯穿，连缀。陆善经《文选离骚注》云：“贯，穿。”薜荔，经冬不死的香草。王逸《章句》云：“薜荔，香草也，缘木而生。”戴震《屈原赋注》云：“薜荔，蔓生，缘木石墙垣。大者谓之木连，小者谓之络石。”而薜荔常青，似无香味。之，结构助词，的。裴学海先生《集释》云：“‘之’，口语之‘的’也。”落蕊，刚开的花朵。落，义同“落英”之“落”。蕊，花心，此指花。陆善经《文选离骚注》云：“蕊，花也。”

屈原的心中“所急”是“老冉冉其将至，恐修名之不立”，所以，他以日常生活作比，反复加紧个人的品德修养。上四句以饮食为比，此下四句又以佩饰为比，于此可见屈原庞大的知识结构和强悍的语言能力：我拿来木根与白芷连接起来编成长绳，又把薜荔的花瓣串在一起做成漂亮的佩饰。楚人向有爱好美服的民族传统，这在近年出土的文物中可找到许多证据。但此处所说的编结花环，并非真实的生活情节，而是一种文学的象征。前面说，屈原为了树立修名，先是通过简单而香洁的饮食申明了自己重修洁、不贪婪的品质；在此，又通过香洁的佩饰表明了自己独特的志趣，这就是他树立修名的具体途径。这些都是象征手法。

矫菌桂以纫蕙兮，索胡绳之𦆽𦆽。

矫，揉之使软。汪瑗《集解》云：“矫，揉之使柔，易以纫也。”王逸“直也”、刘良“举也”、王夫之“反剥之也”诸说，皆不得要领，致使解说支离。菌桂，香料，肉桂。以，介词，用。裴学海先生《集释》云：“‘以’，‘用’也。”纫，用线穿起来。索，本义为绳索，此处用如动词，是搓成绳的意思。汪瑗《集解》云：“索，以手搓绳之名，如‘宵尔索绹’之‘索’。”胡绳，香草名，茎叶可作绳索。王逸《章句》云：“胡绳，香草也。”之，助词，用于修饰语“𦆽𦆽”与被修饰语“胡绳”之间，使二者构成偏正词组，表示“胡绳”具备“𦆽𦆽”的特点。𦆽𦆽，串起来很好看的样子。王逸《章句》云：“𦆽𦆽，索好貌。”钱杲之《离骚集传》云：“𦆽𦆽，索绳条理之貌。”

屈原并未满足于以花环作为佩饰，他还要不厌其烦地将肉桂和蕙草连缀起来，与胡绳一起搓成漂亮的长绳为饰为带。他为什么要再三这样做呢？显然，这是追求完美和完善的意思。譬如一个人，有勤劳的性格不错，但还应该朴实善良，还要有勇敢坚毅等优良品质。明白了这一层，也就懂得了屈原如此反复陈说的目的就是要追求自我完善，而这两句诗的内涵，就是以佩饰的芳洁比喻追求品质的美善和志操的高尚。张凤翼《文选纂注》云：“制香木，束香草，而仍用胡绳为索，喻己以道义自约束也。”汪瑗《集解》云：“此四句言己佩饰之芬芳，以喻己所行也。”顾成天《离骚解》云：“‘擥木根’以下四句，言检束细行。”均注意到了它的比德意义。

有人认为，这里写佩饰的四句是相错成文。汪瑗《集解》认为：“揽取香木之根，索之为𦆽𦆽之绳，以之结茝、贯蕊、矫桂、纫兰也，参错成文耳。或曰，擥木根也，结茝也，贯蕊也，矫桂也，纫兰也，索胡绳也，六者平看，俱通。要之，擥木根者，实所以为绳索，而绳索又将以为结之、贯之、纫之之用也。”鲁笔更明确地说，无论结之、贯之、矫之、纫之，所用的都是胡绳所作的长绳。乍看似乎有理，而实际上，这是两种具体的工作：一种是用木根和白芷结成绳索连缀薜荔的花朵以为花环，一种是揉软菌桂的树皮连缀蕙草再与胡绳一起搓成好看的长绳以为衣带。这两种工作，体现了屈原不厌其烦的品德修养进程。

还有人如刘献廷、蒋骥等认为，屈原在此提出木根、白芷、薜荔、菌桂、蕙、胡绳，是承前文“众芳污秽”而来，有收拾芳草、重整旧部之意，未免拘泥胶固！屈原以种植香草喻培植后学固可，以饮食和被服香草喻培养个人道德亦无不可。

謇吾法夫前修兮，非世俗之所服。

謇，《文选》五臣本作“蹇”，楚国方言，发语词。蒋骥《山带阁注楚辞》云：“謇，语词。”一说作“乃”字解。姜亮夫《屈原赋校注》云：“‘謇’，疑为语词，即‘羌’一声之借。……‘羌’训‘乃’，此亦作‘乃’义用。”一说作“竟”字解。王泗原《离骚语文疏解》云：“屈赋里‘謇’（蹇）字这样用的凡九见，都作‘竟’讲，有‘终’的意思。‘謇’‘竟’古同音，所以通用。”以上两种解释相较，训作“乃”较为合理。前文讲了树立修名的两种做法，这两种做法应该是以前人为榜样的，所以，释为“是”比释为“始终”要合理一些。而王逸、吕向、洪兴祖、朱熹等均将“謇”释为“难”，钱杲之释为“不阿世貌”，又均将其理解为“謇謇之为患”的“謇謇”，都是不恰当的。法，效法。汪瑗《集解》云：“法者，效其所为也。”夫，远指代词，那些。裴学海先生《集释》云：“‘夫’犹‘彼’也。”前修，前代贤能之人。吕向《文选五臣注》云：“前修，谓前代修习道德之人。”钱杲之《离骚集传》云：“前修，前代修饬之人。”非，否定副词，不是。世俗，时俗，流俗，概指除自己之外的时人和党人。之，结构助词，的。裴学海先生《集释》云：“‘之’，口语之‘的’也。”所服，习用的做法。服，习用，惯用。吕向《文选五臣注》云：“服，用也。”汪瑗《集解》云：“服字，有被服、服食二意。”

这是屈原对“余心所急”之树立修名行为的总结：我效法的是那些前贤的模样啊，可这却不是世俗之人所认同的。不论是“朝饮木兰之坠露，夕餐秋菊之落英”，还是“擥木根以结茝，贯薜荔之落蕊”“矫菌桂以纫蕙，索胡绳之纚纚”，这些做法并非我所独创，而是前修为我树立的榜样。我效法的是这样的榜样，可这与世俗之人“竞进以贪婪，凭不厌乎求索”“羌内恕己以量人，各兴心而嫉妒”的行为格格不入。徐焕龙《屈辞洗髓》云：“凡此擥根贯蕊、矫桂索绳，惟前修备此，世俗何来是事？吾謇然法夫前修者，实非世俗所服，固宜莫赏其芳，共以为怪。”因而，屈原很苦恼。这与某些现实情况很相似：在某些“聪明人”眼里，做好事地成了傻子，不懂偷奸耍滑的就是笨蛋！这真是颠倒了黑白，糊涂了跖渊！而这正是屈原遭难的社会根源。

一个“謇”字，道出屈原的重重疑虑！它体现了屈原对以前贤为榜样的做法的质疑；一个“非”字，沉痛万分！它断然将个人饮露餐英、信姱练要、反复培德等行为与众人竞进贪婪、驰骛追逐、兴心嫉妒等行为对立起来，从而将自己置身于与党人对垒的弱势阵营。

虽不周于今之人兮，愿依彭咸之遗则。

虽，既然。裴学海先生《集释》云：“‘虽’，推拓之词也。”周，取合，迎合。画圆的起点与终点连接在一起就是一周，其运动轨迹就是取合；在人际关系中，用你的心去迎合他人的意就是取合。王逸《章句》云：“周，合也。”于，介词，介进“周”的宾语“今之人”。今之人，犹世俗之人。愿，希望，愿意。依，依照，遵循。彭咸，屈原所仰慕的一位贤人。彭咸究竟是什么人，有几种不同的说法。王逸《章句》云：“彭咸，殷贤大夫，谏其君不听，自投水死。”洪兴祖《补注》云：“颜师古云：‘彭咸，殷之介士，不得其志，投江而死。’”戴震《屈原赋注》云：“一说即《论语》所称老彭。依彭咸，亦窃比之意耳。”姜亮夫《屈原赋校注》云：“按彭咸当为两人，彭即《论语》‘窃比于我老彭’之彭，咸即下文之巫咸。”逯钦立附注：“彭咸指巫彭、巫咸两个创始巫祝的殷代大臣。”文绎附注：“疑彭咸即比干，彭、比双声，咸古音干。”诸说均无确实证据，但有一个共通之处，即均认为彭咸是殷代人。

之，结构助词，的。裴学海先生《集释》云：“‘之’，口语之‘的’也。”遗则，留下来的法则。王逸《章句》云：“遗，余也。则，法也。”

这两句诗乃承上“法夫前修”而来。我之作为皆有榜样，但这样做绝非世俗所能容，那么，我有我法：既然不能取合于世俗之人，我愿意依照彭咸遗留下来的法则行事。王逸《章句》云：“言己所行忠信，虽不合于今之世，愿依古之贤者彭咸余法，以自率厉也。”指出了“遗则”的表率激励作用。王夫之《通释》云：“君子孤尚姱修，志异道殊，进不屑与竞，退必不能与同，唯誓依彭咸，以死自靖而已。”对“不周”予以了形象诠释。照世俗的做法，一条路走不通时，可以回头走另一条路；一种方法行不通时，必须换另一种思路。这是科学实验的规律。但屈原是有原则、有情感的，他认准的路，偏要走下去！彭咸这个人在《离骚》里的位置很重要，作为屈原的行为表率，甚或可能是屈原水死的样板，他对屈原的影响太大了。至于彭咸到底是谁，我认为，在没有更多、更可靠的文献资料证明其身份时，就不必强作解人了！我们只要知道他是屈原一直景仰的榜样也就足够了。至于彭咸是怎样的一个人，看看屈原也就清楚了。由“今之人”三个字可以推知，彭咸已是“古之人”；由“遗则”这个词也可以推知，彭咸早就不在人世了。如此看来，彭咸无疑也是一个追求修名的先贤，他品质高尚，爱好修洁，廉洁奉公，他可能也是因为不能取合于时人而死的。从“愿依彭咸之遗则”这句话里，不难看出屈原的志趣和节操。当然，在这一环节里，还不能就此指认屈原已经选择了如彭咸一样的死法，这个“遗则”指的应该就是爱好修名，至死不渝。结合文末“吾将从彭咸之所居”的意思，也只能进一步断定彭咸是一个古人，仍不能断言屈原作《离骚》时已经有了效法彭咸的死法。

“虽”这一连词，是“既然”之意，它表示先提出一个“不周于今之人”的前提，而后加以推导，得出“愿依彭咸之遗则”的结论。这个字，把屈原设想的最悲惨的个人前途作了交代，并与下句表能愿的动词“愿”字相呼应，突出了选择的果断，有“惊心动魄，一字千金”之效。

以上是第一部分的第四层，重点揭露了“党人”竞进贪婪、不厌求索、恕己量人、兴心嫉妒和驰骛追逐等丑恶行径，将自己树立修名、信姱练要、效法前修的高贵品质与之形成了鲜明的对比，表明了自己宁死不与之同流合污的坚定立场。

长太息以掩涕兮，哀民生之多艰。余虽好修姱以鞿羁兮，謇朝谇而夕替。既替余以蕙纕兮，又申之以揽茝。亦余心之所善兮，虽九死其犹未悔。怨灵修之浩荡兮，终不察夫民心。众女嫉余之蛾眉兮，谣诼谓余以善淫。固时俗之工巧兮，偭规矩而改错。背绳墨以追曲兮，竞周容以为度。忳郁邑余侘傺兮，吾独穷困乎此时也。宁溘死以流亡兮，余不忍为此态也。鸷鸟之不群兮，自前世而固然。何方圜之能周兮，夫孰异道而相安？屈心而抑志兮，忍尤而攘诟。伏清白以死直兮，固前圣之所厚。

长太息以掩涕兮，哀民生之多艰。

长，长长地。太息，即喘大气。太，大。息，喘气。以，并列连词，又。裴学海先生《集释》云：“‘以’犹‘且’也。一为‘又且’之义。”掩涕，擦眼泪。洪兴祖《补注》云：“掩涕，犹拭泪也。”哀，可怜。民生，人生，此处是自指，谓我这一辈子。汪瑗《集解》云：“‘人’字是屈原自谓。”蒋骥《山带阁注楚辞》云：“民，人也，原自谓。下‘民心’同。”戴震《屈原赋注》云：“概言‘民生多艰’，所以自慨也。”王逸、李周翰、洪兴祖、朱熹等皆释为“万民”“百姓”，郭沫若先生更由此认定屈原是人民诗人，王夫之甚至将其释为“同列之小人”，殊失作品本旨。之，结构助词，的。裴学海先生《集释》云：“‘之’，口语之‘的’也。”多艰，多灾多难。王逸《章句》云：“艰，难也。”

这两句诗承上“愿依彭咸之遗则”而来：我长长地喟叹并擦干眼泪啊，可怜我这一辈子竟这样多灾多难！陈第《屈宋古音义》云：“人生多艰，谓遇合之难。”这两句诗是传诵千古的名句！为什么呢？因为它道出了所有人生不如意者的共同情感！那么，像屈原这样一位伟大的诗人，他在诗里反复说到爱国、忠君，就没有一次提到爱民吗？所以，有人就说，“长太息以掩涕兮，哀民生之多艰”就是爱民，他这是为了百姓生活多灾多难而痛苦地长吁短叹、泪流满面！其实这是对屈原的错解！为什么呢？道理很简单：此句之前的内容，屈原一直在陈说自己的内美、修能、不止的进德修业、拳拳的忠君爱国之心、勤恳的育人情怀，抒发的是对糊涂君王的怨责、变节人才的无奈、竞进贪婪小人的愤怒之情，至此怎会话锋突转，将一腔愤懑之情换作缠绵救世之心呢？无论是从文理还是从情理上，这一说法都是无法解释的。退一步讲，倘若这两句诗感叹的就是人民的生活多灾多难，那么，下文也应该沿着这一话头继续陈述“人民”的苦难，而事实却是他继续诉说自己的冤屈！可见，这个“民”字指的不是人民，也不是一般意义上的“人”，而是专指他自己：他是在哀叹自己这一生充满了坎坷！汪瑗《集解》云：“‘哀人生之多艰’与‘不察夫人心’，‘人’字是屈原自谓也。一作‘民’字，旧注谓指万民百姓而言，非是。”《诗经·柏舟》“母也天只，不谅人只”中的“人”，与这里的“民”字意义相同，均是自指。

“长太息以掩涕”一句，描写委屈人悲伤唏嘘之状，细致入微！“长”为长短之长，修饰“太息”。太息，即喘大气，表示气愤或无可奈何的感叹。而长长地喘大气，则表示对某一现象极端无奈的感叹。人道是“男儿有泪不轻弹，只是未到伤心处”，屈原这样一个强者，在此情势下居然“长太息”了，甚至出“涕”了，这说明什么呢？“哀民生之多艰”就是答案：可哀的是我这一辈子太难了！怎么个难法呢？下文给出了答案。你看，《离骚》的起承转合是多么精巧自然啊！

余虽好修姱以鞿羁兮，謇朝谇而夕替。

虽，虽然。裴学海先生《集释》云：“‘虽’，推拓之词也。”好，爱好。爱好与一般的喜欢不同，它说明这种习惯根深蒂固。汪瑗《集解》云："好，爱也。"修姱，修洁美好。洪兴祖《补注》云："修姱，谓修洁而姱美也。"汪瑗《集解》云："修姱，皆美好貌。"以，并列连词，并且。裴学海先生《集释》云："'以'犹'且'也。一为'又且'之义。"鞿羁，马缰绳和马络头，比喻自我约束。王逸《章句》云："鞿羁，以马自喻。缰在口曰鞿，革络头曰羁。"朱熹《集注》云："鞿羁，言自绳束，不放纵也。"钱澄之《屈诂》云："己虽好美修洁，又盛美而自羁束。"謇，楚国方言，作"竟"解，竟然。谇，进谏。王逸《章句》云："谇，谏也。"陆善经《文选离骚注》云："谇，告也。告以善道，所谓谏也。"而，顺接连词，则，就。替，废弃。王逸《章句》云："替，废也。"

这两句承上文以饮食、佩饰喻自修而来，将上言笼统的"民生多艰"具象化了。我的人生是这样多艰的：我虽然爱好美丽修洁并时时自我约束、小心谨慎，竟然早晨刚刚进谏黄昏就遭到了罢免。钱澄之《屈诂》云："修姱鞿羁，盖居身芳洁而动循礼法者，虽自知不能见容，亦不意朝谇而夕废，如此其速也。"其说切中要害。上文的"民生多艰"之叹，感慨的是自己这一辈子多灾多难，应该接近情实。紧接着，就开始自述"朝谇夕替"的委屈。由于对"鞿羁"一词的理解不同，历代注家对"余虽好修姱以鞿羁，謇朝谇而夕替"的释读也千差万别：一种释作为人羁绊。王逸以为"鞿羁"是"为人所系累"，吕延济以为是"为谗人所衔勒"，蒋骥以为"既羁之矣，又诟之，又废之"，均将其理解为受人羁绊之意，则此句就是"虽然我爱好修洁美好却被谗人所衔勒束缚"的意思了，一句话分成了两橛，一橛讲自己的品行，一橛讲谗人的手脚。若然，则下文的"謇"字无论怎样解释，都不能与"朝谇而夕替"搭配妥帖；一种释为自我约束。陆善经以为是"好自修系以为鞿饰"，朱熹以为是"自绳束"，汪瑗以为是"鞿羁而不放纵"，钱澄之以为是"动循礼法"，均理解为自我检点之意，则此句就是"虽然我爱好修洁美好并自我约束"的意思了，那么，整句话都是在说自己既崇尚修美又检束行为，这就为下一句意想不到的情势逆转做足了铺垫，因而，

“謇”字领起的“朝谇而夕替”就合情合理，有水到渠成之感了。由此看来，千年聚讼的关键，在于对句中不起眼的虚字“以”的把握上：“以”是一个并列连词，表示除此之外更进一步的情况。裴学海先生《集释》云：“‘以’犹‘且’也。一为‘又且’之义。”而若将“鞿羁”释为被人衔勒，则必有从“好修姱”到“鞿羁”的转折，“以”字却只有顺接而没有转折的作用。顺便提一下，“謇朝谇而夕替”里的“而”字，不是并列连词而是顺接连词，这一点由“朝”“夕”两词的顺序性可以确定。

“虽”字隐藏着动人心魄的力量！这个词有强烈的感情色彩，它表明了一种怀疑态度和怨愤情绪。“虽”所领起的爱好修洁和严以律己两个条件，体现了屈原对完美人格和谨慎品质的全方位追求，为下一句出人意料的结局做了深层铺垫。此外，“朝”“夕”这两个时间名词也不容小觑！它们出现在屈原作品里的频率较高，有时表示一天之内，有时表示速度之快，有时表示时间之短，有时表示行为经常，需要随文释义。你看，一“朝”一“夕”又在这里出现了！这两个词，表现了君王对进谏的反应速度之快。它说明了什么呢？屈原反躬自问，我爱好修姱又处事谨慎，问题不应出在我身上，而是出在君王和“党人”身上。作为“真龙天子”，古代君王像龙一样，多有逆鳞，一般听不进逆耳的言语，故而古来明君不多。结合《史记·屈原列传》的记述和前面相关的分析，“朝”“夕”两词间接表现了谗言的危害和怀王的善变。

既替余以蕙纕兮，又申之以揽茝。

既，既然，即已然如此。裴学海先生《集释》云：“‘既’，‘已’也。一为‘业已’之义。”替，废弃。以，介词，因为，表示原因和理由。裴学海先生《集释》云：“‘以’，‘因’也。”蕙纕，装着蕙草的香囊。“纕”的本义是佩带，这里指佩戴的东西，如香囊之类。王逸《章句》云：“纕，佩带也。”又，再，与前面的“既”构成意义相连的关联，表示两种情况同时存在。王逸《章句》云：“又，复也。”申，加上。刘良《文选五臣注》云："申，重。"之，代指前面的"以蕙纕"。以，介词，因为。揽，把持。刘良《文选五臣注》云："揽，持也。"

这两句诗承上"夕替"，申说自己所以遭受废弃的缘由：既已因我佩戴蕙纕废弃了我，又给我加上了引持芳芷的罪名。赵南星《离骚经订注》云："蕙纕已可废，又重之揽茝，益可废也。"可谓一语中的！林云铭《楚辞灯》云："重叠以修姱得罪，不止一次。"屈原被弃，原因是"谇"，也就是进谏。而楚王拿"拒谏"的理由弃逐大臣，显然于己不利，所以，就需要找一个理由。但对于崇尚修美且谨慎的屈原，只能找一个"欲加之罪，何患无辞"的理由，这个理由就是他的"崇尚修美"！比如，为了让你找自身的毛病，先预设一个"人非圣贤，孰能无过"的前提，实在没有缺点可找时，就从你的优点上找！你讲卫生讲得过了头，就说你油头粉面脱离大众，有点儿"风欠酸丁，银样镴枪头儿"了！你看，批你的理由不就有了！再往深处挖挖，你或许还有作风问题，也未可知！怀王和小人们废弃屈原的理由就是这样找的。"既……又"这组关联词，就是这样一副逻辑！这两句诗是对前两句诗的进一步解释，是对自己无端受人陷害的生动叙写，是"民生多艰"的具象化表述。

历代注家对"既……又……"这一复句的理解也有问题。王逸等人认为"替余"句的主语是怀王，而"申之"句的主语是屈原。如果那样，句意就变了：既然怀王因我佩戴蕙草香囊废免了我，我则又揽持芳芷保持修洁。虽然意或可通，但忽略了"既……又……"这一古关联词在意义上的前后关联。

亦余心之所善兮，虽九死其犹未悔。

亦，只要是，表示条件的唯一性。裴学海先生《集释》云："'亦'犹'惟'也。"余心：我的内心。之，结构助词，的。裴学海先生《集释》云："'之'，口语之'的'也。"所善，以为善的，认为好的。王逸《章句》云："言己履行忠信，执守清白，亦我中心之所美善也。"

虽，即使，表假设的让步。裴学海先生《集释》云：“‘虽’犹‘即’也。假令兼推拓之词也。”九死，死上九次，形容决心之大。《文选》刘良注：“九，数之极也。”钱杲之《离骚集传》云：“九死，九死而一生，谓必死也。”其犹：一说当为“犹其”之误，恐非。其，为，是。裴学海先生《集释》云：“‘其’犹‘为’也。一为‘是’字之意。”犹，仍然。悔，悔恨。王逸《章句》云：“悔，恨也。”

人生多艰如此，而屈原依然不改其志：虽然怀王以各种理由废弃了我，只要是我心中认为美善的，即使让我死上九次也绝不后悔。这两句诗，表明了屈原对待“多艰人生”的态度，表现了他坚贞不屈的高尚节操。虽然敌对势力在陷害忠良上无所不用其极，将佩戴蕙纕和揽茝这些爱好香洁的行为强作罢免我的理由，我也绝不因此而放弃对美好事物的追求！从而表明了与恶势力斗争到底的决心。陈本礼《屈辞精义》云：“人不难于一死，难于九死。既以蕙纕见替，则宜知悔矣；又申之揽茝，而犹不悔，以见其立志之坚如此，非死生所能摇撼者。以起下文‘怨’字，如箭在弦，不得不发。不然，则臣子之于君，岂敢轻露一‘怨’字哉?”指出下文“怨”情之所自，见解非常精辟。

“亦”字领起的“余心所善”这一前提条件，与下句由“虽……犹……”构成的假设，营造出了一种慷慨悲壮、一往无前的气氛，烘托了屈原人格的坚毅高大。

怨灵修之浩荡兮，终不察夫民心。

怨，强烈不满或怨恨。《说文》云：“怨，恚也。”灵修，指楚怀王。王逸《章句》云：“灵修，谓怀王也。”之，结构助词，的。裴学海先生《集释》云：“‘之’，口语之‘的’也。”浩荡，本义为大水横流之貌，比喻怀王骄傲放纵、毫无节制。王逸《章句》云：“‘浩’犹浩浩，‘荡’犹荡荡，无思虑貌也。”钱杲之《离骚集传》云：“浩荡，纵放貌。”汪瑗《集解》云：“浩荡，言君心之纵放，如水之浩荡无涯，靡所底止也。狂惑不定之意。”林云铭《楚辞灯》云：“浩荡，放纵于规矩之外，如水之横溢，即上文‘昌披’之意。”终，到底。林云铭《楚辞灯》云：“谓之‘终’者，以其到底不明也。”察，仔细看，看得清。夫，指示代词，那些。裴学海先生《集释》云：“‘夫’犹‘彼’也。”民心，人心，这个“人”应该指包括屈原在内所有人。王逸《章句》云：“终不省察万民善恶之心。”钱澄之《屈诂》云：“怨王以灵修之德，纵放不自守，故于人心不能察。”大致是统而言之。

这两句诗意谓：我怨恨灵修放纵糊涂，到了儿也没看清好坏人的心。王逸《章句》云：“所以怨恨于怀王者，以其用心浩荡，骄傲放恣，无有思虑，终不省察万民善恶之心，故朱紫相乱，国将倾危也。”这两句是一个巧妙的过渡。前文敷陈自己“心之所急”以及为之而付出的各种努力和事与愿违的结局，下文则把话题转向了“众女”和时俗，而“怨灵修之浩荡，终不察夫民心”两句，正处于两者之间的桥梁位置，既有总上之用，又有盖下之意。而“民”字之所指，一直是楚辞学术史上的疑案。一则认为是“万民”“众人”。以王逸、张铣、朱熹、徐焕龙、何焯、鲁笔、王邦采等为代表；一则认为是屈原自己。以汪瑗、周拱辰、屈复、刘梦鹏、戴震等为代表。至于它到底指的是谁，则需要由上下文意来推断。这两句，从上一段屈原“好修姱以鞿羁”“亦余心之所善”“虽九死其犹未悔”的真情表白而来，怨恨灵修糊涂放纵，分不清好人坏人，是情理之中的事。接着，屈原又对嫉贤妒能、造谣中伤的群小以及工于巧言令色、违背规矩准绳、混淆是非的时俗给予了深刻的揭露和批判。从这一角度看，“终不察夫民心”的“民心”，也应该包括群小、时人在内的所有人的心。将其单纯理解为屈原一人之心则失之偏颇，而将其理解为“人民之心”更是牵强附会！至于以篇中“余心”“余中情”等为据，证明“民心”绝非屈原之心的说法，也属生拉硬扯。再者，此句中的那个“夫”字也不可小觑。在这个句子中，它不在句首，绝非发语词；也不在句尾，亦绝非语气词。它处于谓语动词“察”与名词性宾语“民心”之间，应该是一个指示代词，意思是“那些”。而“那些”似乎更接近于后者，但实际上也包括前头交代过的自己。因而，“民心”指的就是“人心”，包括屈原自己在内的所有人的心。唯其如此，才见得怀王分不清好歹，是真糊涂，才值得他“怨”。在《试析〈离骚〉中的“民”字》一文中，我得出一个结论，篇中出现的八个“民”字，没有一个是“人民”的意思。

“浩荡”一词，描摹怀王糊涂之态，将其放纵无涯、骄傲纵恣、毫无检束、断无条理、进退失据、做事不走脑子的浑人形象，刻画得生动传神。李陈玉《笺注》云：“‘浩荡’二字妙！该尽愿大欲奢，却又浑。”

众女嫉余之蛾眉兮，谣诼谓余以善淫。

众女，比喻谗佞的小人。李周翰《文选五臣注》云：“众女，喻谗臣也。”王逸《章句》云：“众女，谓众臣。”嫉，嫉妒。之，结构助词，的。裴学海先生《集释》云：“‘之’，口语之‘的’也。”蛾眉，细长而弯曲如蚕蛾触须之眉，比喻女子眉毛漂亮，这里形容人长得漂亮。王逸《章句》云：“蛾眉，好貌。”谣诼，造谣谮毁。王逸《章句》云：“谣，谓毁也；诼，犹谮也。”钱杲之《离骚集传》云：“谣，飏言。诼，谗言也。”王夫之《通释》云：“谣，飞语。”谓余，说我。以，介词，用。裴学海先生《集释》云：“‘以’，‘用’也。”善淫，长于淫邪。王逸《章句》云：“淫，邪也。”

那些谗佞的小人嫉妒我长得漂亮，造谣中伤我，说我善于淫乱。王逸《章句》云：“众女嫉妒蛾眉美好之人，继而毁之，谓之美而淫，不可信也。”这两句诗承上“终不察夫民心”而来，是“灵修”糊涂的具象之一，意谓怀王糊涂到连谗佞小人造谣中伤我也看不出来。屈原以“众女”比小人，应该是他那个时代的共识，早于屈原的孔夫子就曾说过“唯小人与女子为难养”的话。随着时代的进步，这种观点早已被抛弃了。但在精致的利己主义者身上，嫉妒、猜忌、偏私、虚荣等特点还是较明显的，而这正是小人的特点。小人们嫉妒屈原长得漂亮，所以，他们就在漂亮上做文章：花太美了会有毒！这个男人太美了，他肯定善于淫乱！宋玉《登徒子好色赋》里的登徒子，不就说宋玉“体貌闲丽，口多微辞”，让大王小心后宫起火吗？前面，我讲过怎样故意挑人毛病的话，这里就是。古语曰：“万恶淫为首。”要给人罗织罪名，最恶毒的借口，就是指认他淫乱！林云铭《楚辞灯》云：“女有淫行，虽美不足贵。”钱澄之《屈诂》云：“蛾眉见妒，情所必然。诬以善淫，无所置辩。”一旦沾上，百口莫辩！

“谣诼”二字，有层次，有技术，最巧，最毒！大凡坏人害人，先是制造流言蜚语进行中伤，再是言之凿凿编织虚假事实，最后逼人就范。而所谓“谣”，即凸显言语引人入胜的故事性和画面感，以满足听者的感官刺激和想象空间，先使人信，故曰如歌之“谣言”；所谓“诼”，乃是在使人信的基础上，编织见缝插针、强行打入的谗言，再使之牢不可破，从而完成中伤。即如李陈玉所云：“如木椓之‘椓’，钉入人罪，牢不可拔。”

固时俗之工巧兮，偭规矩而改错。

固，副词，本来。裴学海先生《集释》云：“‘固’，本然之辞也。”时俗，当时的社会风尚。之，是。裴学海先生《集释》云：“‘之’，‘是’也。一为‘是非’之‘是’。”工巧，善于取巧。偭，违背。王逸《章句》云：“偭，背也。”钱杲之《离骚集传》云：“偭，面避而不正视也。”规矩，画圆和画方的两种工具，此处借指法度。王逸《章句》云：“圆曰规，方曰矩。”吕延济《文选五臣注》云：“规矩，法则也。”而，连词，且。裴学海先生《集释》云：“‘而’犹‘且’也。”改错，改对为错。王夫之《通释》云：“规矩在前，舍之而自为方圆，所谓改错也。”一说改变措施，“错”通“措”。王逸《章句》云：“改，更也。措，置也。”聊备一说。

小人们借人之蛾眉诬人善淫，用谣言达到了中伤的目的，这比正面交锋更容易成功，所以，这也是“工巧”的时俗之一。时俗本来就善于投机取巧，而那般小人更是违背法度、改对为错、颠倒是非。而他们投机取巧的目的，就是要违背规矩准绳，为一己谋取最大的私利，所以，就难免改正为错、颠倒黑白、混淆是非。贺贻孙《骚筏》云：“世俗之人，即庸人，所谓党人也。党人无远识，而有小慧，初不过偷乐而已。偷乐既久，工巧遂出。谣诼善淫，险绝亦复巧绝！淫女以贞女为淫，邪人以正人为邪。偏是淫邪人有此伎俩，能令听谗者易疑又易信，能令受谗者不敢辩又不能辞，此其所以为‘工巧’也。”

一个“固”字，骂尽古今恶俗！而“工巧”二字，又画出奸佞小人巧言取媚、如脂如韦、巴结逢迎、投机钻营之态。林云铭《楚辞灯》云：“时俗不循法度，争苟合求容、逢迎浩荡之意以为式，所以谓之‘工巧’。”而这正是“謇謇造患”“修姱鞿羁”的屈原所不能的。“偭规矩”与“改错”之间的“而”字，体现了其恶劣行径的膨胀和递进，把小人们违背规矩的恶行上升到颠倒是非的故意，耐人寻味！

背绳墨以追曲兮，竞周容以为度。

背，违背。洪兴祖《补注》云：“背，违也。”绳墨，匠人引绳弹墨打直线的工具，借指法度。王逸《章句》云：“绳墨，所以正曲直。”朱熹《集注》云：“引绳墨以取直者，今墨斗绳是也。”以，连词，去，所连接的“追曲”是“背绳墨”的目的。裴学海先生《集释》云：“‘以’，‘用’也。”追曲，追求邪曲，与正直相反。王逸《章句》云：“追，犹随也。”陆善经《文选离骚注》云：“追曲，随曲而行。”竞，争，竞相。周容，苟合取容。王夫之《通释》云：“周容，比周以求容。”以为，以之为，将其作为。度，常法。王逸《章句》云：“度，法也。”朱熹《集注》云：“言争以苟合求容为常法也。”

他们违背国家法度而追求邪曲，以竞相苟合取容为行为准则。这两句承“时俗之工巧”“偭规矩而改错”而来，指斥那班坏人只是善耍花招，违背法度，胡作非为，竞相逢迎谄媚。这两句看似与前两句意思相似，而实则不同。洪兴祖《补注》云：“‘偭规矩而改错’者，反常而妄作；‘背绳墨以追曲’者，枉道以从时。”见解独到。这四句，前言

"规矩"，此言"绳墨"，均指国家法度而言，而所谓"偭规矩而改错""背绳墨以追曲"，正是对有法不依的黑暗现实的批判。由此可见，屈原的思想里有法家成分。"绳墨"与"邪曲"是相互对立的，要追求"邪曲"，前提就是要违背"绳墨"，抛弃"绳墨"的约束。对"邪曲"的追求，就是对私家利益的追求，阻碍这一追求的就是国家法度；而国家法度的制定者和执掌者则是最高统治者楚王，所以，打通楚王的关节是他们的第一要务；要打通这一关节，就要尽一切手段迎合"周容"。而谁"周容"得早、谁"周容"得好、谁"周容"得巧，谁就会获得最大利益，所以要"竞"。由此看来，前句与后句构成了目的与手段的关系，这一关系不可倒置。

"追""竞"二字，复写小人"驰骛""贪婪""求索"之况，将其一时急急惶惶之丑态毕现于眼前！"周容"二字，总括奸佞小人巴结逢迎之状，将其甘言媚词、溜须拍马、唯命是从等丑态囊括其中，读来令人齿冷猬缩。

以上六句，承"怨灵修之浩荡，终不察夫民心"的"怨"情而来，对"众人"的丑恶行径予以了揭露与批判，指出了他们善妒、造谣、工巧、违规改错、背绳追曲、周容为度等恶德恶行，与前此自己饮露餐英、信姱练要、效法前修、好修鞿羁、九死未悔的品质形成了鲜明对照，凸显了个人品格的纯洁高大和独立不屈，由此完成了对"灵修""浩荡"性格的刻画。

忳郁邑余侘傺兮，吾独穷困乎此时也。

忳，烦闷。洪兴祖《补注》云："忳，闷也。"王夫之《通释》云："忳，积忧也。"徐焕龙《屈辞洗髓》云："忳，忧盛也。"郁邑，即抑郁。洪兴祖《补注》云："郁邑，忧貌。"徐焕龙《屈辞洗髓》云："郁邑，气不能舒发也。"侘傺，失意无聊而呆立貌，形容人因失意而进退不得、茫无适从的样子。王逸《章句》云："侘傺，失志貌。侘，犹堂堂，立貌也；傺，住也，楚人名住曰傺。"钱杲之《离骚集传》云："侘傺，进退无所据之貌。”独，单单，只有。穷困，窘迫，走投无路。穷，指仕途不畅。困，陷于艰难痛苦或无法摆脱的环境。乎，介词，于，在。此时，即上言时俗工巧、周容为度之时。也，语气词，表示强烈的感叹。

“吾独穷困乎此时也”上承“固时俗之工巧”而来，时事如此，而独有我不能随从此俗而屈心求媚：以至于我烦闷，我抑郁，我失意，我无所适从，天下之大，唯有我深陷于此时这走投无路的困境中。面对君王的糊涂浩荡、群小的卑鄙龌龊、时俗的工于取巧，屈原陷入了深深的忧闷、困窘之中。王逸《章句》云：“我所以忳忳而忧，中心郁邑，怅然住立而失志者，以不能随从世俗，屈求容媚，故独为时人所穷困。”钱澄之《屈诂》云：“已之见妒，祇因好循规矩绳墨；而不合时宜，既不能如其工巧，又不能效其周容。”

“忳郁邑余侘傺”一句，连续用了三个情态动词写当下心态，由轻到重表现了内心的烦闷、抑郁和失意，有次第，有发展，准确而巧妙。徐焕龙《屈辞洗髓》云：“忳，忧盛也。郁邑，气不能舒发也。侘傺，坐立俯伸俱无生趣……心忳然郁邑，身无聊侘傺，独有一余，职因众竞周容，是以己独穷困，适际此时之故耳。”一个“独”字，写尽忠良孤弱！与“众”和“时俗”形成鲜明对比，反映了个人的孤立无援、力量弱小，侧面表现了敌对势力的强大；“穷困”两字，精巧绝伦！单看繁体字形，“窮”字由一“穴”一“身”一“弓”三部分组成，是一个会意字，穴中身弓即路径不顺之意。“困”字由一“口”一“木”两部分组成，也是一个会意字，树在围墙之中不利发展。这两个字，将进身不得、退身不能、进退失据的窘态概括出来，真可谓力能扛鼎！自此，屈原将笔锋转向了对个人志向的表述和绝不改变的情感抒发。有人认为，《离骚》东一句，西一句，忽而左，忽而右，内容、线索难以把握，均属皮相之见。实际上，其结构不惟庞大，也很精巧。

宁溘死以流亡兮，余不忍为此态也。

宁，宁愿。汪瑗《集解》云：“‘宁’字，设言也。”溘死，即暴亡。溘，奄忽，忽然。王逸《章句》云：“溘，犹奄也。”洪兴祖《补注》云：“溘，奄忽也。”以，顺接连词，表示进一步的情况，又且。裴学海先生《集释》云：“‘以’犹‘且’也。一为‘又且’之义。”流亡，魂魄流浪，尸身不得安葬。徐焕龙《屈辞洗髓》云：“流亡，如流之亡也。”不忍，不忍心。为，做出。此态，即上文所列小人们善妒、造谣、工巧、违规改错、背绳追曲、周容为度等恶德和恶行。王远《评注》云：“此态，即时俗工巧之态。”也，语气词，表示强烈的感叹。

此承上文而来，虽然“吾独穷困乎此时”，我也绝不会从俗工巧，绝不能违背规矩绳墨，绝不能改错追曲：处在当下，我宁愿暴毙而死、魂魄流亡、尸身不得安葬，也不忍心做出这样一副丑态。通过对小人们丑恶嘴脸的勾勒，屈原做出了自己的价值判断和道路选择，由此进入了对个人精神追求的表白。朱熹《集注》云：“我宁奄然而死，不忍为此邪淫之态也。”蒋骥《山带阁注楚辞》云：“时不兴善，已独由之。凡其善者，即世之所谓恶也，从之则身与名荣，否则身名并灭。然宁负世之恶名而死，以求合于前修，则可谓贞之至矣。”千古之下，可谓屈子知音！

一个“宁”字，体现的是一种选择判断，相当于“与其……毋宁”，则此句意谓“与其让我为此态，毋宁暴死作游魂”。众所周知，在国人的生死观念中，寿终正寝是死亡的最高境界，而入土为安又是死亡善后的终极目标。在这里，屈原为了表达不与小人同流合污的决心，宁愿选择暴毙而亡、抛尸荒野，由此足见他对小人所作所为的极端厌恶。而处于“溘死”与“流亡”之间的这个“以”字，又恰恰把这两种死亡的不幸衔接起来，为下一句的毅然表达奠定了基础。“不忍”这个词下得也很有味道！它告诉我们，他原本是能“忍”的，他有这个毅力，由前文为君国“忍而不能舍”的表白可作证明。但是，让他效仿小人作那样一副甘言媚词、如脂如韦的丑态，他就变得“不忍”了！这两种不同的态度，均体现了屈原的拳拳忠心。钱澄之《屈诂》云：“上言‘忍而不能舍’，此言‘不忍为此态’，一‘忍’一‘不忍’，其忠直有不期然而然者矣。”此外，上两句与此两句句末的两个“也”字，也不可等闲视之！陈本礼《屈辞精义》云：“两‘也’字，一吞声而悲，一放声而哭也。”同样，“此时”“此态”两个词组，表现了屈原对黑暗现实的强烈厌恶之情。反复涵咏，尽得妙处！

既然“不忍为此态”，那他又是怎样做的呢？这就是文章的细密针线啊！

鸷鸟之不群兮，自前世而固然。

鸷鸟，性情刚烈、不肯与众鸟同群的高飞的大鸟，如鹰隼之类。洪兴祖《补注》云：“鸷，击鸟也。”汪瑗《集解》云：“鸷鸟，雕鹗鹰鸢之属。此取其威猛英杰、凌云摩霄之志，非谓悍厉搏执之恶也。”之，句中助词，取消“鸷鸟不群”的句子独立性，使之成为“鸷鸟之不群兮，自前世而固然”全句的主语。不群，不与凡鸟同群，不拉帮结伙。汪瑗《集解》云：“不群，言不与众鸟为群也，犹刚正之君子于阘茸之小人也。”自，介词，从。裴学海先生《集释》云：“‘自’，‘从’也。”前世，前生。而，就，表示其前面的时间名词“前世”作“固然”的状语。裴学海先生《集释》云：“‘而’犹‘则’也。”固然，本来就是如此。

前文屈原自伤“独穷困乎此时”，慨叹生非其时；自誓“不忍为此态”，表示绝不随波逐流。接着就又自我化解：鹰隼之类高飞的大鸟不与凡鸟同群，这种天性从前生本就如此。林云铭《楚辞灯》云：“特立者不容于众，不但此时为然。”钱澄之《屈诂》云：“既伤生非其时，随后自解，言鸷鸟不能与凡鸟群，不独此时为然，自前世已固然矣。”从生物学的角度看，鸷鸟之所以不与凡鸟同群，是因为鹰隼之类的大鸟飞得太高，非凡鸟所能比拟；从社会学的角度看，生物圈里的强者如虎豹狮子老鹰等，往往都是独行侠，其生存能力之强大足以自存，没有必要拉帮结伙。所以，在文学作品里，雄鹰常用以比喻那些有高远志向、能力超凡的志士。在这里，屈原自比鸷鸟，把那些“党人”比成拉帮结伙的凡鸟，并指出自己从前世就注定了不与“党人”群小同群的天性，繇此揭示了“余不忍为此态”的根由：我与“党人”分属于两类人生，天性异趣，追求异路。

“前世”一词，是前生的意思，它凸显了“不群”是鸷鸟的天性，这种天性就是“内美”；“固然”一词，说得清隽！屈原通过自然界中高飞翱翔而卓荦不群的鹰隼，把自己孤傲独立的人格形象凸显出来，这是否也是对其与生俱来的“内美”的自信呢?

何方圜之能周兮，夫孰异道而相安?

何，如何，怎么。方圜，“圜”一作“圆”。方圜即“方枘圆凿”的省称，比喻两相格格不入，不相容，不适宜。枘是方形的榫头，凿是受榫的圆形卯眼。宋玉《九辩》云：“圆凿而方枘兮，吾固知其鉏铻而难入。”《文选》吕延济注：“若凿圆穴，斫方木内之，而必参差不可入。”之，是。裴学海先生《集释》云：“‘之’，‘是’也。一为‘是非’之‘是’。”周，取合，取容。朱熹《集注》云：“周，合也。”夫，句首发语词。孰，谁。异道，喻道路、志向、主张不同。而，能。裴学海先生《集释》云：“‘而’，犹‘其’也。字或作‘能’。按‘而’与‘其’同义，古书多通用。”相安，没有冲突，相安无事。

前面两句，揭示了“余不忍为此态”的原因之一是“鸷鸟不群”的天性，这里揭示的是另一原因：方榫头、圆卯眼怎能相互适应？天下又有谁志向、道路不同而相安无事呢？在此，屈原引出了斗争的对立面，揭出了其所以“不群”的思想根源是双方思维方式不同，所行道路不同，明确指出了他与“党人”之间存在着不可调和的矛盾，这就把“鸷鸟不群”的理念进一步形象化和具体化了。朱熹《集注》云：“员凿方枘，不能相合；以其异道，故不能相安。贤者之居乱世，亦犹是也。”钱澄之《屈诂》云：“方圆必不能周，异道必不能相安，穷困固其宜也。”在这里，屈原又进一步揭示了“不忍为此态”的根由：我与党人本质不同，道路各异。

由“何”与“孰”领起的两个反问句的连用，造成了一种不容置疑的气势，表现了敌我双方矛盾的不可调和，也表现了个人不畏艰险、敢于斗争的勇气。而“鸷鸟”与“方圆”两个源于自然界和社会常道的比喻，又使得抽象思想的表达和浓郁感情的抒发变得形象而生动。

屈心而抑志兮，忍尤而攘诟。

屈心，委屈着内心。而，并且。裴学海先生《集释》云：“而，犹‘且’也。”抑志，抑制着情怀。王逸《章句》云：“抑，案也。”忍尤，忍受着指责。尤，指责。王逸《章句》云：“尤，过也。”张凤翼《文选纂注》云：“罪自外至曰尤。”而，并且。攘诟，承受着谩骂。攘，承受。诟，诟病，谩骂。汪瑗《集解》云：“攘，物自外来而取之也。诟，耻也。耻自外来而受之，犹物自外来而取之，故曰攘诟。”朱骏声《离骚约注》云：“攘，犹含也。”王逸《章句》云：“诟，耻也。”

前面，屈原反复申述“宁溘死以流亡”也“不忍为此态”，而这里，却好似来了个一百八十度的大宽转：我委屈着自己的内心，抑制着自己的情怀，忍受着无端的指责，承受着恶毒的谩骂。这个大转弯，似乎将其宁死不与群小同流合污的性格一下子变成了隐忍苟活、含垢忍耻，这是为什么呢？他为什么不一气之下真的“溘死流亡”呢？这是因为，屈原有他自己的想法，他还有更重要的使命，就是结尾处所说的“为美政”。司马迁《报任安书》说：“且夫臧获婢妾犹能引决，况若仆之不得已乎？所以隐忍苟活，幽于粪土之中而不辞者，恨私心有所不尽，鄙陋没世，而文采不表于后也。”司马迁因牵于“鄙陋没世，而文采不表于后”的“不尽私心”而隐忍苟活，屈子则是牵于尚未实现的“美政”夙愿而屈抑心志、忍尤攘诟，由此可见仁人志士今古同义。朱熹《集注》云：“与世已不同矣，则但可屈心而抑志，虽或见尤于人，亦当一切隐忍而不与之校。虽所遭者或有耻辱，亦当以理解遣，若攘却之而不受于怀。”说解基本可信。徐焕龙《屈辞洗髓》云：“自问必不周，必不相安，所以，屈其心，不复求伸；抑其志，不复望扬。见尤于人，一概隐忍；诟辱之加，攘为己有。”可谓解人！屈原面对糊涂的君王、嫉妒的党人和工巧的时俗，已然无理可讲，只能自我克制而已！

这两句诗中的四个动宾结构词组，表面看似为并列关系，仔细品味，其中却大有玄机！“屈心”与“抑志”虽都是笼统描写自我克制，而所屈之“心”侧重天性（性格），所抑之“志”侧重理智（信念），两者潜藏次第，并非简单罗列；“忍尤”与“攘诟”虽均将自我克制具体化，但“尤”侧重客观指责，“诟”却侧重主观诟病，只这两个字就把小人们“交遍摧我”的残酷现实笼而有之了。其前面的两个动词“忍”与“攘”，又有着不同程度的差异，前者受而能忍，后者受而难持；而前后两句又非并列关系，更像是递进关系：对难以改易的时俗，我“屈心而抑志”；对谣诼善淫的诽谤，我“忍尤而攘诟”。

伏清白以死直兮，固前圣之所厚。

伏，即“服”，与“孰非善而可服”之“服”义同。钱杲之《离骚集传》云：“伏，犹安也。”任望先生《屈原辞译注》云：“伏，通‘服’，保持。”清白，指言行芳洁、节操廉贞。钱澄之《屈诂》云：“清白，不受污染也。”林云铭《楚辞灯》云：“清白与贪婪相反。”以，连词，且。裴学海先生《集释》云：“‘以’犹‘且’也。一为‘又且’之义。”死直，为直而死，即为正义而死。死，为动用法，为……而死。直，正，正义，正道。钱澄之《屈诂》云：“死直，守直不回也。”林云铭《楚辞灯》云：“直与周容相反。”固，本来，一直。裴学海先生《集释》云：“‘固’，本然之辞也。”前圣，前世圣贤。汪瑗《集解》云：“前圣，泛言也。”之，结构助词，的。裴学海先生《集释》云：“‘之’，口语之‘的’也。”所厚，所看重，所赞许。洪兴祖《补注》云：“比干谏而死，孔子称仁焉，厚之也。”汪瑗《集解》云：“所厚，谓不为前圣所鄙薄也。”周拱辰《离骚草木史》云：“厚，许可也。”何焯《义门读书记》云："厚，重也。"

屈原为实现"美政"理想而屈心抑志、忍尤攘诟，并非没有底线！他的这一底线就是：要保持清白的节操且为正义而死，因为这本来就是前代圣贤所看重的品质。众所周知，世间最强大的人，不是动辄以死明志的人，而是坚忍不屈的人，是坚持活到最后、笑到最后的人。而活下去，保持清白才是看家本事；慷慨赴死，死于正道方是"爰得我所"。屈原在为理想"屈心而抑志，忍尤而攘诟"的同时，是一直保持着"清白"的底色的，也是一直做着"死直"的准备的，这种守志不阿的品质，正是前代圣贤们所看重的。只不过，现在虽处于"独穷困"之时，并承受着各种委屈，可还没有到非死不可的地步。钱杲之《离骚集传》云："人有自安于清白而死于忠直者，固前圣所厚礼也。"而王逸等人将"厚"释为"厚哀"，从根本上把"伏清白以死直"的意义理解反了，问题的症结在于对"伏"字的理解出了问题，将其理解为"伏剑""伏罪"之"伏"了。

自"长太息以掩涕兮"至此，是第一部分的第五层，屈原申述了自己的迷茫和孤独，交代了与众人的种种不同，同时也表示了自己坚持正确主张的决心：鸷鸟不群、方圆不周、屈心抑志、忍尤攘诟、伏身清白、为直而死，即使斗争失败，也绝不"降心从俗"。

以上是全诗的第一部分，是屈原对以往现实斗争的回忆。这一部分分为五层：第一层自叙世系、生辰和命名的意义，交代了自己纯正美好的禀赋和坚定倔强的性格，叙写了及时努力、培养和提高品德与才能、积极准备为改革楚国政治、改善人民生活尽力的经历，也表现了希望怀王抚壮弃秽、改变法度而自己愿为前驱的崇高理想；第二层明确指出了所导之"先路"，旨在说明自己举贤授能、修明法度的政治理想，指出了楚国濒于危败的政治处境，表白了自己对君国的无限忠诚，诉说了因怀王信谗而造成的不尽悲伤；第三层以象征手法叙写了自己为国家培育人才的经历，批判了人才的变节；第四层重点揭露了党人的所作所为，并把自己拿来与其形成了鲜明的对比；第五层申述了自己的迷茫和孤独，交代了与众人的种种不同，同时也表示了自己坚持正确主张的决心。在这一基础上，作者的思想感情逐步展开，任情驰骋其丰富的想象力，从各个层面抒发了其忠君爱国、坚持真理的壮伟怀抱，塑造了正反两方面的人物形象，并通过赞扬或抨击抒发了个人的爱憎感情，开辟了许多奇创的境界。

悔相道之不察兮，延伫乎吾将反。回朕车以复路兮，及行迷之未远。步余马于兰皋兮，驰椒丘且焉止息。进不入以离尤兮，退将复修吾初服。制芰荷以为衣兮，集芙蓉以为裳。不吾知其亦已兮，苟余情其信芳。高余冠之岌岌兮，长余佩之陆离。芳与泽其杂糅兮，唯昭质其犹未亏。忽反顾以游目兮，将往观乎四荒。佩缤纷其繁饰兮，芳菲菲其弥章。民生各有所乐兮，余独好修以为常。虽体解吾犹未变兮，岂余心之可惩。

悔相道之不察兮，延伫乎吾将反。

悔，悔恨。王逸《章句》云："悔，恨也。"朱熹《集注》云："悔，追恨也。"相道，审择道路。相，甄别。道，人生道路。王夫之《通释》云："相，审择也。"之，句中助词，取消"相道不察"的句子独立性，使之成为"悔"的宾语。不察，不能明察，没有看清。察，细看。王逸《章句》云："察，审也。"朱熹《集注》云："察，明审也。"延伫，长久地站立。王逸《章句》云："延，长也。伫，立貌。"朱熹《集注》云："延，引颈也；伫，跂立也。"两说皆可通，而前者更近情实。乎，焉，然。裴学海先生《集释》云："'乎'犹'焉'。一为状事之词。"反，"返"的古字，通"返"，返回，即下文"退将复修吾初服"之意。钱杲之《离骚集传》云："反，退转也。"

我悔恨当初选择道路时没能看清前途，我久久地伫立着，心生犹豫，我将要回到原点上去重新选择。此段紧承上文而来，由于个人的努力换来的不是理想的实现，而是君王的怀疑和怨怒、同志的变节与背叛、群小的污蔑与中伤，因而屈原深陷于苦闷、抑郁、失意、彷徨之中，虽然想坚守“伏清白以死直”的初心，但难免心生悔恨。他悔恨当初选择道路太过粗心，竟走上了这样一条不为世俗所容的不归路！所以，他在这人生的十字路口，长久地伫立着，内心泛起了层层波澜，产生了回归原点、重做打算的想法。顾成天《离骚解》云：“此言仕路不能行其道，隐居独善庶乎可也。……又曰：前言九死未悔，至此不能不悔，两‘悔’字紧应。”众所周知，屈原是一个坚守初心、誓死不悔的人，为什么到这里却说后悔了呢？须知，屈原是一个血肉丰满的人，他不可能一直都是那样强悍如铁：他德才兼备、忠心耿耿又敢为人先，可换来的却是极不公正的待遇。他苦闷抑郁，进退失据，自觉孤独穷困于当时。所以，在人生的十字路口，他回望来路，难免产生“悔不当初”之慨！而屈原之所以伟大，就在于他虽有过彷徨，但他最终还是战胜了自己。

“悔相道”一句，向有两解：一种认为是屈原悔恨当初辨认道路不清。林云铭《楚辞灯》云：“上文既云‘九死未悔’矣，忽从千思万想中，悔前此视路不审，冀反前所行，少贬和光，再图进用，亦犹上文‘驰骛追逐’之意。乃穷困之极，一时妄念也。”“一时妄念”一语，最得要领！一种认为是屈原追悔以道辅王而不蒙君王明察。钱澄之《屈诂》云：“悔吾之导夫先路者，其相道容有或差，故使君不见信至于迷路也。”两说相较，前者更近情实。从人物性格的多样性看，前说正体现了屈原在政治和社会双重压力下的片刻彷徨，它非但不影响其坚贞形象的塑造，反而更使得其形象血肉丰满、可爱感人；“延伫”一词，王逸《章句》释为长久站立，朱熹《集注》释为延颈怅望，似皆可通，而反复斟酌，似觉前者自然而后者造作，前者更能体现主人公彷徨失意时心中五味杂陈的情状。

回朕车以复路兮，及行迷之未远。

回，转回。王逸《章句》云：“回，旋也。”朱熹《集注》云：“回，旋转也。”朕车，我的车子，比喻个人的理想。以，并且。裴学海先生《集释》云：“‘以’犹‘且’也。一为‘又且’之义。”复路，回到原来的道路上，比喻回到思想的原点。王逸《章句》云：“返于故道。”朱熹《集注》云：“以复于昔来之路。”及，趁着。行迷，走上迷失方向的路。王逸《章句》云：“迷，误也。”朱熹《集注》云：“迷，惑误也。”朱说近是。之，尚，还。裴学海先生《集释》云：“‘之’犹‘且’也，‘尚’也。”未远，不远。

趁着走上迷途还不是太远，回转我的车子回到旧路上去吧。前文屈原以死自誓，表达了决不消极逃避的决心。但残酷的现实又迫使他心生犹疑，转念一想，觉得身死无益，不如回复本真，重新选择。结合屈原的性格和前文反复申说的“九死不悔”，可知这里所讲的“悔相道不察”“延伫将反”和“回车复路”等行为，均是他极端矛盾痛苦心情的反映，是一种变相的牢骚，而不能皮相地理解为他真的走上了消极逃避的路。这两句话所表现的，显然就是他“延伫”时形成的那个“将反”的念头！汪瑗《集解》云：“此章以行路为譬，实悔其初轻出仕，而欲将隐去耳，非设言也。下文制芰荷、集芙蓉，盖欲辞绂冕之荣，而为隐者之服矣。”徐焕龙《屈辞洗髓》云：“曰不察，曰行迷，皆反言寄慨。”可谓烛照幽微之语！

对此，我们不禁要问：他会义无反顾地回到原点上去吗？他又打算怎样回车复路呢？

步余马于兰皋兮，驰椒丘且焉止息。

步，慢慢地走。王逸《章句》云：“步，徐行也。”余马，指驾车的马。汪瑗《集解》云：“上章曰车，此章曰马，互见也。”于，介词，在。裴学海先生《集释》云：“‘于’，‘在’也。”兰皋，长着兰草的水边高地。朱熹《集注》云：“泽曲曰皋，其中有兰，故曰兰皋。”驰，打马飞跑。椒丘，种有花椒树的山丘。古人于此多所曲解。考“椒丘”与“兰皋”对举，“椒”与“兰”对，“丘”与“皋”应。吕延济《文选五臣注》云："椒丘，丘上有椒也。"朱熹《集注》云："丘上有椒，故曰椒丘。"其说是。且，姑且。焉，于此。止息，停下来休息。汪瑗《集解》云："止息，谓停止而偃息也。"古人于此句多旁牵转训，自许解人，以致愈说愈远。未若将"且"解为最显豁之"姑且"，将"焉"与"止息"连读为断，意为"姑且在此停下来休息"，更显省便准确。

这是屈原慨想回车复路途中的情形：让为我驾车的马在长满兰草的水边高地信步徜徉，让它们在长满花椒树的山丘上奔驰后暂作小憩。上文讲，屈原要回车复路，按照这一思路，他应该义无反顾地回到原点才是。但他并没有那么做，而是在回归的路上犹疑徘徊，走走停停：一会儿让马在长满兰草的水边高地上慢悠悠地走，一会儿又让马在长满花椒树的山丘上飞快地跑，一会儿又干脆让它们在那里停下来休息！这说明，他真心不想走回头路，其实他想留下来，这无疑体现了他内心的矛盾、犹豫、彷徨。须知，这是屈原以象征手法设想自己回归本真之辞，非真实情形之记录，它旨在说明，他虽悔恨欲反乃至回车复路，而真心不忍。

一"步"一"驰"又一"止息"，这三个写马之状态的动词，将屈原内心的纠结生动地表现出来了！我们的古人是很有趣儿的！比如，明明是自己想念对方了，可就是不直接说出来，却说被想念的人正在想念着自己，这就是委婉含蓄，这是我们国人抒情的看家本事！像《陟岵》写士兵想象父母兄长念叨自己，《月夜抒怀》写杜甫想象妻子儿女望月怀己，都是托人说己的例子。此外，还有一种委婉表达，即借物说事儿：明明是抒情的人心里有事儿，可他就是不明说出来，反说他看到的物有事儿，像《卷耳》里征人借马说人，《春望》里老杜借花说人，都是典型的例子。屈原也善于借物说事儿，《九章·涉江》写他过江后慢慢腾腾、磨磨蹭蹭的水陆两段行程，还有这里忽而信马由缰、忽而打马飞驰、忽而驻马止息的描述，就是借物说事儿。此外，即便是在这种情况下，屈原也忘不了他爱好修洁的天性：车子所行的路上长满了香草，开遍了鲜花，种遍了香木。

以上是设想“回车复路”的情形，象征了屈原对方向和路线的重新把握，这是“反”的第一层。

进不入以离尤兮，退将复修吾初服。

进，进谏。入，入耳，采纳。钱杲之《离骚集传》云：“入，犹纳也。”以，转折连词，乃，竟，反而。裴学海先生《集释》云：“‘以’犹‘乃’也。”离，同“罹”，遭到。洪兴祖《补注》云：“离，遭也。”尤，指责。刘良《文选五臣注》云：“尤，过也。”退，退身，离开朝廷。王逸《章句》云：“退，去也。”复，重新。修，修治。汪瑗《集解》云：“复修，重整也。”初服，当初未仕时的服饰，比喻洁白无瑕的本真。王逸《章句》云：“初服，清洁之服也。”蒋骥《山带阁注楚辞》云：“初服，未仕时之服也。”

前文说，因“悔相道之不察”而“延伫乎吾将反”，旨在说明因道路选择错误而欲图回归本初；这里又说，由于“进不入以离尤”故而“退将复修吾初服”，意在说明因进谏遭尤而打算复归原始。无论是回车复路，还是退修初服，都是对“延伫将反”这一思想活动的具体写照，因而，“进不入以离尤”与“悔相道之不察”的内容就有了较多的重合成分。为君王进言不仅没有被采纳反而遭到指责，那么，我将退身离去，重新整理我当初的服饰——这就是前文提到过的“回朕车以复路”的原点，即未仕时的平民身份，也就是“相道”的始点。黄文焕《听直》云：“进而得入，犹可忍也。吾之忍尤，冀入而悟君也。不入而祇以离尤，忍无益也。竞进之术，非我所长，但有退而已。吾之所服者，原非世俗之所服，吾自修吾初服而已。”真可谓屈原知音。

对这两句诗中的一“进”一“退”，学界历来存在分歧。王逸《章句》云：“己诚欲遂进，竭其忠诚，君不肯纳，恐重遇祸，故将复去，修吾初始修洁之服也。”朱熹《集注》云：“进既不入以离尤，则亦退而复修吾初服耳。”两说均嫌笼统模糊，语焉不详。所谓“进”，既可能是“进谏”，也可能是“进身”。汪瑗《集解》云：“进，谓仕也。”则为进身、进取之意；钱杲之《离骚集传》云：“进谏不纳。”则为进谏之意。据此，“不入”也就有了不见用和不被采纳两种意思。无论将其理解为屈原欲进身为官而没有得到重用，还是将其理解为屈原欲进谏而没有被采纳，似皆有理，而结合屈原出任左徒时“与王图议国事，以出号令”的史实考察，钱氏之说似更近情。

另外，“初服”所指维何，也是一个问题。历代学者有的将其理解为具体事物而释为“初事”；有的将其理解为象征之物而释为“江离辟芷之服”；有的将其理解为实物，或释为文人“士服”，或释为“未仕时之服”，或释为“隐者之服”。汪瑗《集解》云：“初服，士服也，下文所言衣裳冠佩之类是也。屈原恐进而遇祸，故退修初服也。此‘服’字要实看。谓芰荷之衣、芙蓉之裳及高冠长佩，乃未仕之初之所服者，因筮仕而释之，今又将辞却黼冕之荣，而重新整治向时之所服者，以复其初也。”比较而言，将其理解为象征意义更合乎情实，因为，下文所言制衣之质料本身就带有明确的象征意味。屈原所谓“复修初服”，就是要回归本初，重修道德之意。

需要注意一个现象：以上八句，两次使用了程度副词“将”！“延伫乎吾将反”的“将”字，意在说明“反”只是长久思考后的打算，这个打算当时还没有付诸实施；“退将复修吾初服”的“将”字，旨在说明“复修初服”是“退”这一行为完成之后的打算，这项工作也还没有进行。因此，它们体现的是屈原当时的心理活动。

这种“初服”是怎样的一种服饰呢？他又是怎样“复修初服”的呢？“初服”这个词，自然引出了下文。你看，《离骚》的针线是多么绵密呀！

制芰荷以为衣兮，集芙蓉以为裳。

制，裁制。其初文为“製”，专指制衣。王逸《章句》云：“制，裁也。”屈复《新注》云：“制，剪裁。”芰荷，荷叶。王逸《章句》云：“芰，蔆也，秦人曰薢茩。荷，芙蕖也。”释“芰荷”为两物，遂开后世疑端。此处“芰荷”与“芙蓉”对举，则“芰荷”亦应为一物无疑。洪兴祖《补注》云：“《本草》云：‘其叶名荷，其华未发为菡萏，已发为芙蓉。’芰荷，叶也，故以为衣；芙蓉，华也，故以为裳。”朱熹《集注》云：“荷，莲叶也。”均为卓见。以为，以之为，把……当作。衣，上衣。古人上衣曰“衣”，下衣曰“裳”。集，凑集，连缀。屈复《新注》云：“集，补缀。”芙蓉，即莲花。王逸《章句》云：“芙蓉，莲华也。”朱熹《集注》云：“芙蓉，莲花也。”以为，同上。裳，下衣。王逸《章句》云：“上曰衣，下曰裳。”

前面说“退将复修吾初服”，这里紧承上句描述其“初服”之状，你看，屈原的文笔该有多么老到！这是他设想回归到原点后要重新修治的“初服”的模样：我用翠绿的荷叶裁制成上衣，用粉红的荷花瓣缝缀成漂亮的下裙。这套“初服”鲜艳夺目的色彩、清香宜人的气息，暗示了屈原出淤泥而不染、濯清涟而不妖的高洁品质！王逸《章句》云：“言己进不见纳，犹复裁制芰荷、集合芙蓉以为衣裳，被服愈洁，修善益明。”明确指出了其潜在的象征意义。夏大霖《屈骚心印》云：“承上文‘初服’字，故以衣裳言。言衣裳，是尽一身之上下被体者，盖独善其身之比，不求人知。”也是高明之见。

在前此的现实斗争描写中，屈原常常用鲜花香草象征自己美好的德操，其习惯做法是将其作为花环、佩囊、披挂、饮食和居家装饰，而这里则又将其裁制成上衣下裙，由此可见，屈原对高尚道德的追求是全方位的！看到这些，你不能像不谙事的小孩子似的肆情揶揄：“屈原有女人的天性，好像有些女性癖！”须知，这是文学的表达，他是以上衣下裳的芬芳象征了自己品行的芳洁。从这个意义上讲，屈原的这一习惯是始终一贯的，从来就没有改变过。所以，他诉说“延伫乎吾将反”也好，还是诉说“回朕车以复路”“退将复修吾初服”也罢，绝不是真的要退缩让步。他是一个性格倔强的人，这种“不变”的气质是很难为人所容的。

不吾知其亦已兮，苟余情其信芳。

不吾知，即“不知吾”，不懂我。知，懂得，理解。汪瑗《集解》云：“不知己之奇服也。”其，则，就。裴学海先生《集释》云：“‘其’犹‘则’也。《楚辞·离骚篇》：‘不吾知其亦已兮’。”亦，也。已，止，算了。苟，表示充要条件的关联词，只要。裴学海先生《集释》云：“‘苟’犹‘但’也。”余情，我的内心。其，是。裴学海先生《集释》云：“‘其’犹‘是’也。一为‘是非’之‘是’。”信，的确，确实。钱杲之《离骚集传》云：“信，犹实也。”芳，香洁。

这两句承上文制芰荷、集芙蓉而来，意谓：没有人懂我也就算了吧，只要我的心真正香洁也就够了。王夫之《通释》云：“荷衣蓉裳，服芳自洁；君虽不知，而吾道自存。”透见了其比德意义。人生世上，需要知己，而待人处事的最高境界，则是从容对待人之不己知！孔子曾说：“人不知而不愠，不亦君子乎？”但要做到“人不知而不愠”，实在是太难了！世界上除了神仙和怪物，恐怕没有人喜欢孤独！尤其像屈原这样一个有远大政治抱负的人，更需要别人尤其是君王的理解，唯有如此，他才有机会得到一个施展才能的平台。但他太过于清高、太过于“好修”了！贺贻孙说，屈原一生的“把鼻”就在于“好修”二字！“好修”就是他的“初服”和“信芳”，这让他远离了俗世，把自己搞得很孤立。因为，“水至清则无鱼，人至察则无徒”，你太君子了，靠近你要受到许多约束，所有口体之奉的好处就都没有了，所以，人们就远离你，甚至合起伙来对付你！屈原当时就处于这样的境地！但他说“不吾知其亦已兮，苟余情其信芳”，似乎对君王疏远和众人中伤已毫不在乎了，他只在乎其情是否依然“信芳”，由此足见屈原人格之高洁。林云铭《楚辞灯》云：“修初服，止要自己信得过，不顾人知。”汪瑗《集解》云：“不吾知，言世俗之溷浊，不知己之奇服也。《涉江》曰‘余幼好此奇服兮，年既老而不衰’，又曰‘世溷浊而莫余知兮，吾方高驰而不顾’是也。”看得都非常真切！

“苟”字领起的条件复句，意义非凡！这个条件是一个充分必要条件，只要有了这一条，这辈子也就足够了，至于其它多么复杂的情况也都无所谓了！更需要注意的是，这是一个倒置句，屈原想讲的是：虽然遇到了“不吾知”这样糟糕的情况，他也毫不在乎，因为只要“余情信芳”就够了。这两句是对“制芰荷以为衣兮，集芙蓉以为裳”所作的抒情式议论，夹叙夹议，灵活多变。

高余冠之岌岌兮，长余佩之陆离。

高，形容词的使动用法，使……高，把……加高。冠，帽子。之，介词，至，到。裴学海先生《集释》云：“‘之’，‘至’也。”岌岌，形容高而又高。王逸《章句》云：“岌岌，高貌。”长，形容词的使动用法，使……长，把……加长。佩，佩饰。朱熹《集注》云：“佩，玉佩也。”之，介词，至，到。同上。陆离，形容长而又长且光彩璀璨。朱熹《集注》云：“陆离，美好分散貌。”钱杲之《离骚集传》云：“陆离，光耀也。”王夫之《通释》云：“陆离，璀璨也。”似皆失于一偏。考上句“高”与“岌岌”搭配，“岌岌”是补充说明“高”的程度的；此句“长”与“陆离”搭配，“陆离”也应该是补充说明“长”的程度的。徐焕龙《屈辞洗髓》云：“冠尚其高，高之以至于岌岌；佩长为美，长之以极其陆离。”可谓巨眼。

加高我的帽子使之高而又高，加长我的佩饰使之长而又长。此两句远承“退将复修吾初服”而来，并对上句“苟余情其信芳”作了进一步延伸：尔等不是不懂得我为何“制芰荷以为衣，集芙蓉以为裳”吗？无所谓！只要我内心“信芳”就够了！你们不是看我荷衣蓉裳不顺眼吗？我还要“高余冠之岌岌，长余佩之陆离”，我就是要与你们这种“世俗”对抗到底！与上文相同，这也是屈原以高冠长佩象征自己与众不同的表现。王逸《章句》云：“言己怀德不用，复高我之冠，长我之佩，尊其威仪，整其服饰，以异于众也。”戴震《屈原赋注》云：“高冠长佩，即《涉江》篇所云‘余幼好此奇服兮，年既老而不衰’也，以寓从吾所好之意。”可谓善读诗者。

披挂长长的佩饰，出于楚人爱美的天性；而爱戴高帽儿，则可能是楚人对崇高美的别样追求。二十世纪以来，战国楚墓葬中出土的衣物和人物画像都能说明这一问题。

芳与泽其杂糅兮，唯昭质其犹未亏。

芳，指“初服”的芳香。泽，指冠佩的光泽。朱熹《集注》云：“芳，谓以香物为衣裳；泽，谓玉佩有润泽也。”林云铭《楚辞灯》云：“芳指衣裳，泽指冠佩。”其说最为切情。其，为，是。裴学海先生《集释》云：“‘其’犹‘为’也。一为‘是’字之意。”杂糅，交错糅合在一起。王逸《章句》云：“糅，杂也。”唯，只有。王逸《章句》云：“唯，独也。”昭质，皎洁的品质。戴震《屈原赋注》云：“昭质，谓明洁之质。”王逸《章句》云：“昭，明也。”其，为，是。同上。犹，仍然。未亏，没有受到损害。

芰荷、芙蓉制成的“初服”的芳香与高冠长佩的光泽糅合在一起，独有我光辉皎洁的品质仍未受到损伤。这两句仍上承“初服”而来，是对“复修吾初服”工作的总结：屈原以独特的服饰、冠佩象征个人特立不群的性格，申明其皎洁的品质并没有因“不吾知”而受到损害。实际上，这两句诗之间还存在着因果关系，前句是因，后句是果：正因为芳香与光泽交融为一，所以，只有我的皎洁品质没有受到损毁。李陈玉《笺注》云：“吾身虽退，而被服芳洁愈甚，但要自信得真，安问知不知哉？且不但衣服已也，高冠长佩，古人规模，穷且益坚。芳泽得以杂糅，幸此光明之质未亏耳。若使被党人污坏，虽有芳泽，亦安所施哉？”

近人对“芳与泽其杂糅”一句颇多异解，以为是香臭混杂之意，遂把原作解坏！郭沫若《屈原赋今译·离骚注》云：“今案毛诗《秦风》云：‘岂曰无衣？与子同泽。’郑注：‘泽，亵衣也，近污垢。’即此‘泽’字之义。”高亨《楚辞选》云：“‘泽’当读做‘殬’，指腐臭的东西。”姜亮夫《校注》云：“按‘泽’古作‘臭’，读若‘浩’。疑《离骚》本作‘臭’，字形讹误作‘臭’，王逸以今文定之，又误作‘泽’

也。”三者均以“泽”与“芳”对，迎合下文“杂糅”与“唯”，以为“杂糅”必是二物相克，“唯”就是与“臭”“杂糅”在一起的“芳”，脱离上下文意，俱失之偏颇。

“唯”字表示事物的独自性和唯一性，是针对屈原个人而言的，这在屈原的作品里随处可见，它体现了我方力量的弱小，间接表现了敌方势力的强大，暗示了对敌斗争的艰苦卓绝；“犹”字的感情色彩，需经反复咀嚼方能品味得出，它似乎带有一种自信和满足的味道。以上八句，不似前面叙述回车复路，它们分说为衣为裳和高冠长佩，又于制荷为衣、集蓉为裳之后抒发了“余情信芳”之情，于高冠岌岌、长佩陆离之后感喟“昭质未亏”，文法错落，曲折出之，避免了文气伤直的弊端。

以上是“复修初服”的情形，象征了屈原对修养的重新思考，这是“反”的第二层。

忽反顾以游目兮，将往观乎四荒。

忽，忽然。表示彼一时此一时也。王逸《章句》云：“忽，疾也。”反顾，回头看。汪瑗《集解》云：“反顾，回首而视也。”王邦采《离骚汇订》云：“反顾，低头回看也。”以，连词，又且。裴学海先生《集释》云：“‘以’犹‘且’也。一为‘又且’之义。”游目，放眼远望。王邦采《离骚汇订》云：“游目者，举头浏览也。”往观，到那里去看。吕延济《文选五臣注》云：“往，去也。”乎，介词，于。四荒，四方荒远的地方。王逸《章句》云：“荒，远也。”陆善经《文选离骚注》云：“往观四荒，欲之他国也。”王夫之《通释》云：“四荒，谓四方之远也。”钱澄之《屈诂》云：“四荒，四方荒远之处。”蒋骥《山带阁注楚辞》云：“四荒，举天下而言。”

在“延伫”畅想之余，忽然间回首来路，又极目远望，我将要到那四方荒远之处去游览一番。此句以上是“延伫”时的心理活动，而此处则是刹那间的心态转变：“延伫”是在人生十字路口的彷徨，“反顾”则是畅想前途之后向来路眺望，它反映了屈原对刚刚确定了的“复路”之想的否定，表现了对刚刚被否定了的“迷行”的牵恋。这样理解更符合情实：前此是后悔过去选择路径错误，因而就在人生的十字路口“延伫”着，思考着要回归原点，打算着回到原点之后复修“初服”，还要加高自己的帽子、加长自己的佩饰，坚定了只要内心“信美”、昭质未亏，即使不被人理解也无所谓的信念！然而，不经意间的一个“反顾以游目”的动作，轻而易举地就把“延伫”时所作的一切打算全盘推翻了！他要换一种思路，到“四荒”去看一看！对屈原来讲，一个片刻的隐退想法，毕竟显得太苍白无力了！

他为什么要“往观四荒”呢？对于屈原所处的楚国而言，四方荒远之地就是四方之国。前文反反复复说楚王“浩荡失察”、众人“贪婪竞进”、时俗“工巧周容”，而自己则“孤独穷困”，意谓此非留人之地。继而后悔“相道不察”而“延伫将反”，而今，又在“反顾”来路时心生流连，在“游目”时心生期冀：嗯！到外边去看看，又当如何呢？而历代学者对屈原“往观四荒”之目的的看法，大致可分为求贤君与求知己两途。持求贤君说者有王逸、陆善经等，而以朱熹之说最具代表性：“虽已回车反服，而犹未能顿忘此世，故复反顾，而将往观乎四方绝远之国，庶几一遇贤君，以行其道。”持求知己说者有吕延济、徐焕龙、朱冀等，而以洪兴祖、林云铭之说最善。《补注》云：“当是时，国无人莫我知者，故欲观乎四荒，以求同志，此孔子浮海居夷之意也。”《楚辞灯》云：“四海之外，岂无知我与类我者乎？因上文‘不吾知’，故自考而欲往观之，以自广其意，非思去国求君也。”两说相较，以后者近似。从表面看，屈原出行的目的就是寻求一个“知我”者；而从根本上看，“贤君”必为“知己”，二者并不矛盾。结合上文“不吾知”和下文“独好修”的感情抒发，其“游目”而“往观四荒”的目的，或为求知己以放心情。

句中的“忽”字不可轻觑！这一表时间的副词，突出了“反顾”这一动作的即时性，将这一动作的发出时间限定在了“延伫”畅想之后，从而把屈原心系朝廷、心存美政的心态写活了！

佩缤纷其繁饰兮，芳菲菲其弥章。

佩，动词，佩戴。缤纷，盛多貌。王逸《章句》云：“缤纷，盛貌。”钱杲之《离骚集传》云：“缤纷，多貌。”其，然，的样子。裴学海先生《集释》云：“‘其’犹‘然’也。一为状事之词。”繁饰，众多的饰物。王逸《章句》云：“繁，众也。”芳菲菲，香气浓郁貌。王逸《章句》云：“菲菲，犹勃勃。芬，香貌也。”王夫之《通释》云：“菲菲，香远飘也。”其，然，的样子。同上。弥章，更加明显，指香气更加浓烈。王逸《章句》云：“章，明也。”钱杲之《离骚集传》云：“章，犹显也。”

此承上文“将往观乎四荒”而来，意谓即使我要出行，也要佩戴着五彩缤纷的众多饰物，使原本馥郁的香气愈加浓烈。此句与前文“苟余情其信芳”和“唯昭质其犹未亏”遥相呼应，反复申明“信芳”与“昭质”。由于充满自信，屈原在即将“往观四荒”时，“犹整饰仪容，佩玉缤纷而众盛，忠信勃勃而愈明，终不以远故改其行”，这是屈原爱好修洁的一贯作风，虽然身处逆境，“信芳”与“昭质”绝不改易！即使将投身异域，更要芳菲弥章！徐焕龙《屈辞洗髓》云：“此时余佩较前更加缤纷而其文甚盛，繁饰而其贲众多；芳香之气菲菲，弥觉章明显著。以四荒之大，而余佩若兹，宜乎赏识有人，不难作合矣。”鲁笔《楚辞达》云：“被吾复修之盛服以往，不因处荒落之竟稍减其修饰，庶可藉此以邀知己，未可知也。”均将佩饰缤纷、香气弥彰的意旨做了一定程度的拉伸，或为过分解读，也未可知。比较而言，还是钱澄之《屈诂》的看法较为中肯，他将屈原这一段心理轨迹作了整体梳理：“退修初服，自誓一往不反；而忽反顾，情终不容已也。反顾之余，还以游目，宗国既已绝望，四方庶有知之者乎？佩益繁而芳益盛，任吾之真，行古之道，虽四荒亦不吾知可也。”有条理，有次第，令人信服。

当然，要明白，《离骚》中这些心仪、佩戴、服用鲜花香草的现象，是一种巧妙的文学表现，是一种美好的象征，它表现了屈原对美德的向慕、对高洁品质的追求，万不可拘泥胶固遇之。

民生各有所乐兮，余独好修以为常。

民生，人生，统言人的一生。各有所乐，各有自己的爱好和习尚。洪兴祖《补注》云：“乐，欲也。”独，独自。好修，爱好修洁。以为常，以……为常准。常，常法，规范。姚鼐《古文辞类纂》云：“‘常’当作‘恒’，避汉讳改。”从押韵的角度看，姚说似可信。

人的一生各有自己的爱好和习尚，唯有我独自把爱好修洁当作不变的规范。这是屈原对上文复修初服、余情信芳、芳泽杂糅、芳菲弥章等一系列个人修养行为的总结。需要注意的是，“民生各有所乐”中的“民”是一个统属概念，它既包括屈原自己，也包括屈原之外的所有人，包括好人、坏人和中间人。“民生各有所乐”揭示的是人类的一个共性，即人的志趣与追求会因人而异！众人之所乐在彼，我之所乐独在此；人以为怪，我以为常。王逸《章句》云：“万民禀天命而生，各有所乐，或乐谄佞，或乐贪淫，我独好修正直以为常行也。”朱熹《集注》云：“人生各随气习有所好乐，或邪或正，或清或浊，种种不同，而我独好修洁以为常。”“好修”是屈原终生的追求，这种追求，即便在他不如意的时候也没有放弃过。贺贻孙《骚筏》云：“至于君子，则始终好修而已。曰‘民生各有所乐兮，余独好修以为常’，又曰‘岂其有他故兮，莫好修之害也’，屈子一生，至性过人，多忧少乐，所乐者，惟‘好修’而已；即小人所害我者，亦不过此‘好修’而已。”实为卓见！

前面说过，屈原在叙述己方时，往往习惯使用表示极少数量、极小范围的副词“唯”和“独”，以表现己方力量的弱小和性格的独立不群。这里的“独”字，将自己与天下所有人形成了悬殊的对比，体现的就是数量的唯一性、性质的独特性和个性的鲜明性，它凸显了屈原不同于流俗的独特之处。

虽体解吾犹未变兮，岂余心之可惩。

虽，表示假设条件，即使。裴学海先生《集释》云：“‘虽’犹

‘即’也。假令兼推拓之词也。”体解，肢解，即大卸八块，古代一种最残酷的刑罚。钱杲之《离骚集传》云：“体解，支裂之也。”犹，尚且。裴学海先生《集释》云：“‘犹’，‘尚’也。”未变，不改变。岂，助词，难道，表示反诘，与其后的“可”字构成反问句。之，是。裴学海先生《集释》云：“‘之’，‘是’也。一为‘是非’之‘是’。”惩，因惩创而改变。洪兴祖《补注》云：“《说文》：‘惩，忞也。’‘忞’与‘艾’并音‘乂’，谓惩创也。”刘梦鹏《屈子章句》云：“惩，犹戒也。”

即使把我肢解了，尚且不能改变我“好修”的天性，我的心岂能因受到惩创而改变？这两句上承“余独好修以为常”而来，设想即使受到惨毒如肢解那样的刑罚尚且不会改变，遑论其余！从“悔相道之不察”，到“回朕车以复路”“退将复修吾初服”，再到“余独好修以为常”，一路写来，发展到这里又指天誓日，均在申说自己“好修”的本性不变，均在表示绝不与世俗同流合污！而令人唏嘘扼腕的是，屈原把个人“好修”的性格夸大到了“体解未变”的极致，继而在此基础上复归到些小“惩创”带来的伤害，两相比照，从而坚定了“未变”的信念。朱熹《集注》云：“虽以此获罪于世，至于屠戮支解，终不惩创而悔改也。”林云铭《楚辞灯》云：“即支解不能改吾好，岂以见疏为戒，遽行迷途，致亏昭质乎？言己有常操，不但不肯变，实不能变。与上文‘灵修数化’、下文‘芳草为萧艾’相反。”见解中肯。

一个“虽”字，屈原把自己逼到了绝地，宣示了绝不屈服退缩的决心；一个“犹”字，表现了屈原性格的执著和坚毅；一个“岂”字，表达了屈原对“变”的不可理解。而通过“体解”与“惩”所造成的迥异伤害程度的对比，既体现了屈原“好修”不变的坚定意志，也表现了他视惩蔑如的顽强态度。你看，屈原在选择词语上是多么讲究啊！

以上是全诗的第二部分。关于这一段的归属问题，楚辞学史上存在两种意见：一是将其归入第一部分，代表人物是王邦采。其《离骚汇订》云：“文势至此，为第一段大结束，而全文已包举。后两大段虽另辟神境，实即第一段之意，而反覆申言之，所谓‘言之不足，又嗟叹之’也。其中起伏断续，变化离奇，令人莫测。”认为此段是对前文的总结，后面两部分是对第一部分的“申言”。朱冀《离骚辩》云：“此一又束上文无数波澜，至此一齐收结矣。下文又矗奇峰。”二是将其归入第二部分，代表人物是林云铭。其《楚辞灯》云：“已上自叙被谗之后，不能变好修之性以从俗，妄思进用。前以驰骛非急、欲立修名犹在时俗之中，此以行迷当复、欲观四荒竟在时俗之外矣。总以时俗中无一人知原，亦无一人类原，而原又无去国他适之意，除是四荒或有相遇，乃极言楚国必无一遇也。自此至篇末，皆是此意。”认为前此内容在“时俗之中”，此段内容在“时俗之外”，显系两橛！而言外之意是，此段与后半篇思想一贯，当归一处。任望先生《楚辞探踪·〈离骚〉段落分析》云：“第一段（‘悔相道不察’—‘岂余心之可惩’）叙述自己曾想退出政治舞台，独善其身。然而，理想的光芒，在眼前闪耀；斗争的火焰，在胸中燃烧；他不能逃避现实。他决心不惜一切牺牲，继续为理想而战斗。这是第一个思想斗争——退和进的斗争。”主张此段归属思想斗争部分。

仔细揣摩此段内容，既与上述现实斗争内容有一定关联，又与其后思想斗争内容近似，它表现了屈原因种种不尽人意的现实而产生的心理活动。然而，其表现形式既不同于前文现实斗争（时俗之中）的客观描述，又不同于后面思想斗争（时俗之外）的大胆虚构与幻想。虽然此段退守故辙和往观四荒的内容不过是一种前途设想，却形象地展示了屈原因处处碰壁而产生的复杂心理矛盾。介于此，我认为，此段内容既是对过往现实斗争的理性总结，又是向未来神游世界思想斗争的导引，是全篇结构的瓶颈。掌握了它，即可打通上下，使全篇内容弥缝无痕，成为一个浑然的整体。朱熹《集注》云：“自‘悔相道’至此五章，又承上文‘清白以死直’之意，而下为女嬃詈余启也。”显然已注意到了这一段的过渡性质。蒋骥《山带阁注楚辞》云：“总承篇首至此之意而结之，以起下文，实一篇之枢纽也。”大而言之，自“悔相道之不察”至此，由前文备受挫折而来，至此心起波澜，平稳过渡到下文的思想斗争，真一篇之枢纽也！

女媭之婵媛兮，申申其詈予。曰："鲧婞直以亡身兮，终然殀乎羽之野。汝何博謇而好修兮，纷独有此姱节？薋菉葹以盈室兮，判独离而不服。众不可户说兮，孰云察余之中情？世并举而好朋兮，夫何茕独而不予听？"

女媭之婵媛兮，申申其詈予。

女媭，一说为屈原贱妾，一说是屈原女伴，一说为屈原女弟子，一说为楚国女巫。旧注谓屈原姊，或谓屈原妹。王逸《章句》云："女媭，屈原姊也。"许慎《说文·女部》云："媭，女字也。《楚词》曰：'女媭之婵媛。'贾待中说，楚人谓姊为媭。"段玉裁《说文解字注》云："王逸、袁山松、郦道元皆言女媭屈原之姊，惟郑玄注《周易》云：'屈原之妹名女媭。'《诗正义》所引如此。"李陈玉《笺注》云："从来诠者，谓女媭为屈原姊，不知何所根据，盖起于袁崧（当为袁山松）之误。袁崧因夔州秭归县有屈原旧田宅在，遂谓秭归以屈原姊得名。"郭沫若《离骚今译》云："女媭，旧以为人名，或说为屈原姐，或说为屈原妹，均不确。今姑译为'女伴'，疑是屈原之侍女。"之，句中助词，用于主语"女媭"与谓语"婵媛"之间，形成"主语+之+谓语"的句式，作主从复句中表状态的从句。婵媛，情思缠绵貌，引申为缠绵眷恋之意。朱熹《集注》云："婵媛，眷恋牵持之意。"陆时雍《楚辞疏》云："婵媛，眷顾流连之意。"申申，反反复复，絮絮叨叨之意。王逸《章句》云："申申，重也。"林云铭《楚辞灯》云："申，重也。詈非一次，所詈亦非一词，故下有'不余听'句。"林仲懿《离骚中正》云："申申，犹言剌剌不休。"其，然，的样子。裴学海先生《集释》云："'其'犹'然'也。一为状事之词。"詈，责备。黄公绍《韵会》云："正斥曰骂，旁及曰詈。"王夫之《通释》云："詈，责也。"

女媭面带缠绵眷恋之意，絮絮叨叨、指鸡骂狗、旁敲侧击地责备我。王逸《章句》云："女嬃见已施行不与众合以见放流，故来牵引数怒，重詈我也。"此段承上始"悔相道之不察"而终"余独好修以为常""虽体解吾犹未变"而来，虚构了一个女性人物女嬃，并托女嬃之詈"见众妒之必不容"，展示了屈原战与降的心理矛盾与冲突，表现了绝不向恶势力低头的坚定意志。与下文的重华、巫咸、灵氛一样，女嬃是屈原为表明心曲而虚构的人物，他试图借助这些假想人物，表现自己复杂的心理活动，从而以思想斗争的艰难印证现实斗争的艰苦卓绝，同时又将复杂的思维活动形象化，而这正是文学的显著特征。

"婵媛"一词，生动地刻画了女嬃情思缠绵之态，显出其牵挂爱弟的长姊身份。朱熹《集注》云："《骚经》'女嬃之婵媛'，《湘君》'女婵媛兮为余太息'，《哀郢》'心婵媛而伤怀'，《悲回风》'忽倾寤以婵媛'，详此二字，盖顾恋留连之意。""申申"一词，与"婵媛"相映成趣，活现了女嬃絮叨之状。洪兴祖《补注》云："女嬃詈原，有亲亲之意焉。"而"詈"字，据黄公绍《韵会》"旁及曰詈"和《章句》"牵引数怒"的解释，则是一种委婉的规讽，即俗所谓"指鸡骂狗"，看她借"鮌"责骂的内容，其说不诬。

曰："鮌婞直以亡身兮，终然殀乎羽之野。

曰，说，女嬃之词。王逸《章句》云："曰，女嬃词也。"鮌，同"鲧"，尧之臣，禹之父，治水不成而见杀。婞直，倔强刚直。周拱辰《离骚草木史》云："婞直，刚愎倔强，即所云'怒悻悻见于其面'也。"徐焕龙《屈骚洗髓》云："婞，悻悻自好。直，不知委蛇。"以，连词，连接的前后两部分为偏正关系，前一部分是原因，后一部分是结果，相当于"以至于"。亡身，忘我，忘记自身安危。王闿运《楚辞释》注："'亡身'当作'忘身'。"终然，到最后，到头来。汪瑗《集解》云："终然，犹言毕竟耳，决词也。"黄文焕《听直》云："终然者，悻直之人，其势必至于是也。"殀，一作"夭"，未尽天年而死。王夫之《通释》云："不以考终曰殀。"蒋骥《山带阁注楚辞》云："不尽天年谓之殀。”乎，介词，于，在。羽之野，羽山的郊野。相传鲧不听帝命，被祝融杀于羽山之野。《山海经·海内经》云：“洪水滔天，鲧窃帝之息壤以堙洪水，不待帝命。帝令祝融杀鲧于羽郊。”

她说道：鲧性情刚直以至于忘记了自身安危，结果枉死在了羽山脚下。针对屈原“好修为常”和“体解未变”的刚直性格，女媭的劝说之辞选取了神话传说中因性格刚直而导致冤死的典型案例，旨在说明这种性格一定会给他带来杀身之祸。而女媭所选取的鲧这一神话人物，除性格刚直与屈原相似外，其拯救下民而不待帝命的那种“为人生”的精神，也与屈原非常相似，所以，用鲧说事儿才更具说服力。对于女媭拟屈原于鲧，历代学者多有微词。或以女媭为敌党势力，其骂、其比是真骂、真比。张凤翼《文选纂注》云：“媭以鲧为诫，似非知原者，何足为贤？……不过如‘室人交徧谪我’之谓耳！”谓女媭不过一无知村妇。汪瑗《集解》更是声色俱厉地破口大骂，谓之“贱妾”“邪淫之贱态”，比之“党人詈已”；或以女媭为屈原之姊妹，其詈骂是奉劝告诫。朱熹《集注》云：“女媭以屈原刚直太过，恐亦将如鲧之遇祸也。”周圣楷《楚宝》云：“女媭戒之以鲧，欲其怨身事君，自是骨肉至情，岂有他意？且原满肚不平，乍歌乍泣，入耳皆成拂乱，亦非真怨其姊之不察而詈予也。”实为卓见。女媭拿鲧与屈原作比，只是截取二者的共性而已，并非锱铢不爽！须知，天下绝没有两片完全相同的树叶呢。

“婞直”一词，形容人性情倔强刚直、不知随时处顺、羞于虚与委蛇、拙于敷衍应酬之态，既是对鲧的描写，也是对屈原的描写；“亡身”即“忘我”，而非使自己灭亡，因为其下有表示灭亡的“殀乎羽之野”的话，与前者有因果关系。这也是鲧与屈原身上共有的性格。“终然”一词，激越沉痛，道尽古往今来婞直人铁定下场。

汝何博謇而好修兮，纷独有此姱节？

汝，你。“尔汝”相呼，以见亲昵。何，为什么。博謇，事事直谏貌。朱熹《集注》云：“博謇，谓广博而忠直。”钱澄之《屈诂》云：

“博謇，知无不言也。”博，多而广。王夫之《通释》云：“博，过其幅量之谓，犹言过也。”謇，直谏貌。钱澄之《屈诂》云：“謇，难于言而必欲言也。”而，并列连词，且。裴学海先生《集释》云：“‘而’犹‘且’也。”纷，多貌，修饰“姱节”。洪兴祖《补注》云：“纷，盛貌。”独，唯独。此，代词，这些。姱节，美好的节操。朱熹《集注》云：“姱节，姱美之节也。”王夫之《通释》云：“姱节，奇行也。”

上文举了一个因性格刚直而枉死的“反面典型”鲧，接着，女媭就把矛头指向了屈原“刚直”和“亡身”两个具体表现——“博謇”而“好修”：你为什么要事事多言并爱好修洁，独有你拥有这么多美好的节操呢？对一个忠臣来讲，事事关心并事事直谏是他的本分，但那样做并不讨君王喜欢，也不令同僚高兴，因为，君王有逆鳞，同僚有妒心。经常撩拨君王的逆鳞、刺激同僚的妒心容易招致祸患，而屡屡不改就是忘记了自身安危。钱澄之《屈诂》云：“‘博謇’而兼以‘好修’，可谓‘纷有姱节’矣。‘纷’可忌，‘独’尤可忌，以举朝皆非类也。”此语切中肯綮！黄文焕《听直》说，屈原“受罪正在此”，也是个中人语！“博謇”“好修”这些特点，在女媭看来并非不好，因为她接着就说了“纷独有此姱节”的话，肯定了这都是美好的节操，可见指责女媭的人是冤枉了人家！这个“独”字，显然是针对其他人讲的，由此引出了女媭对“众人”乃至“党人”性格的描述。

“博謇”之“博”，非知识广博之“博”，乃多而广之义，修饰直谏之“謇”，言直谏非一时一事如此，乃时时、事事皆然，由此可见屈原当仁不让、舍我其谁的忠臣本色；“好修”之“好”亦非一般之喜欢，乃是一种积久养成、不可改易的习惯；“纷”字同“纷吾既有此内美”之“纷”，形容“姱节”众盛之貌；“独”字下得最是精绝，与“余独好修以为常”前后照应，足见屈原特立独行，此情绝非屈原所独知，女媭亦知之，天下人尽知之！“此”字也饱含深情，复指“博謇而好修”。其遣词造语，蕴藉风流，屈原才名，岂是浪得！

薋菉葹以盈室兮，判独离而不服。

薋菉葹，三词分指蒺藜、王刍和枲耳。王逸《章句》云：“薋，蒺藜也。菉，王刍也。葹，枲耳也。”王夫之《通释》云：“枲耳，苍耳也。”汪瑗《集解》云：“薋菉葹，三恶草名，当世时俗之所尚者也，以比寻常庸劣之行。”其说近是。以，介词，用。裴学海先生《集释》云：“‘以’，‘用’也。”盈室，填满屋子。汪瑗《集解》云：“盈室，谓家佩人服也。”判，副词，判然，形容差别分明，修饰“离而不服”。王逸《章句》云：“判，别也。”独，唯独。离，抛弃。王夫之《通释》云：“离，弃也。”而，顺接连词，且。裴学海先生《集释》云：“‘而’犹‘且’也。”服，佩戴，与“非世俗之所服”之“服”义近。《吕氏春秋·孟春纪》云：“衣青衣，服青玉。”高诱注：“服，佩也。”

世人将蒺藜、王刍和枲耳视为香料堆满了屋子，唯独你判然抛弃它们不去佩戴。此处承上文“纷独有此姱节”而来，揭露了“众人”乃至“党人”颠倒黑白、混淆是非的本性，从与其相反的角度表现了屈原的“姱节”。因旧注多谓“薋菉葹以盈室”喻奸佞满朝，故对这两句的理解多所失当。从这两句的关系看，下句以上句之时人视恶草为香料为参照，凸显了屈原判然独弃而不服用之的品格。前句比喻“党人”群小出离常规的“民生所乐”，后句申说屈原的不与其同。戴震《屈原赋注》云：“薋菉葹，喻众之所尚，原独判然舍弃之。”

《离骚》中同位词素叠用的现象比较常见，如“览相观”表现了动作的由简到繁、由粗到细。此处“薋菉葹”是三个名词叠用，表现了事物由形到质的变化：蒺藜扎手，王刍味苦，枲耳兼之而难缠。“判”字的本义是分开、判分，引申为显然、分明，它表现了屈原态度的分明与果敢。“独”字仍是用来描述屈原的，它体现了屈原的遗世独立、卓尔不群、与众不同，也表现了他超常的判断力。

方廷珪《文选集成》云：“女嬃言止‘独离’句。以下四句，乃大夫因姊之詈自叹之辞，为下‘折中前圣’张本。”徐焕龙《屈辞洗髓》云：“女嬃之言止此，语若未了然，盖不忍言其究竟。”其说欠妥！皆因将下文“孰云察余之中情”中的“余”字视为屈原自称所致！

众不可户说兮，孰云察余之中情？

众，众人，除屈原以外将“薋菉葹以盈室”的所有人。汪瑗《集解》云：“众，举一世而言也。”户说，挨家挨户地去说服。汪瑗《集解》云：“户说，谓户户而说也。”户，名词作状语，挨家挨户。说，说服。汪瑗《集解》云：“以言晓人曰‘说’。”孰，谁。云，能。裴学海先生《集释》云：“‘云’犹‘能’也。”察，看得清。余，女媭和屈原共有的代名词，犹今之“咱们”，表亲切之谓。夏大霖《屈骚心印》云：“余，姊亲其弟之辞。”之，结构助词，的。裴学海先生《集释》云：“‘之’，口语之‘的’也。”中情，内心，指“博謇而好修”。

前面讲，唯独你不与众人同，则众人皆“薋菉葹以盈室”矣！而众人又不可能挨家挨户地去说服，那还有谁能看清咱的内心呢？关于这两句是谁的口吻，历来有两种不同的说法：一说因“孰云察余之中情”之“余”字，而谓此乃屈原之词。王逸《章句》云：“己之心志所执，不可户说人告，谁当察我中情之善否也。”朱熹《集注》云：“众人不可户户而说，必不能察己之中情。”汪瑗《集解》云：“此章因女媭詈己立异以为高，而述己中情以答之，明其实未尝立异也。”显然均将其视作了屈原口吻，将“余”视为屈原自称了。倘若如此，则下文“汝何茕独而不予听”中的“予”又当是谁呢？若以此句为屈原责备女媭之词，则所谓“茕独”者难道是女媭吗？这种说法显然是捉襟见肘、难以立足的！一说因下文有“夫何茕独而不予听”中的“不予听”，而谓此乃女媭之词。赵南星《离骚经订注》云：“女媭言人不能察屈原之情。旧说溺‘余’字，以为屈原之言。”可谓目光如炬！钱澄之《屈诂》云：“此亦述女媭之言。上‘余’字为原言也，下‘予’字自指。”王夫之《通释》云：“‘察余’之‘余’，代原自称；‘予听’之‘予’，代世人自称。”其说皆接近情实。夏大霖《屈骚心印》云：“‘余’，姊亲其弟之辞，如《春秋》于鲁称‘我’也。”实为真知灼见！考上文时人皆“薋菉葹以盈室”

之句意，即已檃栝了此处“不可户说”的内容，所以，既然没法儿挨家挨户去说服他们不可颠倒香臭，也就不再奢望有谁能看清咱的内心了！

在这里，女媭讲到屈原的对立面时用了“众”字，在讲到己方时用了表复数的“余”（当然这是表亲近的意思），同样也形成了鲜明的殊绝对比。这一对比由第三者口中说出，比屈原自己说出更具说服力，更能表现敌方势力之强大和我方力量之弱小。

世并举而好朋兮，夫何茕独而不予听？”

世，世人，天下之人。并举，相互抬举，轮流坐轿，互相勾结之意。王逸《章句》云：“相与朋党，并相荐举。”而，并列连词，且。裴学海先生《集释》云：“‘而’犹‘且’也。”好朋，喜好结党。朋，朋党。王逸《章句》云：“朋，党也。”夫，句首发语词。何，为什么。茕独，孤独无靠。无兄弟为茕，无子为独。王逸《章句》云：“茕，孤也。”而，连词，又。裴学海先生《集释》云：“‘而’，犹‘又’也。”不予听，不听予，不听我的话。

女媭接着又说：世人相互勾结，结党营私，你又为何自甘孤苦又不听我的话呢？林云铭《楚辞灯》云：“举朝皆私党，汝何独立于世而不听吾言，同于鲧之悻直乎？”与上文一样，这也是女媭“詈余”的内容。李陈玉《笺注》云：“女媭言止此。旧以‘众不可户说’下为屈子自言，非也。”王远《评注》云：“此亦女媭之言，上‘余’字代原称，下‘予’字媭自‘予’也。”女媭揭露了众人“薋菉葹以盈室”“不可户说”和“并举而好朋”的恶劣本质，指出了屈原“纷独有此姱节”“判独离而不服”和“茕独而不予听”的倔强性格，对举了敌我双方不同的价值取向和力量差比，从而否定了屈原的“婞直”与“姱节”，旨在说服屈原重新做出选择。贺贻孙《骚筏》云：“篇中所引‘女媭之婵媛兮，申申其詈予’，即其相慰之语也。自‘鲧婞直以亡身’至‘汝何茕独而不予听’八句，呢喃絮叨，无限亲爱，酷肖妇人姑息口气。”正道出了其中滋味！而林云铭《楚辞灯》云：“篇中先借一女媭出头，说出许多没道理的话，令人逃又逃不去，辩又辩不来，见得仕途中都是妇人为政，凭他如何颠倒，无可置喙也。”错解了其中揶揄劝诫的内涵和意蕴。

需要注意，女媭之詈乃屈原虚构情节，它表现了屈原内心的纠结，所以，女媭之詈实则为屈原自詈！还应注意，此段女媭责骂之词，三次用到“独”字，虽与前文屈原自称“独”的旨意相近，而情感不同，这里体现的是女媭对屈原的同情。王邦采《离骚汇订》云：“女媭三以‘独’字诘大夫，‘独’非大夫所讳也，‘独好修以为常’，大夫不尝自云乎？特众好为朋，便见为‘独’耳。举世滔滔，独行踽踽，姊媭之云若责之，实深痛之也。”另，“世并举而好朋”句，断句当为“世/并举/而/好朋”，不应断为“世并举/而/好朋”。历代学者多将“世并举”连读并释为“举世”，则“而”字无着落，且“举世皆浊”不能换作“世并举皆浊”明矣。“世”为句子的主语，“并举而好朋”是句子的谓语，“并举”与“好朋”有先后、主次之分，相互抬举在前，拉帮结伙在后。

以上为第三部分的第一层，女媭劝告。这一层上承第二部分的过渡而来，逐渐进入由虚构和幻想交织而成的绮幻之境。在这里，屈原由“民生各有所乐”和“体解吾犹未变”生发，假托女媭的责备和劝说，证实了他和“党人”之间不可调和的矛盾，与第一部分的内容相互表里，并为其后离开人间奔赴天界的神游作了铺垫。贺贻孙《骚筏》云：“无端插此一段作波澜，妙甚！尤妙在不作答语，便接以‘依前圣以节中’云云，盖吾行吾意，付之不辩也。笔法高绝！”面对女媭从俗投降的劝诫，屈原似无须争辩，其所谓“不辨”，正是无可诉辩、不辩之辩之意。林云铭《楚辞灯》云：“忽于不经意中，无端被姊女媭当面抢白，絮絮叨叨。因思既不得于君，又不谐于俗，甚至不见谅于家，无处诉辩，不得已陈词重华，求前圣之折中。”作为亲人，女媭尚不能理解自己，所以内心的苦闷在人间已无可告诉，唯有“依前圣以节中”矣！可见贺氏与林氏均认识到了这一环节的接引性质。

依前圣以节中兮，喟凭心而历兹。济沅湘以南征兮，就重华而陈词：

“启《九辩》与《九歌》兮，夏康娱以自纵。不顾难以图后兮，五子用失乎家巷。羿淫游以佚畋兮，又好射夫封狐。固乱流其鲜终兮，浞又贪夫厥家。浇身被服强圉兮，纵欲而不忍。日康娱而自忘兮，厥首用夫颠陨。夏桀之常违兮，乃遂焉而逢殃。后辛之菹醢兮，殷宗用而不长。汤禹俨而祗敬兮，周论道而莫差。举贤才而授能兮，循绳墨而不颇。皇天无私阿兮，览民德焉错辅。夫维圣哲以茂行兮，苟得用此下土。瞻前而顾后兮，相观民之计极。夫孰非义而可用兮？孰非善而可服？阽余身而危死兮，览余初其犹未悔。不量凿而正枘兮，固前修以菹醢。”曾歔欷余郁邑兮，哀朕时之不当。揽茹蕙以掩涕兮，霑余襟之浪浪。

依前圣以节中兮，喟凴心而历兹。

依，遵照。汪瑗《集解》云：“依，遵也。”前圣，前代圣人，即前文所列三后、尧、舜等。汪瑗《集解》云：“前圣，泛言也。下指舜，专言也。”以，介词，用，用他们的标准。裴学海先生《集释》云：“‘以’，‘用’也。”节中，节制自己，使不偏颇。节，节制。中，指合于正道，不偏不倚。钱澄之《屈诂》云：“节中，节其太过，以合于中。”林云铭《楚辞灯》云：“节中，即折中，乃持平之意。”喟，叹惋，可叹。王逸《章句》云：“喟，叹也。”王夫之《通释》云：“喟，叹其不然之辞。”颇近情实。凴心，心情难堪。汪瑗《集解》云：“凴者，充塞盈满之意也。凴心，言极其本心之量。”徐焕龙《屈辞洗髓》云：“凴心，闷满怀也。”而，转折连词，乃，竟然。裴学海先生《集释》云：“‘而’犹‘乃’也。一为‘却’义。”历兹，经历至此，到了这般境地。朱熹《集注》云：“历，经历之意。”洪兴祖《补注》云：“‘喟凭心而历兹’者，叹逢时之不幸也。”

我遵照前代圣贤们的法则节制自己使不偏不倚，可叹的是，结局竟是这样令我愤郁难平到了这步田地。此承上文女媭“夫何茕独而不予听”的劝说而来，屈原反思自己一直遵循圣贤遗训，节制自己的行为使合于正道，继而叹惋如此谨慎行事竟落得个满腔愤懑的结局。由于屈原自信其言行完全合乎圣贤之道，因而在不断遭受打击、蒙受冤屈之后，不能不生发“意想不到”的喟叹。旧注对这两句的理解多失之偏颇，以为屈原接受了女媭的劝说，“节其中和”（王逸），“原闻女媭之言，不能自决，乃以前圣节制其中”（钱杲之），“听姊言，疑己之过直，失中道也……至是，始喟然知己之愤懑为过，所以备历此穷困”（钱澄之），其他如林云铭、李光地、朱冀、蒋骥诸说，似皆脱离了上下文及屈原的思想实际，孤立地从字面予以解释。而王邦采《离骚汇订》云：“二语是追维平日之言行非有过差，因叹息今日之遭逢动辄龃龉。似答非答，以心问心，真有如姊媭所云。”其说适得其环中！

这两句诗，前句述往日情景，后句述当日境况，展示了行为与结局的强烈反差，正与前此女媭劝告相表里，故王夫之释“喟”为“叹其不然之辞”，可谓独具只眼。也正因如此，屈原才产生了对往昔所作所为的疑惑，并有了求证于重华的举措。

济沅湘以南征兮，就重华而陈词：

济，渡。王逸《章句》云：“济，渡也。”沅湘，水名，沅江和湘江。《山海经》云：“湘水出帝舜葬东，入洞庭下；沅水出象郡镡城西，东注江，合洞庭中。”以，连词，而。其所连接的前后两部分是补充关系，即“南征”是“济沅湘”这一动作的目的。南征，南行。王逸《章句》云：“征，行也。”就，凑近。重华，帝舜之号。王逸《章句》云：“重华，舜名也。《帝系》曰：‘瞽叟生重华，是为帝舜。葬于九嶷山，在沅湘之南。’”而，连词，其所连接的前后两部分是补充关系，即“陈词”是“就重华”这一动作的目的。陈词，陈述言辞，指陈述委屈，请其判断。林云铭《楚辞灯》云：“陈词者，求其折中也。”

我渡过沅水和湘水向南进发，我要到舜帝那里陈述我的委屈。这是说，屈原遵照前圣先王之法而行，不料不容于世，所以要到虞舜那里去讨一个说法，以解心间“依前圣以节中，喟凭心而历兹”的困惑。朱熹《集注》云：“屈原以世莫能察己之志，故欲就之而陈词，如下文所云也。”旧注多以屈原陈词是替“婞直亡身”的鲧去讨说法，罔顾文脉，割裂任意，其说迂曲。徐焕龙《屈辞洗髓》云：“盖清白死直，固前圣所厚，我舍此谁依？但节中之道，未知果当与否，我欲就前圣质之。而重华乃前圣之选，近在九疑，用济沅湘以南征，就重华而陈我中情莫告之词，重华其当有以鉴我。”吴世尚《楚辞疏》云：“一片心情，无可告语，不得已而陈词于重华，此即《小雅》呼天之意也。”二者结合上下文意释读，却是直中要害。

这里有两个问题需要注意：一是屈原为什么不向乔山的黄帝、曲阜的少昊、濮阳的颛顼去陈词，却偏偏要向舜去陈词讨说法呢？他不是说过自己是“帝高阳之苗裔”的话吗？有人认为舜帝公平正直，能端公理（洪兴祖“天下明德，皆自虞帝始，其于君臣之际详矣”），这当然是一种推断。最可信的是，舜帝南巡，死在了苍梧，葬于苍梧境内的九嶷山。九嶷山距屈原最近，兼之舜帝贤能，故屈原要渡沅湘南行就近陈词。夏大霖《屈骚心印》云：“前圣皆可节中，而独就重华陈词者，就放所之近者也。”二是舜乃传说时代的古帝王，距屈原所处的战国时代已逾两千年之久，肯定已非客观存在，屈原如何去向他陈词呢？须知，这是文学创作中想象和虚构的表达方式，即《文心雕龙·神思》所谓“寂然凝虑，思接千载；悄然动容，视通万里”之意。这种表达，除所谓“浪漫”效果外，似乎也在说明，在黑暗的现实世界里，屈原已无可告语，只好向远古圣王的魂灵去诉说自己的委屈了。这种技巧，就是指鸡骂狗、指桑骂槐。

“启《九辩》与《九歌》兮，夏康娱以自纵。

启，禹之子。《世本》云：“启，禹子。”张澍注：“按，《纪年》启名会，《连山易》名余，《年代历》名建。”《九辩》《九歌》，皆古乐曲名。洪兴祖《补注》云：“《山海经》云：‘夏后开上三嫔于天，得《九辩》与《九歌》以下。’《注》云，皆天帝乐名，启登天而窃以下用之。《天问》亦云：‘启棘宾商，《九辩》《九歌》。’王逸不见《山海经》，故以为禹乐。”夏，大。王逸“夏康”连读，以为夏代之太康，后世多从其说，不足信。要知此句主语是夏启而非所谓“夏康”，故“夏”绝非朝代或君主之名，而是表“康娱”程度的形容词。康娱，安逸享乐。王逸《章句》云：“娱，乐也。”戴震《屈原赋注》云：“启作《九辩》《九歌》，示法后王，而夏之失德也，康娱自纵，以致丧乱。”姚鼐《古文辞类纂》云：“‘启《九辩》’下十六句，皆言失道君之致祸；‘汤禹’四句，皆言得道君之致福。启之失道，载逸书《武观篇》，《墨子》所引是也。屈子以与浇并斥为‘康娱’，王逸误以‘夏康’连读，解为太康，伪作古文者遂有‘太康尸位’之语，其失始于逸也。”以，连词，所连接的前后两部分是并列关系，又且。裴学海先生《集释》云：“‘以’犹‘且’也。一为‘又且’之义。”自纵，放纵自己。王逸《章句》云：“纵，放也。”

启从天上偷来了《九辩》与《九歌》，尽情地贪图安逸享乐而放纵了自己。前头说，屈原“依前圣以节中”，竟不料“喟凭心而历兹”，因而要“就重华而陈词”，以下就是“陈词”的内容。注意，偷来《九辩》《九歌》的人是启，尽情享乐、放纵自己的人也是启，这样理解更符合情实。夏朝的开国之君启从天上偷来了《九辩》《九歌》，放纵无忌，从而开启了后世子孙贪图逸乐的祸端，这就是“上梁不正下梁歪”的意思！此后，夏代的祸乱就相继上演了。

在第一部分现实斗争的回忆中，屈原讲到为怀王导引前路时，先是列举了正面典型三后和尧舜，继而又列举了反面典型夏桀和商纣。而在这里，他向重华“陈词”时，则又先将夏、商两代的暴君乱臣一一推出，之后又抬出夏禹、商汤和周文武，旨在说明“皇天无私阿”“孰非义而可用”“孰非善而可服”的道理，目的在于重申对怀王浩荡猖披、不察我心的怨责，在于重申对自身“节中”而“历兹”的困惑。王邦采《离骚汇订》云：“大夫不过随举而历陈之，语语是楚王之病，亦语语是古来昏庸之主大共之病，何必逐条配合也?”真可谓善读诗者。

不顾难以图后兮，五子用失乎家巷。

顾，顾及，考虑。难，灾难，祸患。王逸《章句》云：“不顾患难，不谋后世。”以，连词，且，也。所连接的“顾难”与“图后”两部分是并列关系，二者均受副词“不”的限制。裴学海先生《集释》云：“‘以’犹‘且’也。一为‘又且’之义。”图后，谋划将来。王逸《章句》云：“图，谋也。”五子，一说为启的小儿子五观（又作武观），一说为启的五个儿子。朱熹《集注》云：“五子，太康昆弟五人也。”用，因。失乎家巷，一说为失去了立足之地，即国破家亡。朱熹《集注》云：“家衖，宫中之道，所谓永巷也。”一说“失”字为“夫”字之误，“乎”字为衍文，“家巷”即内讧。王引之《读书杂志·志余说》云：“‘失’字因王注而衍。注内‘失国’‘失尊位’，乃释‘家巷’二字之义，非文中有‘失’字而解之也。”这一句与后文“厥首用夫颠陨”的句法完全一致：那一句说的是乱臣贼子浇因“日康娱而自忘”而“厥首用夫颠陨”了，这里讲的是启因“不顾难而图后”而“五子用夫家巷”了。据史传载，五观曾经作乱，启派兵讨平，这就是所谓“家巷”（内讧）。两说相较，后者为优。

启因不顾及祸患也不图谋将来，所以，他的儿子五观就挑起了内乱。需要注意的是，这是一个因果复句，它的主语仍是上句的主语“启”而非“五子”。虽然历史上各个朝代都有明君和昏君，但一个从源头上就坏掉了的朝代，是不容易出现开明君主的，夏朝就是如此。启的王位是破坏了禅让的规矩从他父亲禹那里继承来的，但禹并不是夏朝的开拓者。启这个实际上的“官二代”是夏朝的第一个君主，他贪图享乐，放纵自己，不顾及国祚长久，所以，不久就闹起了家乱：先是他的小儿子五观造了他的反，后来又有后羿、寒浞、浇等乱臣贼子跳出来抢班夺权，直到夏桀彻底断送了夏王朝的命运，终夏一代，昏上乱相实在是太多了。像这样的王朝，居然也延续了数百年，真是不可思议！屈原可能就是这样想的，所以，他有疑问：不是“皇天无私阿”吗？那为什么“好人不长寿，王八活千年”呢？这公平吗？以上四句，是对夏启失道行为的描述。

屈原的“陈词”，先是征引故实，从夏启放情纵乐、不顾后患而引起内讧、闯出大祸说起，继而列举了一系列反面典型，表现了对所谓天道“皇天无私阿”的质疑，也表现了对个人遭际的不解。

羿淫游以佚畋兮，又好射夫封狐。

羿，文献中记载的羿有两个，一是射日的神话人物羿，一是夏代有穷国之君后羿，此指后者。王逸《章句》云：“羿，诸侯也。”陆善经《文选离骚注》云：“羿，夏诸侯。《左传》云：‘羿因夏人以代夏政。’”洪兴祖《补注》云：“羿，帝喾时有羿，尧时亦有羿，羿是善射之号。此羿，商（夏之误）时诸侯，有穷后也。”淫游，过度游乐。汪瑗《集解》云：“淫，过也。无事而漫遨曰游。”以，连词，且。所连接的“淫游”与“佚畋”两部分是并列关系，均受主语“羿”的领属。佚，放纵。汪瑗《集解》云：“佚，纵恣也。”畋，打猎。王逸《章句》云：“畋，猎也。”好，喜好。夫，远指代词，那个。封狐，大狐狸。王逸《章句》云：“封狐，大狐也。”闻一多《校补》和姜亮夫《屈原赋校注》，均以《天问》有“冯珧利决，封狶是射”，《淮南子·本经训》有“擒封狶于桑林”句，以“封狐”为“封猪”之误，将神话羿与诸侯后羿误认为一人。

后羿游乐无度，放纵田猎，又喜爱射杀那大狐狸。王逸《章句》云：“羿为诸侯，荒淫游戏，以佚畋猎，又射杀大狐，犯天之孽，以亡其国也。”实际上，羿与后羿是两个毫不相干的人物。昔年，我在《屈原对“羿”的态度》一文中对此有过详细论证，可以参阅。在这里，需要对历代学者将其混为一谈的原因作一下简要说明：一是由于二者均为善射者，而“羿”又是善射者的通称；二是因为二者名字相似度高，后者只多了一个夏代君主的专有名词“后”字；三是缘于二者均喜欢打猎，尤其是喜欢对大动物下手，比如射封狶与射封狐。但这个与上述夏启、五观及下提寒浞、浇等人物有关，又“淫游佚畋”更爱“射夫封狐”的人，绝非射日的神话人物羿，而只能是夏代历史人物夏后羿。

如果说后羿的“淫游”“佚畋”体现了其行为不合君道的话，那么，好“射封狐”又是如何加速了他走向灭亡的呢？虽然“射封狐”也属畋猎，但仔细品味“又”字的内涵，似乎“射封狐”已超越了“佚畋”的范畴，是另起一端的意思！王逸《章句》谓“又射杀大狐，犯天之孽，以亡其国也”，闪烁其词；又，世传禹妻涂山氏女即为九尾狐转世，而狐在民间传说中又是神秘之物，可见后羿“射封狐”是一件“淫游”“佚畋”之外更不该干的事。在中国民间文化中，狐的角色性质最早是图腾、瑞兽，虽从未被列入祀典，但一直被视为狐神、狐仙而受到崇拜。狐文化的前期是图腾文化和符瑞文化，从宗教民俗文化进入审美文化之后，经历了全新的价值判断和审美改造，狐成为最具魅力的审美对象。后羿惹上了这样一位祖先图腾化的灵物，还不是导致其不得善终的乱流行为么？

固乱流其鲜终兮，浞又贪夫厥家。

固，本来。乱流，横行胡为。钱澄之《屈诂》云：“乱流，谓乱逆之流，统诸凶言也。”王夫之《通释》云：“横流而渡曰乱流，言不顺理也。”徐焕龙《屈辞洗髓》云：“乱流，不由川浍之流，喻羿之以乱易乱。”其，是。裴学海先生《集释》云：“‘其’犹‘是’也。”鲜终，少有善终。王逸《章句》云：“鲜，少也。”汪瑗《集解》云：“鲜终，谓少有得善其终也。”浞，寒浞，后羿之相。王逸《章句》云：“浞，寒浞，羿相也。”又，再加上。裴学海先生《集释》云：“‘又’，‘复’也。”贪，贪图。夫，介词，于。裴学海先生《集释》云：“‘夫’犹‘于’也。”厥家，他的家室，即后羿的妻子纯狐。厥，其，他的。家，妻室。王逸《章句》云：“妇谓之家。”刘良《文选五臣注》云：“厥，其；家，妻也。”

横行胡为的人本来就少有善终的，再加上寒浞还贪图着他的妻子纯狐。王逸《章句》云：“羿因夏衰乱，代之为政，娱乐畋猎，不恤民事，信任寒浞，使为国相。浞行媚于内，施略于外，树之诈慝，而专其权势。羿畋将归，使家臣逄蒙射而杀之，贪取其家，以为己妻。羿以乱得政，身即灭亡。”事见《左传·襄公四年》。后羿靠政变得了夏家天下，而纵情游乐，淫游佚畋，又偏爱射杀大狐，不行君道，这种横行胡为的行为本身已注定了他不得善终。而他任用的奸相寒浞，结党营私，树帜专权，并秽乱春宫，贪图后羿的妻子，这不止加速了后羿的灭亡，也为寒浞自己的覆灭种下了祸根。以上四句，是对夏后羿失道行为的描述。

“乱流鲜终”道出了一条“多行不义必自毙”社会规律，而“固”字又将这一规律历史化和常态化，使之具有了普遍和永恒的警示意义！“固”字又与“又”字构成了一种递进关系，意味着后羿的灭亡趋势益发不能逆转。而“寒浞贪其家”又轻松地把话题转向了历史的下一单元，笔墨省净，技法巧妙。

浇身被服强圉兮，纵欲而不忍。

浇，一作“奡”，浇为寒浞与后羿之妻纯狐所生之子，曾杀死因失国流亡于外的夏启之孙夏后相，后为夏后相之子少康所杀。王逸《章句》云：“浇，寒浞子也。”戴震《屈原赋注》云：“浞杀羿而取其室，是生浇。”身，自身。被服，仰仗，恃有。朱冀《离骚辩》云：“被服者，习用之意。”刘梦鹏《屈子章句》云：“被服，襟带之谓。”强圉，强壮力大。王逸《章句》云：“强圉，多力也。”洪兴祖《补注》以为与“强御”通：“强御，强梁也。”王夫之《通释》云：“圉与御通，谓力可御人。被服强圉，负强捍众也。”纵欲，放纵情欲。朱熹《集注》云：“纵放其欲，不能自忍也。”蒋骥《山带阁注楚辞》云：“纵欲，如淫于女歧之类。”而，又。裴学海先生《集释》云：“‘而’犹‘又’也。”不忍，不能忍耐克制。张凤翼《文选纂注》云：“不忍，不能自制也。”戴震《屈原赋注》云：“不忍，谓不能自止其欲也。”

浇自恃强壮力大，放纵情欲又不加克制。吕向《文选五臣注》云：“浇恃多力，故肆情纵欲，不忍其谏，以杀夏后相。”由《左传》注可知，浇的出身已逊人一筹，天生带有乱臣贼子的基因；而自身行为又不加检束，仰仗着身强力大与人对抗；又放纵情欲，沉湎声色，淫于女歧，不加克制。这正是“老猫尿房檐，辈辈往下传”“上梁不正下梁歪”！他既蹈袭了后羿“乱流鲜终”的陈迹，又继承了其父寒浞“贪夫厥家”的淫邪传统，成为典型的亡国之君。

“身被服强圉”五字，白描了浇自恃强梁、傲睨天下之貌，绝妙！汪瑗《集解》云：“被服强圉，谓专尚猛力，如被服之在身而不舍也。”“纵欲”与“不忍”搭配亦妙绝！“纵欲”已是沉湎其中难以自拔，而“不忍”一词又将其心痒难耐、甘之如饴之情状活生生画出，中间又嵌一“而”字将两种丑态作了递进，非大手笔不能办此！

日康娱而自忘兮，厥首用夫颠陨。

日，名词作状语，天天，每天。康娱，安逸享乐。王逸《章句》云：“康，安也。”而，又。裴学海先生《集释》云：“‘而’犹‘又’也。”自忘，忘掉自身安危。王夫之《通释》云：“自忘，忘其身之危也。”厥首，他的脑袋。王逸《章句》云：“首，头也。”用，因。夫，代词，此，代指“日康娱而自忘”。裴学海先生《集释》云：“‘夫’犹‘此’也。”颠陨，坠落。王逸《章句》云：“自上下曰颠。陨，坠也。”洪兴祖《补注》云：“颠，倒也。陨，从高下也。”胡文英《屈骚指掌》云：“颠陨，少康逐犬而陨其首也。”以上所述后羿至浇事，均见于《左传》。

他每天都沉浸在安逸享乐中，忘掉了自身安危，因此落了个人头落地的下场。王逸《章句》云：“浇既灭杀夏后相，安居无忧，日作淫乐，忘其过恶，卒为相子少康所诛，其头颠陨而坠地。”这两句紧衔上两句而来，且构成了一种因果关系，补充说明了浇放纵情欲、不加节制的状态，以及因此导致最终灭亡的恶果。陈本礼《屈辞精义》云：“由羿以至浇、浞，皆夏之乱臣贼子，而援以比君，使怀王能不闻而倍恨耶？此贾祸之所由来也，此所以招姊申申之詈也。”屈原虽非必“援以比君”，即举以戒君，怀王闻之，亦必蹙额疾首，心存芥蒂矣！此即俗所谓“当着秃子骂和尚，对着矬子说矮话”！以上四句是对浞、浇失道行为的叙述。

“康娱自忘”已是无可救药，而“日”这一表示频率高、修饰“康娱”和“自忘”的时间状语，又将浇“纵欲不忍”的程度进一步凸显出来，活画了浇的荒淫无道之态。而“厥首用夫颠陨”的悲惨下场，再次证明了“乱流鲜终”的历史规律。

夏桀之常违兮，乃遂焉而逢殃。

夏桀，夏代亡国之君，历史上著名的无道暴君。王逸《章句》云：“桀，夏之亡王也。”之，句中助词，用于主语“夏桀”与谓语“常违”之间，形成“主语+之+谓语”的句式，作因果复句中表原因的分句。常违，常常违背天道。李周翰《文选五臣注》云：“言常背天违道。”朱熹《集注》云：“违，背也。言背道也。”钱杲之《离骚集传》云：“常违，常违背天道也。”汪瑗《集解》云：“常违，谓屡背乎道也。或曰倒文耳，谓背乎常道也。”比较而言，以“常违背天道”为是。乃，顺接连词，故，所以。裴学海先生《集释》云：“‘乃’犹‘故’也。”遂焉，理所当然之词，忽然。钱杲之《离骚集传》云：“遂，不反也。”汪瑗《集解》云：“遂焉，犹忽然，易词也。”皆近于理所当然之意。而，连词，则，就。连接“遂焉”与“逢殃”两部分，表示“遂焉”修饰“逢殃”，且为“逢殃”的状态。裴学海先生《集释》云：“‘而’犹‘则’也。”逢殃，遭殃，指为商汤所灭。王逸《章句》云：“殃，咎也。”朱熹《集注》云：“逢殃，为汤所放也。”《史记·夏本纪》云：“汤修德，诸侯皆归汤。汤遂率兵以伐夏桀。桀走鸣条，遂放而死。”

夏桀做事常常违天背道，所以突然间就遭遇了覆亡的祸殃。王逸《章句》云：“夏桀上背于天道，下逆于人理，乃遂以逢殃咎，终为殷汤所诛灭。”以上列举的启、后羿、寒浞、浇四位夏代昏君，其间虽是并列关系，但大多存在某种人际上的联系，只有夏桀相对独立。夏桀的残暴在历史上是出了名的，据《竹书纪年》载，他“筑倾宫，饰瑶台，作琼室，立玉门”，荒淫无度，暴虐无道，这些都是他不行君道、违天背德的表现。而正是由于他“常”违天背道，所以才理所当然地遭遇了覆亡的下场。以上两句，是对夏桀失道行为的叙述。在屈原开列的失道之君中，只夏代荒王就占了五位。

读这两句诗，不要轻易放过“常”字和“乃遂焉”三字！“常”字表示一种频率极高的状态；“乃”字表示前后两事在逻辑上承袭相因、在时间上紧密衔接的关系；“遂焉”两字既表示情势的不可逆转，又表示反应速度之快。违背天道（自然规律、社会规律和人心所向），一之谓甚，岂可再乎！而一旦违背天道成为“经常”行为，则覆亡趋势与进程自然也就变得确定而迅速，这就是“常”这个形容词状语和“乃遂焉”这一组合副词的意义。

后辛之菹醢兮，殷宗用而不长。

后辛，商代亡国之君商纣，历史上著名的无道暴君。王逸《章句》云：“后，君也。辛，殷之亡王纣名也。”之，句中助词，用于主语“后辛”与谓语“菹醢”之间，形成“主语+之+谓语”的句式，作因果复句中表原因的分句。菹醢，剁成肉酱。王逸《章句》云：“藏菜曰菹，肉酱曰醢。”《说文》云：“菹，酢菜也。”吕延济《文选五臣注》云：“菹醢，肉酱也。”《史记·殷本纪》云：“九侯有好女，入之纣。九侯女不喜淫，纣怒，杀之，而醢九侯。”钱澄之《屈诂》云：“菹醢，专言其杀谏臣也。”殷宗，殷朝的宗绪，即商代统治。汪瑗《集解》云：“宗，犹统也。”用，因。钱杲之《离骚集传》云：“用，犹以也。”而，之，指“后辛菹醢”事。裴学海先生《集释》云：“‘而’犹‘之’也。一为指事之词。”不长，不能长久，指被周武王灭掉。

商纣王把九侯、梅伯剁成了肉酱，殷朝的宗绪因之就不能久长了。王逸《章句》云：“纣为无道，杀比干，醢梅伯。武王仗黄钺，行天罚，殷宗遂绝，不得长久也。”此处列举的商纣“菹醢”，更加血腥而惨无人道，似甚于前举夏桀“常违”之暴政，它与“殷宗不长”也构成了一种因果关系，从而阐释了商纣灭宗亡国的必然性。此句以上之“陈词”，列举的均为夏代荒王，而此处列举的却是商代暴君，其言外之意是，非止夏代有荒王亡国，但凡不遵正道者，皆会有此下场！而当下楚怀王宠姬郑袖因妒而使怀王割了魏美人鼻子的行径，岂非荒王之举乎？而其下场又当如何呢？由此可见，屈原“陈词”重华的批判意义是带有强烈现实性的。

林云铭《楚辞灯》云：“右十六句，皆弃义与善，而不用、不服者。”钱澄之《屈诂》云：“此一章举桀纣之败，以起下文三后之兴，与上三章不属。”以上十六句“陈词”，列举了夏、商两代荒暴之君因不行君道而致身死国灭的历史事实，从相反的一面陈述了对个人遭际的疑惑：这些违天背道的人遭遇祸殃是理所当然的，而我呢？我可是遵照前圣先王之法而行事的啊！这一段的句式需要注意：“不顾难以图后兮，五子用失乎家巷”“固乱流其鲜终兮，浞又贪夫厥家”“日康娱而自忘兮，厥首用夫颠陨”“夏桀之常违兮，乃遂焉而逢殃”“后辛之菹醢兮，殷宗用而不长”，不难发现，屈原在讲到每一位历史人物的命运时，往往是先描述其行为，继而再交代其结局，由此构成了一种顺理成章的因果关系，在指出其结局合理性的同时，潜藏着对个人命运不公的怨愤情绪。

汤禹俨而祗敬兮，周论道而莫差。

汤，即商汤，商朝开国之君。汤从严治吏，以宽治民。禹，即夏禹，夏朝的开国之君。禹勤于政事，划分九州。汤、禹同为儒家所推崇的圣人。俨，庄重貌。王夫之《通释》云：“俨，庄恪貌。”而，并列连词，且。裴学海先生《集释》云：“‘而’犹‘且’也。”祗敬，恭敬。王逸《章句》云：“祗，敬也。”周，指周代开国之君周文王和周武王。王逸《章句》云：“周，周家也。”一说为形容词周密、周详。论道，讲论治国之道。洪兴祖《补注》云：“道，治道也。”王逸、刘良等以为

“论议道德”，恐非。而，乃，才。裴学海先生《集释》云：“‘而’犹‘乃’也。一为‘才’义。”莫差，没有差错。王逸《章句》云：“差，过也。”汪瑗《集解》云：“莫差，谓讲论治道而无有一毫之差错也。”

商汤、夏禹治国态度庄严且恭敬，周文、周武因讲论治道理政才毫发不爽。刘良《文选五臣注》云：“汤、禹、周文皆严肃祇敬，论议道德，无有差殊，故得永年。”汪瑗《集解》云：“此亦互文，非谓禹汤能祇敬而不能论道，文武能论道而不能祇敬也。”前文十六句历数夏、商两代荒暴之君灭亡的史实，总结了违天背德必遭覆亡的历史规律，从而推求出“皇天无私”的结论；这里则另起炉灶，以三代圣明之君“顺欲成功”的史实，印证了这一结论。这一内容，似乎与第一部分为王导引的先路近似，而实则不尽相同：前者旨在为王树立正、反两方面的典型，而这里却是通过正、反两类典型证明“皇天无私”。

按时序来讲，汤、禹的顺序是颠倒的，这是为什么呢？对此，前人也曾有过讨论，但缺乏确凿的证据。实际上，禹、汤就是两个古代圣王，其顺序对思想的表达并没有影响；而“周”之所指为何，也有两种不同的看法：一种认为指人，即周文王和周武王；一种认为是形容词“周密”的意思，是修饰汤、禹“论道莫差”的。要厘清这一问题，必须结合上下文的内容，也要结合上下句的句法。前列夏、商两代荒暴之君，均先叙其行为，再述其结局；这里也是先举三代贤君的做法，之后才叙述其“莫差”和“不颇”的结果。至于先列汤、禹又列周家，后面又通讲“举贤授能”和“循绳墨”，这是互文的手法，意谓三代贤君都能做到“俨而祇敬”“论道莫差”“举贤授能”“循绳墨”。“俨而祇敬”和“举贤而授能”这两个词组，其内部构造均为并列关系，构成要素之间无前后主次之分；“论道而莫差”和“循绳墨而不颇”两个词组，其内部构成要素之间均有前后主次之分和因果之辨。而“论道”与“循绳墨”相对为因，均为动宾结构；“莫差”与“不颇”对应为果，均为补充结构。由此即可断定，“周”字是一个独立的名词，与“汤、禹”对应，也就是“周家”的意思。再，下句“举贤而授能”和下文“遭周文而得举”前后呼应，就是针对周文王而言的。

举贤而授能兮，循绳墨而不颇。

举贤，推举贤良之人。举，推举。而，并列连词，且。裴学海先生《集释》云：“‘而’犹‘且’也。”授能，任用有才能的人。授，交给。循，遵循，遵照。绳墨，匠人引绳弹墨量直的工具，借指法度。而，乃，才。裴学海先生《集释》云：“‘而’犹‘乃’也。一为‘才’义。”颇，倾斜，偏差。王逸《章句》云：“颇，倾也。”王夫之《通释》云：“颇，倾仄不安也。”

他们都选拔贤良、任用才士，因遵照法度办事，国家才得以顺利发展。吕向《文选五臣注》云：“文王举贤用能，循先圣法度，无有颇僻，故能安天下也。”朱熹《集注》云：“举贤才，遵法度，而无偏颇。”这两句统言上列禹、汤、文、武的政治素养和治理效果，非单指文王。“举贤授能”和“循绳墨”分别是儒家和法家的政治主张，它体现了任人唯贤的用人制度和依法治国的法治理念，而儒家推崇的三代之君就是这一理念的践行者和获益者。

以上四句“陈词”，列举了禹、汤、文、武三代贤君因庄重恭谨、谨遵法度、举贤授能而使国家发展无偏无差的历史事实，总结出了一条成功的治国经验，从正面陈述了对个人遭际的疑惑：这些顺天应民的人能够成功也是理所当然的，而我呢？我也是遵照前圣先王之法而行事的啊！在这里，屈原将禹、汤、文、武作为正面典型，与上举启、后羿、寒浞、浇、夏桀、商纣等不遵法度、乱流鲜终的荒暴之君予以了鲜明对照，目的就是要推导出“皇天无私阿”而“览民德焉错辅”的天界铁律，从而发抒自身遭际不平的冤屈。

皇天无私阿兮，览民德焉错辅。

皇天，光明伟大的上天。“皇”是“煌”的本字，为辉煌、光明之意。私阿，徇私偏爱。王逸《章句》云：“窃爱为私，所私为阿。”钱杲之《离骚集解》云："偏爱曰私，徇私曰阿。"览，观察。民德，人的品德，特指君德。朱熹《集注》云："观民之德有圣贤者，则置其辅助之力，而立以为君也。"钱澄之《屈诂》云："民德，是民之有德，足以利赖万民者。"夏大霖《屈骚心印》云："民德之'民'指君。对天言，故以人民概称也。"刘梦鹏《屈子章句》云："民，人也。"焉，顺接连词，而。裴学海先生《集释》云："'焉'犹'而'也。楚辞《离骚》篇：'览民德焉错辅。'"错辅，安排辅佐。洪兴祖《补注》云："上天祐之，为生贤佐，故曰错辅。"错，通"措"，安置，安排。王逸《章句》云："错，置也。"辅，辅佐。王逸《章句》云："辅，佐也。"

光明伟大的上天不会徇私偏爱，他观察了人的品德而为其安排相应的辅佐。这是屈原在列举了前代失道和得道的两类君王之后得出的结论。历代学者多将其理解为上天只眷顾那些得道的君王，因其品德高尚才给他们安置良佐，而那些失道之君则没有辅佐。如王逸《章句》云："皇天神明，无所私阿，观万民之中有道德者，因置以为君，使贤能辅佐，以成其志。故桀为无道，传与汤；纣为淫虐，传与文王。"朱熹、张凤翼、戴震等，均持此说。王邦采更说："禹而汤，汤而文，有德则辅，未尝私阿一姓。"实际上，这个"无私阿"的皇天所览之"民德"，既包括禹、汤、文武之德，也包括启、夏桀、商纣之德；所措之"辅"，既有伊尹、姜尚那样的良辅，也有师涓那样的恶辅。对于那些"俨而祗敬""举贤授能""论道"和"循绳墨"的得道者，皇天措以良辅，以成其事；对于那些"淫游佚田""乱流鲜终""纵欲不忍""康娱自忘""违背常道"的失道者，则措以恶辅以速其祸。正如俗语所谓"看菜吃饭，量体裁衣"，而绝非"看人下菜碟儿"！因为"错辅"的前提是"皇天无私阿"！刘梦鹏《屈子章句》云："天无阿私，其错其辅，亦视人之德何如耳！"戴震《屈原赋注》云："德可以君天下，天为之笃生贤者佐之。"其说近似。这一规律，几千年的史实可为明证，因而下文"夫维圣哲以茂行兮，苟得用此下土"，只单说一项，足见屈子棒喝之用心。

《离骚》篇共有八个"民"字，意义绝不相同。此处的"民"字，古来亦有三解：一种是“万民”或“人”，概指包括君王在内的天下所有人。王逸、朱熹、张凤翼、钱澄之等主此说；一种是“人民”，即除君王以外的人。林云铭《楚辞灯》云：“见为民所德者，而默置佑助，此定理也。”王邦采《离骚汇订》云：“民德者，民心所归也。”第三种是“君”。夏大霖《屈骚心印》云：“民德之‘民’指君。对天言，故以人民概称也。”三者相较，夏氏之说近情。

夫维圣哲以茂行兮，苟得用此下土。

夫，句首发语词，有另置一词的意味。维，唯独。汪瑗《集解》云：“维，独也。”裴学海先生《集释》云：“惟，独也。字通作‘维’。”圣哲，具有超凡品德和智慧的人。圣，人格最高尚的人；哲，有智慧的人。王逸《章句》云：“哲，智也。”此处指上举禹、汤、文武等。林仲懿《离骚中正》云：“圣哲，指禹、汤、周。”以，介词，因。裴学海先生《集释》云：“‘以’，‘因’也。”茂行，美盛的德行，即上文所言“俨而祇敬”“论道”“举贤授能”“循绳墨”等品质。王逸《章句》云：“茂，盛也。”钱杲之《离骚集传》云：“茂行，美行也。”刘梦鹏《屈子章句》云：“茂行，盛德也。”据文意，“茂”应具美、盛两意。苟，乃，才。王夫之《通释》云：“苟，乃也。”裴学海先生《集释》云：“‘苟’犹‘乃’也。楚辞《离骚》篇：‘夫维圣哲以茂行兮，苟得用此下土。’”得，能够。用，拥有，享有。汪瑗《集解》云：“用，犹有也。”王夫之《通释》云：“用，宰制而服役之也。”下土，天下。王逸《章句》云：“下土，谓天下也。”

只有那些具有超凡品德和崇高智慧的人，因其美盛的德行，才能够拥有这个天下。句首的“夫”字，具有提示意义，表示特别指出。这两句是对“陈词”中十六句反面史实和六句正面史实所作的全面总结，尤其是对正面史实的高度概括，是对“览民德焉错辅”一句的分析型解释：只有具备如此美盛品德和崇高智慧的人，才配拥有四海。王逸《章句》云：“天下之所立者，独有圣明之智、盛德之行，故得用事天下，而为万民之主。”所言极是。

“维”字妙！它强调了达成目的条件的唯一性与确定性，并与下句的“苟”字构成了条件关联，对上文“皇天无私阿，览民德焉错辅”作了有所侧重的诠释！明确了在众多类型的君王之中，只有这种人才配君临天下。以上内容，借皇天之“错辅”，总结了只有具备“茂行”的圣哲方可享有天下的社会规律，引出了下文“非善”“非义”者不应得到重用的结论。

瞻前而顾后兮，相观民之计极。

瞻，瞻望，往前看。洪兴祖《补注》云：“《说文》云：‘瞻，临视也。’”前，现在，即当前的表现。而，并列连词，且。裴学海先生《集释》云：“‘而’犹‘且’也。”顾，回头看。洪兴祖《补注》云：“顾，还视也。”后，来路，即往昔之是非。相观，深入、全面地考察。汪瑗《集解》云：“相，视之审也。观，视之周也。”民，人，指天下所有人。之，结构助词，的。裴学海先生《集释》云：“‘之’，口语之‘的’也。”计，计策，方法。洪兴祖《补注》云：“计，策也。”极，最高的。洪兴祖《补注》云：“极，至也。”

瞻望当前，回首过去，是广泛、深入考察人的最高标准。对于这两句诗的理解，历代的解释几乎乱了套！而乱套的原因，既有对“瞻前顾后”的错解，也有对“民之计极”的误读。王逸《章句》云：“前观汤、武之所以兴，后视桀、纣之所以亡，足以观察万民忠佞之谋，穷其真伪也。”钱杲之《离骚集传》云：“‘前’谓古也，‘后’谓今也。”均将“前”“后”两词所指主观对号入座，将“相观民之计极”拆分为“相观民”和“计极”两事，故其说龃龉难通；朱熹《集注》云：“‘前’谓往昔之是非，‘后’谓将来之成败。”罔顾“瞻”“顾”的本义，致使句意理解恰恰颠倒；王夫之《通释》云：“计极，计其兴亡得失之度数也。”林云铭《楚辞灯》云：“民之计极，以有德者为极而归之，根上‘民德’句来。”均对“相观民之计极”的句法产生了错解。实际上，要弄清这句话的意义，应首先理清它的语法结构。在这两句诗中，“瞻前而顾后”只表示一种手段或凭借，“相观民之计极”是这一手段或凭借要达成的目标。因此“瞻前而顾后”是整个句子的主语，“相观民之计极”则是句子的宾语，前后两个分句之间省略了判断系词“是”，这是一个判断句！这样一来，“相观民之计极”这个短语的结构就容易划分了，是“相观/民之计极”，还是“相观民/之/计极”呢？当然是偏正结构的后者。

从文章结构上看，这两句诗仍是紧承“皇天”“览民德”而来，皇天是怎样“览民德”的呢？那就要看他的过去和现在，这是全面、深入了解一个人的最高标准！在这一标准下，那些不善、不义的人就不会得到重用了！

夫孰非义而可用兮？孰非善而可服？

夫，句首发语词。孰，疑问代词，谁。张铣《文选五臣注》曰：“孰，谁。”非义，不行道义。义，公正的道理，正直的行为。徐焕龙《屈辞洗髓》云：“义，以事宜言。”而，转折连词，却。裴学海先生《集释》云：“‘而’犹‘然’也。一为转词。”可用，可以任用。朱熹《集注》云：“唯义为可用。”徐焕龙《屈辞洗髓》云：“用者，行于一事。”非善，不行仁善。善，仁慈善良的内心。徐焕龙《屈辞洗髓》云：“善，以心德言。”而，转折连词，却。裴学海先生《集释》云：“‘而’犹‘然’也。一为转词。”可服，能够依靠。服，任用。张铣《文选五臣注》云：“服，用也。”朱熹《集注》云：“唯善为可行也。”徐焕龙《屈辞洗髓》云：“服者，依以终身。”

有谁不行道义而可以任用？又有谁不行仁善而可以依靠呢？这两句上承“瞻前而顾后”句而来，并与“夫维圣哲以茂行兮，苟得用此下土”相呼应，以“非义”“非善”者不可任用、不可依靠的道理，从正、反两个角度印证了“皇天无私阿”。而“皇天”瞻顾的又是什么人呢？这两句给出了答案：其人是否符合“义”和“善”这两个标准！而

“义”侧重于行为合于正道（靠谱），“善”侧重于天性善良仁慈（心善），这两点，是最实际的相人之术。朱熹《集注》云：“唯义为可用，唯善为可行也。”汪瑗《集解》云：“‘义’‘善’二句，屈子是反说，朱子是正解。王逸独以人臣讲，既非是，而其说亦失。二句犹言无往而非义之所在，吾人所当体用；无往而非善之所在，吾人所当服行者也。承上章而泛言之，则所以责当时之君臣，励自己之节义。而汤武桀纣之兴亡、古今之是非成败，俱见于言表矣。指而实之，则狭矣。”其说允当。

以上的“陈词”内容，旨在以历史史实证明天道公平，以见其謇谔之非过，进而引出求证于天帝之举。《离骚》筋脉一贯，真大手笔！屈子《离骚》多一唱三叹，回环往复，而此“陈词”之言，也具此特征。

阽余身而危死兮，览余初其犹未悔。

阽，临近危险。《说文》云：“阽，壁危也。”即墙壁欲倒之意。洪兴祖《补注》云：“阽，临危也。”余身，即“我自己”。而，顺接连词，甚至。所连接的“危死”是对“阽余身”情状的进一步补充说明。裴学海先生《集释》云：“而，承上起下之词。”危死，险些死去。朱熹《集注》云：“危死，言几死也。”汪瑗《集解》云：“危，险难之意，尚未至于死也。”览，观察，此处为回望之意。初，初心，当初的志向。汪瑗《集解》云：“初，初志也。”蒋骥《山带阁注楚辞》云：“初，指始之以好修事君言。”其，为，是。裴学海先生《集释》云：“‘其’犹‘为’也。一为‘是’字之意。”犹，仍然。未悔，不后悔，不反悔。闵齐华《文选瀹注》云：“未悔，终无所悔也。”

纵使我身临险境甚至面对死亡，而回望当初的志向，我仍然不会反悔。汪瑗《集解》云：“虽阽余身而置于险难之中、死亡之地，然反观内察其己之初志，适得吾心之所善，而终未尝有一毫怨恨之悔意也。”经过正、反两方面“陈词”论证，屈原充分认识到了“唯义为可用，唯善为可行”的道理，坚定了固守初衷、坚持到底的决心。这正是道德君子的可贵之处：一旦认定方向，绝不改行，绝不做墙头草而左右摇摆！

“阽余身”是“余身阽”的倒置，楚国方言。前面，屈原曾说过“亦余心之所善兮，虽九死其犹未悔”，这里又说“阽余身而危死兮，览余初其犹未悔”，两相比较，容易看出，其初心就是其心所善，就是饮露餐英、信姱练要、效法前修、好修鞿羁。为了“余心所善”和“余初”，他可以“九死不悔”“阽而危死”。

不量凿而正枘兮，固前修以菹醢。”

量，度量，计算。王逸《章句》云：“量，度也。”凿，器物上穿榫头的圆孔。洪兴祖《补注》云：“凿，穿孔也。”而，顺接连词，则，就。裴学海先生《集释》云：“‘而’犹‘则’也。”正，动词，削方。王逸《章句》云：“正，方也。”朱熹《集注》云：“正，谓审其正而纳之也。”枘，插入凿孔的榫头。王逸《章句》云：“枘，所以充凿。”洪兴祖《补注》云：“枘，刻木端所以入凿。”凿为器具上开出的圆孔，而两木相接欲求稳固，唯圆孔圆枘始可嵌入。固，副词，表示必然的结果，当然。裴学海先生《集释》云：“‘固’，本然之词也。字或作‘故’。”前修，前贤。汪瑗《集解》云：“前修，指往古之忠臣义士也。”以，因，其后省略了代词“之”。裴学海先生《集释》云：“‘以’，‘因’也。”菹醢，剁成肉酱。王逸《章句》云：“藏菜曰菹，肉酱曰醢。”指龙逄、梅伯菹醢事。

不度量圆形的凿孔大小就削方榫头，前代贤人当然会因之落得被剁成肉酱的下场。王逸《章句》云：“工不量度其凿而方正其枘，则物不固而木破矣；臣不度君贤愚，竭其忠信，则被罪过而身殆矣也。自前世修名之人以获菹醢，龙逄、梅伯是也。”徐焕龙《屈辞洗髓》云：“臣之谏君，犹枘之入凿，必量凿之浅深广狭，然后可以吾枘正之。余中情切激，未免不量凿而正枘矣！”均可谓慧眼如炬！上文说“阽余身而危死，览余初其犹未悔”，表达了誓死不悔的决心，而这里却又说，前贤因不能适俗顺物，落得那样悲惨的下场是理所当然的（这正是女媭劝告他的意思），如此看来，似乎前后矛盾。其实，这正是屈原对“余固知謇謇之为患”的终极释读！此处意谓：自己明知不适俗顺物会死得很惨，但绝不会“量凿正枘”。

“不量凿而正枘”句，以木匠行业的“量凿正枘”为喻，形象地说明了君臣之间难以协调的人际关系：人臣一旦不详审君主的贤愚而一味忠谏，招致祸患是势所必然、理所当然的。古语云：“学得文武艺，货与帝王家。”又说：“文死谏，武死战。”种种君臣际会，都需要双方的默契神会，更主要的是臣子的机变，那些不量凿而正枘的臣子，下场往往落得悲惨。

屈原向重华“陈词”的内容至此结束。李光地《离骚经注》云：“所陈之词止此。”有趣的是，屈原的这番“陈词”，并没有得到重华的答复。这该如何解释呢？“陈词”部分，通过正、反对比，屈原得出了“天无私阿”“非义不用”“非善不服”的结论，从而坚定了“览初不悔”的信念，这就是“陈词”的答词，本已无须多言，因而，下文才有了“耿吾既得此中正”的话。

曾歔欷余郁邑兮，哀朕时之不当。

曾，不止一次地。王逸《章句》云：“曾，累也。”王夫之《通释》云：“‘曾’与‘增’通。”歔欷，悲泣声。王逸《章句》云：“歔欷，惧貌；或曰哀泣之声也。”赵南星《离骚经订注》云：“歔欷，悲泣气咽而抽息也。”汪瑗《集解》云：“出曰歔，入曰欷，哀泣之声也。”郁邑，即“郁悒”，内心忧郁苦闷貌。王逸《章句》云：“郁邑，忧也。”哀，可哀，可叹。朕，我，屈原自称。时之不当，即生不逢时。王逸《章句》云：“自哀生不当举贤之时，而值菹醢之世也。”王夫之《通释》云：“朕时不当，言不得逢舜禹汤武之时。”之，是。裴学海先生《集释》云：“‘之’，‘是’也。一为‘是非’之‘是’。”不当，不合适。

我悲泣连连、内心忧郁苦闷啊，可怜我生不逢时。在陈词重华、经过正反论证之后，屈原坚定了“览余初其犹未悔”和绝不“量凿正枘”

而自甘菹醢的决心。而残酷的现实对他的打击实在是太大了，他已不能彻底摆脱这种忧闷和苦恼，所以，就又说了内心忧苦、生不逢时的话。须知，这并不是屈原对“览余初其犹未悔”那句话的反悔，而是他复杂心理的体现！所谓“哀朕时之不当”者，正是他自信的表现；其哀叹生不逢时，正是对自己不逢贤君的委婉表达。钱澄之《屈诂》云：“始因姊言而自疑，至是益自信，信非余之过，乃朕时之不当也。”可谓一语中的！

“曾歔欷余郁邑”一句，刻画委屈人之情状，生动如画！“歔欷”同“嘘唏”，哽咽、抽噎之意，形容悲泣之声；而“曾”又使“歔欷”这一原本反复重叠的动作做了程度更深的延长，从而体现了委屈的深重；而“郁邑”一词，更倾向于表现内心的愁闷不安。一外一内，相得益彰。

揽茹蕙以掩涕兮，霑余襟之浪浪。

揽，随手捋取。王夫之《通释》云：“揽，取也。”茹，柔软。王逸《章句》云：“茹，柔耎也。”蕙，香草名。以，介词，用。裴学海先生《集释》云：“‘以’，‘用’也。”掩涕，擦拭眼泪。“霑余襟之浪浪”是一个倒置句，正常语序应为“之浪浪霑余襟”。霑，沾湿。王逸《章句》云：“霑，濡也。”襟，衣襟，衣服的前胸部分。洪兴祖《补注》云：“襟，交领也。”之，代词，其，代指涕。裴学海先生《集释》云：“‘之’，‘其’也。”浪浪，泪流不止貌。王逸《章句》云：“浪浪，流貌也。”

捋一把柔软的蕙草擦拭我的眼泪啊，而滚滚的泪水却打湿了我的衣襟。自信无过而惨遭不幸，委屈何待言说？一想到自己生不逢时，难免抑郁悲伤，嘘唏流泪。这既是屈原对自身命运的慨叹，也是对时局和君王的控诉。而试图不去理会或忘却这一悲伤，又谈何容易！故而此句大有“忧从中来，不可断绝”之意。李陈玉《笺注》云：“掩涕之泣，非为一身之泣，为国事泣也。”这两句诗写得非常沉痛。上两句写因抑郁而嘘唏悲泣，这两句写试图用蕙草擦干眼泪，而结果非但没能奏效，反而更加泪流不止，以至泪水打湿了衣襟。这种写法，将屈原内心无法抑制的委屈生动地呈现出来，形象而真切。

其中“揽”这一不自主的随意性的动作，又使得英雄揾泪的行为充满了悲剧色彩。须知，这不是“倩红巾翠袖揾英雄泪”的豪士之举，而是孤臣委屈无奈之举。徐焕龙《屈辞洗髓》云：“陈词甫毕，涕泗滂沱，遂于重华墓边、跪陈之处，拔含根之蕙以掩涕，而已霑襟浪浪矣。此赋而无比，不同他句芳草。”

徐焕龙《屈辞洗髓》认为“陈词”止于“哀朕时之不当”句，陈第《屈宋古音义》、吴世尚《楚辞疏》皆认为止于“霑余襟之浪浪”句，均不确。表面看来，屈原经过正、反对比论证，得出了生不逢时的结论，并为之嘘唏流泪，“陈词”止于此似乎顺理成章；但这样理解，既缺乏对“陈词”内容完整性的考虑，也没有顾及诗歌用韵的规范和自述行径的口吻，而将个人悲伤流泪的情状向人倾诉又实在难以想象。

以上为第三部分的第二层，陈词重华。说到“陈词”重华这一层的真正用意，王邦采《离骚汇订》云：“就重华而陈词，一以见举国之无人，一以吐胸中之不白，非真有疑而折衷也。”实为卓见！说到此段在结构上的作用，陈本礼《屈辞精义》云：“已上女媭、陈词，遥承上文‘悔相道’章来，草蛇灰线，至此一结。以下层峦叠翠，重复开障，大有山断云连之势。”独得文章意脉之秘！自“依前圣以节中”至此，为第二部分的第二节，主要记述“陈词”经历：前面四句交代疑惑和“陈词”之路，中间三十二句铺叙“陈词”内容，后面四句补叙“陈词”后的状态。前人对“陈词”内容截至何处的不同看法，均是因对后四句内容的误解而造成的。

跪敷衽以陈辞兮，耿吾既得此中正。驷玉虬以乘鹥兮，溘埃风余上征。朝发轫于苍梧兮，夕余至乎县圃。欲少留此灵琐兮，日忽忽其将暮。吾令羲和弭节兮，望崦嵫而勿迫。路曼曼其修远兮，吾将上下而求索。饮余马于咸池兮，总余辔乎扶桑。折若木以拂日兮，聊逍遥以相

羊。前望舒使先驱兮，后飞廉使奔属。鸾皇为余先戒兮，雷师告余以未具。吾令凤鸟飞腾兮，继之以日夜。飘风屯其相离兮，帅云霓而来御。纷总总其离合兮，斑陆离其上下。吾令帝阍开关兮，倚阊阖而望予。时暧暧其将罢兮，结幽兰而延伫。世溷浊而不分兮，好蔽美而嫉妒。

跪敷衽以陈辞兮，耿吾既得此中正。

跪敷衽，由两个有主次、有先后次序的动词组成，应该是先“敷衽”而后“跪”，“敷衽”作“跪”的状语。敷衽，铺开前襟。敷，铺开。王逸《章句》云：“敷，布也。”衽，衣服前襟。王逸《章句》云：“衽，衣前也。”钱杲之《离骚集传》云：“衽，衣衽，掩裳际者。跪则敷布于左右。”以，顺接连词，相当于“而”。所连接的前后两部分是补充关系，表示“陈辞”是“跪敷衽”的目的。裴学海先生《集释》云：“‘以’犹‘而’也。”陈辞，同“陈词”，即上文向重华陈述的内容。陈本礼《屈辞精义》云：“陈辞，即前陈重华之词。”耿，光明正大。王逸《章句》云：“耿，明也。”戴震《屈原赋注》云：“耿，犹昭也。”既，表时间的副词，已经。裴学海先生《集释》云：“‘既’，‘已’也。一为‘业已’之义。”此，这，复指上述内容。中正，不偏不倚的正直之道，即上述皇天无私、览德措辅、非义不用、非善不服等内容。蒋骥《山带阁注楚辞》云：“中正，理不偏邪者，指守其所修以择君言。”

我铺开衣襟跪下来陈述我的衷情啊，我已经找到了一条光明正大之路。这两句诗是一个过渡，它将上文的“陈词”内容，过渡到下文依据这一“中正”之道的指引在理想国里上下求索！汪瑗《集解》云：“已既陈毕而舜无答词，其意若将深有以许之矣，故以‘既得此中正’自信也。此二句与上‘依前圣以节中’章相照应，结上起下之词。”实为确论，难怪纪晓岚《提要》谓其“时有新见”！由此，屈原开启了上天入地、追求“中正”之道的精神之旅，为我们展现了一幅幅别开生面的新天地。

“耿吾既得此中正”句中的“耿”字，历来训释皆不得要领，多将其理解为屈原“中心晓明”“耿介”“光明”，不知此句亦楚国方言之倒置句法。如“纷吾既有此内美”一般，“纷”修饰的不是“吾”，而是“内美”；在这里，“耿”修饰的也不是“吾”，而是“中正”。

驷玉虬以乘鹥兮，溘埃风余上征。

驷，四马共驾一车。洪兴祖《补注》云：“驷，一乘四马也。”这里是名词用如动词，驾驭。玉虬，白色的虬龙。王夫之《通释》云：“玉虬，白龙。”王逸《章句》云：“有角曰龙，无角曰虬。”洪兴祖《补注》云：“虬，龙属也。”以，并列连词，且。裴学海先生《集释》云：“‘以’犹‘且’也。一为‘又且’之义。”鹥，传说中身有五彩的凤凰之类的鸟。王逸《章句》云：“鹥，凤凰别名也。《山海经》云：‘鹥身有五采，而文如凤，凤类也，以为车饰。’”洪兴祖《补注》云：“言以鹥为车，而驾以玉虬也。”溘，疾速。洪兴祖《补注》云：“溘，奄忽也。”刘梦鹏《屈子章句》云：“溘，疾逝貌。”埃风，裹挟着尘土的大风。徐焕龙《屈辞洗髓》云：“风起则尘生，故曰埃风。”王夫之《通释》以形似谓“埃”为“竢”字之误，则“溘”与“竢”龃龉难通，恐非。上征，向天而行，即到天上去。刘梦鹏《屈子章句》云：“上征，至帝所也。”

我驾着以玉虬为马、凤凰为车的车驾，趁着忽然而起、裹挟着尘土的大风向天庭进发。屈原在“陈词”中发现了一条保持操守的光明大道，既然这条正道不能在现实中实现，他则要到理想的天界去作一番尝试。因此，他展开了大胆的想象，让神话传说中的神物虬龙和凤凰作自己的车驾，凭借着盘旋而上的大风到天上去寻找出路。此番神游，虽非实有其事，却委婉地体现了他在现实中无路可走的悲哀。朱熹《集注》云：“然此以下，多假托之词，非实有是物与是事也。”在前文的陈述中，屈原通过“陈词”，解开了“依前圣以节中，喟凭心而历兹”的疑惑，找到了“信非吾过”的自信，抒发了“朕时不当”的感慨，而由此转向了对机遇的上下求索。钱澄之《屈诂》云：“初欲依前圣以节中，因女嬃之詈，疑有过乎中也。今陈词于舜，知为遭时则然，则吾之中正亦即明矣。又自谓吾所遭之非时，盖非其地也。故将往观乎四荒，冀有遇乎？既因女嬃之詈，就重华而辨明，于是始从其志，由上而下，以遍于四方焉。”将文脉梳理得有条不紊，真可谓善解诗者！

这种描写，是一种超现实的浪漫主义表现手法，它使屈原的神界之旅充满了新异神奇的色彩，也使屈原赢得了浪漫主义诗人的崇高美誉。需要注意的是，在这里，被中华民族奉为图腾的龙凤，竟成了供其任意驱遣的交通工具，这体现了屈原为表情达意而挥斥万物的气概；而凤又高于龙的这种安排，又体现了楚人崇凤抑龙的民族传统。在二十世纪出土的战国楚墓葬文物中，也可找到许多楚人崇凤抑龙的铁证。如，在马王堆三号汉墓出土的T形帛画里，凤鸟飞翔于天，龙则蟠曲于地。而流传于民间的“天上九头鸟，地下湖北佬”的俗谚，也是古代楚人崇凤传统的民间遗存。

朝发轫于苍梧兮，夕余至乎县圃。

朝，早晨。发轫，拨开控制车轮转动的横木，借作启程之意。《释名·释言语》曰：“发，拨也，拨使开也。”王逸《章句》云：“轫，搘车木也。”王夫之《通释》云：“轫，止车木。”于，介词，从。裴学海先生《集释》云：“‘于’犹‘从’也。”苍梧，山名，即九嶷山，在今湖南省宁远县西南，传说舜帝南巡死后葬于此。王逸《章句》云：“苍梧，舜所葬也。”蒋骥《山带阁注楚辞》云：“苍梧在今零陵。”钱澄之《屈诂》引王慎中曰：“就重华而陈词，故发轫于苍梧。”夕，黄昏。乎，介词，于。裴学海先生《集释》云：“‘乎’，‘于’也。”县圃，即悬圃，神话山名，在昆仑山上。《淮南子》云：“昆仑县圃，维绝乃通天。”

早晨我从苍梧启程，黄昏就到了悬圃。这两句紧承“上征”而来，因车驾是神物龙凤，又兼凭借的是突起的暴风，速度自然很快，早晨从陈词重华处之苍梧山出发，黄昏时就到了万神集聚的昆仑悬圃。你看，屈子行文是多么自然！那么，屈原为什么要到昆仑悬圃那里去呢？神话传说，昆仑山是下界人登天的梯子，下界人缘着这架梯子，就可以进入天界悬圃见到天帝。在屈原心里，天帝是最公正无私的，前面所说的“皇天无私阿”即为明证。屈原此次天界之游的目的，就是要印证“陈词”时得到的“中正”是否可行——既然“朕时不当”，换个地方试试又当如何呢？

文中一“朝”一“夕”两个形容极短时间的名词，与自“苍梧”至“悬圃”的天地之遥构成的时空关系，暗示了其行进速度之快，从而委婉地表现了屈原急于向天帝剖白心迹、早日印证“中正”的迫切心情。徐焕龙《屈辞洗髓》云：“苍梧县圃，万里遥程，朝发夕至，神速如此，诚之所通，无远弗届也。”可谓正搔着屈原的痒处。

欲少留此灵琐兮，日忽忽其将暮。

欲，想要，打算。少留，稍留，短暂停留。此，近指代词，这。灵琐，神仙居所之门。洪兴祖《补注》云：“灵琐，神之所在也。”徐焕龙《屈辞洗髓》云：“灵琐，则仙府神居矣。”李光地《离骚经注》云：“灵琐者，王居所以启闭，即下帝阍所司者也。”胡文英《屈骚指掌》云：“灵琐，阊阖之琐闼也。”琐，门上镂空的连琐形窗框，代指大门。王逸《章句》云：“琐，门镂也。”日，太阳。忽忽，匆匆，迅疾貌。其，然，的样子。裴学海先生《集释》云：“‘其’犹‘然’也。一为状事之词。”将暮，临近黄昏。

我打算在这仙府门前稍作停留啊，太阳却匆匆忙忙地将要落山了。因为屈原是“夕至县圃”，此时太阳落山的速度显得很快，天色已临近黄昏了。需要注意，这两个句子之间构成了一种转折关系：本想作短暂停留，但时不我待了。这种时间上的紧迫感，一直贯穿于《离骚》的全部抒情之中。在第一部分现实斗争的回忆中，他反复慨叹“汩余若将不及兮，恐年岁之不吾与”“日月忽其不淹兮，春与秋其代序”，均有时光如流、时不我待之意。如今，他来到天界，又值天将日暮，而天门一关，此次向天帝剖白心迹、印证“中正”的愿望就要落空了！这又将是一个天界的时不我待或“朕时不当”！这与现实中的时不我待或“朕时不当”似乎也构成了一种对应关系。所以，下文他命令：“时光啊，你慢些走！”

这个“欲”字的内涵需要注意！它的画外音是，他要在悬圃的“灵琐”旁流连一番，等待天门大开。李光地《离骚经注》云：“灵琐闭而未开，欲留以待之，日又将暮。”这样理解应该是合理的。另外，还要注意“将”这个表程度的副词，它标明，其后的“暮”这一状态是一种趋向和临界状态。

吾令羲和弭节兮，望崦嵫而勿迫。

令，命令。羲和，日神兼日御，太阳之母。《山海经·大荒南经》云：“东南海之外，甘水之间，有羲和之国，有女子名曰羲和，方日浴于甘渊。羲和者，帝俊之妻，生十日。”王逸《章句》云：“羲和，日御也。”弭节，放慢速度。弭，停止。节，节制车速的工具，马鞭之类。王逸《章句》云：“弭，按也。按节，徐步也。”洪兴祖《补注》云：“弭，止也。”朱熹《集注》云：“弭，按也，止，按节徐行也。”望，介词，向着。崦嵫，神话山名，太阳落山的地方。王逸《章句》云：“崦嵫，日所入山也。”而，顺接连词。裴学海先生《集释》云：“‘而’，承上起下之词也。”勿迫，不要着急。陆善经《文选离骚注》云：“弛节徐行，勿迫令急也。”钱杲之《离骚集传》云：“迫，急也。使羲和止节，而勿急行。”

我命令日御羲和停下鞭子，放缓脚步，切勿向崦嵫山匆急而行。这两句承上“欲少留此灵琐，日忽忽其将暮”而来，既然担心时光匆匆天将日暮，那就让日御羲和停下鞭子，信马由缰地向日落处的崦嵫山缓步徐行，而不要匆忙急切。至于“弭节”是停下车子还是放慢脚步，历代注家说法不一，两相对比，后者似更近情实。屈原使令羲和停下鞭子，使马走得慢些，让天黑得晚些，目的就是要借以留此灵琐、上下求索一番。徐焕龙《屈辞洗髓》云：“唯恐日之将暮，故令羲和按节徐行，虽望崦嵫之山，幸勿迫近其地。盖以吾之路途方曼曼修远，吾将上天下地求索美女，日暮斯难徧索矣。”除“求索美女”之说值得商榷外，能够从上下文意的角度索解诗句，值得称道。

屈原的自信，从这两句诗里也可以看得出。你看，他对太阳神的态度是“令”，命她“弭节”，让她“勿迫”，大有指挥若定、挥斥万有之概。当然，这都是为了争取“达帝听”的时间需要，为了抒情的需要。

路曼曼其修远兮，吾将上下而求索。

路，前路，喻指向天帝剖白“中正”的前途。曼曼，一作“漫漫”，长远貌。吕延济《文选五臣注》云：“漫漫，远貌。”洪兴祖《补注》云：“《集韵》云：‘曼曼，长也。’”其，然，的样子。裴学海先生《集释》云：“‘其’犹‘然’也。一为状事之词。”修远，长远。王逸《章句》云：“修，长也。”上下求索，泛指多方寻求。王逸《章句》云：“上下左右，以求索贤人与己合志者也。”钱澄之《屈诂》云：“上下求索，下文叩阍求女，总挈于此。”李光地《离骚经注》云：“上下求索者，多方遇合之意。”而，连词，来。表示所连接的前一部分“上下”是后一部分动作“求索”的方式，前者对后者起修饰作用。

前路是那样的遥远漫长，我将要到上下四方寻求“中正”的梦想。屈原因“朕时不当”而上天入地，寻求“中正”的实现之所，实际上就是要觅得一个知音，以此证明这个真理的可信度。在他的精神漫游中，这个知音和真理，有时表现为至高无上、公正无私的皇天，有时表现为心仪已久的美女。然而，前途是那样遥远漫长，他只能到四方上下去碰碰运气了！朱熹《集注》谓其求索为“求贤君”，乃是囿于其先入为主的“忠君爱国”情怀所致。林云铭《楚辞灯》云：“举世无一人。若得一知我者而事之，是君之一瘖也；得一同我者而交之，是俗之一改也，安得不上下而求索？虽曰寓言，然抢地呼天之情，已不胜其危急矣。此一句，作下文见帝求女总引。旧注皆作求贤君，是以与国存亡之箕、比，认为朝秦暮楚之苏、张，岂不辱杀？”谓其所求乃“知我者”与

“同我者”，而指“求贤君”之说乃是对屈原人格的诬蔑，见解独特，一针见血。

这两句诗是千古传颂的名句！不少人知道屈原，就是从知道这两句诗开始的。但那种浅表的了解，多囿于将其视为座右，用以激励自己不懈求索而已，还没有上升到对屈原君子品格的认知上。这两句诗之所以能够传颂千古，在于它体现了屈原追求真理的坚定信念，表现了屈原九死不悔的大无畏精神，而这正是天下有志之士的共同品格。文章的叙事与抒情巧妙结合，水乳交融：前面叙述行程，这里抒发情感，继而又转入叙事。意谓我要借羲和缓步的机会，为上下求索做一下准备！他要做些什么准备呢？

饮余马于咸池兮，总余辔乎扶桑。

饮，给牲畜喝水。余马，即上言“玉虬”。于，介词，在。裴学海先生《集释》云：“‘于’，‘在’也。”咸池，神话中太阳的沐浴之处。王逸《章句》云：“咸池，日浴处也。”《淮南子·天文训》云：“日出于旸谷，浴于咸池。”总，拴系。王逸《章句》云：“总。结也。”辔，马缰绳。乎，介词，在。裴学海先生《集释》云：“‘乎’，‘于’也。”扶桑，神话树名，生长于日出之处。《山海经·海外东经》云：“下有汤谷，汤谷上有扶桑，十日所浴。”《淮南子》云：“日出汤谷，浴于咸池，拂于扶桑，是谓晨明；登于扶桑，爰始将行，是为朏明。”

在咸池里饮饱了我的马，之后把它们拴在扶桑树上。因为求索之路遥远漫长，他要做的准备之一就是饮饱马，再把它们系在扶桑树下歇歇脚。汪瑗《集解》所谓“饮马于咸池，庶几道远无渴”，说得就很在理；而“总揽六辔于手以控乎马，自扶桑而启行”，则恐失本旨。须知，饮马之后将其拴在树下，正是歇息的意思呢。而昆仑、悬圃皆在西方，咸池、扶桑都在东方，难不成屈原到了帝都门前，又回到东方饮马以备长途跋涉乎？这又该怎样理解呢？首先需要明确，《离骚》的后半篇是表现思想斗争的，而这里所写的就是其精神世界的一次长途旅行。既然是精神之旅，想落天外，往来倏忽，天界事物都是被拿来说事儿的媒介，也就没有必要坐实一时一地，遇到这样的问题，就只当它是做了一番准备工作也就够了。

折若木以拂日兮，聊逍遥以相羊。

折，折取。若木，神话树名，生长在日入的地方。王逸《章句》云：“若木，在昆仑西极，其华照下地。”洪兴祖《补注》云：“《山海经》曰：‘南海之内，黑水之间，有木名曰若木，若水出焉。’又云：‘灰野之山，有树焉，青叶赤华，厥名若木。生昆仑西，附西极也。’”《淮南子》云：“若木在建木西，木有十华，其光照下地。故屈原《离骚·天问》曰‘羲和未阳，若华何光’是也。”以，连词，用来。所连接的前后两部分是偏正关系，前一部分“折若木”表示是后面动作“拂日”的凭借。裴学海先生《集释》云：“‘以’，‘用’也。”拂日，阻挡着太阳的脚步。钱澄之《屈诂》云：“折若木以拂日，犹麾戈以返日也。”王夫之《通释》云：“拂，挥之使勿没也。”聊，权变之词，姑且。王逸《章句》云：“聊，且也。”逍遥，自由自在、无拘无束地翱翔。洪兴祖《补注》云：“逍遥，犹翱翔也。”钱杲之《离骚集传》云：“逍遥，自得貌。”以，并列连词，又。裴学海先生《集释》云：“‘以’犹‘且’也。一为‘又且’之义。”相羊，同“徜徉”，徘徊。洪兴祖《补注》云：“相羊，犹徘徊也。”

折枝若木用来遮拦太阳的脚步啊，我姑且就这样徘徊翱翔。扶桑是生长在东极的神树，若木是生长在西极的神树，二者一东一西，转换倏忽，正是神游。这种写法，与木兰到东、西、南、北四个市场上置办行装近似，旨在渲染一种欲见天帝的紧张气氛。至于“折若木以拂日”是为了阻挡太阳的脚步使它慢些走，还是折一根若木的树枝遮蔽阳光，历来纷纭聚讼、莫衷一是。王逸《章句》首开其争端：“拂，击也，一云蔽也。”刘梦鹏《屈子章句》云：“折木击日使速曙，己得行也。”汪瑗《集解》云：“谓折取若木之枝以为荫，而蔽拂其杲杲之赫曦，庶免为日所蒸铄，而得以从容于游耳。《悲回风》篇曰‘折若木以避光’，与此同意。”陈远新《屈子说志》更将“蔽”解为阻挡之意，以为“蔽使不得过”。此外，还有人如徐焕龙将其释为“拂拭”。朱冀《离骚辩》云：“若木拂日者，日欲入则光微，拂拭之欲其光明也。”以上四解，比较而言，解为“遮挡”脚步之意似更近情实。钱澄之《屈诂》云：“吾既至西，犹当拂日，使不遽沉，得以逍遥相羊，庶可从容以求索耳。”其说最为切情。上文说“吾令羲和弭节”，这里复说“折若木以拂日”，前后一贯，都是让太阳的脚步放慢一些的意思。

“逍遥”与“相羊”既然并列，意义绝不相同，即使近似，也有微殊。汪瑗《集解》云：“逍遥、相羊，皆优游求索之意，非行乐之意。”似不尽意。“逍遥”是一种无拘无束、没有任何依托的绝对自由，而“相羊”则是盘桓、徘徊之貌。两相对比，足见二者情绪之不同。

在做好了以上准备之后，屈原指挥众神，编成了一个庞大的随行方阵，尔后，就向天帝的住处进发了。

前望舒使先驱兮，后飞廉使奔属。

前，名词作状语，在前头。望舒，月神，为月亮驾车的人。王逸《章句》云：“望舒，月御也。”《淮南子》云：“月御曰望舒，亦曰纤阿。”使，命令。先驱，作前导，在前面开路。李善《文选注》云：“先驱，前驱也。”钱杲之《离骚集传》云：“先驱，居先而驱也。”后，名词作状语，在后面。飞廉，风神，又称风伯、风师。洪兴祖《补注》云：“《吕氏春秋》云：‘风师曰飞廉。’应劭曰：‘飞廉，神禽，能致风气。’晋灼曰：‘飞廉，鹿身，头如雀，有角，而蛇尾豹文。’”奔属，奔跑着跟在后面。钱杲之《离骚集传》云：“奔属，奔而相连属也。”

我命令月神望舒在前头开路，让风神飞廉在后面紧紧奔随。在做好了充分准备之后，屈原的精神之旅迈进了一个新的阶段：他要面见天帝、诉说委屈、求得“中正”了。自此以下，至“纷总总其离合，斑陆离其上下”，是屈原前去谒见天帝时的排场。这是随行的第一个方阵：

前头有月神望舒作先导，后面有风神飞廉紧相随。王逸《章句》云："月体光明，以喻臣清白也；风为号令，以喻君命。言己使清白之臣如望舒先驱求贤，使风伯奉君命于后以告百姓。"其说辗转旁牵，望文生义。鲁笔《楚辞达》云："月御前驱，令其万里光明不暗；风伯随属，令其一路清洁无尘。"解说生动鲜活，豁人耳目！蒋骥《山带阁注楚辞》云："前望舒，后飞廉，欲天神辅己，以道达叩阍之意也。"说得简洁明白，直达肺腑。

这个排场，屈原调动了天上的众多神物为他服务，因而，《离骚》充满了光怪陆离的神异色彩，洋溢着积极向上的浪漫之风。其中两个使令动词"使"的连用，又体现了屈原磅礴万物、挥斥万有的强烈自信。而飞廉"奔属"的这一动作，不惟照应了使令者的权威，侧面表现了屈原迫切的心情，自身也充满了喜感。

鸾皇为余先戒兮，雷师告余以未具。

鸾皇，凤凰一类的神鸟。王逸《章句》云："鸾，俊鸟也。皇，雌凤也。"洪兴祖《补注》云："《山海经》云：'女床山有鸟，状如翟，而五采毕备，声似雉而尾长，名曰鸾，见则天下安宁。'"先戒，在前面警戒。汪瑗《集解》云："戒谓戒严其道，先戒犹先驱也。"王逸《章句》云："如鸾皇，先戒百官。"显然认为是告诫之"戒"。王夫之、邱仰文等以为与"前望舒"相同，是先行礼节（先容）之类。说多迂远委曲，不可从。雷师，雷神丰隆。洪兴祖《补注》云："雷师，丰隆也。"钱杲之《离骚集传》云："雷师，雷神也。"以，介词，用。裴学海先生《集释》云："'以'，'用'也。"未具，没有准备好。汪瑗《集解》云："具，备也，指车驾而言。"

神鸟鸾皇为我在前面警戒啊，而雷师丰隆却告诉我说它还没有打理好行装。这是随行的第二个方阵：凤凰之类的善鸟为我在前头做好了排场，雷师要发挥他的专长为我准备出行的仪仗。王夫之《通释》云："鸾皇先戒，尽礼绍介以往求也；雷师未具，极言其情之迫也。"这是透过一层的解读。然而，向称雷厉风行的丰隆今天偏不给力，他居然还没有做好准备！以往注家多囿于王逸对号入座的解读模式，坐实以某喻某，以致理解起来往往捉襟见肘。在这两句诗里，鸾皇自是鸾皇，雷师自是雷师，各有本分，各司其职，不存在鸾皇“先戒”（儆戒）飞廉、望舒和丰隆的意思，鸾皇执行的是为屈原出行车驾警戒的义务。

“雷师告余以未具”的叙述，不是谴责丰隆不配合，故意磨洋工，从而预示了出行不谐，而是为了以其神速尚且“未具”来衬托屈原“求索”行动之快和心情之切的！这从下文的叙述可得印证。

吾令凤鸟飞腾兮，继之以日夜。

吾，屈原自称，这一代词表现了屈原强烈的自信。夏大霖《屈骚心印》云：“此‘吾’字有自任意。”凤鸟，神话中的神鸟，雄为凤，雌为凰。洪兴祖《补注》云：“《山海经》云：‘丹穴之山，有鸟焉，其状如鸡，五彩而文，曰凤鸟。是鸟也，饮食则自歌自舞，见则天下大康宁。’”腾，迅飞。汪瑗《集解》云：“腾，飞之速也。”继之以日夜，以日夜继之，即日夜兼程之意。汪瑗《集解》云：“继之以日夜，谓使凤鸟日夜并进也。”之，代词，代指“飞腾”。以，介词，用。裴学海先生《集释》云：“‘以’，‘用’也。”

我命令凤鸟展翅飞腾啊，我们的队伍日夜兼程。这里需要说明以下两个问题。一是“凤鸟”与“鸾皇”。前面说“鸾皇为余先戒”，此处又说“吾令凤鸟飞腾”，而《涉江》“鸾鸟凤凰”并举，则“鸾皇”与“凤”绝非一种。洪兴祖《补注》云：“上言鸾，凤皇之佐；而皇，雌凤也。以喻贤人之同类者，故为命先戒百官。此云凤鸟，以喻贤人之全德者，故令飞腾，以求同志者。”邱仰文《韵解》云：“凤鸟又在鸾皇上，喻同志。”抛开其所谓“贤人”之深求，其两鸟不同科的思路则是可信的。蒋骥《山带阁注楚辞》云：“使凤之佐匹前戒，而雷师犹谓其使未备，故又使凤鸟亲行，而后诸神毕至也。”这样看来，“鸾皇”应该是雌凤，“凤鸟”应该是雄凤，雌雄不同，代表的地位也有高低区别；二是

“继之以日夜”者为谁？从上下句来看，因为我“令凤鸟飞腾”了，所以汪瑗认为“继之以日夜”者是凤鸟。而结合上下文均为铺陈车驾的句子，又考虑到下文“飘风云霓”来迎的场面看，这个“继之以日夜”者应该是屈原率领的整支队伍。

至此，我们不妨回头细数一下在这一精神旅行中为屈原服务的神话事物，计有：玉虬、鷖、羲和、望舒、飞廉、鸾皇、雷师、凤鸟八种。这些出离自然的神物，在屈原笔下被任情驱遣，成为其抒情写志的载体，由此足见屈原的强烈自信、超人胆气和冲天豪情，而这一切，都是《离骚》积极浪漫主义表现的丰厚源泉。屈原在《离骚》前半篇的现实回忆里，习惯用鲜花香草比附君子、象征自己的品格修养；在后半篇的天界神游中，又多驱遣神人善鸟，这在本质上前后是一致的。

飘风屯其相离兮，帅云霓而来御。

飘风，回风，即旋风。王逸《章句》云：“回风为飘。飘风，无常之风。”洪兴祖《补注》云：“《尔雅》注云：‘飘风，旋风。’”屯，聚集。洪兴祖《补注》云：“屯，聚也。”其，然，的样子。裴学海先生《集释》云：“‘其’犹‘然’也。一为状事之词。”相离，相互附丽，即相互映衬，当指飘风与云霓相互映衬。王夫之《通释》云：“离，丽也，附也。”帅，同“率”，率领。汪瑗《集解》云：“帅，统而率之也。”云霓，彩云和虹霓。王逸《章句》云：“霓，通作蜺。”而，顺接连词，以。裴学海先生《集释》云：“‘而’犹‘以’也。”来，前来。御，迎接。王逸《章句》云：“御，迎也。”

四面八方的旋风聚集起来，与云霓相互映衬着，并率领着彩云和虹霓前来迎接。这是一支以玉虬、鷖、羲和、望舒、飞廉、鸾皇、雷师和凤鸟等众多神物神人为车驾、随从、警戒和先导的豪华气派的出行队伍，而暴风、云霓又相率来迎，气势真是排山倒海！王逸《章句》将屈原向天帝求证这一环节里的神话人物和自然现象，全部作了比喻性的发挥，读来给人一种龃龉生硬、生拉硬扯、牵强附会之感。对于这个问题的理解，朱熹《集注》的见解颇为精到：“此篇所言陈词于舜，及上款帝阍，历访神妃，及使鸾凤飞腾、鸩鸠为媒等语，其大意所比，固皆有谓。至于经涉山川，驱役百神，下至飘风云霓之属，则亦泛为寓言，而未必有所拟伦矣。……至于县圃、阆风、扶桑、若木之属类，亦非实事，不足考信。”蒋骥《山带阁注楚辞》也有进一步的发挥：“望舒、飞廉、鸾凤、雷师、飘风、云霓之属，无善恶轩轾之分，朱子既已详言之矣，后之小儒，尚多异解。”显然是支持朱熹“亦非实事，不足考信”的判断的。

“飘风屯其相离，帅云霓而来御”，写狂风漫卷白云、云海翻腾之状，气象宏大森严，生动传神。需要注意，屈原所驱遣的各种神话事物，均有一个明显的共性特征，即行动迅速。屈原所以要役使这些腿脚麻利的神物，就是图它们的一个“快”！这体现了屈原急于一见天帝的迫切心情。王邦采《离骚汇订》云：“以上八句，极写求见天帝之急，极写求见天帝之难，以启下文。”说得极为精准！

纷总总其离合兮，斑陆离其上下。

纷，众多貌。王逸《章句》云：“纷，盛多也。”总总，聚集貌。王逸《章句》云：“总总，犹僔僔，聚貌。”钱杲之《离骚集传》云：“总总，俱至之貌。”其，然，的样子。裴学海先生《集释》云：“‘其’犹‘然’也。一为状事之词。”离合，忽离忽合。任望先生《屈原辞译注》云：“忽散忽聚。”斑，色彩斑斓。王逸《章句》云：“斑，乱貌。”洪兴祖《补注》云：“斑，驳文也。”陆离，五光十色，光彩夺目貌。钱杲之《离骚集传》云：“陆离，光耀也。”王夫之《通释》云：“陆离，杂色貌。”其，然，的样子。同上。

漫天彩霞和虹霓随风聚合在一起，又忽散忽聚，其夺目的光彩也随之忽上忽下。这两句所描述的对象是什么呢？一种观点认为是上述各种随行仪从。钱杲之《离骚集传》认为是“仪从之众”，汪瑗《集解》认为是“总指上三章扈卫之形色”，钱澄之《屈诂》认为是“九苞之禽，云霓之色，文采相乱”，王邦采《离骚汇订》认为是“上文若望舒，若飞廉，若鸾皇，若雷师，若凤鸟，若飘风，若云霓，所谓纷总总而斑陆离者也”，等等。另一种看法认为是飘风云霓。胡文英《屈骚指掌》云：“‘纷总’二句，皆飘风云霓相交为敝之象也。”殷光熹先生《楚辞注评》云：“这句说（纷总总句），众多的彩霞随风忽聚忽散。”“这句说（斑陆离句），色彩斑斓忽上忽下地闪烁着光亮。”两说相较，前说看似有理，而忽略了这两句诗所描述事物的特征，尤其是忽略了“纷总总其离合”句中“纷”而“总总”所描述的是事物由多而聚的情状，而“离合”所描述的又是这一事物散而合、合而散的不稳定状态；也忽略了“斑陆离其上下”句中“斑”而“陆离”所描述的是事物由少而多的情状，而“上下”描述的则是这一事物忽上忽下的移动状态。而具备这些特征的事物，在上述望舒、飞廉、鸾皇、雷师、凤鸟、飘风、云霓这个行列中，只有飘风和云霓更符合这些特征！看问题，不能从众从大，真理有时是掌握在少数人手中的。

屈原在正式面见天帝之前所作的这一系列排场，极力渲染了一种庄重而又欢快的热闹气氛，正像《孔雀东南飞》刘兰芝再醮时极尽繁华热闹的场面描写一样，这种欢快热闹是为下文出人意料的结局作深层铺垫的。这既是一种铺张的法则，又是一种衬托的手法，对后世文学影响巨大。

吾令帝阍开关兮，倚阊阖而望予。

令，命令。帝阍，天帝的守门人。王逸《章句》云：“帝，谓天帝。阍，主门者也。”王夫之《通释》云：“帝阍，喻君门。”开关，开门。关，门闩。倚，斜靠。阊阖，神话中的天门。王逸《章句》云：“阊阖，天门也。”洪兴祖《补注》云：“《说文》云：‘阊，天门也。阖，门扇也。’楚人名门曰阊阖。”而，连词，以，所连接的前项“倚阊阖”表示行为或状态，对后项“望予”起修饰作用。裴学海先生《集释》云：“‘而’犹‘以’也。”望予，望着我，并不开门。邱仰文《韵解》云：

“望，如‘望望然而去’之望。”形容看一眼就走开、不予理睬的情状。

我命令帝阍为我把天门打开，他却斜倚着门框，冷冷地望着我。屈原兴冲冲地带着盛大的随行队伍来到天帝门口的时候，天门已经关闭了；他命令帝阍打开天门时，却遭遇了帝阍的白眼儿！这句话明显带有“君门难通”的象征意味儿！朱熹《集注》云：“令帝阍开门，将入见帝，更陈己志。而阍不肯开，反倚其门望而拒我，使不得入，盖求大君而不遇之比也。”夏大霖《屈骚心印》云：“倚门而望，冷眼不瞅睬也。……君门关隔，党人间阻也。”理解得都很深透；有的学者如钱杲之、汪瑗、周拱辰、徐焕龙、马其昶等均认为，帝阍是受帝命倚门而望（等待）屈原之至，倘如此，则下文见帝不果的内容难解；以往注家或据“望舒”“咸池”和“扶桑”等意象，认为此处帝阍开关是晨起开门，以坐实前面朝发夕至后饮马咸池、总辔扶桑、折木拂日、望舒飞廉等一系列行为是当夜所为，感觉有些写实的意味儿！倘若真的如此，屈原为什么先到了西极，又跑回东极，再重新回到西极呢？须知，这些描述均属幻想，都是文学的想象！屈原所以如此，就是要先稳住羲和，再整理行装，最后严驾而来，又在天门已闭的情况下，试图叩开天帝之门的。再者，帝阍晨起开关是他的职司所在，又何必用叩？屈原“令”其开关，显然是“令”出无理，也一定是“开”非其时。结合上文内容与下文“时暧暧其将罢”的描写，“令”其开关之时就是当日黄昏！

“倚阊阖而望予”这句诗写得极为传神！它把帝阍那种厌烦而又轻蔑的态度写活了：天门是你想进就能进的吗？天帝是你想见就能见的吗？你当你是谁呀？你算老几呀？你烦不烦呀？这种种揶揄味道，都是通过“倚靠”和“斜睨”这两种姿态神情表现出来的：身子斜倚着门框的身姿，显示了态度的傲慢；斜倚时斜睨的眼神，透露出的则是冷漠和轻蔑。朱冀《离骚辩》云：“‘倚阊阖’者，状帝阍之尊倨，穆然不为之少动也。‘望予’者，望望然而不顾，神情与我邈不相接也。”领会得非常透辟。汉乐府《艳歌行》里夫婿“斜柯西北眄”和崔护《题都城南庄》中女子“斜倚小桃柯”的身姿和眼神儿，与此相似而意义不同。这种世情冷暖，非亲身遭遇不能参透！

时暧暧其将罢兮，结幽兰而延伫。

时，天光，日色。暧暧，昏暗貌。王逸《章句》云：“暧暧，昏昧貌。”陆善经《文选离骚注》云：“暧暧，光渐微之貌。”钱杲之《离骚集传》云：“暧暧，日昏也。”其，然，的样子。裴学海先生《集释》云：“‘其’犹‘然’也。一为状事之词。”将罢，将要终结，行将结束。汪瑗《集解》云：“罢，休也。读如‘欲罢不能’之‘罢’。”夏大霖《屈骚心印》云：“罢，休歇也。”结幽兰，楚俗，男女相慕，则结其所佩芳草相赠。结，编织。幽兰，生长在幽僻之处的兰草。兰以幽者为香。而，连词，以，表示所连接的两个动词中前者为伴随动作。裴学海先生《集释》云：“‘而’犹‘以’也。”延伫，长久地站立。参见“延伫乎吾将反”注。王逸《章句》云：“长立有还意也。”李周翰《文选五臣注》云：“长立而无趣向。”汪瑗《集解》云：“延，迟缓也。伫，久立也。”

日色昏暗，天快要黑了，我编结着幽兰，久久地站在那里发愣。屈原的精神之旅，起于由“陈词”而“得此中正”又“穷困此时”，因此，他满怀希望，要到天帝那里寻找知音：他兴致冲冲地做了一番细致的准备，热热闹闹地组织了一支规模庞大的随行队伍，但当他满怀信心命令帝阍为他开门时，帝阍却让他吃了个闭门羹！这不啻于给他火热的心头浇了一盆凉水，他顿时就郁闷了：昏暗的天色为他的遭遇平添了一抹儿悲凉的色彩，他百无聊赖地用幽兰编织着什么，久久地呆立在那里，不知所之。钱澄之《屈诂》云：“时日既暮，……阍不为通，帝不可见矣！……咫尺万里，欲言不得，徒延伫而已。”其说颇近情实。徐焕龙《屈辞洗髓》云：“望无所得，于是取佩带之幽兰，理而结之，且结且延伫，盖无聊之态耳。”可谓善读诗者！胡文英《屈骚指掌》云：“暧暧将罢，时不我与也；结兰延伫，抚孤芳无与为赏也。”也值得参考。

屈原的精神之旅自“夕”至此，写的都是黄昏前这一段时光。至于以往注家迂曲地将“折若木以拂日”解读为打马飞奔走出暗夜，谓屈原的旅程经历了两个白天和一个黑夜，而要把它说圆，得费多少口舌！实际上，“时暧暧其将罢”与前文“日忽忽其将暮”，写的是同一个日暮黄昏，而由“暮”到“罢”正体现了日薄西山到日落西山的渐进过程，均委婉地表现了屈原时不我待的紧迫感和危机感。至于这个“将罢”是什么意思，以往注家或释为事将尽，或释为人疲倦，或释为人疲散，或释为月初升，皆忽略了此句“罢”字前“时暧暧其将”这几个字！这个“时”指的应该是太阳，“暧暧”指的是太阳光渐渐昏暗的形色，“其”是状太阳“暧暧然”之词，显然，“将罢”的主语是太阳。汪瑗《集解》云：“罢，休也。读如‘欲罢不能’之‘罢’。”

“暧暧”这个联绵词，描写了日薄西山、日光昏暗的景象，渲染了悲凉的气氛，衬托了屈原低沉的情绪，景中含情，情景交融。“结幽兰”这一伴随动作，透露了屈原当时那种无所适从、百无聊赖的心情，刻画细致入微。

世溷浊而不分兮，好蔽美而嫉妒。

世，世道，概指天上和人间的风气。溷浊，混乱污浊。王逸《章句》云：“溷，乱也。浊，贪也。”而，然，的样子。裴学海先生《集释》云：“‘而’犹‘然’也。一为状事之词。”不分，没有区别。王逸《章句》谓之“不别善恶”，徐焕龙《屈辞洗髓》谓之“但见下方之世，溷浊不分好丑”，此为一说；朱熹《集注》云：“不意天门之下，亦复如此。”汪瑗《集解》云：“不分，犹言无别也。”此亦为一说。两说相较，后者近是。好，喜好。蔽美，掩盖他人的美德。吕延济《文选五臣注》云：“蔽，隐也。”汪瑗《集解》云：“蔽美，犹蔽贤也。”而，并列连词，并且。裴学海先生《集释》云：“‘而’犹‘且’也。”嫉妒，因他人胜过自己而心生妒恨的心理状态。

世道混乱污浊，天上地下完全一样，都是喜好掩人之美而心存嫉妒！这两句诗承前帝阍拒绝为其开关而来，是在天言天。帝阍的举动，足以证明上界与下界一样溷浊，一样“好蔽美而嫉妒”，这显然是屈原在精神追求遭到打击之后，对心中偶像“天帝”的义愤之词！屈原受了这样的委屈，看清了世道的共性，因而把批判矛头指向了天庭。所以，“溷浊而不分”的“不分”二字，指的是天上地下在“溷浊”这一点上没有区别，从而对先前“皇天无私阿”的固有认知发生了动摇。钱澄之《屈诂》云：“天上地下，总成一溷浊之世，无分于上清而下浊也，盖无不以蔽美嫉妒存心者也。”林云铭《楚辞灯》云：“欲求知于天上，初来时，异样急切；既到后，何等悲凉！因思天帝之溷浊不分，与世无异，不得不舍之而他求也。”林仲懿《离骚中正》云：“‘世溷浊’二句，在阊阖外大声喊冤如此！”均堪为解人！

“蔽美”和“嫉妒”这两个词，既有联系，又有区别：“蔽美”是因怕别人胜过自己而有意掩盖人家的长处，“嫉妒”是因别人胜过了自己而产生的忌恨心理，二者有强弱，有轻重，有层次。而这两种心态，就是天地无别的“溷浊”之象。

以上是第三部分的第三层，求见天帝遭拒。不难看出，在这一环节所叙述的内容里，隐含着屈原对现实世界中君臣遇合的追求；其追求过程中繁复盛大的仪仗描写，与现实斗争中不厌其烦的自我修养与自我完善形成对照；而由帝阍遇之倨傲简慢的态度表现出来的天路难通，与现实斗争中群小的造谣中伤又何其相似！行此天界，亦复如此，进而兴起下文的求女环节。

朝吾将济于白水兮，登阆风而緤马。忽反顾以流涕兮，哀高丘之无女。溘吾游此春宫兮，折琼枝以继佩。及荣华之未落兮，相下女之可诒。吾令丰隆乘云兮，求宓妃之所在。解佩纕以结言兮，吾令蹇修以为理。纷总总其离合兮，忽纬繣其难迁。夕归次于穷石兮，朝濯发乎洧盘。保厥美以骄傲兮，日康娱以淫游。虽信美而无礼兮，来违弃而改求。览相观于四极兮，周流乎天余乃下。望瑶台之偃蹇兮，见有娀之佚女。吾令鸩为媒兮，鸩告余以不好。雄鸠之鸣逝兮，余犹恶其佻巧。心

犹豫而狐疑兮，欲自适而不可。凤皇既受诒兮，恐高辛之先我。欲远集而无所止兮，聊浮游以逍遥。及少康之未家兮，留有虞之二姚。理弱而媒拙兮，恐导言之不固。世溷浊而嫉贤兮，好蔽美而称恶。闺中既以邃远兮，哲王又不寤。怀朕情而不发兮，余焉能忍而与此终古！

朝吾将济于白水兮，登阆风而緤马。

朝，早晨。蒋骥《山带阁注楚辞》云：“‘朝’者，承‘时暧暧’言，盖明朝也。”将，将要。济，渡河。王逸《章句》云：“济，渡也。”于，介词，介进“济”的对象，乎。裴学海先生《集释》云：“‘于’犹‘乎’也。”白水，神话水名，或谓河源。刘良《文选五臣注》云：“白水，神泉也。”洪兴祖《补注》云：“《河图》曰：‘昆山出五色流水，其白水入中国，名为河也。’”戴震《屈原赋注》云：“白水，谓河源。”阆风，神话山名，在昆仑山上。王逸《章句》云：“阆风，山名，在昆仑之上。”刘良《文选五臣注》云：“阆风，仙山也。”蒋骥《山带阁注楚辞》云：“阆风，台名，在昆仑山上。”钱杲之《离骚集传》云：“阆风，即县圃也。”刘梦鹏《屈子章句》云：“阆风亦仙台，西为县圃，北为阆风。‘登阆风’即‘至县圃’之变文耳。”钱、刘二说，似多此一举。而，顺接连词，就，所连接的前后两部分在语义上是顺承的。裴学海先生《集释》云：“‘而’犹‘则’也。”緤马，系马，拴马。陈本礼《屈辞精义》云：“緤马，以长绳系马，暂为歇足之地。”其说是。

待到天明，我将要渡过白水，登上阆风山之后系马小憩。这两句上承“时暧暧其将罢”而来，开始计划次日的行程。在天路被帝阍阻断之后，屈原虽然在天门外“结幽兰而延伫”，表现了内心的无聊与彷徨，继而又喊出天地无别皆“好蔽美而嫉妒”的愤激之词，流露出对“无私阿”的皇天的怀疑，但他并没有因此而颓唐，因为前路“曼曼”，他还要继续他的精神之旅。

句中的“将”字，表明这两句诗所描述的是未来的计划，也就是次日的行程，不然，下文的情景就难以理解了。过来的这一天，屈原仍在昆仑之上游弋，冀有所获。

忽反顾以流涕兮，哀高丘之无女。

忽，忽然，不经意间。反顾，回首来路。鲁笔《楚辞达》云："反顾，回首见故都也。"恐非，下文之"忽临睨夫旧乡"句，才是其精神之旅中第一次望见旧乡。以，顺接连词，而，表示所连接的前后两部分在语义上顺承。裴学海先生《集释》云："'以'犹'而'也。"流涕，流泪。涕，眼泪。哀，可哀，可悲。高丘，即阆风山。一说为楚国山名，喻指朝廷；一说丘名，在阆风山上。王逸《章句》云："楚有高丘之山……或云，高丘，阆风山上也。" 汪瑗《集解》云："丘，土之高者，故曰高丘。言使楚有女，则已不至于此也。然自上文观之，则去楚久矣，似指阆风为是。"高丘当指昆仑之悬圃，因下文有"相下女之可诒"句与之相对。之，句中助词，取消"高丘无女"的独立性，使之成为"哀"的宾语。女，神女，喻贤君、知己。就屈原来看，贤君与知己是一致的。朱熹《集注》、汪瑗《集解》皆曰："女，神女，盖以比贤君也。"李陈玉《笺注》云："求女者，求贤君之譬也。"陈与郊《文选章句》云："哀女，哀无君也。"徐焕龙《屈辞洗髓》云："无女，比无贤君。"徐文靖《管城琐记》云："'哀高丘之无女'，哀所遭之寡偶也。"亦可通。一说喻贤臣。钱杲之《离骚集传》云："女喻贤臣可配君者。"闵齐华《文选瀹注》云："无女，喻无贤臣。一云无贤君。前有'众女嫉余之蛾眉'，则指贤臣者为是。"两者相较，以喻贤君、知己为胜。

猛然回首白水、阆风之来路，禁不住涕泗横流，可哀的是，这阆风山上没有美女可求。此承上文求见天帝不遂而所得"中正"难以求证，故而济白水，登阆风，再兴"求女"之想，意在继续寻求知音。林云铭《楚辞灯》云："阆风山上无神女可求，故哀之。又曰：因求见帝而不得，意谓知我之人竟无可求索矣。然岂无类我之人可取以相配，免我为茕独乎？故有求女一着。"林氏将所求之人分为"知我""类我"者，虽失之纤细，却给人以有益的启示：屈原的"求女"与"求天帝"是一脉相承的，目的都是在寻求理解。历代学者，或将其理解为求贤君，或将其理解为求知己，虽然形式不同，而其宗旨是一致的。李陈玉《笺注》云：“自此已下，皆求女之事：初求伏羲氏之女，皇风也；再求高辛氏之女，帝风也；又求少康之二姚，王风也。如商鞅之三变其说，所求愈下，所遇愈难，故其情愈苦。但前有‘众女嫉予蛾眉，谣诼谓予善淫’之语，则知其以美人自况；此则到处求媒，又以美人况君，比喻变迁，倏忽无端，此《离骚》之情也。”这番话，既揭示了三次求女每况愈下、不得已则退而求其次的内蕴，表现了知音难觅的痛苦，又解释了《离骚》“女”字内涵的变化，切中情实。

溘吾游此春宫兮，折琼枝以继佩。

溘，水流迅疾貌，形容速度极快。王逸《章句》云：“溘，奄也。”此，近指代词，这个。在悬圃、阆风山上言“此”，当然是近指其地。春宫，指仙苑，或指神话中青帝所居之所。王逸《章句》、李陈玉《笺注》皆云：“春宫，东方青帝舍也。”刘梦鹏《屈子章句》云：“春宫，仙苑之称，盖县圃、阆风之类。”其说近情。琼枝，玉树之枝。钱杲之《离骚集传》云：“琼树之枝。”汪瑗《集解》云：“琼枝，玉树之枝也。”以，连词，用来，所连接的前后两部分是偏正关系，前一部分“折琼枝”表示是后面动作“继佩”的方式。裴学海先生《集释》云：“‘以’，‘用’也。”继，续接。王逸《章句》云：“继，续也。”佩，佩饰，花环之类。

我匆匆忙忙地游历了阆风山上的仙苑，折取了玉树一枝用来连接佩饰。这两句诗叙述的是屈原系马阆风、哀此无女之后的情况：他急匆匆地游历了一番此地的仙苑，折取了这里独有的玉树琼花延长自己的佩饰。这种写法，容易让人联想起第一部分“纫秋兰以为佩”等反复加强自身修养的情景，因此，《离骚》的前后两大部分是一实一虚、虚实相生的。刘梦鹏《屈子章句》云：“緤马阆风，游春宫也；琼枝继佩，厉芳修也。”其说极有见地。

要正确理解这两句诗，首先应该弄清“春宫”的具体所指。古来解释，多将其指认为“东方青帝之舍”，忽略了上文系马“阆风”的事实，这才是阅读理解的基点；同时，也不能忽略句首“溘”字的含义，它暗示的是“游春宫”的时间之短和匆急状态，它间接地告诉我们，这里并不是屈原此行的目的地；当然，也不能放过句中“此”这个近指代词，它暗示了屈原当时的立足点是高丘阆风。刘梦鹏《屈子章句》云：“春宫，仙苑之称，盖县圃、阆风之类。”此处所言“春宫”，指的就是春气盎然的仙苑。其次要弄清“折琼枝”的目的。张铣《文选五臣注》云：“见万物始生，乃折取琼草之枝以续佩带，重其鲜洁。”这是从屈原爱好香洁的一贯作风角度所作的理解；汪瑗《集解》云：“谓采取玉树之枝，纫续以为佩饰，而诒神女，以通其好也。”这是从上下文脉络的角度所作的解读。二者皆有可采，而若将“重鲜洁”与“诒神女以通好”两种解释结合起来，则臻于完美了。

及荣华之未落兮，相下女之可诒。

及，动词，趁着。荣华，指玉树的花朵。汪瑗《集解》云：“荣华，草木之英也。草曰荣，木曰华。”林仲懿《离骚中正》云：“荣华，即琼枝之荣华。”王逸《章句》、朱熹《集注》、汪瑗《集解》皆谓之“喻颜色”，均解为近似“年华”之意，脱离文意，不可从。之，句中助词，取消“年华未落”的句子独立性，使之成为动词“及”的宾语。落，凋谢。王逸《章句》云：“落，堕也。”相，仔细观察，认真寻找。王逸《章句》云：“相，视也。”汪瑗《集解》云：“相，审视也。”下女，下界女子，此乃针对当时所处昆仑高丘而言。蒋骥《山带阁注楚辞》云：“下女，指下宓妃诸人。对高丘言，故曰下。”钱澄之《屈诂》、王夫之《通释》之说与之近似；朱熹《集注》、汪瑗《集解》皆谓之“神女之侍女”，洪兴祖《补注》谓之“喻贤人之在下者”，其说迂远，不可从。之，句中助词，意义同上。可，值得。诒，赠予。王逸《章句》云：“诒，赠也。”闵齐华《文选瀹注》云：“诒，即贻之琼枝之佩也。”最得诗人之意。而李陈玉《笺注》谓之“言词哄骗之谓”，殊失诗人本旨。

趁着琼枝的花朵还没有凋落，仔细相看哪位下界女子值得赠予。这两句诗上承“哀高丘之无女”而来，开启了“相下女之可诒”的整个过程，具有文章的过渡性质，从此引出了屈原对下界女子的追求。徐焕龙《屈辞洗髓》云：“游春宫，为折琼枝；折琼枝，为继佩；继佩，为及荣华未落时，相视神妃下女有可托以诒此佩于神妃者，使之先达其情也。”除去对“下女”的理解失之迂远外，思路基本正确；朱冀《离骚辩》云：“此一意乃上下章之过脉。因神女不可得见，将去而求宓妃，因欲见宓妃而想到贽见，因贽见而打算继佩，为继佩而思折琼枝，为折琼枝而溘游春宫。文体虽似顺行，文心实倒从下章逆入也。”这是一种逆向思维，可与徐焕龙《屈辞洗髓》的观点正反互参。王邦采《离骚汇订》云：“此为求女之入题，非上下过脉也；又为求女之总冒，非专为宓妃也。”从文章学的角度，解释了这两句诗总领兼入题的作用。二者见解，均超越了前人，值得信从。

“及”字与上句“溘”字相呼应，刻画出屈原上下求索的急迫心情和匆遽之态，反复咀嚼，颇耐寻味！

吾令丰隆乘云兮，求宓妃之所在。

丰隆，雷神。王逸《章句》云：“丰隆，云师，一曰雷师。”洪兴祖《补注》云：“《九歌·云中君》注云：‘雷神丰隆。’五臣曰：‘云神屏翳。’按：丰隆，或曰云师，或曰雷师。屏翳，或曰云师，或曰雨师，或曰风师。《归藏》云：‘丰隆筮云气而告之，则云师。’据《楚辞》，则以丰隆为云师，飞廉为风伯，屏翳为雨师。”朱熹《集注》云：“丰隆，雷师。盖雷迅疾而威震，求无不获，故欲使之求神女之所在。”王夫之《通释》云：“丰隆，雷神。令雷求者，求之迫也。”楚辞学史上，关于丰隆或为雷神或为云师这一话题，一直纠缠不休，这与云、雷二物不能截然分开的自然属性也有关系。结合上文“雷师告余以未具”，则此处的丰隆应为雷神明矣。求，寻找。宓妃，神女，传说为伏羲氏之女，洛水女神。朱熹《集注》云："宓妃，伏羲氏女，溺洛水而死，遂为河神。"姚鼐《古文辞类纂》云："宓妃者，盖后羿之妻，《天问》所谓'妻彼洛嫔'者是也。"之，结构助词，的。裴学海先生《集释》云："'之'，口语之'的'也。"所在，住所。汪瑗《集解》云："所在，所居也。"戴震《屈原赋注》云："所在，谓其地也。"

我命令雷神丰隆驾起云彩，去寻找美女宓妃的住所。这是屈原追求"下女"的第一次尝试。宓妃身出名门，美丽多情，曹植《洛神赋》谓其体态"翩若惊鸿，矫若游龙"，谓其颜色"荣曜秋菊，华茂春松"，是传说中引人瞩目的神女。所以，屈原在"相下女之可诒"时，首先想到了她。我在讲解第一部分现实斗争内容时说过，屈原善于用男女恋爱婚姻象征君臣遇合，而这里的"求女"象征的却是对知音的寻觅，其实，二者并不矛盾。为了尽快地找到宓妃，屈原驱遣了动作迅捷、器大声洪的雷神丰隆，这体现了他急于找到知音、诉说心曲、求得"中正"的迫切心情。鲁笔《楚辞达》云："雷师乘云，则迅速不迟；声闻易达，发动春物，欙处倾听矣。"从速度和声音两个角度诠释了役使雷神的优越性。

屈原是一个非常自信的人，在神游天界的过程中，那些素为人所敬畏的神界万物都任他自由驱遣，成为他抒情的载体。他令日神兼日御的羲和放慢天黑的脚步："吾令羲和弭节兮，望崦嵫而勿迫。"又命楚人崇拜的神鸟凤凰为他作先导："吾令凤鸟飞腾兮，继之以日夜。"还命令天帝的门官帝阍打开天门："吾令帝阍开关兮，倚阊阖而望予。"在这里，他又命令雷神丰隆去寻找宓妃的居所："吾令丰隆乘云兮，求宓妃之所在。"在接下来的求女过程中，还命令蹇修和鸩去给他通媒："解佩纕以结言兮，吾令蹇修以为理""吾令鸩为媒兮，鸩告余以不好"。这一连串六次"吾令"所造成的挥斥万有的气势，昭示了屈原强大的心理底气。

解佩纕以结言兮，吾令蹇修以为理。

解，把系着的东西脱下来。佩纕，佩戴的香囊。以，介词，用来。

裴学海先生《集释》云：“‘以’，‘用’也。”结言，通言结好。钱杲之《离骚集传》云：“结，犹约也。”汪瑗《集解》云：“结言，通二家之言而相接以为好者也。”蹇修，人名，善为媒者之美称。王逸《章句》云：“蹇修，伏羲氏之臣也。”徐焕龙《屈辞洗髓》云：“蹇修，古之勤奔走、工词令、善于媒妁者。”朱冀《离骚辩》云：“蹇修，疑是古之善为人作合者也。”戴震《屈原赋注》云：“蹇修，媒之美称。”以为，以之为。理，婚姻使者。朱熹《集注》云：“理，为媒以通辞理者。”蒋骥《山带阁注楚辞》云：“理，媒使也。”

我解下佩戴的香囊作为信物以言语相约，命蹇修做媒前往周旋。前头命雷神丰隆迅速寻找宓妃的下落，此处紧跟着就命良媒蹇修带上自己佩戴的香囊前去说媒提亲，顺序而来，水到渠成。钱澄之《屈诂》云：“解佩结言，古者托人通言，以佩取信，使为结而合之。”屈原“求女”，主动以佩“结言”，是以物示诚之意。《文选·南都赋》注引《韩诗内传》所载郑交甫汉皋台下遇二神女得佩复失之事，即为显证。

要知道，“求女”环节之求宓妃、求有娀佚女、求二姚，不过是浪漫的想象情景，是寻求知音的象征手法，切不可坐实其人其事。朱冀《离骚辩》云：“此数章更要解得不即不离，方得其妙。用不着半句呆话，一切引用古人，悉系假托，岂真谓九京可作耶？诸家必坐煞本人，着相呆讲，绝世妙文，堕此恶劫。”所谓“不即不离”，指的就是似像非像、在似与不似之间的“悉系假托”的象征手法。

“求女”一节，也显示了屈原丰富的知识构成：男女达成婚姻，必先有一个心仪的目标（“相下女之可诒”），再确定其可靠的出处（“求宓妃之所在”），继而再遣使以通媒（“令蹇修以为理”），而自己所需要做的功课则是要奠雁以结言（“折琼枝以继佩”“解佩纕以结言”）。你看，其知识结构何其庞大！

纷总总其离合兮，忽纬繣其难迁。

纷，众多貌。总总，聚集貌。吕向《文选五臣注》云：“纷，乱也。

总总，聚也。”其，然，的样子。裴学海先生《集释》云：“‘其’犹‘然’也。一为状事之词。”离合，偏义复词，聚合。诸家说多丛杂，莫衷一是。钱杲之《离骚集传》云：“总总离合，宓妃始至，仪从之盛也。”李光地《离骚经注》云：“总总离合，亦蒙乘云而言。”陈本礼《屈辞精义》云：“纷总总，见媒理之往返也。”忽，忽然。纬繣，乖违。王逸《章句》云：“纬繣，乖戾也。”其，然，的样子。同上。难迁，指宓妃的态度难以迁就。

丰隆、蹇修的车驾聚合起来，与宓妃汇合于一处，不料转眼间她态度大变，性情乖戾，难以迁就。这两句诗的意思，尤其是“纷总总其离合”的所指，非常难解！古往今来，众说纷纭：王逸说它是谗人聚毁，洪兴祖说它是隐士乖剌，钱杲之说它是宓妃仪从之盛，李光地说它是描摹云态，陈本礼说它是媒理往返言辞未定，王夫之、林云铭、蒋骥等说它是宓妃离合不定，等等，简直令人眼花缭乱！其中，仪从说、乘云说、媒理说和宓妃离合说均有可采，而又均嫌不足。要正确释读，下句句首的这个“忽”字不可忽略！“忽”一般表示事物的突变状态，表明后面的情形与前述的情境截然相反。从这一角度去理解，“纷总总其离合”所表示的，应该是一种与“乖戾不合、难以迁就”相反的情景。因而，“纷总总”指的应是丰隆、蹇修的求亲队伍与宓妃相见时的热闹场景，而“离合”二字应该是偏义复词，义偏在“合”。这样，下文“忽纬繣其难迁”也就顺理成章了！汪瑗《集解》云：“‘纷总总’二句，总承上三章，亦泛指仗卫服役而言，借之以寓己意也。……上句言求索之急，下句言进合之难。”说得非常在理。

这两句诗，涉及对宓妃人物性格的刻画：屈原所寻求的第一个“下女”宓妃，其性格特点之一是性情乖戾且自以为是。一个人，性情乖戾则难以把握，自以为是则难以容人。显然，与这种人打交道，后果可想而知。从文脉上看，这是为其追求不遂所作的铺垫。

夕归次于穷石兮，朝濯发乎洧盘。

夕，黄昏。归次，归宿。次，止宿。王逸《章句》云：“次，舍也。再宿为信，过信为次。”于，介词，乎，介进“归次”的地点。裴学海先生《集释》云：“‘于’犹‘乎’也。”穷石，神话地名。洪兴祖《补注》云：“郭璞注《山海经》云：‘弱水出自穷石。穷石，今之西郡删丹，盖其别流之源。’《淮南子》注云：‘穷石，山名，在张掖也。’《左传》曰：‘后羿自鉏迁于穷石。’”朱熹《集注》云：“穷石，即后羿之国也。”濯发，洗头发。乎，介词，于，介进“濯发”的地点。洧盘，水名。王逸《章句》云：“洧盘，水名。《禹大传》云：‘洧盘之水，出崦嵫之山。’”

她黄昏回到穷石去过夜，清晨洗发在洧盘。关于这两个描述句的主语，历代说法也不一致：王逸《章句》云：“宓妃体好清洁，暮即归舍穷石之室，朝沐洧盘之水。”闵齐华《文选瀹注》云：“宓妃次穷石，濯洧盘。”皆认为主语是宓妃；汪瑗《集解》云：“既无所遇，进不易合，则将归隐而自修耳。”黄文焕《听直》云：“濯发以自致吾洁也。济以白水，濯以洧水，总之避混浊之世。”钱澄之《屈诂》云：“归次濯发，是女不见许，有此无聊之情。”林云铭《楚辞灯》云：“见绝后来此，凡早起必理发而沐之。”屈复《新注》云：“夕归朝沐，将改求也。”均以为主语是屈原。而从“归次”这个词组上看，“归次”是归而次的意思，也就是回到原来自己住的地方；从归宿地“穷石”这一地名看，据《山海经》《淮南子》《左传》所记，穷石是羿的地盘，而宓妃又与羿有所关联（《天问》“妻彼洛嫔”）；从文章意脉看，前言宓妃“纷总总其离合兮，忽纬繣其难迁”，后言宓妃“保厥美以骄傲兮，日康娱以淫游”，均为抽象化地描述宓妃乖戾难移、傲慢淫游的性格，而此处所叙“夕归次于穷石，朝濯发乎洧盘”，正是其乖戾傲慢性格的具象化。王萌《评注》云：“‘归次’二语，正见宓妃遨游自恣之意。”其说极为确当！朱冀《离骚辩》云：“上下文俱说宓妃，中间忽插入大夫沐发，请教有何取义？且文气如何联贯耶？”问得十分有理！刘梦鹏《屈子章句》云：“夕归朝濯，即下‘淫游’之意。”真是别具慧眼。

为什么这两句诗一上来不似以前先说“朝”后说“夕”，而是先说“夕”而后说“朝”呢？须知，这是上承“朝吾将济于白水”一句而来的，而济白水、登阆风、折琼花、求宓妃等一系列行为，均是在这一个白天里完成的。而与宓妃会合后，才发现其性格“纬繣难迁”的一面，因而，接下来就是表现其骄傲自恣的“夕归次于穷石”了。汪瑗《集解》云：“先言‘夕归’者，承上‘朝济白水’而来。”《离骚》文章针线之细密，是无处不在的。

保厥美以骄傲兮，日康娱以淫游。

保，持有，自恃。陈本礼《屈辞精义》云：“保，持也。”厥，代词，其，指宓妃。汪瑗《集解》云：“保厥美，谓宓妃自守其颜色之美也。”以，顺接连词，而。裴学海先生《集释》云：“‘以’犹‘而’也。”骄傲，自高自大，瞧不起人。王逸《章句》云：“倨简曰骄，侮慢曰傲。”日，名词作状语，天天，每天。康娱，安逸享乐。康，安；娱，乐。以，并列连词，且。裴学海先生《集释》云：“‘以’犹‘且’也。一为‘又且’之义。”淫游，过度游乐。洪兴祖《补注》云：“《说文》云：‘淫，私逸也。’《尔雅》云：‘久雨谓之淫，故淫亦训久也。’”钱杲之《离骚集传》云：“淫，犹恣也。”

她自恃貌美而傲慢轻狂，每天都寻欢作乐又且恣情游荡。这两句是对宓妃乖戾性格的进一步描述，为下文因其“信美无礼”而已“违弃改求”做了更深一层的铺垫。对女性来讲，人性最大的败笔，就是仰仗自己的美貌而自高自大、目中无人，更何况性情放荡又恣情游乐！宓妃就是这样一个人！而屈原所寻求的是懂他的人，宓妃这种性格的人又怎能入他的法眼呢?！关于这两句诗所描述的对象，历代说法也很混乱：王逸《章句》谓是象征隐者的宓妃，李周翰《文选五臣注》谓是“自保其美德，以骄傲于世”的“隐居之人”，汪瑗《集解》谓是“自守其颜色之美”的“隐者”，钱澄之《屈诂》谓是“楚之嬖人”，林云铭《楚辞灯》谓是“明刺郑袖”，黄文焕《听直》谓是“原之自道”“宓妃不我许，我自保吾之内美而已。虽哀无女，岂肯丧志？未尝不高自命也，未尝不精自乐也！‘保厥美以骄傲，日康娱以淫游’，姑玩世肆志焉”。其说或拘于偏执，或囿于檃栝，或脱离上下文脉，均不合文意。

句中的两个“以”字，作用并不一样。前者表示“保厥美”是“骄傲”的凭借，后者表示“康娱”与“淫游”并存。第二句句首的“日”字用得好！这个表高频率的时间名词状语，将宓妃“康娱”“淫游”的乖戾性情典型化、常态化了。

虽信美而无礼兮，来违弃而改求。

虽，虽然。裴学海先生《集释》云：“‘虽’，推拓之词也。”信，的确。而，转折连词，然而。裴学海先生《集释》云：“‘而’犹‘然’也。一为转词。”无礼，行为放荡，不遵礼法。何焯《义门读书记》云：“无礼，犹言不恭也。”来，归去。汪瑗《集解》云：“‘来’者，呼其仗卫服役之词也。”违弃，放弃。汪瑗《集解》云：“‘违’者，去其地也。‘弃’者，舍其人也。”而，顺接连词，再。裴学海先生《集释》云：“‘而’，犹‘又’也。”改求，另求。

虽然她的确长得很美，然而其行为放荡，态度无礼，回去吧！放弃她再另作他求。王逸《章句》谓之“信有美德，骄傲无礼，不可与共事君”，洪兴祖《补注》谓之“此孔子所谓隐者，子路所谓洁身乱伦”，钱杲之《离骚集传》谓之“隐士信有美德，而无事君之礼”，均囿于王逸比兴寄托的影响，将目光盯在了“隐士”身上。朱熹《集注》则云：“宓妃骄傲淫游，虽美而不循礼法，故弃去而改求也。”其意在说明，宓妃这一类型的“下女”（知音），虽有外在之美，却“纬繣难迁”“恃美骄傲”“康娱淫游”，不遵礼法，并不值得追求！这才是正解。

王邦采《离骚汇订》云：“此为求女之第一节。”屈原在求天帝“折中”而吃了闭门羹后，开始了曲折而漫长的求女经历。在这一环节中，他所追求的宓妃身上集中了性情乖戾、骄傲自大、恣情游乐、性情放荡等缺点，这样的人即使有漂亮的外表，也难以成为公平持正、善解“中情”之人，因而屈原只好“来违弃而改求”了。这一失败的尝试旨在说明，知音难觅的第一个瓶颈问题是知音的个人品质。至此，屈原求女的第一次尝试以失败而告终。

句中的“来”字当为一顿，是招呼的口吻，是“回去”的意思。反复咀嚼，其中蕴含几多大失所望、无可奈何的况味！

览相观于四极兮，周流乎天余乃下。

览相观，三者义近，均是“看”的意思。览，临视，近看；相，端详，谛视；观，远望，平视。汪瑗《集解》云：“览，视之速也；相，视之审也；观，视之遍也。重言之也。”钱澄之《屈诂》云：“览，远视。观，平视。相，谛视也。”皆有可采，可备一说。于，介词，到。四极，东、西、南、北遥远的四方。朱熹《集注》云：“四极，四方极远之地。”林云铭《楚辞灯》云：“四极，即四荒。”周流，周游，遍游。汪瑗《集解》云：“周流，遍游也。”乎，介词，于，在。乃，方，才。裴学海先生《集释》云：“‘乃’犹‘方’也，‘甫’也，‘才’也。”下，从天而下。

我到天上的四面八方仔细地看了又看，在天上周游了一番又回到人间。王逸《章句》云：“我乃复往观四极，周流求贤，然后乃来下也。”在发现宓妃的重大缺陷后，屈原决定“违弃”而“改求”他人，所以，他要到遥远的四极再做一番尝试。他的寻觅过程是非常仔细认真的：每至一处，他都要走近了去看，还要仔细地端详，而当无所发现时，又要向四方极远处张望。而最终的结果是，他在天上周游了一个遍也没有新的发现，这才不得已返回人间。

“览相观”三个视觉动词叠用，妙！它不是简单的罗列，而是有层次、有讲究的！“览”是走到近处去看，“相”是细细地打量端详，“观”是平视即往远处看。这一系列寻觅动作，表现了屈原寻觅态度的审慎和渴望得到知音的迫切心情，也侧面反映了知音的难得。（李清照【声声慢】之“寻寻觅觅”与之有异曲同工之妙）王夫之《通释》云：“览也，相也，观也，重叠言者，明旁求之不止也。”林云铭《楚辞灯》云：“即视而度之，即度而又视之，极其审也。”陈本礼《屈辞精义》云：“既曰览，又曰相与观者，甚言淑女难求。”皆注意到了它们的层次，而蒋伯潜谓“‘览相观’三个同义词叠用”，就显得皮相了。下句的“乃”字，也不可轻视，它透露了屈原对天界之求的落寞心情。

望瑶台之偃蹇兮，见有娀之佚女。

望，远远看见。瑶台，用美玉砌成的亭台。刘良《文选五臣注》云：“瑶台，玉台也。”洪兴祖《补注》云：“《说文》云：‘瑶，玉之美者。’”之，助词，用于修饰语“偃蹇”与被修饰语“瑶台”之间，使二者构成偏正词组，表示“瑶台”具备“偃蹇”的特点。偃蹇，高耸貌。《广雅》云：“偃蹇，夭挢也。”《尔雅·释兽》云：“人曰挢。”晋郭璞注：“频伸夭挢。”邢昺疏：“人之罢倦，频伸夭挢，舒展曲折名挢。”人频伸舒展则形体高耸，故“夭挢”训作“高”。王逸《章句》云：“偃蹇，高貌。”鲁笔《楚辞达》云：“偃蹇，孤特貌。”胡文英《屈骚指掌》云：“偃蹇，翘起貌。”说皆可通。有娀，古国名。王夫之《通释》云：“有娀，简狄姓。”之，结构助词，的。裴学海先生《集释》云：“‘之’，口语之‘的’也。”佚女，美女。指神话传说中有娀氏美女简狄，后为帝喾之妃，生子契，是为殷商始祖。洪兴祖《补注》云：“李善引《吕氏春秋》曰：‘有娀氏有二佚女，为九成之台。’《淮南子》曰：‘有娀在不周之北，长女简翟，少女建疵。’注云：姊妹二人在瑶台也。”

远眺那秀出天外的瑶台，恰看见有娀氏美女简狄。这是屈原的第二次求女经历，与前此求宓妃一样，均为寻求知音的别样说法，均为《离骚》庞大象征体系的组成部分。王逸《章句》云：“已望见瑶台高峻，睹有娀氏美女，思得与共事君也。”意谓屈原求美女即是求贤臣；汪瑗《集解》云：“屈子之意，直取佚女之美以喻贤君耳。”意谓求美女即求贤君，等等，均将求女一事专注于君臣之义，忽略了屈原上文所言“耿吾既得此中正”的话。须知，他之所以到天界去，目的在于求得天帝对“中正”的认同；而在天路难通的情况下，他又相继到高丘和人间求女，这一求女的情节，同属寻求知音的精神探索；而这种对知音的寻求，也包括了对欣赏自己的贤君的期冀。徐焕龙《屈辞洗髓》云：“四旁上下，周流览相，无一可吾意者。惟望瑶台偃蹇之处，见彼有娀氏有佚群之女，我欲求之。”徐氏所谓“可吾意者”，就是“知音”的别种说法。

句中一“望”一“见”两个视觉动作，皆是在不经意间完成的，真是妙照自然！因瑶台之孤特高耸，故无意而“望”，因一“望”而“见”有娀氏佚女，自然而然，绝无造作之感！陈本礼《屈辞精义》云：“凡目光所盼，无不彻上彻下，夫然后乃望见瑶台之佚女也。”正道着“望”“见”的层次，“望”只是一个动作，而“见”却是一种结果。五柳先生“悠然见南山”之句，似脱化于此！

吾令鸩为媒兮，鸩告余以不好。

鸩，毒鸟名。大如枭，紫绿色，羽毛有毒。洪兴祖《补注》云：“《广志》云：‘其鸟大如枭，紫绿色，有毒，食蛇蝮，雄名运日，雌名阴谐，以其毛历饮卮，则杀人。’”鲁笔《楚辞达》云：“鸩，即孔雀，血毒人。比色庄君子，外多文饰，内怀奸毒。”为媒，做媒人。以，介词，与其宾语“不好”置于谓语动词“告”之后，表示“告”的内容是“不好”，即“以不好告余”。不好，不美，不漂亮。《说文》云：“好，美也。”引申为美善。

上文说，屈原在从天而降的过程中，发现了瑶台上的有娀氏佚女简狄，接着便急忙派人前往通媒，欲结永好：我命令鸩作前去通媒的使者，它却告诉我说简狄姿容不美。屈原善于用男女情事象征君臣关系，而这些婚姻情节又皆具现实基础，通媒即是一例。但这个媒人却本性奸恶，这预示了此次求女的结局肯定会不如人意。果不其然，屈原让鸩为媒通好，结果它却回复屈原说，那女子长得不漂亮。不难理解，在奸人眼里，或出于本性而以美为丑，或出于妒忌而颠倒黑白，结局都会事与愿违。朱熹《集注》云：“告余以不好者，其性谗贼，不肯为媒而反间我也。”生活中这样的事例也不少见：我明知其人心地险恶，而赖其与我所慕之人沟通情款，仰望玉成，其结局则不难想象！至于鸩的象征意义，当然是横在屈原与知音之间的奸邪小人。钱杲之《离骚集传》云：“鸩喻使小人求贤士，则小人反谓贤者为不美，而不宜行。”

屈原对宓妃的追求，最终因宓妃“纬繣难迁”“恃美骄傲”“康娱自纵”而自动放弃；与之不同的是，屈原对简狄的追求，却是遭到了媒人所谓简狄“不好”的离间。我们不禁要问，屈原为什么要托这样一个本性奸恶的人为媒呢？洪兴祖《补注》云：“夫鸩之不可为媒审矣，屈原何为使之乎？《淮南》言‘运日知晏，阴谐知雨’，盖类小人之有智者。”看洪氏的意思，屈原看中的正是鸩能“知晏”这一特长，这与他“时不我待”的危机感有所关联！但他用错了人！正如俗语所云：“你是流氓不可怕，就怕流氓有文化！”鸩就是一个有文化的流氓！

雄鸠之鸣逝兮，余犹恶其佻巧。

雄鸠，鸠有若干种属，多善鸣而不善营巢，常占其他鸟雀之巢为己有，虽名“拙鸠”，实则“奸巧”。张铣《文选五臣注》云：“雄鸠多声。”《说文·鸟部》云：“鸠，鹘鸼也。”《尔雅·释鸟》云：“鶌鸠，鹘鸼。”郭注：“似山鹊而小，短尾，青黑色，多声。今江东亦呼为鹘鸼。”鲁笔《楚辞达》云：“雄鸠比轻薄小人，言既浮躁，行又轻率。雄者，状其敢于败事也。”谢济世《离骚解》云：“鸣鸠，雄者尤善鸣，人常养为媒，以诱他鸠。然晴则呼雌，雨则逐之，故恶其佻巧。”之，是。裴学海先生《集释》云：“‘之’，‘是’也。一为‘是非’之‘是’。”鸣逝，边飞边鸣。钱杲之《离骚集传》云：“鸣逝，鸣而逝也。”犹，尚，还是。恶，厌恶，讨厌。其，它，代指雄鸠。佻巧，轻佻巧辩，即言行轻浮不诚。王逸《章句》云：“佻，轻也。巧，利也。”

这两句诗是屈原的推测之词：雄鸠倒是边飞边叫，腿脚麻利，能说会道，但我还是讨厌它巧舌如簧、行为轻佻。前面以鸩为媒，而鸩心地险恶；这里以鸠为理，而鸠又轻佻巧利。这就为屈原对简狄的追求以失败而告终作了双重铺垫。从文章意脉上看，屈原命鸩和鸠做媒的叙述只是一种假设，而非既成的事实。他反反复复地设想着前途：让鸩去做媒吧，鸩的心地不善；让鸠去牵线吧，鸠的言行堪忧。总而言之，找一个搭桥的人，真是太难了！王夫之《通释》云：“欲因人招致，而非鸩则鸠，不能为道志以致贤。”陈本礼《屈辞精义》云：“恶禽臭物，以比谗佞。鸩以谗间，鸠以佞专，叹绍介非其人也。”钱澄之《屈诂》云：“媒之难得也，非鸩则雄鸠耳。鸩毒为性，从来不肯道人之善；雄鸠不俟予令，即飞鸣而往，轻诺者寡信，好为人作合者，必不重人之听也。”正因如此，屈原才“恶其佻巧”。

文中的“犹”字往往被人忽略！而这个极易为人忽略的字，透露出的正是屈原面对选择左右为难的心理：鸩本性不好，肯定不能托付大任；雄鸠腿脚利索口齿伶俐，我还是担心他的“佻巧”会坏了我的好事！可见，动辄以“好读书，不求甚解”为自己的疏漏说项，是会冤枉古人的！

心犹豫而狐疑兮，欲自适而不可。

心，指自己的内心。犹豫，疑虑不决之貌。颜之推《颜氏家训》云：“《说文》云：‘陇西谓犬子为“犹”。’吾以为人将犬行，犬好预在人前，待人不得，又来迎候，如此往还，至于终日，斯乃‘豫’之所以为未定也，故称犹豫。”王念孙《读书杂志》云：“‘踌犹’‘躇豫’为双声，‘踌躇’‘犹豫’为叠韵。‘犹豫’字或作‘犹与’，单言之则曰‘犹’曰‘豫’。”而，递进连词，又。裴学海先生《集释》云：“‘而’，犹‘又’也。”狐疑，嫌疑，指于礼不合。王念孙《读书杂志》云：“‘狐疑’与‘嫌疑’，一声之转耳。后人误读‘狐疑’二字，以为狐性多疑，故曰狐疑。”欲，想要，打算。自适，自往，即自媒。王逸《章句》云：“适，往也。”林云铭《楚辞灯》云：“又无自媒之礼。”而，转折连词，却。裴学海先生《集释》云：“‘而’犹‘乃’也。一为

‘却’义。”不可，不行，不能够。

这两句紧承上文而来，推想意欲亲求的情景，属想象之词：我心里疑惑不定又起嫌疑，想要亲自登门又于礼不可。既然鸩和鸠均遭到了否定而无媒可使，那就自己出马吧，但这又与礼不合！屈原急于找到知音的迫切心情，就是通过这一连串节奏急促的叙事表现出来的。王逸《章句》云：“已令鸩为媒，其心谗贼，以善为恶；又使雄鸠衔命而往，多言无实。故中心狐疑犹豫，意欲自往，礼又不可。女当须媒，士必待介也。”钱澄之《屈诂》云：“鸩不欲成人之好，鸠不能成人之好，然无媒则言不通，自适于礼不可。”

“犹豫”与“狐疑”是有区别的：“犹豫”为疑虑不决之貌，已存“疑”意；“狐疑”若仍为“多疑”之意，则失之重复。而将“狐疑”释为“嫌疑”，则正与下文“自适不可”的意思相应。“欲”字体现的是屈原在无可如何的情况下片刻的心理活动：刚动了一丝自媒自献的想法，随之就断然否定了：“不可！”这里的两个“而”字，也大有玄机：先是心存犹豫，继而又生嫌疑；因为自适违礼，所以认定不可。细思前后两句的内容，“犹豫”的内容就是“自适”，“狐疑”的内容就是“不可”，前后两两相对，说的是一个意思。

凤皇既受诒兮，恐高辛之先我。

凤皇，闻一多《校补》据《天问》“简狄在台，喾何宜？玄鸟致贻，女何喜”和《思美人》“高辛之灵盛兮，遭玄鸟而致诒”的记述，认为凤皇即玄鸟。既，时间副词，已经，表动作完成。裴学海先生《集释》云：“‘既’，‘已’也。一为‘业已’之义。”受诒，接受了赠予。吕延济《文选五臣注》云：“诒，遗也。言我得贤人如凤皇者，受诒玉帛，将行就聘。”恐，担心。高辛，古五帝之一，帝喾有天下之号。《帝系》曰：“高辛氏为帝喾，帝喾次妃有娀氏女，生契。”洪兴祖《补注》云：“皇甫谧云：‘高辛都亳，今河南偃师是。’”之，句中助词，取消“高辛先我”的独立性，使之成为动词“恐”的宾语。先我，先与我，即抢在了我的前头。

这两句也是屈原的疑猜之词：凤凰已经接受了人家的礼物，我担心高辛氏帝喾抢在了我的前头。那么，凤凰已经接受了谁的礼物呢？是屈原的？还是高辛的？这种看起来不起眼的小问题，却关系到了对全句的理解！对此，历代学者说多异词。有人以为，送礼的是屈原。王逸《章句》云："已既得贤智之士若凤皇，受礼遗将行，恐帝喾已先我得娀简狄也。"钱杲之《离骚集传》云："晚得凤凰为媒，受命而往，又虑帝喾先我而得简狄。"朱冀《离骚辩》云："受诒，受我之诒而前往也。"蒋骥《山带阁注楚辞》云："凤凰受诒，则既获良媒矣，而恐高辛玄鸟之诒，已在我先，又中辍也。"蒋氏认为，凤凰已接受了屈原的礼物，而屈原担心的是帝喾早已派玄鸟给简狄送过了礼物；有人认为，送礼的是帝喾。朱熹《集注》云："以鸩、鸠皆不可使，故中心疑惑，意欲自往而于礼有不可者，凤皇又已受高辛之遗而来求之，故恐简狄先为喾所得也。"李陈玉《笺注》云："今凤皇为我言，而凤皇又大忠厚，恐受高辛之遗而先我矣！"林云铭《楚辞灯》云："良媒先受人托，必为所得。"而"既"这个副词表明，凤凰已经接受了请托者的礼物。这个请托者如果是屈原，则屈原不必"恐"高辛氏帝喾抢了自己的先！所以，给凤凰送礼的人应该是帝喾。正是因为帝喾先行给凤凰送了礼，屈原才有理由"恐"帝喾占了风头儿！原来这是一个启后省的省略句。

屈原求简狄的过程，就是这样曲折艰难！两次行媒，所倩匪人；一次自媒，断然否定；欲倩凤凰，已为人先。虽然这些情节均出于疑虑和猜测，反映了屈原复杂的心理矛盾，却注定了其"求之不得"的结局，屈原就是在这样一次次的自我否定中走向了绝望。这次失败的尝试旨在说明，知音难觅的第二个瓶颈问题是中介的品质。这是求女的第二个环节。

句中的"恐"字，妙！鲁笔《楚辞达》云："恐者，是虑其已然之词，非计其未然之词。惟其先受高辛之诒，是以求之不遂也。"它表现了屈原此刻举棋不定、举步维艰的思想斗争和内心挣扎。

欲远集而无所止兮，聊浮游以逍遥。

欲，想要，打算。远集，远飞，远去。汪瑗《集解》云：“远集，犹言远去也。或曰，集亦止也。”王邦采《离骚汇订》云：“远集者，犹旁求之意。”“旁求”是引申的说法，亦通。而，转折连词，却。裴学海先生《集释》云：“‘而’犹‘乃’也。一为‘却’义。”无所止，没有安身之处。王逸《章句》释为“无所之”即无处去，徐焕龙《屈辞洗髓》释为“无所托止”即无所居，王邦采《离骚汇订》释为“‘蹩蹩靡骋’之意”，皆义近可通。聊，姑且。浮游，漫漫而游，即无目的的游。以，连词，且。裴学海先生《集释》云：“‘以’，犹‘且’也。一为‘又且’之义。”逍遥，悠游自得。汪瑗《集解》云：“浮游逍遥，皆优游自适之意。”

在追求宓妃和简狄接连失败之后，屈原处于极度的矛盾苦痛之中：打算远走高飞吧，却没有落脚的地方，只得姑且漫漫而游、悠游徜徉。天路难通，求女又接连失利，屈原产生了改换思路的想法：到别的地方去看看，又该怎样呢？但这一想法刚一露头，就遭到了自我否定——即便“远集”也“无所止”！屈原已到了山穷水尽、无路可走的地步。当此，他只好安慰自己，姑且以“浮游逍遥”的方式为自己释压。对“浮游”“逍遥”的理解，王逸《章句》解为“且游戏观望以忘忧”，钱杲之《离骚集传》解为“翱翔自得”，汪瑗《集解》解为“优游自适”，皆从表象释义，错解了屈子的一片怨情。实际上，屈子做出这样一副貌似悠游自得的姿态，与《九歌·湘君》之“聊逍遥兮容与”相同，均属故作潇洒，旨在委婉地抒发无可告语的辛酸，而这种毫无目的的漫漫而游，正是失路之人百无聊赖的表现。王邦采《离骚汇订》云：“浮游逍遥，中情之靡定也。”可谓屈子之知音。

“欲”这一能愿动词，刻画了屈原当下的心理活动，描述了他退而求其次的心路里程；“聊”这一副词，把屈原当时无所适从的心态凸显出来，表现了英雄失路的悲哀。而这些看似无关紧要的字词，正是诗人用心最多、读者用力需深的地方。

及少康之未家兮，留有虞之二姚。

及，趁着。少康，夏君相之子，夏代中兴之主。王逸《章句》云："少康，夏后相之子也。"之，尚，还。裴学海先生《集释》云："'之'，犹'且'也，'尚'也。"未家，没成家，没有娶妻。钱杲之《离骚集传》云："未家，未有家室也。"汪瑗《集解》云："未家，犹未娶也。"留，留在家里没有出嫁。有虞，上古部落名，姚姓，舜之后。之，结构助词，的。裴学海先生《集释》云："'之'，口语之'的'也。"二姚，有虞部落首领的两个女儿。《左传·哀公元年》载，夏后相为浇所杀，其妻后緡身怀少康回到了有仍的娘家，生下少康。其后少康受寒浞所迫，流于有虞，有虞首领将自己的两个女儿嫁给了少康。因有虞氏为姚姓，此二女子故称"二姚"。

屈原在毫无目的的漫游过程中，想起了"二姚"：趁着少康还没有娶亲，二姚还留在娘家没有出阁，开始新的追求吧。对"留有虞之二姚"的解释，历代学者大抵有如下两种说法：一者谓屈原把二姚留下嫁给自己，此说以朱熹为代表。朱熹《集注》云："既失简狄，欲适远方，又无所尚，故愿及少康未娶于有虞之时，留此二姚也。"一者谓有虞氏留下了二姚嫁给屈原，此说以汪瑗为代表。汪瑗《集解》云："留者，屈原谓及少康之未娶，欲有虞留止二姚以待己也。"二说似皆不妥。因为这一节的中心内容是屈原求女，他注意到了少康未娶、二姚还留在家里没有出阁这个事实，觉得自己又有了新的追求机会。需要注意，宓妃、有娀氏佚女和二姚都是神话人物或前代历史人物，均属想象中的情景，都是为了抒情的需要，绝不可坐实其事。

"及"这一动词所领属的内容，不只包括"少康之未家"，同时也包括"留有虞之二姚"。正因为少康还没有娶亲，而二姚还留在家里没有出阁，屈原才有了追求二姚的机会，而绝非如古人所云乘少康流亡之机而夺人之爱！而且，这个动词也表现了屈原"求女"的迫切性和连贯性。

理弱而媒拙兮，恐导言之不固。

理，媒人。汪瑗《集解》云："理，媒之别名也。"陈第《屈宋古音义》云："理，即'蹇修为理'之理。"钱澄之《屈诂》云："理与媒皆为导言者也。"弱，黯弱无能。王逸《章句》云："弱，劣也。"钱杲之《离骚集传》云："弱，犹不足也。"而，顺接连词，又，表示后者是对前者进一步情况的说明。裴学海先生《集释》云："'而'犹'又'也。"拙，笨。王逸《章句》云："拙，钝也。"恐，担心。导言，传话，传达心声。之，是。裴学海先生《集释》云："'之'，'是'也。一为'是非'之'是'。"不固，不牢靠。

屈原发现有虞二姚留而未嫁，便欲与之通好：但派去传达情意的媒人黯弱无能又口齿笨拙，我担心他传达的话儿走了样而不能结两姓之好。与前次求有娀佚女一样，这也是屈原在追求二姚之前所作的推想，并未真正付诸实施。因而，朱熹说："盖不待其不合，而已自知其必无所成也。"至于此行终将无果的原因，历代学者说多近似。陆善经《文选离骚注》云："辞理懦弱，媒氏拙短，恐相导之言不能坚固，复更迴移。"汪瑗《集解》云："导言不固，盖媒理者，所以传达二家之言以成二姓之婚者也。今才质拙弱，则不长于言词，而不能固结二家之好合矣。"钱澄之《屈诂》云："弱则不能力争，拙则不能善道，是为'导言之不固'。"戴震《屈原赋注》云："为理者弱而不堪治事，为媒者拙而无善辞，恐终不可求也。"显然，正是由于"理弱而媒拙"，屈原对有虞二姚的追求，还没有进入实质性环节，就已经破产了。

需要注意，屈原是一个有强烈忧患意识的人，他不只忧患国家和君王，更忧患自己。他忧患自己的老去，忧患自己的理想抱负，忧患自己的品德修养，甚至忧患自己的行动助手。求简狄的过程，因忧患媒人鸩、鸠的品质及凤凰受人之诒而作罢；此次求有虞二姚的过程，又因忧患媒理黯弱蠢笨而告吹。此次失败的尝试旨在说明，知音难得的第三个瓶颈问题是助手的素质。这是屈原的第三次求女经历。

至此，屈原的三次求女均以失败而告终。但这三次追求过程，只有第一次求宓妃落到了实处，后面这两次均在展开追求之前就自行否定了，这由前后两个“恐”字即可看出。王邦采《离骚汇订》云：“实言求之者，只第一节耳。第二、第三节，俱欲求而中止，玩两‘恐’字便见。”

世溷浊而嫉贤兮，好蔽美而称恶。

世溷浊，世道混乱污浊，概指天地四方与楚国而言。而，并列连词，又，表示后者是对前者进一步情况的说明。裴学海先生《集释》云：“‘而’犹‘又’也。”嫉，因人强于自己而怨恨。贤，有道德、有才能的人。好，喜好，喜欢，表示某种感情倾向。蔽，掩盖，这里指抹煞。美，指美好的事物和美好的品德。而，并列连词，又。同上。称，称扬。王逸《章句》云：“称，举也。”恶，与“美”相对，指丑恶的事物和丑恶的品德。

屈原从三次求女的幻想中回到现实，重又将天地四方与楚国等同起来，以冷静、客观的视角审视眼前的世界，再次痛诉了世道的混浊不堪和小人们的嫉贤妒能：世道是这样混乱污浊，小人又是这样嫉贤妒能，他们既喜好抹煞美善的事物，又喜好称扬丑恶的事物。洪兴祖《补注》云：“再言‘世溷浊’者，甚之也。”朱熹《集注》云：“再言世之溷浊而嫉贤蔽美，盖以为虽四方之远，而其风俗之不美，无以异于齐州也。”林云铭《楚辞灯》云：“欲求与我同类之人，天上天下，或遇谗间，或乏任使，而所往皆不合。因思天上天下，溷浊嫉贤，亦与世无异也。”世道是怎样的“溷浊”呢？就屈原的切身感受讲，就是那班小人“嫉贤”；而他们又是怎样“嫉贤”的呢？在屈原看来，就是他们喜好“蔽美”而“称恶”。而在小人，“蔽美”与“称恶”两种手段又是相反相成的：要“蔽美”就要“称恶”，而“称恶”就必须“蔽美”。因为“蔽美”只突出了人性的庸俗，而“称恶”则揭示了人性的罪恶。这样看来，“蔽美”只是“称恶”的铺垫，而“称恶”才是“蔽美”的最终目的。人心如此，所以屈原才说世道溷浊。

文中两个“而”字，意义不尽相同，前者将“世溷浊”具象为“嫉贤”，后者将“蔽美”与“称恶”联姻，真是四两拨千斤！而一“蔽”一“称”，一“美”一“恶”，又把奸佞小人颠倒是非的险恶用心和手段形象地揭露出来，用笔省净，又入骨三分。

闺中既以邃远兮，哲王又不寤。

闺中，指女子居处的内室，此处代指上文所求之宓妃、简狄和二姚。徐焕龙《屈辞洗髓》云：“闺中，即神妃所处。”王逸《章句》云：“小门谓之闺。”既，连词，既然。以，通“已”，已经。邃远，深远。王逸《章句》云：“邃，深也。”哲王，聪明的君王，有揶揄之意。徐焕龙《屈辞洗髓》云：“哲王，指楚怀。犹呼为‘哲’者，天王明圣之意。”王逸《章句》云：“哲，智也。”又，复。裴学海先生《集释》云：“‘又’，‘复’也。”寤，醒悟。王逸《章句》云：“寤，觉也。”

因为求女不利，更因世道溷浊，所以，屈原感叹：香闺既已那样深远而空劳牵挂，而聪明的君王又始终不肯醒悟。对于“闺中邃远”的理解，向来分为两说：其一，认为“闺中邃远”指身处邃远闺中之人，即下文所谓“哲王”。王逸《章句》云：“君处宫殿之中，其闺深远，忠言难通，指语不达。”吕延济、王应麟等从之。洪兴祖《补注》对此作了进一步延伸：“‘闺中既以邃远’者，言不通群下之情；‘哲王又不寤’者，言不知忠臣之分。怀王不明而曰‘哲王’者，以明望之也。”其二，认为“闺中邃远”是对上文三次求女的总结，“哲王不寤”是对“世溷浊而嫉贤”的概括。朱熹《集注》云：“盖言宓妃之属不可求也。”其后闵齐华、李陈玉、李光地、蒋骥、胡文英等从之。徐焕龙《屈辞洗髓》云：“闺中即神妃所处，既深邃辽远，不可复通，承上‘求宓妃’至‘导言不固’而总结之。哲王指楚怀，犹呼为‘哲’者，天王明圣之意，今又熟睡不寤，承上‘溷浊嫉贤’而窃叹之。”真善读书者！两说相较，后者为强。

从文章结构学的角度讲，自“世溷浊”至“怀朕情”六句，是由求女情节向问卜情节的过渡。作为过渡，它既要对上文有一个概括性的总结，又要为下文牵出一个引子，这个总结就是“闺中邃远”，而这个引子则是“哲王不寤”。因为“哲王不寤”，所以要寻求除陈词重华、进阶天帝、三次求女之外的另一个解脱法门：问卜于大巫灵氛和巫咸；从语言学的角度讲，“既……又……”这一古关联词连接起来的两个分句构成的复句，表示“闺中邃远”和“哲王不寤”两种情况同时存在，二者之间的关系不是递进，而是并列。所以，这是“花开两朵，各表一枝”的意思。

怀朕情而不发兮，余焉能忍而与此终古？

怀，怀藏，心里藏着。汪瑗《集解》云：“怀，匿也。”情，忠爱之情，即“孰云察余之中情”之“中情”。而，转折连词，却。裴学海先生《集释》云：“‘而’犹‘然’也。一为转词。”不发，不能表达。汪瑗《集解》云：“不发，不达也。”焉能，安能，怎能。忍，隐忍，忍受。汪瑗《集解》云：“忍，犹耐也。”而，然，的样子。裴学海先生《集释》云：“‘而’犹‘然’也，一为状事之词。”一本无“而”字。与，介词，和，跟。此，代指上言“世溷浊而嫉贤，好蔽美而称恶”的污浊现实。陈本礼《屈辞精义》云：“‘此’字指蔽善称恶者言。”终古，终身。汪瑗《集解》云：“所谓‘终古’，是举己之终而言，犹曰‘终身’云耳。”

这两句诗从“闺中邃远”“哲王不寤”而来，正因“邃远”“不寤”，遂使其“中情”怀而难发：我怀着一片真情却无处倾诉，我怎能隐忍地跟此等浊世相处终生？“怀情而不发”五字沉痛！它将一种无处诉说的郁闷之态刻画了出来。李陈玉《笺注》云：“说不得，哭不得，笑不得，是谓‘怀情不发’。”自女媭问其“孰云察余之中情”始，屈原所尝试的陈词重华、求解天帝和三次求女的行为，无一不是为了求得个人的“中情”为人所“察”，而寻求知音的目的就是要使这一“中情”得到认可！但结果是，他处处碰壁，事事不遂，心中的真情一直也没有地方倾诉。

“焉能忍”三字，将屈原终生的郁闷和盘托出，它说明，屈原在这样的浊世中一直隐忍着，从来也没有爆发过，这是怎样的抑郁啊？它与第一部分现实斗争中的“忳郁邑余侘傺，吾独穷困乎此时”的抒发遥相呼应，搭建了虚实相应又一唱三叹的神奇架构。陈本礼《屈辞精义》云：“忠贞报国，丹心碧血，九泉幽恨，尽此三字。”可谓独具慧眼。

以上是第三部分的第四层，求女不得。屈原的三次求女经历，体现了知音的难觅。这一系列求女经历，均属想象与幻想：宓妃是神话人物，为洛水女神，且与河伯有旧；简狄是传说人物，乃帝喾之妻，为商民族祖先；而二姚是历史人物，为夏君少康之妻。无论虚实，她们的年代均早于屈原，不是神人就是古人，所以不能作事实看待！王邦采《离骚汇订》云：“要皆大夫凭空设想，莫认作事实也。”从写作学的角度看，它只是一种象征性的表达载体，表现了屈原对知音的不懈追求。最后六句是过渡段。这个过渡段，既对求女情节作了总结，又引出了下文的别样探索。陈本礼《屈辞精义》云：“由其不能忍而与之终古，所以初卜之于灵氛，再决之于巫咸，终归之于远逝，为后文起顶过峡。”堪谓解人！

索琼茅以筳篿兮，命灵氛为余占之。曰：“两美其必合兮，孰信修而慕之？思九州之博大兮，岂惟是其有女？”曰：“勉远逝而无狐疑兮，孰求美而释女？何所独无芳草兮，尔何怀乎故宇？”世幽昧以昡曜兮，孰云察余之善恶？民好恶其不同兮，惟此党人其独异！户服艾以盈要兮，谓幽兰其不可佩。览察草木其犹未得兮，岂珵美之能当？苏粪壤以充帏兮，谓申椒其不芳。

索藑茅以筳篿兮，命灵氛为余占之。

索，拿来。王逸《章句》云：“索，取也。”藑茅，用以占卜的茅草。王逸《章句》云："藑茅，灵草也。"汪瑗《集解》云："藑茅，皆草名。"以，与，及。汪瑗《集解》云："'以'，犹'与'也。"裴学海先生《集释》云："'以'，'及'也。"筳篿，占卜用的竹枝。王逸《章句》云："筳，小折竹也。篿，楚人名结草折竹以卜曰篿。"从字形上看，"藑茅"二字属草部，"筳篿"二字属竹部，则为二物无疑，而处于其间的"以"字，当为连词。命，命令。灵氛，传说中的上古神巫，长于占卜。王逸《章句》云："灵氛，古明占吉凶者。"王邦采《离骚汇订》云："灵氛者，不必有其人，不必无其人，总是假托之词，亦或实有其事，无用喋喋也。"为，代，替。裴学海先生《集释》云："'为'犹'代'也。"占，推测吉凶。之，指示代词，即求女之事。

屈原在三次求女失利之后，有感于天上地下一片溷浊、闺中已经邃远、哲王又不能寤的现实，痛陈衷情难诉，表示不能再隐忍下去了！因而，他要寻求一条别样的路：我拿来占卜用的茅草和竹枝，让灵氛替我占了一卦。王逸《章句》云："欲去则无所集，欲止又不见用，忧懑不知所从，乃取神草竹筳，结而折之，以卜去留，使明智灵氛占其吉凶也。"占卜是一种巫术，是通过向冥冥之中的神灵问疑以决事的迷信活动。至于占卜是否有验，不得而知，而楚人崇神信巫却是不争的事实。一般来讲，人们占卜，往往是在迷茫失路、孤立无援的情况下采取的做法，屈原问卜就是在处处碰壁、无路可走的背景下进行的。一个人迷茫无助到求神问卜的田地，足见当时的楚国已溷浊到了怎样的田地！

屈原问卜的具体内容，文中只用了一个"之"字来代替，手法高妙！通过对前文的解读，可以推测得出问题的大概：它可能包括上文所及全部不如意的内容。但猜测毕竟是猜测，要知端底，只能从下文灵氛的判词中寻找答案！

曰："两美其必合兮，孰信修而慕之？

曰，指灵氛在占卜之后解释卦象的判词，即"卦象上说"。张铣《文选五臣注》云："曰，灵氛语辞也。"两美，犹言"一对好男女"，比喻明君贤臣。朱熹《集注》云：“两美，盖以男女俱美，比君臣俱贤也。”又云：“此亦托于男女而言之。”其，副词，将。裴学海先生《集释》云：“‘其’，犹‘将’也。”必合，一定能遇合。孰，无指代词，谁，指楚国人中的任意一个。信，真的。修，美洁。戴震《屈原赋注》云：“信修，洵能好修者也。”而，转折连词，乃，才，表示其后的动作发出者发生了变化。裴学海先生《集释》云：“‘而’犹‘乃’也。一为‘才’义。”慕，仰慕。之，他，代指前面的“孰”。

灵氛占卜后对屈原讲：卦象上说，一对好男女将来必有遇合的机会，只是有谁真正修美才值得你仰慕呢？汪瑗《集解》云：“‘两美’以下四句，盖占卜之兆词，灵氛述之以告屈子者也。”说得并不全对！表面看来，这两句话似乎是自相矛盾的：既然将来能够两美相合，则必须以“信”“慕”为基础，不然必不能相合，更不配称作“两美”了。那么，是屈原写错了，还是灵氛说错了呢？都不是！前头“两美其必合”是灵氛解释卦象的话，卦象上显示，屈原“将来”必有两美相合的机遇。句中这个易为人忽略的“其”字就显得非常重要了！“其”是“将来”的意思，它说明“必合”是有的，但不是现在，而是“将来”！后面这句“孰信修而慕之”的话，不是卦象上的话，而是大巫灵氛替屈原说的话：虽然如此，全楚国有谁会真正修洁并值得你仰慕而与你“两美必合”呢？言外之意是：在楚国，你是找不到知音了！你要想找到一个“必合”的、值得你仰慕的“信修”之人，还是到外边去看看吧！朱熹《集注》云：“言两美终虽必合，然楚国孰有能信汝之修洁而慕之者？宜以时去也。”对“信修而慕之”的解读过于周章！至于“两美”遇合的意义，自王逸把“两美必合”解为“忠臣就明君”始，已成定调，其后王夫之“君臣道合”、蒋骥“良臣必遇明君”、陈本礼“君圣臣良”等皆从之。

此段文章的过脉非常巧妙：由“其必合”引出“国无人”，再由“国无人必合”引出“九州博大”，运笔缜密精巧！这当然是“其”字的功劳！没有这个字，屈原就只能在楚国死靠，后面的思想斗争也就不存在了。而后一句中表示主语转换的“而”字，对正确理解全句，乃至自然引出到九州去的话题，意义也非同小可。如《诗经·邶风·静女》“薆而不见”句中的“而”字，起到的就是主语转换的作用。

思九州之博大兮，岂惟是其有女？”

思，此为灵氛启发屈原思考之词，即“请你想一想”。九州，《禹贡》九州指冀、兖、青、徐、扬、荆、豫、梁、雍，此处泛指天下。之，是。裴学海先生《集释》云：“‘之’犹‘是’也。一为‘是非’之‘是’。”博大，区域广阔。岂，难道。裴学海先生《集释》云：“‘岂’，反诘之词也。”惟，唯独，只有。裴学海先生《集释》云：“‘惟’，‘独’也。字又通作‘唯’。”是，此，此地，指楚国，一说指上文所列求女之处。刘梦鹏《屈子章句》云：“‘是’，指‘此处’而言。”戴震《屈原赋注》云：“惟是，谓宓妃之所在，及有娀、有虞也。”陈本礼《屈辞精义》云：“‘是’字指上春宫、洛水、瑶台等处言。”其，乃，才。裴学海先生《集释》云：“‘其’犹‘乃’也。”有女，有美女，有明君之比。王夫之《通释》云：“‘有女’之‘女’如字。”依上文“两美其必合”与下文汤、禹、武丁、周文用人的故事，可以推知，屈原所谓求女即喻指求君，而君必为自己之知音。

灵氛为其占卜的结果是“两美其必合”，而楚国无信修之人值得仰慕，那样说的目的，就是要祭出这一主张：请你想一想，九州是多么辽阔而广大啊！难道说只有这个地方才有美女吗？灵氛的意思是劝屈原走出去，到别的国家去寻找知音、实现理想。朱熹《集注》云：“此亦灵氛之词。美女以比贤君，求美以比求贤。”王夫之《通释》云：“以婚姻譬臣主相遇，言不必楚乃可仕也。”林云铭《楚辞灯》云：“天下之大，必有同类者，岂但楚国有之？”均从象征层面解释了“求女”，是透过一层的解读；戴震《屈原赋注》云：“承前求女徒拘于是数地，而更言九州之广何地无贤，卜其往有所遇否也。”则是从表象层面进行的说明。需要注意的是，《离骚》的前半篇是对个人现实斗争的回忆，而后半篇则是思想斗争的表述，其中的情节均为想象和幻想的产物，屈原通过这些虚构的情节，生动地展示了思想上的矛盾与斗争。这样，此处灵氛启发他出游的想法，实际上就是屈原自己的想法。吴世尚《楚辞疏》云："二句乃灵氛意中之言，所以阴破屈原'皇皇如也'之意，而不声之于口者也。"说得有一定道理，而将屈原对知音的追求等同于"三月无君，皇皇如也"的官儿迷作派，显然是对屈原的诬蔑。我们更不能因为屈原曾有过这样的思想波动，就否定他的执著和纯洁，恰恰相反，正因如此，他才显得更加伟大而坚贞。

前面说过，"命灵氛为余占之"中的"之"字，巧妙地隐藏了屈原问卜的内容，而这个内容就在这两句诗里，这种写作技巧就是"以答代问"。以答代问能够省去许多笔墨，使文章更为含蓄省净。贾岛《访隐者不遇》之"松下问童子，言师采药去。只在此山中，云深不知处"，只写了童子的答词而没写访者的问话，实际上，童子的三句答辞已把访者"尊师在否""尊师何往"的两问写出。这里的"之"字，也有这种功效。

曰："勉远逝而无狐疑兮，孰求美而释女？

曰，灵氛接着说。以下亦为灵氛的启发诱导之辞。鲁笔《楚辞达》云："再言'曰'者，叮咛之辞。"勉，尽力地。远逝，远走高飞，指离开楚国到别国去。而，应当。裴学海先生《集释》云："'而'犹'当'也。"无狐疑，不要犹豫不决。胡文英《屈骚指掌》云："无狐疑，见原之不忍去而令其决计也。"无，通"勿"，不要。狐疑，犹豫不决。狐性多疑，每渡冰河，且听且渡，后用以称遇事犹豫不决。孰，谁，哪一个。求美，寻求美人，喻指寻求人才。而，其，能。裴学海先生《集释》云："'而'犹'其'也。字或作'能'。按'而'与'其'同义，古书多通用。"释，放弃。女，通"汝"，指屈原。钱杲之《离骚集传》云："'女'与'汝'同。"

灵氛先是解释了"两美其必合"的卦象，接着又指出了楚国无人可求的现实，进而启发屈原：“十步之内，必有芳草”，天下之大，美女尽有，你千万不要指望在这一棵歪脖子树上吊死了！此两句，起手又用了一个“曰”字，看似寻常，却大有深意！灵氛讲完以上四句释卦和指迷的话，稍作了一下停顿，这个停顿有欲言又止而终不得止的意思，也有看他表情犹豫不决继续劝导的意思。而灵氛的话说到这个份儿上，屈原陷入了极端的矛盾和沉思之中。所以，灵氛又进一步为他预想了前途，明确指出了离开楚国的可行性：你尽力远走高飞吧！不要再犹豫不决了！哪一个追求佳偶的人会对你弃置不理呢？任望先生《屈原辞译注》云：“灵氛见屈原沉默不语，接着又说了以下四句劝导的话。”可谓切中肯綮！洪兴祖《补注》云：“再举灵氛之言者，甚言其可去也。”朱熹《集注》云：“天下之大，非独楚有美女，但当远逝而无疑，岂有美女求贤夫而舍汝者乎？”林云铭《楚辞灯》云：“更端而言，令其去楚。”王夫之《通释》云：“再言‘曰’者，卜人申释所占之义。谓原抱道怀才，求贤者自不能舍。”均直击要害。从战国时期楚材晋用的社会大环境和屈原出类拔萃的德行才干看，灵氛“孰求美而释女”的话绝非随意奉承、虚与委蛇。

句中的两个“而”字，需要引起高度注意！前者释为“当”，突出了出行他国的必然性；后者释为“能”，增强了价值判断的确定性。

何所独无芳草兮，尔何怀乎故宇？”

何所，何处，什么地方。独，单单。裴学海先生《集释》云：“‘独’，‘单’也。”芳草，香草，比喻理想的美人。汪瑗《集解》云：“芳草，比美女也。”王夫之《通释》云：“芳草，谓君也。”尔，你，指屈原。何，为什么。怀，怀恋。王逸《章句》云：“怀，思也。”乎，介词，于。故宇，旧居，指楚国。钱杲之《离骚集传》云：“故宇，故所居也。”汪瑗《集解》云：“故宇，旧居也。”

世上哪里没有芳草呀？你又何必怀恋你的旧居呢？这两句承上“勉远逝而无狐疑，孰求美而释女”而来，上言求美之人不会忽略你的存在，此言处处都有求美之人在，则“两美其必合”的愿景即在眼前矣！既然如此，你又何必再怀恋让你伤透了心的旧居呢？灵氛真是伶牙俐齿，说话的层次何其清晰，真有“撮合山”的能力！“何所独无芳草”的意思，实际上就是处处都有芳草，这个“芳草”的象征意义就是美女。它与前文“岂惟是其有女”一起，说明了处处皆有美女、处处皆能实现抱负的道理，而一实一虚，前后呼应，文情摇曳生姿。苏轼【蝶恋花】《春景》所谓“天涯何处无芳草”的洒脱，与“多情却被无情恼”的懊烦，皆脱胎于此。朱熹《集注》云：“‘何所独无芳草’，即上章‘岂惟是其有女’之意，又申言之而勉其行，亦灵氛之言也。”钱澄之《屈诂》云：“‘两美必合’，岂有原求美而美能舍原者？原以求女占，氛即以求女对，又非上文求女意也。‘远逝无疑’，亦太史公所云‘以彼其材，游诸侯，何国不容’之意也。”而“尔何怀乎故宇”一句，由“两美其必合”引出，看似水到渠成，却将屈原内心真正的纠结揭示出来——他所追求的知音也好，美女也罢，都是基于他的“故宇”呀！贺宽《饮骚》云：“占者云云，古诗所谓‘此处不留人，自有留人处’也，而岂原之心哉？”也是一针见血！王夫之《通释》云：“古者三谏不从，则去之他国。战国之士，旦秦夕楚，立取卿相。以原之才，何患乎无君？故卜有此象，示以决去。”更将战国时代楚材晋用的风习和屈原的资质结合起来，指出了必去的可行性。

以上是灵氛为屈原占卜释卦的内容。灵氛占卜是屈原在求女失利之后试图寻找出路的第一个环节，而灵氛给他的解释是：两美必将有遇合的机会，但楚国却没有真正修美而值得你信任的人；九州之辽阔广大，不止你这里才有美女呢！你尽情地远走高飞吧，不必犹豫不决，凡是想求美的人，谁也不会忽视你的存在。“天涯何处无芳草”，你何必苦恋你这一亩三分地呢？蒋骥《山带阁注楚辞》云：“灵氛之言止此。盖上言‘闺中邃远’，即狐疑之意；言‘哲王不寤’，其意未忍忘楚，即怀故宇之意；故以灵氛言决之，大意为好修者必有合，然于楚则万无望也。”王邦采《离骚汇订》云：“灵氛一段，蒙求女而言。大夫之求女，求之楚境也。灵氛则劝其求之九州，乃求女余波也。”灵氛给屈原指出的是一条楚材晋用的去国之路，这对于忠君恋阙的屈原来说，无异于釜底抽薪！

世幽昧以眩曜兮，孰云察余之善恶？

世，世道。幽昧，幽深昏暗，即黑暗。王夫之《通释》云：“是非不察曰幽昧。”以，又且。裴学海先生《集释》云：“‘以’犹‘且’也。一为‘又且’之义。”眩曜，惑乱貌，令人迷乱貌。王逸《章句》云：“眩曜，惑乱貌。”一本作“眩曜”。洪兴祖《补注》云：“昡，日光也，其字从‘日’。眩，目无常主也，其字从‘目’。”林云铭《楚辞灯》云：“眩曜，昏暗瞀乱。”云，能。裴学海先生《集释》云：“‘云’犹‘能’也。楚辞《离骚》篇：‘孰云察余之中情……孰云察余之善恶。’”察，明辨，看仔细。余，我，屈原自指。之，结构助词，的。裴学海先生《集释》云：“‘之’，口语之‘的’也。”善恶，好与坏。此处为偏义复词，指善。

当听到灵氛劝其不要留恋故宇、应到其他地方寻找“芳草”时，屈原内心又展开了激烈的思想斗争：世道幽深昏暗而国人眼光昏瞀，当此，有谁能明辨我的美善呢？意谓楚国上下漆黑一团，人们眼光昏瞎，不会有能赏识自己的知音了。显然，屈原受到了灵氛劝离的刺激，又想起了自己过往的痛苦经历。此番叙述，是对个人现实斗争经历的高度浓缩。李陈玉《笺注》云：“自‘世幽昧以眩曜兮’起，至‘谓申椒其不芳’止，共十句，屈原因灵氛之告，触发其不平之感。”自此以下十句，屈原自抒胸臆，极言楚国之黑暗，印证了灵氛所谓“孰信修而慕之”的委婉劝诫，为其“欲从灵氛之吉占”的打算做了铺垫。王夫之《通释》云：“‘世幽昧’以下，极言楚君臣之不足有为，以见不可复留之意。”蒋骥《山带阁注楚辞》云：“此原自念之辞。盖因灵氛之言，睠顾楚国，而觉其真不可留也。”两者皆近情理。

“眩曜”一词，因版本不同，一作“昡曜”，二者分属两个偏旁。若为“日”字旁，则“幽昧”与“昡曜”的主语均为“世”，言世道黑暗而惑乱；若为“目”字旁，则“幽昧”的主语为“世”，而“眩曜”的主语就转换为下一句的“孰”了。两说虽皆可通，而相较之下，后者似更近情：因为前句说世道黑暗而国人眼光昏瞀，后句紧跟着说没有人能“察余之中情”就很自然了。如此看来，读书识版本的确是很重要的。

民好恶其不同兮，惟此党人其独异！

民，人，概指天下所有人。王逸《章句》云：“天下万民。”好恶，爱憎。吕向《文选五臣注》云：“好，爱；恶，憎也。”其，是。裴学海先生《集释》云：“‘其’犹‘是’也。一为‘是非’之‘是’。”惟，唯独，只有。裴学海先生《集释》云：“‘惟’，‘独’也。字又通作‘唯’。”此，特指，这些。党人，指楚国政权集团内部结党营私的小人。党，洪兴祖《补注》云：“党，朋党，谓椒、兰之徒也。”其，是。同上。独异，尤其不一样。

对这两句诗的解释，历代学者的观点最是五花八门！尤其是将“党”释为“乡党”一说，更为支离轇轕，兹不赘。前面两句诗说：时代黑暗，人皆昏瞀不明，致使天下没有谁能明辨我的美善。这里紧接着又说：人们的爱憎是各不相同的，只有这些党人们的爱憎标准与常人尤其不同。朱熹《集注》云：“言人性固有不同，而党人为尤甚也。”钱澄之《屈诂》云：“世皆不察善恶，而更思未有如楚人之甚者也。民好恶容有不同，而党人好恶相反，可好者恶之，可恶者好之，是以芳草终不见御。”仔细品味，这两句诗有潜台词：爱憎不同的常人都认识不到我的美善，至于那些标准独异的党人，他们非但看不到我的美善，甚至还会用他们特别的标准来衡量我！这样看来，灵氛“孰信修而慕之”的委婉劝诫的确就是一个不争的事实了，而“尔何怀乎故宇”的忠告又确实成了一个亟待思考的问题。

关于“民”字之所指，我曾在《试析〈离骚〉中的“民”字》一文中作过讨论，认为“民”字多解，或自指，或他指，或复数，或单数，须随文而定。在这里，“民”字应该是他指复数，包括一切人，也包括屈原自己；“惟”与“独”的搭配也很有趣味儿，它们把党人们异于常人好恶的独自性和特殊性作了双层揭露，用词非常考究！

户服艾以盈要兮，谓幽兰其不可佩。

户，名词作状语，家家户户，指党人们。服，佩戴。钱杲之《离骚集传》云：“服，犹佩也。”艾，艾草，又称萧茅、冰台、遏草、香艾、蕲艾、艾萧、艾蒿、蓬蒿等，属多年生草本植物，或略成半灌木状，植株有浓烈香气，屈原将其目为恶草。王逸《章句》云：“艾，白蒿也。”以，乃，竟，表示程度出乎意料。裴学海先生《集释》云：“‘以’犹‘乃’也。”盈要，满腰。王夫之《通释》云：“盈要者，佩之周要也。”盈，满。王逸《章句》云：“盈，满也。”要，古“腰”字。洪兴祖《补注》云：“‘要’与‘腰’同。”谓，说。幽兰，指长在幽僻之地的兰草，古人认为，兰草生长在幽僻之处才会香气悠长。其，是。裴学海先生《集释》云：“‘其’犹‘是’也。一为‘是非’之‘是’。”不可，不能。佩，佩戴。

上文指斥党人好恶“独异”，还只是概括性的叙述，并没有明确指出其如何“独异”，这里则对其予以了详细的诠释性描述：他们家家户户都把艾草挂满腰间，反而说兰草是不能佩戴的东西。王逸《章句》云：“言楚国户服白蒿，满其要带，以为芬芳。反谓幽兰臭恶，为不可佩也。”这就是党人“独异”的“好恶”标准！他们不是香臭不分，而是以臭为香，以香为臭，颠倒是非！他们这种颠倒是非的能力是非常普遍而强悍的：从“户”字里即可体味得出，党人是带有较广泛的团伙性质的；从“盈”字里又可体味得出，党人对臭草的强烈喜爱程度是无以复加的。前面讲过，屈原在三次求女失败之后，感慨“世溷浊而嫉妒，好蔽美而称恶”，我说，在奸佞们一方，因为“嫉妒”必须“称恶”，为了“称恶”必须“蔽美”，三者是相反相成的。这里也是如此，为了证明“服艾”的合理性和合法性，他们家家户户把臭恶的艾草挂了个满腰，又硬是把幽香的兰草说成是不能佩戴的东西。

屈原为什么要揭露党人“户服艾以盈要，谓幽兰其不可佩”的“独异”好恶呢？朱熹《集注》云：“服之满要，而反谓兰为臭恶而不可佩，言其亲爱谗佞而憎远忠直也。”从象征的角度对这两句诗进行了诠释，是透过一层的意思。蒋骥《山带阁注楚辞》云：“世人多蔽，故未必能察余之善恶。然其好恶不齐……唯有如楚人之风气独殊，乃至好恶恶善，比户如一，若下文所云也。盖其同者，乃其所以为异，以证楚之不可怀也。”则是从文章意脉的角度，理清了上下文之间的关联，指出了“楚之不可怀”的原因，最切情实！屈原的这番陈述，既为灵氛的“远逝”之勉作了有力的补充，又为自己“欲从灵氛之吉占”的打算作了坚实的铺垫。

一个“户”字，道出了党人佩艾的普遍性；一个“盈”字，画出了党人崇艾的特殊性；而其间的“以”字，又凸显了党人这一好恶出人意料的程度。单看其用词遣句的考究，屈原真无愧于文学巨匠的称号！

览察草木其犹未得兮，岂珵美之能当？

览察，看仔细，看清楚。任望先生《屈原辞译注》云：“览察，察看，这里是通过察看加以辨别的意思。一二两句共用这一动词词组。”览，临视，贴近了看。李周翰《文选五臣注》云：“览，视也。”察，看清楚。王逸《章句》云：“察，视也。”同为看的动作，二者意义微殊。草木，特指上文提及的“艾”和“兰”。其，尚且。裴学海先生《集释》云：“‘其’犹‘且’也。一为‘尚且’之义。”犹，还。未得，不能，指不能辨得清香臭。岂，何，怎么。裴学海先生《集释》云：“‘岂’，反诘之词也。‘岂’，‘何’也。”珵美，美玉之美。王逸《章句》云：“珵，美玉也。《相玉书》言：‘珵大六寸，其耀自照。’”汪瑗《集解》云：“珵，屈子自喻也。”之，代词，复指“珵美”。裴学海先生《集释》云：“‘之’，指事之词也。或有于句中倒用者。”能当，能够胜任。汪瑗《集解》云：“能当，犹言堪任也。”钱澄之《屈诂》云：“当，当所值也，言识其贵重也。”

上言党人“服艾盈要”而谓“幽兰不可佩”，此处又申说他们“览察草木其犹未得”，进一步指出他们更缺乏识别美玉之美的能力：他们观察草木尚且不能辨其香臭，又怎能担当识别珵玉之美的重任呢？王逸《章句》云：“言时人无能知臧否，观众草尚不能别其香臭，岂当知玉之美恶乎？以为草木易别于禽兽，禽兽易别于珠玉，珠玉易别于忠佞，知人最为难也。”层层剥离，由表及里，可谓知味者！汪瑗《集解》云：“览察草木而犹未得其香臭之别，岂足以堪任辨夫玉之美恶乎？”钱澄之《屈诂》云：“草木且不知，况能知玉乎？”林云铭《楚辞灯》云：“草木且不辨其香臭，况美玉之价值！”诸家皆注意到了这种由此及彼的推理关系。屈原通过对世道黑暗、人心昏瞀、好恶不同、党人独异的揭露，将“岂珵美之能当”与“孰云察余之善恶”前后照应，完成了对自身所处恶劣环境的描述，印证了灵氛“孰信修而慕之”的委婉劝告，坚定了要“远逝”的想法。

以往著述，对文中“其”“之”“而”等虚词往往视为蔑如，令人费解！其实，这些虚词在句中的作用非常关键！一概以“虚词，无实意”或“语助词，无实意”来蒙混过关，往往造成语法认知上的错误。在这里，句中副词“其”是“尚且”之意，它用于这个复句的前一分句中，以引起后一分句更进一层的推论或质疑，增强了反诘的语气；句中代词“之”复指“珵美”，是疑问句中宾语前置的标志，打通了这个环节，“岂能当珵美”这句话也就容易理解了。

苏粪壤以充帏兮，谓申椒其不芳。

苏，动词，取。王逸《章句》云：“苏，取也。”粪壤，粪土。王逸《章句》云：“壤，土也。”以，介词，用。裴学海先生《集释》云：“‘以’，‘用’也。”充，填满。王逸《章句》云：“充，犹满也。”帏，帷帐。钱杲之《离骚集传》云：“帏，单帐也。”王逸注为“香囊”，恐非。上文所举“户服艾以盈要”的是香囊，此处则不应再复说香囊了。

申椒，申地的花椒。其，是。裴学海先生《集释》云：“‘其’犹‘是’也。一为‘是非’之‘是’。”不芳，不香。《九歌·湘夫人》“播芳椒兮成堂”，即为以花椒和泥涂抹屋壁的意思，可见此处的申椒也是用于内室修饰的，由此可以印证“帏”指的就是帷帐。

党人们拿粪土填满了帷帐，反而说申椒的味儿不香。上言党人“服艾盈要”而谓“幽兰不可佩”，此言党人“粪壤充帏”而谓“申椒不芳”，重申了党人“独异”的好恶标准。在其所“好”的“独异”标准上，他们还有更离谱儿的表现：前此“服艾盈要”毕竟服的还是草木，如今“粪壤充帏”填的居然就是粪土了，真是每况愈下；而在其所“恶”的“独异”标准上，他们却是始终一贯的：前此说“幽兰不可佩”，如今又说“申椒不香”，真是积习难改！党人们的这种“好恶”表达，就是其“好蔽美而称恶”嘴脸的自我写照。钱澄之《屈诂》云：“好恶之异，不惟谓艾可服，而又甚焉，且取粪壤以充帏；不惟谓芳不可佩，而又甚焉，谓申椒其不芳。好恶倒置至此，灵氛谓‘孰信修而慕之’，其洵然矣，宜其劝远逝而无疑也。”诚为切中肯綮之言！

汪瑗《集解》云：“或曰‘苏粪壤’二句宜在‘不可佩’下，当是错简。”这个观点值得重视！屈原于灵氛劝离之后，思想上荡起了波澜。这一段表现内心波澜的自忖之辞，应该结于“览察草木其犹未得兮，岂珵美之能当”句，因为，感情抒发至此已神完气足，不容再有画添。此其一；上文“览察草木其犹未得”，也应包括此处“苏粪壤以充帏兮，谓申椒其不芳”这一“独异”的好恶。此其二。也就是说，正常的语序应该是：“民好恶其不同兮，惟此党人其独异。户服艾以盈要兮，谓幽兰其不可佩。苏粪壤以充帏兮，谓申椒其不芳。览察草木其犹未得兮，岂珵美之能当?”

以上是屈原问卜灵氛的环节。这一环节包括两个层次，一是灵氛占卜释卦和劝其远逝求美，一是屈原因之而进行的思想斗争。在思想斗争中，屈原回想往事，心理防线产生了松动。王夫之《通释》云：“此上托于卜占之辞，言楚国无可与居之人，当去楚以游他国，天下自有信任己而大用之者，亦士人择君之一道……原又言我非不知此，而不忍为耳！盖同姓之卿，恩深义重，天性所存，神鬼不能为之谋。此段但述卜意，不置辩者，素志自定，不待辨析而明也。”总结得较准确。

欲从灵氛之吉占兮，心犹豫而狐疑。巫咸将夕降兮，怀椒糈而要之。百神翳其备降兮，九疑缤其并迎。皇剡剡其扬灵兮，告余以吉故。曰：“勉陞降以上下兮，求榘矱之所同。汤禹俨而求合兮，挚咎繇而能调。苟中情其好修兮，又何必用夫行媒？说操筑于傅岩兮，武丁用而不疑。吕望之鼓刀兮，遭周文而得举。宁戚之讴歌兮，齐桓闻以该辅。及年岁之未晏兮，时亦犹其未央。恐鹈鴂之先鸣兮，使夫百草为之不芳。”何琼佩之偃蹇兮，众薆然而蔽之。惟此党人之不谅兮，恐嫉妒而折之。时缤纷其变易兮，又何可以淹留？兰芷变而不芳兮，荃蕙化而为茅。何昔日之芳草兮，今直为此萧艾也？岂其有他故兮，莫好修之害也！余以兰为可恃兮，羌无实而容长。委厥美以从俗兮，苟得列乎众芳；椒专佞以慢慆兮，樧又欲充夫佩帏。既干进而务入兮，又何芳之能祗？固时俗之流从兮，又孰能无变化？览椒兰其若兹兮，又况揭车与江离？惟兹佩之可贵兮，委厥美而历兹。芳菲菲而难亏兮，芬至今犹未沬。和调度以自娱兮，聊浮游而求女。及余饰之方壮兮，周流观乎上下。

欲从灵氛之吉占兮，心犹豫而狐疑。

欲，打算，想要。从，听从。之，结构助词，的。裴学海先生《集释》云：“‘之’，口语之‘的’也。”吉占，吉利的占卜之辞，指前面灵氛所云“勉远逝而无狐疑”那番劝离的话。心犹豫而狐疑，见前求二姚“心犹豫而狐疑”注。

经过前面的一番思想斗争，屈原回顾了楚国黑暗的社会现实，印证了灵氛“孰信修而慕之”的话，对“何所独无芳草”和“勉远逝而无狐疑”的劝离之语有了认同感，所以这里才说：我打算听从灵氛吉利的占辞远逝他乡，可是，心中疑惑不定又起嫌疑。“心犹豫而狐疑”，是左右为难的意思。“犹豫”表现了对出走他国的想法迟疑不定，而“狐疑”则是对违礼去国的行为心生嫌疑。王逸《章句》云：“言己欲从灵氛劝去之吉占，则心中狐疑，念楚国也。”钱澄之《屈诂》云：“原以灵氛之占为然，故曰‘吉占’。灵氛勉以‘无狐疑’，而不能不‘狐疑’也。”真可谓善读书者！王夫之《通释》谓之“原不忍背宗国，且尝受王之宠任，尤不忍绝君臣之义”，陈本礼《屈辞精义》谓之“原以宗国世卿，大义所在，岂可一朝舍去，臣事异姓”，以上诸家，均明确指出了屈原又决之于巫咸的主要原因，即“心犹豫而狐疑”，是左右为难、首鼠两端、犹豫彷徨之意。

句中的“欲”字，体现了屈原的彷徨，它将屈原那种欲行又止、瞻前顾后、恐慄探汤的心态和盘托出了；而所谓“吉占”之“吉”，显然透露了屈原对灵氛劝离之辞的认同。这两句诗，轻松地将问卜灵氛的情节自然过渡到了巫咸降神的情节，这一转换，体现了屈原对背楚离乡的怀疑和忠君恋阙的执著。

巫咸将夕降兮，怀椒糈而要之。

巫咸，古代大巫的通称。王逸《章句》云：“巫咸，古神巫也，当殷中宗之世。”洪兴祖《补注》云：“说者曰，巫咸，殷贤臣。一云，名咸，殷之巫也。”王夫之《通释》云：“巫咸，神巫之通称。楚俗尚鬼，巫咸降神，神附于巫而传语焉。”戴震《屈原赋注》云：“巫咸，殷之传天数者。”将，将要。夕降，黄昏时从天而降。王逸《章句》云：“降，下也。”怀，动词，怀里揣着。汪瑗《集解》云：“怀，包藏也。”椒糈，粽子。李陈玉《笺注》云：“椒糈，即今粽子。”王逸《章句》云：“椒，香物，所以降神；糈，精米，所以享神。”任望先生《屈原辞译注》曰：“椒浆（花椒泡的淡酒）和精米。”可备一说。而，连词，以，连接行为方式“怀椒糈”和主动词“要”。裴学海先生《集释》云：“‘而’犹‘以’也。”要，通“邀”，邀请，迎候。王夫之《通释》云：“要，迎也。”之，代词，他，代指巫咸。

前面讲到，屈原认为灵氛之占戳到了自己的心坎上，因而想要听之而去，但又念及自己是宗国之臣，因而心生犹豫和嫌疑。至此，屈原又站到了思想斗争的十字路口，有些左右为难了！为此，他只好再另找一位大神求证：巫咸将要在晚间从天而降，我怀揣着粽子前去迎候。屈原为什么还要请巫咸再占呢？首先，此时的他心理上产生了去与留的矛盾。钱澄之《屈诂》云："知远逝之当从，复去国之不忍，恋阙之情，未能决绝，故复决于巫咸。"其次，此时的他甚至对灵氛的"吉占"也产生了一丝怀疑。徐焕龙《屈辞洗髓》云："巫咸，古神巫，术更胜于灵氛者。巫咸夕将下，怀椒糈要之，欲其决灵氛之占果当从否。"说或可信。汪瑗、顾炎武、朱珔等，皆从文献学的角度撰鸿文往复证之。总而言之，再三求证就是屈原眷恋故国、不忍离楚的别样表现。奚禄诒《详解》云："疑灵氛劝去之言，而又卜巫咸，仍是眷恋不去也。"其说可信。

"怀"这个动词意蕴非常，生动有趣！人情，请人办事，给人送礼，只要合于礼法，自可光明正大，否则，就只能偷偷摸摸。屈原要离开宗国，在他自己看来是违背初心、不合礼法的，所以，给决疑的人带礼物是揣在怀里怕人看见的。

百神翳其备降兮，九疑缤其并迎。

百神，众神，形容随行神灵众多。汪瑗《集解》云："百神，谓天之众神。百者，概言其数之盛也。"翳，遮天蔽日、晦暗不明貌。王逸《章句》云："翳，蔽也。"王夫之《通释》云："翳，蔽空而下也。"其，然，的样子。裴学海先生《集释》云："'其'犹'然'也。一为状事之词。"备降，一起降临。汪瑗《集解》云："备降，犹言齐来也。"九疑，山名，即九嶷山，此处指九嶷山的众神。钱杲之《离骚集传》云："九疑，九疑山之神也。"汪瑗《集解》云："九疑者，谓九疑山之土神也。"缤，众盛貌。王逸《章句》云："缤，盛也。"张铣《文选五臣注》云："缤，众多貌。"其，然，的样子。同上。并迎，一起出迎。汪瑗

《集解》云："并迎，犹言齐接也。"迎，洪兴祖《补注》云："迎，迓也。"

这两句诗描述的是巫咸降神的情景。当巫咸接受了屈原的请求，施法降神时：百神黑压压一起从天而降，而九嶷山的神灵们也纷纷然一起来出迎了。关于"九疑缤其并迎"的对象，说者多有异议。归结起来大致有：一说九嶷山神迎接的是屈原。王逸《章句》以为"舜又使九嶷之神纷然来迎"以表达"知己之志"，朱熹《集注》更发挥之谓"舜又使九嶷之神纷然来迎己"，均认为九嶷山神纷然来迎的对象是屈原。一说九嶷山神也是屈原迎接的对象。王夫之《通释》释"并迎"为"皆要请之"，意谓九嶷山神也是屈原"怀椒糈而要"的对象。一说九嶷山神以地主身份与屈原一起迎接巫咸及百神。蒋骥《山带阁注楚辞》谓"并迎者，……九嶷居楚南，若地主然，故山神迎众神，并降以告原也"，意谓九嶷山神以"地主"身份代屈原去迎接天上的众神；钱澄之说得就更明白些了："百神皆降，巫咸与焉。百神降而九疑迎，九疑有地主之谊也。"

要弄清真相，理清这两句诗的句子成分是关键。这两句诗是严整的对句："百神"对"九嶷"，"翳"对"缤"，"其"对"其"，"备降"对"并迎"。句子的主干分别是"百神备降"和"九疑并迎"，而"翳"和"缤"形容的是"备降"和"并迎"的状态。百神是自天而降的神，九嶷山神是楚国的土著神；"翳"的本义是起障蔽作用的东西，这里形容众神自天而降时遮天蔽日、晦暗不明的状态，形容神之多。"缤"的本义是繁盛，形容九嶷山神迎接队伍的数量之众；"备降"之"备"与"并迎"之"并"，均形容范围之广已达极致，而一"降"一"迎"正是方向相对的两个动作。通过分析，不难发现二者"降"与"迎"的关系。句中的两个"其"字，均作"然"讲，是修饰各自前面那个形容词的，弄清了这个字，就确定了前面那个字的句子成分，也就弄清了全句的句子成分，从而避免了对诗句的误解。

皇剡剡其扬灵兮，告余以吉故。

皇，辉煌广大，上承百神备降而来，此处特指百神。朱熹《集注》云：“皇即谓百神，不必言天使也。”林仲懿《离骚中正》云：“皇，尊神之词。”剡剡，光芒四射貌。汪瑗《集解》云：“剡剡，犹燄燄，辉光貌。”其，然，的样子。裴学海先生《集释》云：“‘其’犹‘然’也。一为状事之词。”扬灵，显示神通。刘梦鹏《屈子章句》云：“扬灵，灵气发扬之谓。”以，介词，用，把。裴学海先生《集释》云：“‘以’，‘用’也。”吉故，吉祥的理由，指灵氛之占为“吉占”的理由。汪瑗《集解》云：“吉故，谓‘两美必合’也。”闵齐华《文选瀹注》云：“吉故，即灵氛吉占之故。”

百神光芒四射，显示出神通，他把灵氛之占所以为“吉”的理由告诉了我。巫咸是降神的大巫，百神降临时，附于巫咸之体，巫咸成为沟通人神的媒介，是神的代言人，他所说的话也就是神灵说的话。前面，灵氛的劝告只是给屈原指明了努力方向，并没有给出选择这一方向的理由，所以，巫咸降神的内容重在阐释灵氛之占所以为“吉”的缘故。李陈玉《笺注》云：“灵氛说吉，不知其故，此下乃告之。”自“勉陞降”以下，巫咸胪列了历史上明君贤臣成功遇合的一系列案例，反复说明灵氛之所谓“两美其必合”乃是在博大的“九州”内而非楚国本土实现的，从而证明了灵氛“远逝”之占就是“吉占”。戴震《屈原赋注》云：“巫咸致百神之言，证明所以宜远逝也。”

“告余以吉故”一句，领起了下文巫咸的一番言论。王邦采《离骚汇订》云：“‘告余以吉故’者，是会下文之意以立言。大夫欲求吉之故而不得，百神告以如下文‘榘矱之同’云云也。”

曰：“勉陞降以上下兮，求榘矱之所同。

曰，指巫咸传达天神旨意之语。朱熹《集注》云：“曰，记巫咸语也。”汪瑗《集解》云：“曰，巫咸词也。此下至‘百草不芳’四章十六句皆是。”勉，努力地。王逸《章句》云：“勉，强也。”陞降上下，上升下降，指上天入地。朱熹《集注》云：“陞降上下，陞而上天，下而至地也。”以，句中助词，乎，夫。裴学海先生《集释》云：“‘以’犹‘乎’也，‘夫’也。句中之助词也。”求，寻求。榘矱，法度。榘是画方的工具，矱是量长短的工具，此处用来代指法度。朱熹《集注》云：“榘，与矩同，所以为方之器也；矱，度也，所以度长短者也。”之，结构助词，的。裴学海先生《集释》云：“‘之’，口语之‘的’也。”所同，相同之处。孙诒让《札迻》以为“同”当作“周”，与下文“调”同属“幽”部，聊备一说。

上言“告余以吉故”，这里则总提“吉故”，这个“吉故”就是：努力地上下求索吧，（唯有如此才能）追求到志同道合的人。其言外之意是：你不上天入地地去追求，就不会有灵氛所说的“两美其必合”！“陞降上下”具体指的是什么，历来说法不一。一说是求君索臣。王逸《章句》云：“言当自勉强上求明君，下索贤臣，与己合法度者，因与同志共为治也。”屈原一生，惟求知己之君以成其美政大业，索贤臣当不在其求索范围之内；一说是经营周流。洪兴祖《补注》云：“升降上下，犹所谓经营四荒、周流六漠耳，不必指君臣。”意谓远离楚国，四处周游。朱熹《集注》云：“陞降上下，陞而上天，下而至地也。”与洪氏意见仿佛；一说是寻觅知音。钱杲之《离骚集传》云：“巫咸使原上下天地，求法度同于己者。”倾向于寻求志同道合之人。王邦采《离骚汇订》云：“巫咸开口便劝大夫择君，陞降上下，有慎于所择、惟吾所择二义，岂徒跋涉险阻之谓乎？”进一步把寻求志同道合之人的意义指向寻觅知音之君，并将其提升到“慎于所择、惟吾所择”的高度，可谓只眼独具！林云铭《楚辞灯》看得更真更透：“（陞降上下）指山川险阻言，亦劝其去国也……但求君德有同我者事之。”明确指出巫咸之劝就是“劝其去国”以图求得同德之君。巫咸这两句劝言，侧重于劝其往求。

灵氛劝说屈原“勉远逝”，巫咸劝说屈原“勉陞降”，前者侧重横向距离之远，后者侧重纵向空间之大，实际上都是一个意思，那就是劝“远行”。这是诗意的跌宕变化。而“勉”字体现了屈原离开祖国之举步维艰，侧面表现了他忠君恋阙的深沉情怀。

汤禹严而求合兮，挚咎繇而能调。

汤，即商代开国之君商汤。汤从严治吏、以宽治民。禹，即夏朝开国之君夏禹。禹勤于政事，划分九州。汤、禹同为儒家所推崇的前代圣人。严，庄重，恭敬。一作“俨”。王夫之《通释》云：“俨，敬也。谓敬贤以求一德也。”而，然，的样子。裴学海先生《集释》云：“‘而’犹‘然’也。一为状事之词。”求合，寻求志同道合之人。王逸《章句》云：“合，匹也。”挚，即伊尹，汤臣，杰出的政治家、思想家，中华厨祖，助商汤灭夏者。王逸《章句》云：“挚，伊尹名，汤臣也。”咎繇，即皋陶，禹臣，上古四圣之一，后世尊为中国司法始祖，以正直闻名天下。王逸《章句》云：“咎繇，禹臣也。”而，乃，才。裴学海先生《集释》云：“‘而’犹‘乃’也。一为‘才’义。”能调，能够相互调和。王逸《章句》云：“调，和也。”钱杲之《离骚集传》云：“调，犹同也。”王夫之《通释》云：“调，和也。谓上下和同也。”

自此以下十句，是巫咸所举“求榘矱之所同”的成功案例，旨在说明，你只要走出去，就有君臣遇合的机会。你看：商汤和夏禹恭恭敬敬地访求志同道合的人，伊挚和皋陶方能与他们上下同心。上下两句之间构成了因果关系，它表明，君臣调和的主动权掌握在君王手里，你要找到汤、禹那样的贤君，成为挚、咎繇那样的人，只能走出去。这是巫咸为屈原列举的走出去或可成功遇合的第一例。关于汤、禹“求合”：王逸以为是“求其匹和”，钱杲之以为是“求其配合”，皆侧重于君臣配合，未免笼统；王夫之以为是“求一德”，徐焕龙以为是“求合德之人”，皆指明君臣应同德同心。虽然“求合”概指寻求道合之人，而君臣之间重在合德，故王、徐之说近是。关于挚、咎繇“能调”：王逸以为是“调和阴阳而安天下”，主要考虑了伊挚以“燮理阴阳”的厨子理论治理国家的事迹，却忽略了此句与上句的因果关系（前句为因，后句为果）；朱熹、林云铭皆以为“始能调和而必合”，闵齐华以为是“有君必有臣”，意思比较模糊，理解颇费周章；而钱杲之以为是“能与同心”，王夫之以为是“上下和同”，则照顾到了“汤禹严而求合”的前提，符合语境。巫咸这两句劝言，侧重于劝其主动去寻求“严而求合”之君，前提是你得走出去。

句中两个“而”字的用法不同，看似小道，实关大体。前者位于形容汤、禹态度的形容词“严”之后，是状事之词，相当于“然”；后者位于单句的主语和谓语之间，且表示复句之间的条件关系，是“乃”的意思。《离骚》中这样的虚词非常多，不能一概视之为“句中语助词”，或以不解解之而敷衍了事。

苟中情其好修兮，又何必用夫行媒？

苟，表示假设，假如。中情，内心世界。其，是。裴学海先生《集释》云：“‘其’犹‘是’也。一为‘是非’之‘是’。”好修，爱好修洁。又，表示两种情况相继存在。裴学海先生《集释》云：“‘又’，‘复’也。”何必，副词，表示某种事情没有必要或不一定必要。用，使用，采用。夫，指示代词，那些，指求女环节提及的鸩、鸠、蹇修、凤皇之流。裴学海先生《集释》云：“‘夫’犹‘彼’也。”行媒，名词，往来传话的媒人。王逸《章句》云：“行媒，喻左右之臣也。”朱熹《集注》云：“行媒，喻左右先容也。”

此处以男女婚姻喻君臣遇合，可证前面的“求女”象征的就是求知己之君。而巫咸这两句奉劝的话，正是由此而生发：假如你内心是爱好修洁的，又何必借助那些往来传话的媒人呢？正如俗语所谓“酒香不怕巷子深”“是金子总会发光”一样，只要你足够优秀，早晚会有脱颖而出的机会！黄文焕《听直》云：“专翻求女之案。求女之难，使鸩、鸠两为媒而不堪用，欲无媒而自适而又不可，最为狐疑，莫深于此，而忽然决之曰‘何必媒’也。”王逸《章句》揭示出其象征意义：“言诚能中心常好善，则精感神明，贤君自举用之，不必须左右荐达也。”林云铭《楚辞灯》则揭示了其表里两层意思：“矩矱既同，君自知我，不待汲引，如求女之行媒。”蒋骥《山带阁注楚辞》进一步把不用“行媒”的意蕴挥洒到极致：“‘又何必用夫行媒’，将令帝阍、令蹇修、令鸩鸠凤凰及理弱媒拙等语，一扫都尽。”巫咸这两句劝言，侧重劝其自修而等待时机。

句首的这个“苟”字，不能释为表条件的“只要”，必须释为表假设的“假如”！因为这番话出自巫咸而非屈原之口，屈原的“中情”是否“好修”，只有屈原自己最清楚，所以这是揣度的口吻，与“苟余情其信姱以练要”的口吻不同。这个“苟”字，又与下句的“又”字构成关联，所以，“假如……又”就讲得通，而“只要……又”就讲不通。

表面看来，“汤禹严而求合兮，挚咎繇而能调”两句所列史实，与后面所列傅说与武丁、吕望与周文、宁戚与齐桓三事，同属君臣成功遇合的典型案例，应该是并列关系，按理应置于一处。但此处却用“苟中情其好修兮，又何必用夫行媒”两句隔开，似乎只就挚、咎繇受知于汤、禹两事展开议论。事实上，这两句议论，同样也适用于以下三事。其所以如此，是因为汤、禹得到挚、咎繇是两个贤君主动“求合”而君贤臣良的典型案例，似不足以说明良臣必遇贤君，因此，巫咸接下来换了一个角度，一连串列举了三个良臣遇贤君的史事，强调了只有走出去才有遇合机会的命题。

说操筑于傅岩兮，武丁用而不疑。

说，即商代贤臣傅说，傅说本为傅岩筑路之奴，因遇殷高宗武丁而得以重用。张铣《文选五臣注》云：“说，贤人，代胥靡刑人操筑于傅氏之岩。”操筑，手持夯土的木杵。汪瑗《集解》云：“操，持也。”洪兴祖《补注》云：“筑，捣也。”于，介词，在。傅岩，地名，因傅说而得名，在今山西平陆东。王夫之《通释》云：“傅岩，在山西平阳。”武丁，商代君主，即殷高宗。用而不疑，即信任而重用。而，连词，所连接的“不疑”对“用”有补充说明的作用，相当于“且”。裴学海先生《集释》云：“‘而’犹‘且’也。”徐焕龙《屈辞洗髓》云：“用而不疑，亦矩矱同也。”关于武丁起用傅说的史事，文献多有记载。《尚书序》云：“高宗梦得说，使百工营求诸野，得诸傅岩。”《墨子·尚贤》云：“傅说被褐带索，庸筑于傅，武丁得之，举以为三公。”《史记·殷本纪》云：“是时说为胥靡，筑于傅险，见于武丁。”《集解》云：“孔安国曰：傅氏之岩，在虞、虢之界，通道所经。有涧水坏道，常使胥靡刑人护筑此道。说贤而隐，代胥靡筑之，以供食也。”

这是巫咸为屈原列举的走出去或可遇合的第二个成功案例：傅说在傅岩持杵筑路，被武丁遇见，就毫不怀疑地重用了他。前举伊挚、皋陶是否一定与宗国君主异国而居，不敢确定。所以，有人怀疑它不是楚材晋用的典型事例，因而中间用“苟中情”两句隔开，难以令人信从。我认为，此处文意并没有那么复杂！要知道，商汤是天下之主，伊挚生于属地有莘；夏禹是传说中的君王，皋陶是他的部下；傅说生在有虞，武丁为商代君主。在这里，巫咸要表达的只是“何必用夫行媒”这个主题！他启发屈原：“假如你内心好修，不用行媒即可实现君臣遇合，但需要走出去！”所以，他连续列举了四件史实证明：只有走出去，才能有出路！

吕望之鼓刀兮，遭周文而得举。

吕望，即姜尚、吕尚、姜太公。吕望，商末周初贤人，初为朝歌市井屠夫，遇文王姬昌而尊为“师尚父”。《天问》云：“师望在肆，昌何识？鼓刀扬声，后何喜？”《战国策·齐策》云：“太公望，老妇之逐夫，朝歌之废屠，文王用之。”《史记·齐太公世家》云：“太公望吕尚者，东海上人……本姓姜氏，从其封姓，故曰吕尚。”之，句中助词，取消句子独立性，使“吕望鼓刀”成为一个表时间的状语从句。鼓刀，谓宰杀牲畜时敲击其刀，使之发声，故曰鼓刀。王逸《章句》云：“鼓，鸣也。”汪瑗《集解》云：“鼓，动也。一曰鸣也。”遭，逢，遇到。周文，周文王姬昌。而，才，连词，所连接的前一部分“遭周文”是后一部分“得举”的条件，相当于“才”。裴学海先生《集释》云：“‘而’犹

‘乃’也。一为‘才’义。”得举，得到提拔任用。汪瑗《集解》云：“举，拔而用之也。”

这是巫咸为屈原所举的走出去即可成功遇合的第三个案例：吕望在朝歌屠肆操刀屠牛的时候，遇到了周文王才得到提拔重用。徐焕龙《屈辞洗髓》云：“亦矩矱同也。”意思是说，吕望与周文王也是志同道合的君臣。

“吕望之鼓刀”是一个由“之”取消了句子独立性而作全句时间状语的短语，这个状语从句，描述的是吕望遇到周文王并被举用的背景，意谓“吕望在鼓刀的时候”。至于“遭周文而得举”中“遭”这一动作的发出者（即主语），乃是承前省去了的“吕望”。此外，“遭”字耐人寻味！“遭”乃不期而遇之意，非有意为之，言外之意是，欣赏你的君王是可遇而不可求的。这就更突出了君臣遇合的偶然性，而这种偶然性也只有通过走出去方能实现。

宁戚之讴歌兮，齐桓闻以该辅。

宁戚，姬姓，宁氏，名戚，春秋时期卫国（今河南卫辉）人。早年怀经世济民之才而不得志，后遇齐桓公，拜为大夫，长期任齐国大司田，为齐桓公主要辅佐者之一，在齐桓公争霸过程中起到了重要作用。之，句中助词，取消句子独立性，使“宁戚讴歌”成为一个表时间的状语。讴歌，指宁戚于临淄城门口遇齐桓公歌《饭牛歌》事。其歌云：“南山矸，白石烂，生不遭尧与舜禅。短布单衣适至骭，从昏饭牛薄夜半，长夜曼曼何时旦？”齐桓，齐桓公，即齐国国君姜小白，春秋五霸之首。以，介词，以……为。该辅，备为辅佐。王逸《章句》云：“该，备也。”汪瑗《集解》云：“该，当也。”

这是巫咸给屈原所举的走出去或可成功遇合的第四个案例：宁戚在齐国都城门口唱《饭牛歌》时，被齐桓公听到了，齐桓公就把他备为了辅佐。表面看来，宁戚讴歌《饭牛》好像是一件漫不经心的事儿，而实际上，宁戚得遇齐桓公还是动了一番心思的。《淮南子》云：“宁戚欲干齐桓公，穷困无以进。于是为商旅，赁车以适齐，暮宿于郭门之外。桓公郊迎客，夜开门，辟赁车者，执火甚盛，从者甚众。宁戚饭牛于车下，望桓公而悲，击牛角，疾商歌。桓公闻之，执其仆之手曰：‘异哉！此歌者非常人也。’命后车载之。”从这一点上看，宁戚与齐桓公的君臣遇合虽未用“行媒”，但属于“自媒”，与上述三者纯粹由君王亲自发现并不完全相同。巫咸将其列于不用“行媒”的队列中，目的在于凸显其君臣际会的典型意义，忽略了其“自媒”的性质，大可不必深求！

通过以上所列君臣际会的四件历史事实，不难发现，挚、咎繇、傅说、吕望、宁戚们之所以能够得到重用，有一个惊人相似之处，即他们多不是主动去寻求君主，而是君主主动寻找和发现他们！你看，傅说原本就是一个筑路的奴隶，武丁先是梦见了他，最后才找到了他；吕望原本就是一个市井屠夫，传说周文王先是梦熊，又遇到了他，其中那个“遭”字也告诉我们，他们是邂逅；宁戚原本是个放牛郎，率性地唱了一首牧歌，恰巧被齐桓公听到了，齐桓公以为他很高妙，就鬼使神差地重用了他！他们大多没有主动进身的想法，却都因君王慧眼识珠而得居要路！钱杲之《离骚集传》云：“傅说、吕望、宁戚，皆臣得君，亦不以媒。”夏大霖《屈骚心印》云：“此言臣之遇主，全在贤君，不在行媒。”吴世尚《楚辞疏》云：“巫咸告我曰：勉之，勉之，道固不可执，事固自有时也。子且从俗浮沉，与时俯仰，以得一心一德之人也。自古明君求贤以图治，原有甚于贤士得君以行道。彼汤于伊尹，禹于咎繇，君臣相遇，何其志同而道洽也！故天下苟有中心好贤之君，则其于贤也，自有梦寐兆之、鬼神通之、声气达之也者。又何待左右为之先容、先达，为之荐引，如女之必用夫行媒乃相知名也哉？是故傅说操筑，武丁用之；吕望鼓刀，周文举之；宁戚牛歌，齐桓任之。盖君求士，士无求君，自古而然矣。”而屈原呢？屈原就不是这样了，他是主动追求君王的，所以遇合难成！现实斗争中的“忽奔走以先后”“来吾道夫先路”，思想斗争中的“吾令帝阍开关”“哀高丘之无女”“相下女之可诒”“求宓妃之所在”“见有娀之佚女”“留有虞之二姚”，等等，无一不是他主动出击的表现！儒家讲求入世哲学，讲“仁以为己任”，讲“当仁不让”，但现实往往是残酷的，你越是汲汲以求，就越是难以达到！俗语说：“上赶着的买卖不是买卖！”说的就是这个道理！所以，巫咸说了这么一通先代贤人皆于他国遇贤君的话，其用意容易理解，说白了就是让屈原走出去碰碰运气，因为楚国没有“信修”可慕之君。徐焕龙《屈辞洗髓》云：“说、望、戚皆于他邦遇主，故又先臣后君，与挚、咎繇变文言之，以为原当去楚榜样。”

及年岁之未晏兮，时亦犹其未央。

及，趁着。年岁，年纪。汪瑗《集解》云：“商曰年，周曰岁，皆所以纪时者，其义一也，以其既去者而言也。”之，尚，还。裴学海先生《集释》云：“‘之’，犹‘且’也，‘尚’也。”未晏，未晚。王逸《章句》云：“晏，晚。”钱杲之《离骚集传》云：“晏，暮也。未晏，年尚壮也。”时，未来时光，即生命周期。亦，也。裴学海先生《集释》云：“‘亦’，承上之词也。”犹其，即“其犹”，尚还。闻一多《校补》云：“‘犹其’二字当互乙。”未央，未完。王逸《章句》云：“央，尽也。”钱杲之《离骚集传》云：“央，中也。未央，谓其时未过中，尚可有为。”可备一说。

巫咸从君臣成功遇合的角度，一连列举了五件历史事实，目的就是激励屈原“勉陞降以上下，求榘矱之所同”。继而又从年光的角度，鼓励他趁着年龄方壮、时光尚长立即出发。太阳落山为“晏”，黄昏为一日之“晏”，秋冬为一岁之“晏”，老耄为一生之“晏”，这里是用自然现象之早晚比喻人生时光之早晚。在《离骚》的现实斗争部分，屈原屡次言及“汩余若将不及，恐年岁之不吾与”“日月忽其不淹，春与秋其代序”“老冉冉其将至，恐修名之不立”，充满了对个体生命的忧患意识。而在这里，巫咸为了鼓励屈原走出去，却说：趁着年岁不老、精力尚强，趁着生命时光来日方长，你要早作打算！实际上，巫咸的意思与屈原的个体忧患意识是一致的，他就是要劝屈原“及时”远走他乡！徐焕龙《屈辞洗髓》云："傅说诸人皆于他方获矩矱之同，今汝当及年岁之未老未耄，于建功立业之时犹未过中，急急远逝。"

一个"及"字，既领起了"年岁之未晏"，又领起了"时亦犹其未央"，巫咸劝屈原要趁着的，不仅包括"年岁"，还包括"时"！如此看来，"年岁"和"时"并非相同概念："年岁"指的是自然年龄即活过来的日子，而"时"指的则是剩下的未来的日子，说得直白一些就是"年龄不太大，来日正方长"。这两句诗意义上看似合掌，实则不同。总之，这是巫咸劝人的话，要点燃人的理想之火，首要的任务是先给他希望！就像大医诊病，绝不肆意夸大病人的病情和自己的本事以博取黑心的钱财，而是设法如何让病人鼓起活下去的勇气！

恐鹈鴂之先鸣兮，使夫百草为之不芳。"

恐，唯恐。鹈鴂，鸟名，即伯劳。伯劳一叫，表示春天结束，百花就要凋谢了。王夫之《通释》云："鹈鴂，伯劳也。仲夏鸣，群芳皆歇。"这种说法最近情实。林云铭《楚辞灯》云："鹈鴂，即《诗》所谓'七月鸣鵙'者也。阴气至则草死。"蒋骥《山带阁注楚辞》云："鹈鴂，鵙也。秋至则鸣而草枯。"皆以《诗经·七月》为证，证明伯劳七月才叫，表示秋天来临，万物开始收敛；一云鹈鴂即杜鹃。任望先生《屈原辞译注》云："鸟名，即杜鹃。春末夏初常昼夜不停地鸣叫。"而伯劳和杜鹃却是两种禽鸟。洪兴祖《补注》云："按《禽经》云：'嶲周，子规也。江介曰子规，蜀右曰杜宇。'又曰：'鶗鴂鸣而草衰。'注云：'鶗鴂，《尔雅》谓之鵙，《左传》谓之伯赵。'然则子规、鶗鴂，二物也。"之，将。裴学海先生《集释》云："'之'犹'将'也。"先鸣，提前鸣叫。夫，泛指代词，那些。裴学海先生《集释》云："'夫'犹'彼'也。"百草，结合"不芳"二字，百草指的应该就是百花。为之，因此。不芳，不香。花草以花而香，花草不香即不再开花。

这两句诗承上两句而来，意谓你应该及时行动起来了，不然，我担心伯劳一旦提前叫起来，就会使那些各色鲜花因之不再芬芳了。巫咸前头的那番话，基本上是客观叙述，只有这两句带有明显的象征意义，正因如此，才使得后人对此产生了许多歧解。林云铭《楚辞灯》云：“若再迟待老，则世道日趋于坏，正人凋谢，天下事益不可为矣。此勉其速于求君，行道以救世也。”结合上文巫咸劝行、举证、激励的思路看，这两句话，是巫咸对屈原提出的最后忠告：倘若你再不及时行动，一旦被坏人抢了先机，那些有可能值得信赖的他邦之君也要变了，待到彼时，一切就都晚了。巫咸以上这番表述，旨在印证灵氛“两美其必合”与“何所独无芳草”的“吉占”，为下文屈原“历吉日乎吾将行”作了证据材料的支撑。林云铭曰：“巫咸言止此。”

句首的“恐”字，表现了巫咸对屈原不能及时行动而将贻误先机的担忧，实际上就是屈原对自身错失良机的担忧，它间接地反映了屈原去与留的矛盾。

何琼佩之偃蹇兮，众薆然而蔽之。

何，何等，多么。琼佩，洁白的玉佩。之，是。裴学海先生《集释》云：“‘之’，‘是’也。一为‘是非’之‘是’。”偃蹇，美盛貌。王逸《章句》云：“偃蹇，众盛貌。”众，指楚国朝内那班结党营私的小人，即“党人”。张铣《文选五臣注》云：“众，小人也。”薆然，遮遮掩掩的样子。洪兴祖《补注》云：“《方言》云：‘掩、翳，薆也。’”朱熹《集注》云：“薆，亦蔽之盛也。”王夫之《通释》云：“薆然，草叶丛翳貌。”而，语气词，乎。裴学海先生《集释》云：“‘而’犹‘乎’也。一为感叹之词。”蔽，遮盖。之，代指琼佩美盛之貌。

在巫咸陈述完应该“远逝”的理由后，屈原又陷入了复杂的心理矛盾中：我的玉佩是多么美盛啊，而众人却遮遮掩掩地要埋没它的光辉。屈原以琼佩之美盛自比个人品德之美好，揭露了群小出于嫉妒而蔽美的小人嘴脸。林云铭《楚辞灯》云：“有美德，被众人争壅，使君不得闻。”徐焕龙《屈辞洗髓》云：“巫咸所告，如不其然，何今我之琼佩偃蹇若兹，可谓盛矣，乃至举国之众薆然蔽之。”对于灵氛“两美其必合”

的吉占，屈原是“心犹豫而狐疑”的，因为难与祖国分离，故而又向巫咸问卜。问卜巫咸的意图，或是印证一下灵氛的“吉占”是否真实可信，或是更期望得到一个不能离开的理由！而此次问卜的结果是必须走，不惟如此，巫咸还给出了一大串必走的理由！所以，屈原就又彷徨了：不是说“苟中情其好修”就会“两美必合”吗？我具备“中情好修”的美德，楚国怎么就容不下我呢？众人非但不作我的“行媒”，反而变本加厉地抹杀我的好处！与听完灵氛“吉占”的反应一样，他重又把矛头指向了那帮结党营私的小人。这种心理，正体现了屈原对故国依依不舍的深情。这种写法，造成了《离骚》一唱三叹的艺术效果，从而使得屈原的形象更加血肉丰满。“薆然”一词，形容遮遮掩掩的遮蔽之状，将小人们偷偷摸摸、欲盖弥彰的嫉妒心理刻画得生动而形象。

朱熹、蒋骥、汪瑗、奚禄诒皆曰，从此至尾，皆为屈原自道；吴世尚、夏大霖皆谓此亦巫咸之言，此说与文章意脉不合，恐非。以下内容，既有对过往现实生活的回忆，又有听从灵氛“吉占”而西行的神游经历，还杂有中途而返的绝望，当为屈原之辞无疑。而其文势起伏跌宕，浩气磅礴。

惟此党人之不谅兮，恐嫉妒而折之。

惟，想到。此，近指代词，这些。之，结构助词，的。裴学海先生《集释》云：“‘之’，口语之‘的’也。”不谅，居心叵测。王夫之《通释》云：“不谅，险诈不可测也。”林仲懿《离骚订正》云：“谅通作良。不谅，不良也。”恐，恐怕，担心。嫉妒，嫉恨。王逸《章句》云：“害贤为嫉，害色为妒。”而，顺接连词，所连接的前一部分“嫉妒”是后一部分“折之”的原因。裴学海先生《集释》云：“‘而’，承上起下之词也。”折，摧毁。王夫之《通释》云：“折，伤也。”之，代词，代指上言之琼佩。

这两句诗是屈原对党人“薆然而蔽之”的嫉妒行为所作的进一步推想：一想到他们心怀叵测、颠倒黑白的天性，我担心他们会出于对美玉的嫉恨而设法摧毁它。这仍是屈原以象征手法进行的情感抒发，王逸《章句》揭示了它的本意："言楚国之人，不尚忠信之行，共嫉妒我正直，必欲折挫而败毁之也。"那么，屈原为何会发出这样的感慨呢？结合前面两句看，显然是因为他对陈词重华"耿吾既得此中正"的结论和巫咸"苟中情其好修，又何必用夫行媒"的宽慰产生了怀疑！对此，钱澄之《屈诂》所言鞭辟入里、最为近情："原闻咸之言，皆其素志，而自伤今有大不然者。咸以好修不用行媒，而己未尝不好修也，何以琼佩而见蔽也？党人不谅，虑其复有见用时也，不惟薆然蔽之，且恐其嫉妒而折之，是中情之好修不足恃矣。"由此，屈原对个人的"中情好修"产生了动摇，去国远游的想法开始占了上风。

文中的"恐"字，透露了屈原因屡遭谗毁而怵怵惕惕的忐忑心情。而"折"字由前文"蔽"字发展而来，与"恐"字相结合，揭露了小人们手段的凶狠残暴。

时缤纷其变易兮，又何可以淹留？

时，时事，时局。缤纷，纷乱貌。吕延济《文选五臣注》云："缤纷，乱也。"汪瑗《集解》云："缤纷，乱之盛也。"刘梦鹏《屈子章句》云："缤纷，变易貌。"其，然，的样子。裴学海先生《集释》云："'其'犹'然'也。一为状事之词。"变易，变化改易，即变换。汪瑗《集解》云："变易，犹变化，谓改节也。"何可以，怎么能，不可以。淹留，久留。吕延济《文选五臣注》云："淹，久也。"

这两句诗是在上四句感情抒发的基础上做出的判断，是就楚国社会层面所发的感慨：我佩戴着美盛的琼佩，那些人却遮遮掩掩地设法掩蔽我的光辉；一想到党人那居心叵测的本性，我心里就充满了对他们因嫉妒而摧折我的恐慌。时事这般纷然变幻，正所谓乱邦不居，我又怎能再作久留呢？至此，屈原"远逝"的决心又坚定了一层。王逸《章句》云："言时世溷浊，善恶变易，不可以久留，宜速去也。"王夫之《通释》云："谗言交张，祸且及身，原之不可久留以深众忌，决已。"从灵氛“吉占”到问卜巫咸，体现了屈原对“远逝”的犹豫和彷徨；从对“世幽昧以昡曜”到“时缤纷其变易”的社会批判，体现了屈原对楚国黑暗现实的痛恶；从“心犹豫而狐疑”到“又何可以淹留”的心理变化，体现了屈原在“远逝”这一问题上的痛苦挣扎。陈本礼《屈辞精义》云：“‘又何可以淹留’，为后远逝伏脉。”然而，屈原是否就这样义无反顾地走了呢？如果真就这样走了的话，他就不是屈原了！

“其”字的意义不容小觑！它说明，在这个句子里，“时”是分句的主语，“变易”是谓语，“缤纷”作状语。“缤纷”是修饰“变易”的，意在说明“变易”的情状是“缤纷然”的。“缤纷”的本义是丝线头绪繁多而杂乱之貌，此处用来形容时局变乱无常，用语生动形象。“变易”的味道，需要仔细品味！“变”只是程度的增减，是低层次的量变；“易”是本质的颠覆，是高层次的质变。二者联用，体现了事物由量到质的变化。

兰芷变而不芳兮，荃蕙化而为茅。

兰芷，两种香草，兰草和白芷。变，指性质、状态或情形与以前不同。而，顺接连词，表示所连接的“变”是“不芳”的原因。不芳，不香。荃蕙，两种香草。荃，亦称荪；蕙，即佩兰。化，指性质或形态的本质改变。而，顺接连词，表示所连接的“化”是“为茅”的原因。茅，菅茅。刘良《文选五臣注》云：“茅，恶草，以喻谗臣也。”

有人说，此处所说的兰芷、荃蕙的变化，即前文所谓“时缤纷其变易”，这显然是有问题的！因为前面的句子里有它固定的主语“时”，那是就社会层面而言的；而这个句子的主语是“兰芷荃蕙”，这是就自己所培育的人才层面所发的感慨：兰和芷变得不再芳香，荃和蕙也变了质，成了茅草。容易理解，在强大的社会洪流面前，人人都会发生这样那样的改变：优良的社会环境会浸润人使之趋善向好，污浊的社会现实会腐蚀人使之堕落变坏；而社会板荡、奸佞当道的环境，更会使君子一变而为小人，忠信一变而为佞伪，这是历史发展的规律。王逸《章句》

云："言兰芷之草，变易其体而不复香；荃蕙化而为菅茅，失其本性也。以言君子更为小人，忠信更为佞伪也。"钱澄之《屈诂》云："咸言'时犹未央'，不知时已变易矣；咸言'恐百草之不芳'，不知不惟不芳，且变化为恶草矣。盖已无复望，而安可以淹留也。"皆可称谓解人！

屈原先讲了"时缤纷其变易"的社会大环境，接下来又说大环境下个体人的变化，层次井然有序，文脉清晰可辨。句中"变""化"二字，用得极其巧妙！"变"是程度的增强或减弱，所以，就"兰芷"这些顶级的香草讲，就蜕变为"不芳"的花儿了；"化"是性质的逆转，因而就"荃蕙"这些次一等的香草讲，就蜕变为"茅"了。屈原真是一位了不起的著作高手，单凭其遣词造句的能力，就足以令人叹服。

何昔日之芳草兮，今直为此萧艾也？

何，为什么。之，结构助词，的。裴学海先生《集释》云："'之'，口语之'的'也。"芳草，即前指所树兰、蕙、留荑、揭车、杜衡、芳芷等，比喻自己培养的各类人才。今，如今。直，竟然，居然。为，成为。此，这种。萧，蒿草的一种，与艾同类，均为臭恶贱草。段玉裁《说文解字注》云："《说文》云：'萧，艾蒿也。'陆玑曰：'今人所谓萩蒿也，或云牛尾蒿。许慎以为艾蒿，非也。'按，陆语非是。此物蒿类而似艾，一名艾蒿。"艾，艾草。李时珍《本草纲目》云："此草多生山原，二月宿根生苗成丛。其茎直生，白色，高四、五尺。其叶四布，状如蒿，分为五尖。桠上复有小尖。面青，背白，有茸而柔厚。七、八月叶间出穗，如车前穗。细花，结实，累累盈枝，中有细子，霜后始枯。"洪兴祖《补注》云："萧艾，贱草，以喻不肖。"

上文感叹世事难料，兰芷、荃蕙俱皆变节从俗，此处便对这种变节从俗行为表现出了强烈的愤慨：为什么昔日的芬芳之草，如今竟然变成了这种萧艾一样的臭恶之物呢？这太不可思议了！屈原要抒发的，就是"不可思议"这四个字！《世说新语·黜免》云："殷中军被废。在信安，终日恒书空作字。扬州吏民寻义逐之，窃视，唯作'咄咄怪事'四字而已。”“不可思议”就是“咄咄怪事”！这种抒发，与现实斗争部分以象征手法叙述众芳“萎绝”“芜秽”的经历是相互照应的，这就是《离骚》的回环往复一唱三叹。

正确理解“直”这个字，是准确解读这两句诗的关键！这个字，把屈原那种出乎意料、瞠目结舌、大失所望、痛心疾首的复杂情绪高度浓缩了！汪瑗《集解》云：“芳草总承上兰芷荃蕙也。直者，变易太甚之意，一曰犹‘但’也。萧艾，茅之丑也，所喻亦同。二句怪而叹之之词。”真可谓善读诗者！此外，疑问代词“何”与感叹词“也”的前后搭配，又把他那种百思不得其解的抑郁情绪凸显了出来。

岂其有他故兮？莫好修之害也！

岂，难道。裴学海先生《集释》云：“‘岂’，反诘之词也。”其，此，代指芳草化萧艾的现象。裴学海先生《集释》云：“‘其’犹‘是’也。一为‘此’之义。”他故，别的缘故。汪瑗《集解》云：“他故，别由也。”莫，无指代词，没有谁，没有人。好修，爱好修洁美好。之，结构助词，的。裴学海先生《集释》云：“‘之’，口语之‘的’也。”害，弊害。汪瑗《集解》云：“害，犹弊也。”

这是对昔日芳草今皆化为萧艾内因的揭示：这难道有别的缘故吗？不！这都是没有人爱好修洁造成的弊害！在上文中，屈原指出了荃蕙、兰芷变易的客观因素是时事的缤纷变易；在这里，屈原又指出了其“直为此萧艾”的主观因素是无人好修。这是一种辩证的思维方式。容易理解，当社会上不再有人崇尚美德，做好事的人得不到社会认可的时候，本来向好的人也不再委屈自己而改弦易辙了！这就是导向问题！正因如此，下文在批判“无实而荣长”的兰和“专佞以慢慆”的椒时，才侧重于对兰、椒自身素质的分析。洪兴祖《补注》云：“时人莫有好自修洁者，故其害至于荃蕙为茅、芳草为艾也。”见解独到。汪瑗《集解》进一步解释说：“言时人始焉为君子，中焉而变易者，盖由于不肯爱自修洁，无志向上，其弊遂至于如此也。”两说皆忠于文脉，故无支离轇轕之感。

这两句诗是屈原自问自答的设问之辞，前句问“其故为何”，后句对“无人好修”。其中的“莫”字，是解决问题的关键！以往注家对“莫”字的诠释五花八门，又多陈陈相因，致使这两句诗益发难解。王逸《章句》云：“士民所以变曲为直者，以上不好用忠正之人，害其善志之故。”把上文之“直”解为“正直”，把此处的“莫”解为否定副词“不”，致使迷雾重重；张铣《文选五臣注》云：“明智之士佯愚者，岂有他故？为君不好修洁之士，而自损害。”割裂了上下文之间的联系，忽略了“岂其有他故”针对的对象是“昔日之芳草，今直为萧艾”的事实，乃至于颠倒任意，不知所云。汪瑗《集解》以为是“不肯”之意，李陈玉《笺注》、钱澄之《屈诂》皆以为是“疑词”，皆不得要领。在这个对句中，“莫”字是一个无指代词，解作“没有人”，最确！

余以兰为可恃兮，羌无实而容长。

以，以为，认为。兰，比喻屈原培养的高层次人才。王逸《章句》云：“兰，怀王少子，司马子兰也。”其说未必，聊备参考。为，是。裴学海先生《集释》云：“‘为’，‘是’也。”可恃，值得依靠。王逸《章句》云：“恃，怙也。”羌，楚国方言，此处有“竟然”之意，表示出乎意料的结果。李周翰《文选五臣注》云：“羌，乃也。”无实，徒有虚名。而，并列连词，且。裴学海先生《集释》云：“‘而’犹‘且’也。”容长，金玉其表。朱熹《集注》云：“容长，谓徒有外好耳。”林云铭、蒋骥皆曰：“容长，犹言虚有其表。”

在巫咸劝离之后的这一段抒情中，屈原用一连串的象征手法，把批判矛头指向了楚国社会的各个阶层，其中包括君王、党人和自己培育的接班人。这与第一部分现实斗争的批判内容极其相似，但比此前更加具体了。朱熹《集注》云：“此即上章‘兰芷变而不芳’之意。”这两句诗接踵上文芳草化为萧艾而来，指斥那些“萎绝”又“污秽”了的兰草：当初，我以为兰草是值得依靠的呢，竟不料它名不副实、空有其表。这就是“金玉其外，败絮其中”“空有一副好皮囊，原来腹内草莽”“绣花枕头一包草”“银样镴枪头，中看不中用”之意。钱澄之《屈诂》云：“上章曲体众芳，谓好修之难容；此下深责众芳，以厥美之自委。”屈原为什么要拿兰开刀呢？因为屈原对兰情有独钟！《离骚》提到兰的句子有七个，即“余既滋兰之九畹”“步余马于兰皋”“结幽兰而延伫”“谓幽兰其不可佩”“兰芷变而不芳”“余以兰为可恃”“览椒兰其若兹”等，《九歌》也提到过10次。在《离骚》里，屈原身上披挂的饰物，是用兰的花瓣连缀起来的；他所种植的各色花草里，兰位列其首。而今呢，它竟然变质了，成了一种华而不实的东西！这也太让他伤心了！所以，当他被逼无奈要离开故国的时候，就拿它来开刀问责！人最恨的，往往是曾经的最爱，大概是投入太多的缘故。至于这里的“兰”与下文的“椒”是否指子兰、子椒，张凤翼《文选纂注》说得较为客观：“此言兰，下言椒，指贤人之改节者。旧注直以为指子兰、子椒，然则下文揭车、江蓠又谁指哉？”实际上，这与前文“滋兰树蕙”的所指应该是一致的，而感情却大不相同了：前面还满怀着希望，这里却是绝望了！这是否也是屈原的自我否定呢？

句首的“羌”字，力重千钧！这个表出乎意料效果的词，将屈原“策高足居要路”的理想之火被彻底浇灭时那种失望乃至绝望的心态凸显了出来。关于“无实”，古来诸家或以为“无诚信”，或以为“无实材”，皆不得要领。就兰的植物属性讲，它本是以其幽香而闻名的，而如今却“变而不芳”甚至“为此萧艾”了，所以，“无实”指的应该是不再有芬芳的特性，即有名无实，而不是秀而不实、不结果的意思。王萌《评注》所谓“无实，即秀而不实意，盖自伤无结果”的说法，就理解错了。

委厥美以从俗兮，苟得列乎众芳。

委，放弃，抛弃。钱杲之《离骚集传》云：“委，犹弃也。”厥，其，它的。裴学海先生《集释》云：“‘厥’，‘其’也。”以，递进连词，又且。裴学海先生《集释》云：“‘以’犹‘且’也。一为‘又且’之义。”从俗，顺应流俗。汪瑗《集解》云：“从俗，谓趋世俗之所尚也。”苟，苟且。汪瑗《集解》云：“苟，聊且将就之意。”王夫之《通释》云：“苟，幸也。”得，得以，能够。列，位列。乎，介词，于。众芳，各种香草的行列。

这两句诗是屈原对兰“羌无实而容长”的进一步批判，证明了兰之不可恃：它抛弃了自身固有的美质而顺应了流俗，苟且得以跻身众芳之列。上文总写兰芷、荃蕙竟然化为萧艾，皆是因无人好修之故，这里则分说兰之如何不好修，其具体表现是，它放弃了自己的固有之美而顺应了流俗。那么，兰草固有的美是什么呢？兰花花容端庄，象征高尚的人格；兰花花香悠然，象征高洁的资质。而端庄、高洁正是君子的天性。而今呢，兰却放弃了端庄、高洁，走向了从俗、苟且，所以，它名列百卉之长自然就是徒有虚名了。钱澄之《屈诂》云：“‘委厥美以从俗’，申言‘无实’；‘苟得列乎众芳’，申言‘容长’。”徐焕龙《屈辞洗髓》云：“以比毫无志节，衣冠伟然，一味磨棱，盗虚声以附君子之列。”皆为切中肯綮之言。以上四句是屈原对兰变节行为的批判。

“委”字活画了兰轻易变节之态。“委”为会意字，从女从禾，会女子如禾苗委曲之意。本义是顺从，引申为舍弃；“苟”为“苟且”之意，意谓敷衍马虎、聊且将就，表现了兰浪得虚名的态度。钱杲之《离骚集传》云：“苟且得列乎众贤之中，盖似贤而非。”是深入一层的解法。

椒专佞以慢慆兮，樧又欲充夫佩帏。

椒，即前文提到的“申椒”，花椒的一种。专，专心，用心唯一。汪瑗《集解》云：“专者，一于此而无他也。”佞，巧言谄媚。汪瑗《集解》云：“佞者，词色之谄谀也。”以，递进连词，又且。裴学海先生《集释》云：“‘以’犹‘且’也。一为‘又且’之义。”慢，傲慢。汪瑗《集解》云：“慢者，容貌之傲惰也。”慆，淫纵。王逸《章句》云：“慆，淫也。”汪瑗《集解》云：“慆者，情性之淫泆也。”樧，果木名，即食茱萸，又称欓子，落叶乔木，有刺，果实红色，味辛辣，可用作调味品，又可入药。蒋骥《山带阁注楚辞》云：“榝，《本草》名食茱萸，一名樾椒，亦名欓子。”欲，想要。充，填满。夫，于。裴学海先生《集释》云：“‘夫’犹‘于’也。”佩帏，佩戴的香囊。

屈原作品共十次提及“椒”，《离骚》全篇提及“椒”的诗句有“杂申椒与菌桂”“驰椒丘且焉止息”“谓申椒其不芳”“怀椒糈而要之”“椒专佞以慢慆”“览椒兰其若兹”，共六次，足见屈原对“椒”的看重。在本篇第一部分引三后为榜样时讲道，三后本就是众芳之所在，那里不只种植了蕙和茝，还杂植着申椒和肉桂。申椒与蕙茝并举，足见为香料之一种。这里提到的“椒”应该就是“申椒”。申椒为申国所产之椒，地在今河南南阳地区；或谓秦地所产之椒称为大椒，大椒亦名申椒。钱澄之《屈诂》谓“椒、榝亦香物”，似欠斟酌。榝，即食茱萸。李时珍《本草纲目》云：“此即欓子也。蜀人呼为艾子，楚人呼为辣子，古人谓之藙及榝子。因其辛辣，蛰口惨腹，使人有杀毅党然之状，故有诸名。”

在这里，椒也是变了质的东西而再非香料了，而榝本就是质地臭秽且意欲上位之物。因为上文批判了变节的兰，这里就又转向了变节的椒和本就臭秽的榝：椒变得对上一心巧言谄媚而对下傲慢猖狂，而榝则又要冒充香物去填充香囊。朱熹《集注》云：“椒亦芳烈之物，而今亦变为邪佞；茱萸固为臭物，而今又欲满于香囊。”徐焕龙《屈辞洗髓》云：“椒辣而馨，力能胜秽，正与佞质相反。今则专于为佞以慢怠慆淫，较不芳之兰更甚矣。匪惟香种靡存，加之恶草竞进，而榝又欲充夫佩帏。”发扬了朱子之说，可谓烛照幽微。

在这一节的抒情里，屈原并没有逐个批判变节者，只是拿兰和椒作典型，一个代表曾经的优秀，一个代表曾经的一般，一首一尾，兼包了全体。它说明，当“时”这一社会大潮“缤纷变易”的时候，火焱昆冈，玉石俱焚，大河决流，泥沙俱下，好的也都变坏了，坏的变得更坏了！这层意思，由下文“览椒兰其若兹兮，又况揭车与江离”两句可得印证。

既干进而务入兮，又何芳之能祗？

既，既然，与下句的“又”前后呼应，构成并列关系的复句，表示两种情况同时存在。干进，求取进身，指热衷于高官显位。王逸《章句》云：“干，求也。”汪瑗《集解》云：“干者，求之遍也。”而，递进连词，且。裴学海先生《集释》云：“‘而’犹‘且’也。”务入，力求迎合，指力求接近国君。汪瑗《集解》云：“务者，事之专也。将入曰进，既进曰入。”王夫之《通释》云：“入，迎合君心也。”又，复，还。裴学海先生《集释》云：“‘又’，‘复’也。”何芳，什么香草，指美好的品德。之，句中助词，疑问句中宾语前置的标志。祗，动词，尊敬。王逸《章句》云：“祗，敬也。”戴震《屈原赋注》云：“能祗，敬而不失之谓。”

这两句诗仍是针对椒、榝而言的。椒“专佞以慢慆”了（也就是变节了），榝“欲充夫佩帏”了，自然也就走到了屈原的对立面：他们既然热衷于追求高官显位和巴结逢迎君王了，又怎能尊崇高尚的美德呢？朱熹《集注》云：“椒亦芳烈之物，而今亦变为邪佞；茱萸固为臭物，而今又欲满于香囊。盖但知求进而务入于君，则又何能复敬守其芬芳之节乎？”在这里，“干进而务入”相对容易理解，它指的是变节者投机钻刺之态；“何芳之能祗”就不易讲清了！王逸、钱杲之皆以为，椒、兰因一味儿投机钻营，便不能敬爱贤人；汪瑗则以为，此等人皆急于为恶而不值得尊敬；王邦采又认为，椒、榝们既已醉心钻刺，兰则不能敬守其芳而随波逐流了。实际上，这个单句与前面的单句是由“既……又……”连接的一个并列复句，其主语是一个，即“椒榝”；后面这个句子又是一个宾语“何芳”提前的问句，其中的“之”是宾语前置的标志；这句话的语序应该是“又能祗何芳”，意思是说，椒、榝们既然热衷于进身逢迎，又能尊崇什么美德呢？

前面多次说过，屈原的思维能力是超强的，文笔是极细腻的。你看，这里写椒、榝们的钻刺之态，是多么富有层次啊！“干进”侧重于进身的过程，“务入”侧重于进身的结果。而上下文的联系又是环环相扣的：上言椒“专佞”，此言椒“干进”；上言榝“充帏”，此言榝“务入”。两两相对，从形式和内容、比喻和本义两个角度反复言之，颇耐玩索。钱澄之《屈诂》云：“‘干进’应‘专佞’，‘务入’应‘佩帏’。”一语中的。

以上两层，均以“芳”为标准，先揭露兰委美从俗、苟列众芳，再揭露椒专佞慢慆、无芳能祗，皆从主观角度揭示了其变节的原因。有分说，有详列，层次井然，有条不紊。接下来就是合说：时俗如此，变化固然；椒兰若兹，遑论其余？似乎又回到了对“芳草”变节客观因素的挖掘上去了。

固时俗之流从兮，又孰能无变化？

固，副词，本来。时俗，当时的社会风尚。之，是。裴学海先生《集释》云：“‘之’，‘是’也。一为‘是非’之‘是’。”流从，随波逐流。一本作“从流”。蒋骥《山带阁注楚辞》云：“流从，谓前者流后者从，并趋于下也。”钱澄之《屈诂》云：“流从，谓前者流后者从，所谓随波逐流也。”

由兰委美从俗、椒专佞慢慆的变化，屈原对楚国社会风气有了新的认识：本来社会风尚就是随波逐流的，在这一背景下，又有谁能够做到不发生变化呢？徐焕龙《屈辞洗髓》云：“如流之从以下，今世之俗固然，又孰能自贞其德，无变化于时流者乎？”人的生存，有各自独特的内因，也有许多近似的外因，所有人均生活于各自迥异的内因和大同小异的外因之中，无一例外。如果你的内因足够强大，你就会尽可能少地受外因的左右，行为与性格会保持尽可能多的独自性；而如果你的内因不够强大，就会不由自主地受到外因的掌控，行为与性格就会发生许多改变。然而，在汹涌的社会大潮面前，绝大多数人是无能为力的，绝大多数努力也是徒劳的，这个大潮就是“流”。所以，任何时俗本就是“从流”的。屈原是一位内因非常强大的人，所以，他在描述自己时常常使用“唯”和“独”这两个副词，而在描述敌对势力时常常使用“皆”和“众”这两个副词。如今，“时俗”是“从流”的，所以从俗的“党人”才会“众”；“独”是坚持的，所以自己才会“独”。王逸之“随从上化，若水之流”，张铣之“流行相从”，林云铭之“水之流下，从而不能逆转”，等等，均指出了“从流”随波的本质。从这一点上考虑，兰变而不芳，椒干进务入，都是不足为怪的！钱澄之《屈诂》云：“初以变易归之于时，既以干进责之众芳，至此又为众芳宽一步，言时俗如此，又不能不变化也。词愈宽，志愈伤矣。”说得很有味儿！

诚如钱氏所言，在这里，屈原似乎又从时代层面为兰、椒的变节行为开脱罪责，而实际上却是委婉地对楚国社会风俗予以了无情批判。那么，楚国的时俗又是怎样的呢？在现实斗争部分，屈原曾指斥过“固时俗之工巧兮，竞周容以为度。背绳墨以追曲兮，偭规矩而改错”，可知“竞周容以为度”和“偭规矩而改错”就是“工巧”的时俗；诸如“众皆竞进以贪婪兮，凭不厌乎求索”等恶行，但凡人多势众且形成了一股潮流，起到了引领风气作用的，无一不是时俗。屈原举重若轻，将对兰、椒的批判转移到了对社会风气的批判上来，不露痕迹又火力全开，真是妙笔生花！

句首的“固”字，力道强大！它不只挖出了楚国社会“从流”的痼疾，而且还将对其病根的探求延伸到了遥远的时空，厚重而悠远，感情很沉痛！“又”字的使用，强调了人在时俗面前变化的确定性和普遍性。

览椒兰其若兹兮，又况揭车与江离？

览，观，看。其，尚且。裴学海先生《集释》云：“‘其’犹‘且’也。一为‘尚且’之义。”并举是例。若兹，如此，指从俗变化。又况，更何况，表示程度更进一步，用以补充说明情况。揭车、江离，均为香草名，比兰、椒次一等的香草。徐焕龙《屈辞洗髓》云：“椒、兰，比国之老成强力；揭车、江离，比国之小才下僚。”

前文分述了兰、椒的变节及其变节的主客观原因，这里笔锋一转，又以反问的形式概述了揭车、江离等更次一等香草的变节行为：你看那椒、兰尚且如此，更何况那次一等的揭车、江离呢？言外之意是说，我培养的高端人才都变节成了坏人，那些一般的人才就更不用提了！语气低落沉痛。表面看来，这两句又似为揭车、江离开脱罪责，而实则将批判矛头重又指向了社会！王邦采《离骚汇订》云：“上文既深责之，此章则又为众芳恕耳。非恕众芳也，正深痛举世之溷浊，致使善类之凋残，故于众芳若有恕词，以逼起下文‘惟兹佩之可贵’也。”透见了屈原指桑骂槐的真正用意；张凤翼《文选纂注》云：“椒、兰香物，犹之贤人也，尚变节若此，况众臣之若揭车、江离者，又何望焉？”指出了在社会大潮面前人皆不能幸免“变易”的命运；而林云铭《楚辞灯》云：“伏下‘国无人’句。”更是透过一层，祭出文脉。

“其若兹”三字，心情极为沉痛，其中包含了多少意外、多少失望、多少愤怒！而“又况”两字，又包含了多少气恼、多少鄙夷！读文学作品，需要有丰富的情感、想象和联想，既要读进去，又要跳出来，与读者一起歌呼笑啼，方能体味其中的真醇。

以上一层，指斥了兰、椒的变节。但这里批判的“兰”和“椒”，是否就是指怀王的两个儿子子兰、子椒呢？或者说，屈原任三闾大夫时，是否与这两个权贵有过师生之谊呢？王逸、洪兴祖、徐文靖等皆认为，椒、兰就是楚怀王的儿子子椒、子兰，而其事史无明载，何况这又是诗，不可作信史材料看。虽然如此，有一点却是不容置疑的：怀王三十年，子椒登上了王位，子兰也作了令尹。屈原在诗里说这样的话，很难让人相信他不是指桑骂槐！而子兰、子椒兄弟俩又的确与屈原有过节，《史记·屈原列传》载：“秦昭王与楚婚，欲与怀王会。怀王欲行。屈平曰：‘秦，虎狼之国，不可信，不如毋行。’怀王稚子子兰劝王行：‘奈何绝秦欢！’怀王卒行。”又载：“长子顷襄王立，以其弟子兰为令尹。楚人既咎子兰以劝怀王入秦而不反也。屈平既嫉之，虽放流，眷顾楚国，系心怀王，不忘欲反，冀幸君之一悟、俗之一改也。”显然，屈原曾干涉过子兰的好事儿；而楚人又将怀王入秦不返归咎于子兰劝行，似也与屈原谏行有间接关系；再者，屈原“冀君一悟”“不忘欲反”的想法，又直接影响到了新王子椒的切身利益。介于此，兄弟俩得势后，有足够的理由联起手来对付他。所以，屈原在诗里指斥椒、兰变节从俗，也在情理之中。

惟兹佩之可贵兮，委厥美而历兹。

惟，同“唯”，只有。吕延济《文选五臣注》云：“惟，此原自属也。”朱冀《离骚辩》云：“惟，独也。”裴学海先生《集释》云：“‘惟’，‘独’也。字又通作‘唯’。”兹佩，这件配饰，即“何琼佩之偃蹇”之“琼佩”。洪兴祖《补注》云：“兹佩，屈原所服行。”王萌《评注》云：“佩，琼佩。”钱澄之《屈诂》云：“据注，兹佩指琼佩也。”之，是。裴学海先生《集释》云：“‘之’，‘是’也。一为‘是非’之‘是’。”委，见弃，被弃。厥，其，指“兹佩”。而，乃，却。裴学海先生《集释》云：“‘而’犹‘乃’也。一为‘却’义。”历兹，到了这步田地。王逸《章句》云：“历，逢也。”钱杲之《离骚集传》云：“历兹，历至此时。”

自此以下，是屈原的自我表白：只有我的琼佩是最可珍贵的，但它的美质却被人轻弃到这般田地！对这两句诗的解释，历来众说纷纭：有的将其附于椒、兰一段，有的将其附于自述一段。要厘清这个问题，关键在于对“委厥美”三字的理解。上文说兰“委厥美以从俗”，这里说某“委厥美而历兹”，两处句式完全相同，而动作的发出者是否也相同呢？这就需要结合前一句“惟兹佩之可贵”和后两句“芳菲菲而难亏兮，芬至今犹未沫”来考察了。因为“兹佩”香气浓郁而难消，所以香味儿“至今”仍不减，因而，它一定不是前文那种“委厥美以从俗”的兰，更不是“专佞以慢慆”的椒！正因如此，“兹佩”才“可贵”！那么，这个“可贵”的“佩”又怎会主动地“委厥美”呢？显然，“委”是被动的动作，“厥美”是被弃的对象。蒋骥《山带阁注楚辞》云：“前言‘委厥美’者，指兰自弃其美言；此言琼佩之美，为人所弃也。”戴震《屈原赋注》云："'委厥美而历兹'，言人弃其美，所谓'众薆然而蔽之'也。"眼光十分犀利！所以，这两句诗是屈原的自我表白，它从"固时俗之流从兮，又孰能无变化"而来，声明自己就是一个坚守内因的"无变化"者！正因为"无变化"，所以才被弃逐到这般田地！朱冀《离骚辩》云："惟，独也，与上'孰能'二字紧相照应。"

此处描述自己的副词正是"惟"！这个表示范围最小的副词，突出了屈原个人品质的卓越和唯一，它既凸显了个人性格的倔强，又反衬了世俗势力的强大，也侧面表现了自己要"远逝"的信心；"而"字是一个转折连词，它使前句中的"可贵"与后句中的"历兹"造成了巨大的反差，产生了强烈的震撼效果。

芳菲菲而难亏兮，芬至今犹未沬。

芳，琼佩的香气。菲菲，香气浓郁貌。而，然，的样子。裴学海先生《集释》云："'而'犹'然'也。一为状事之词。"难亏，难以损减。刘良《文选五臣注》云："亏，损也。"朱熹《集注》云："亏，损减也。"芬，本义指香气。洪兴祖《补注》云："《说文》云：'屮初生，其香分布。'"林云铭《楚辞灯》云："芳指草言，芬指味言。"犹，尚，仍。裴学海先生《集释》云："'犹'，'尚'也。"未沬，没有消失。王逸《章句》云："沬，已也。"徐焕龙《屈辞洗髓》云："沬，没也。"戴震《屈原赋注》云："沬，犹微也。香将已而微曰沬。"

自身"兹佩"之可贵，就在于"芳菲菲而难亏，芬至今犹未沬"，因而：其香气浓郁难以损减，其幽香至今尚未消歇。王逸《章句》云："言己所行纯美，芬芳勃勃，诚难亏歇，久而弥盛，至今尚未已也。"屈原前举兰椒、荃蕙、揭车、江离等香草，皆已随俗变易，不可收拾；而个人虽横遭委弃，却依然不改初心，保持香洁，绝不从俗！贺宽《饮骚》云："不芳之后，再自说芳；举世皆变，而我不变。"可谓屈原知音！屈原这样讲的目的，仍是基于灵氛"孰信修而慕之"和巫咸"求榘矱之所同"的劝离之言，为自己不得不离寻找理据：环境如彼，我则如此，安得不离?!

一“芳”一“芬”，旧注概谓之花草香气，似有不妥。“芳”之后跟“菲菲”而“难亏”，形容花开正盛、花香浓郁；“芬”之后跟“未沬”，形容花期非盛、香气渐衰而清幽。二者是有区别的。徐焕龙《屈辞洗髓》云：“香气浓郁曰芳，清幽曰芬。”戴震《屈原赋注》云：“香将已而微曰沬。”这样理解，符合自然规律，切近事实；“难亏”一词，描述花盛时节香气之持久，难以损减；“未沬”一词，描述花期渐过时节花气幽香，尚未消散。用词精准。

和调度以自娱兮，聊浮游而求女。

和，调和，糅合。钱杲之《离骚集传》云：“和，适中也。”汪瑗《集解》云：“和，有不刚不柔、不甘不苦、不疾不徐之意。”调，格调。朱熹《集注》、汪瑗《集解》皆曰：“调，犹今人言格调之调。”度，法度。朱熹《集注》云：“度，法度也。”汪瑗《集解》云：“度，犹今人言态度之度。”钱杲之《离骚集传》云：“调度，犹程式也。”以，顺接连词，用来。裴学海先生《集释》云：“‘以’，‘用’也。”自娱，自我娱乐。汪瑗《集解》云：“自娱，犹自乐也。”聊，且，姑且。裴学海先生《集释》云：“‘聊’，‘且’也。一为‘姑且’之义。”浮游，漫漫而游，即毫无目的的游荡。而，然，的样子。裴学海先生《集释》云：“‘而’犹‘然’也。一为状事之词。”求女，喻寻求志同道合者。

这两句诗承前而来，谓既然不与世俗同流合污，则调和自己的格调与法度来自娱自乐，姑且四处漫漫而游去寻求志同道合之人。所谓“调度”，即屈原“中情好修”“榘矱不改”“芬芳难亏”等格调与法度，而要调和这些格调与法度，本身就是对初心的坚守；所谓“自娱”即“自乐”，亦即屈原所谓“人生各有所乐兮，余独好修以为常”的“好修”之乐，而以“好修”为乐，正是屈原对个人美德的反复修炼。陈第《屈宋古音义》云：“己虽不用，犹调和一身之法度，守忠贞以自乐。”所谓“浮游”，即毫无目的地漫漫而游，屈子摆出这样一副貌似轻松自如的姿态，与上文“聊浮游以逍遥”用意相同，皆是委婉抒发无可告语的痛苦之意，是失路之人百无聊赖的表现；所谓“求女”，即如前之所言寻求宓妃、佚女、二姚之属，意在寻求志同道合之人。王逸《章句》云：“言我虽不见用，犹和调己之行度，执守忠贞，以自娱乐，且徐徐浮游，以求同志也。”其说接近情实。从这两句诗可以看出，屈原要调整心态，继续他的求女之路了。

“聊”字是姑且、勉强、凑合之意，感情沉痛！它将屈原无路可走时那种无所适从、百无聊赖的情绪状态写活了！

及余饰之方壮兮，周流观乎上下。

及，趁着。饰，佩饰，喻年德。朱熹《集注》云：“余饰，谓琼佩及前章冠服之盛。”朱冀《离骚辩》云：“饰，谓修饰也。”之，是。裴学海先生《集释》云：“‘之’，‘是’也。一为‘是非’之‘是’。”方壮，正盛，喻年富力强。朱熹《集注》云：“方壮，亦巫咸所谓年未晏、时未央之意。”周流，周游，遍游。汪瑗《集解》云：“周流，遍游也。”乎，介词，于。裴学海先生《集释》云：“‘乎’，‘于’也。”上下，天上地下，即到处。

巫咸劝离之后，屈原心潮起伏，联想起了党人不谅、时代变易、芳草芜秽、兰委美从俗、椒专佞慢慆等一系列不堪的社会现实，又反观了个人一如既往的坚守，继而调整了自己的心态：趁着我正年盛德茂，不妨到天地四荒去周游一番。“周流”“观乎上下”的目的，亦志在寻求君臣遇合。胡文英《屈骚指掌》云：“余饰方壮，喻学力方富，足以有为也。周流观乎上下，审察其求合之人也。”其说颇有见地。纵观屈原一生，其所有努力，均在竭力“求合”。在第二部分的过渡环节，屈原曾有过“将往观乎四荒”的想法，也曾在思想斗争的求女过程中“览相观于四极，周流乎天余乃下”，但均以失败而告终。在巫咸劝离之后，屈原重又生出了“周流往观”的想法。王邦采《离骚汇订》云：“及此芳未亏、芬未沫之时，而周流四方以观乎上下……盖大夫明知求女之无益，终不以无益而勿求。语若放下一切，意则转觉无聊，令读者至此亦不禁有才尽气竭之叹。”此处所谓“周流观乎上下”，就是灵氛“吉占”和巫咸劝离的出走之路。朱熹《集注》云：“周流上下，即灵氛所谓远游，巫咸所谓陞降上下也。”虽有前事之鉴，而仍欲前行，侧面反映了楚国社会的不能容人，是递进一层的写法。

“方壮”承上文“菲菲”“难亏”“未沬”而来，“周流”承“浮游”而来，而“周流观乎上下”又与前文“又何可以淹留”遥相呼应，开启了下文“将行”之端。针线细密，丝丝入扣。

自“何琼佩之偃蹇”至此，是屈原在巫咸劝离之后抒发的内心感受。汪瑗、王萌、梅曾亮等以为是屈原回答巫咸的话，说亦可通。以上是屈原请巫咸降神的环节，包括两个层次：一是巫咸劝其上下求索志同道合之人并为其出走举证，一是屈原因之而进行的更为复杂的思想斗争，从而体现了其去与留的矛盾心理。

灵氛既告余以吉占兮，历吉日乎吾将行。折琼枝以为羞兮，精琼爢以为粻。为余驾飞龙兮，杂瑶象以为车。何离心之可同兮？吾将远逝以自疏。邅吾道夫昆仑兮，路修远以周流。扬云霓之晻蔼兮，鸣玉鸾之啾啾。朝发轫于天津兮，夕余至乎西极。凤皇翼其承旂兮，高翱翔之翼翼。忽吾行此流沙兮，遵赤水而容与。麾蛟龙使梁津兮，诏西皇使涉予。路修远以多艰兮，腾众车使径待。路不周以左转兮，指西海以为期。屯余车其千乘兮，齐玉轪而并驰。驾八龙之婉婉兮，载云旗之委蛇。抑志而弭节兮，神高驰之邈邈。奏《九歌》而舞《韶》兮，聊假日以媮乐。陟陞皇之赫戏兮，忽临睨夫旧乡。仆夫悲余马怀兮，蜷局顾而不行。

灵氛既告余以吉占兮，历吉日乎吾将行。

既，副词，已经。裴学海先生《集释》云：“‘既’，‘已’也。一为‘业已’之义。”告余以吉占，即以吉占告余，把吉祥的占卜结果告诉了我。以，介词，用，将。裴学海先生《集释》云："'以'，'用'也。"吉占，吉祥的卜兆。蒋骥《山带阁注楚辞》云："吉占，指'两美必合'言。"顾成天《离骚解》云："吉占，远逝之吉占也。"两说结合，最得要领。历，动词，选择。李周翰《文选五臣注》云："历，选也。"朱熹《集注》云："历，遍数而实选也。"吉日，好日子。乎，顺接连词，而。裴学海先生《集释》云："'乎'犹'而'也。"将行，将要出发。

上文说，屈原要趁着年德正当壮盛到天地四方去看一看，所以，这里重提灵氛之占，旨在说明灵氛之占就是此次出行的理论依据：前此，灵氛已把吉祥的占卜结果告诉了我，我将选择一个好日子出发了。屈原曾向灵氛和巫咸两位大巫问卜，为何这里只提灵氛呢？蒋骥《山带阁注楚辞》云："举灵氛以盖巫咸也。"其说似嫌勉强。贺贻孙《骚筏》云："因巫咸之语，复信灵氛。"任望先生《屈原辞译注》解释说："出国首先由灵氛提出，巫咸起的作用只是释疑；所以作者幻设将要离楚远行时，说'灵氛既告余以吉占'，而不说巫咸说了些什么。"见解极其精到。为什么屈原称灵氛之占为"吉占"呢？钱澄之《屈诂》云："灵氛直勉其远逝而无狐疑，知道不可行也，故以灵氛之占为吉。"意思是说，对于屈原来讲，楚国的政治环境和社会环境已不能容许屈原的存在，这层意思已通过屈原个人的两次抒发得以印证，所以，出走是他唯一的出路，故而灵氛"两美必合"而须"远逝而无狐疑"之占为"吉占"。

"历吉日"的"历"字是遍数的意思，遍数日子择其佳者，体现了屈原对远逝的慎重；"将行"的"将"字意味深长！"将"是一个副词，置于动词"行"之前，表示事情发生在未来。这个词反映了屈原对"行"的犹豫和摇摆，折射了他左右为难的心理。

折琼枝以为羞兮，精琼爢以为粻。

琼枝，玉树之枝，代指精美的食物。以为，介词，表示实际做法，把……当作……。羞，同"馐"。从字形上看，"羞"属"羊"部，从羊，丑声，指肉食。此处的“羞”，与下文指粮食的“粻”相对成文，应专指熟肉食。王逸《章句》云：“羞，脯也。”精，用如动词，捣碎。王逸《章句》云：“精，凿也。”吕延济《文选五臣注》云：“精，捣也。”琼靡，玉屑。王逸《章句》云：“靡，屑也。”戴震《屈原赋注》云：“靡，糁也。”朱熹《集注》云：“琼枝、琼靡，皆谓物之珍者。”粻，干粮。王逸《章句》云：“粻，粮也。”王夫之《通释》云：“粻，干粮，以玉为粮。”

《庄子·逍遥游》里的斆鸠说：“之百里者，宿舂粮；之莽苍者，三月聚粮。”屈原将行之时，也要作一些盘川方面的准备：折取玉树的嫩枝将其当作肉脯，捣碎玉屑将其当作干粮。王逸《章句》云：“言我将行，乃折取琼枝以为脯腊，精凿玉屑以为储粮。饮食香洁，冀以延年也。”在我国，以玉为食是个很有意思的话题！魏晋六朝时期的文人们崇尚神仙，把紫石英、赤石脂、丹砂、硫黄、钟乳等矿物练成所谓“仙丹”，通过服用以求长生。这里说“折琼枝以为羞兮，精琼靡以为粻”，《九章·涉江》开头也说“登昆仑兮食玉英，与天地兮同寿，与日月兮齐光”，为此，有人提出，屈原是道家丹鼎派的祖师，就是拿《离骚》和《涉江》来做依据的。由此可见，为标新领异而故意望文生义的研究，已经神经质到了什么田地！

在楚辞学史上，将屈原以玉为食坐实了的注家大有人在。钱澄之《屈诂》云：“昔者餐英，今且食玉，恶众芳之变易，美玉乃无瑕也。”蒋骥《山带阁注楚辞》云：“不复言餐英者，恶众芳之易变也。”均将食玉与前面的餐英饮露联系起来，又将其与兰椒变节联系起来，枉顾其比兴和象征的意义，如此解读，难免过分。朱熹《集注》云：“卒章琼枝之属，皆寓言耳，注家曲为比类，非也。”鲁笔《楚辞达》云：“琼枝、琼靡，仙灵品味，比芳洁非浊世所有。”这两种解释均抓住了问题的关键，值得信从。实际上，屈原“折琼枝以为羞，精琼靡以为粻”和“登昆仑兮食玉英，与天地兮同寿，与日月兮齐光”的表述，都是通过服食之香洁，象征其对高尚品德的追求，表现个人的不同寻俗，而绝非道家的服食神仙之术。

至于屈原为什么要采用这一写法，朱冀《离骚辩》从写作技巧的角度作了阐释："凡糗粮之精，车马之盛，旌旗导从之雍容；名山大川，恣我游览；蛟龙鸾凤，惟吾指麾；奏《九歌》，舞《韶舞》，以怡性情而悦耳目。一切皆行文之渲染，犹画家之着色也。极凄凉中偏写得极热闹，极穷愁中偏写得极富贵。笔舌之妙，千古无两。乃注骚家不解此意，一一认为实事，不亦愚乎？"可谓独具慧眼！这种叙述，符合"以乐景写哀情，倍增其哀乐"的写作规律，折射了屈原的心灵世界。

为余驾飞龙兮，杂瑶象以为车。

为余，使令之词，替我。汪瑗《集解》云："为余者，命左右侍者之词也。"徐焕龙《屈辞洗髓》云："'为余'者，命仆夫也。"为，替。驾，驾车，套车。飞龙，飞腾的龙，比喻快马。夏大霖《屈骚心印》云："飞龙，良马之称。"杂，混合使用。瑶，美玉。象，象牙。王逸《章句》云："象，象牙也。"夏大霖《屈骚心印》云："象，象牙车，用宝饰也。"以为，介词，表示实际做法，把……作为……。

为了此次出行，他先是准备好了路上必需的粮草，接着又准备好了交通工具：替我套好飞龙拉的车驾，车子上装饰着美玉和象牙。自王逸始，不少学者如刘良、张凤翼等，将"飞龙""瑶象"解作"道义""美德"，其说支离轇轕！与前文"折琼枝以为羞，精琼爢以为粻"一样，这些描写，均旨在表现自己不同寻俗。汪瑗《集解》云："此言所乘之美也，然皆无所取义，旧注譬喻之说非是。"王夫之《通释》云："驾飞龙而乘象玉之辂，所以自旌高贵而殊于俗也。"陈本礼《屈辞精义》云："琼枝为羞，琼爢为粻，瑶象为车，见造次颠沛中，仍不改乎平昔姱修之素节也。"皆为有识之见。另需注意，《离骚》篇中，给屈原驾车的神性动物，无论是玉虬或飞龙，乃至所有伴当，均有一个共性，那就是快！这里也是如此！朱冀《离骚辩》云："飞龙为驾，取其行之速。"王邦采《离骚汇订》云："取其行之速，五字大妙！"

屈原的出行场面，包括求见天帝和求宓妃的场面，均非常隆重排场，热闹非凡。而这种写法，绝不能作现实描写观，一是后面这一部分反映的是思想斗争，二是这些内容均为想象和幻想的产物。这种写法，不是对现实的客观描画和复写，而是为凸显某种目的而采取的超现实的象征描写。在后世文学史上，这种手法得到了充分的发扬蹈厉！如《陌上桑》《焦仲卿妻》等作品中的人物刻画和故事叙述，莫不如此。

何离心之可同兮？吾将远逝以自疏。

何，怎能。离心，异心。朱熹《集注》云："离心，谓上下无与己同心者也。"王闿运《楚辞释》云："离心，言王及令尹心与己异也。"之，者。裴学海先生《集释》云："'之'犹'者'也。"可同，能够共处共事。远逝，远去，远走高飞。以，连词，来，表示所连接的"自疏"是"远逝"的目的。裴学海先生《集释》云"'以'，'用'也。"自疏，自远，自动远离。汪瑗《集解》云："疏，犹远也。"

这两句诗远承前文灵氛吉占、巫咸劝离、自我反思，紧接上文择吉、备粮、严驾等情节而来，自然祭出"远逝以自疏"的打算。蒋骥《山带阁注楚辞》云："一以'吉占'而行，承灵氛、巫咸两节意。"戴震《屈原赋注》云："前两段顿挫，逼出此句。"皆是从文理角度予以的解读。关于首句的意义，旧说颇多异解，而多将其坐实为君王与自己离心，而实则概言楚国所有人与己离心。"何离心之可同"句首的"何"字，是修饰"可同"的，意谓：离心离德的人怎能相安共处呢？我将远走他乡而主动远离他们。吕向《文选五臣注》云："言忠佞两心不可同，吾将远去，自疏远也。"屈原的"自疏"，需要通过"远逝"而完成，这是由他的性格所决定的，因为"他爱这土地"，他在这土地上做不到"自疏"，要"自疏"，就只能选择离开！《史记·屈原列传》称，"怀王怒而疏屈平"，但屈原并没有疏王，这是党人所不能容的。而这里，屈原决心"远逝"而自远，不再眷恋楚王了，言辞激切，其情最苦！林云铭《楚辞灯》云："心既离，不可复合。自分无补于楚，惟有他适避之，免碍楚君臣耳目，致烦摈斥。此收拾启程之词。”钱澄之《屈诂》云：“从前之游，上下求索；此直周流，观乎上下，无所复求，志在远逝以自疎而已。”黄文焕《听直》云：“疏曰自疏者，世既弃我，我亦弃世，已矣已矣，不待谗人之疏我矣。”以上三说，均带有遗民的故国情绪，意思是说屈原在与君王赌气！在这里，屈原有没有与君王赌气的意思呢？我想应该是有的，但也并不全是！他反复说“欲从灵氛之吉占”，看重的是“两美其必合”，巫咸的劝离之词也莫不如此！他要到外面去寻找一个能识得其“中正”的知音！这种知音，楚国是没有了！

“离心”是两心相离、两心不同，本是两人的事情，但在这里，“离心”却是一方的原因，也就是君王的原因。《九歌·湘君》“心不同兮媒劳，恩不甚兮轻绝”，说的就是这个意思。屈原这样说，是在委婉地怨责君王与自己离心离德呢！“将”这个字太有意思了！决心要走出去了，可他还是有些不舍！“自疏”一词，千万不可轻易放过！“疏”指两种事物之间的距离大，用作动词就是使这种距离加大。“自疏”就是有意识地将自己与对方的距离拉大。朱熹《集注》云：“自疏，则祸害不能相及矣。”陶渊明回归田园后，作诗说自己“心远地自偏”，就是一种心灵上的“自疏”。

邅吾道夫昆仑兮，路修远以周流。

邅，转向。王逸《章句》云：“邅，转也。楚人名转曰邅。”吾道，我的求索之路。夫，介词，于，向。裴学海先生《集释》云：“‘夫’犹‘于’也。”昆仑，神话传说中的神山。传说昆仑为黄帝轩辕氏的发祥地，而楚先祖高阳帝颛顼又是黄帝之孙，所以，屈原回归昆仑有寻根问祖的意思。路，前路。修远，长远。以，连词，又且。裴学海先生《集释》云：“‘以’犹‘且’也。一为‘又且’之义。”周流，此处形容道路曲折。

随之，屈原又设计了“远逝”的路线：回转我车驾的方向向昆仑进发，而前路漫长又蜿蜒曲折。前文说，屈原索藑茅与筳篿而命灵氛为其占，又怀椒糈要巫咸为其卜，应是求女不遂后回楚向两位大巫问疑。所以，在得到两位神巫的启发与劝告后，才毅然决定出行，而出行的方向是昆仑，故而取道昆仑就是回转车驾方向。汪瑗《集解》云：“盖谓己既周流四方而无所遇，将欲止矣。今得氛、咸之吉占，而告余以必有所合，于是复转道昆仑之墟，不惮劳远而周流以求之焉。”至于屈原为何选择向昆仑进发，钱澄之《屈诂》谓“昆仑在西，西为日没之方，由昆仑以益西，所谓日暮途穷也”，解读过分，难以令人信从！王邦采《离骚汇订》云：“篇内一言县圃，再言阆风，三言昆仑，大夫一举念，即注想于此。岂以其为天柱，呼吸之间，上通帝座，故惓惓寓意欤？若曰浪迹求仙，埋名遁世，非大夫之本怀矣。”指出屈原之专注昆仑，实为有所冀于天之意，可为善读书者。本文开篇既自述为“帝高阳之苗裔”，而《史记·五帝本纪》及《楚世家》均谓楚之本根在昆仑轩辕，则屈原此行或有寻根问祖、追本溯源之意，也未可知。但既从灵氛之“吉占”而去，必为求“两美之合”而来，这才是屈原昆仑之行的终极目的。

关于“周流”，学界多有撰述：或谓概述行程之曲折艰难，或谓描摹路途之转折萦绕，公说婆议，难分轩轾。从单句“路修远以周流”的成分看，“以”是并列连词，连接了“修远”和“周流”两个形容词，可见“修远”侧重形容其长短，而“周流”侧重形容其蜿蜒。

扬云霓之晻蔼兮，鸣玉鸾之啾啾。

扬，飘扬。王逸《章句》云：“扬，披也。”云霓，画有云霓的旌旗。李周翰《文选五臣注》云：“云霓，虹也，画之于旌旗。”朱熹《集注》云：“云霓，盖以为旍旗也。”之，代词，其，复指“云霓”之旗。裴学海先生《集释》云：“‘之’，‘其’也。”晻蔼，茂密阴暗貌，形容旌旗蔽空。王逸《章句》云：“晻蔼，犹蓊郁，荫貌也。”李周翰《文选五臣注》云：“晻蔼，旌旗蔽日貌。”鸣，鸣响。玉鸾，拴在车衡上的饰玉的鸾鸟形铃铛。朱熹《集注》云：“鸾，铃之著于衡者。”王夫之《通释》云：“鸾，马镳上铃。”之，代词，其，复指“玉鸾”之铃。同上。

啾啾，鸾铃的响声。王逸《章句》云："啾啾，鸣声也。"

这两句诗，通过车上的旌旗和鸾铃，对其行程进行了动态的描写：云霓之旗迎风飘扬，遮蔽了天日；玉鸾之铃随车晃动，啾啾和鸣。屈原的每一次出行，总是写得那样隆重、豪华、气派，如陈词上征、三次求女，这一次也不例外！他驾飞龙，乘瑶象，折琼枝，捣玉屑，车插云霓之旗，衡拴玉鸾之铃，备极整饬，气象不凡。这种铺张，在屈原不是摆阔装样子，而是表现了他对"远逝"之举的重视程度！徐焕龙《屈辞洗髓》云："虽道远周流，而车旗和铃，备极整暇。扬起云霓之盖，则晻蔼可观；鸣此玉鸾之铃，则啾啾可听。卒不以行远而违其调度也。"读书知人，以意逆志，说得大致不差。至于王邦采等人把云霓解作党人，则心思过密，解读过分矣！

需要注意，这两个单句的句式是很特别的：动宾词组在前，修饰语在后，在动宾词组与修饰语之间还有一个"之"字。这种句式非常罕见，理解起来也颇费周折。这两句话的意思可作两解：一是将其语序理解为"扬晻蔼之云霓"和"鸣啾啾之玉鸾"，如果那样，句子的主语就是人了，那显然是讲不通的；一是将其语序理解为"云霓扬之晻蔼"和"玉鸾鸣之啾啾"，如果这样，主语就是事物本身了，这于事理是可通的。不难理解，插在车上的云霓之旗迎风飞扬，非人力所为，所以是"云霓扬"，因"云霓扬"所以才出现了"晻蔼"之状。也就是说，云霓之旗迎风飘扬，遮天蔽日。而拴在车衡上的鸾铃随行而鸣，亦非人力所为，故而"玉鸾鸣"而发出"啾啾"之声。也就是说，玉鸾之铃随车晃动，啾啾作响。这两个"之"字，分别复指云霓和玉鸾，当释为"其"。林云铭《楚辞灯》云："云霓为旌，扬则阴蔽；铃之著于衡者，动之则响。"这话是有生活的。

朝发轫于天津兮，夕余至乎西极。

朝，清晨。发轫，启程。本义指松开卡住两个车轮的横木使车启行，借指出发。轫，横于两个车轮之间、控制车轮行进的横木，与今之车阐同理。于，介词，从。裴学海先生《集释》云："'于'犹'从'也。"天津，即天河的渡口，在东方箕宿与斗宿之间。王逸《章句》云："天津，东极箕、斗之间，汉津也。"朱熹《集注》云："箕北斗南，天河所经，而日月五星于此往来，故谓之津。又有天津九星，在虚危北，横河中，即津梁所渡也。"夕，黄昏。乎，介词，于。裴学海先生《集释》云："'乎'，'于'也。"西极，极西之地，太阳落山的地方。吕延济《文选五臣注》云："东极曰天津，西极日所入也。"钱杲之《离骚集传》云："西极，天之西也。"

清晨从天河渡口出发，黄昏就到了西极。在释读这两句诗之前，必须首先弄清屈原是否已到西极。下文告诉我们，屈原去国"远逝"之行的结局是中途而返，而这里先说"夕至西极"，下文又说途径流沙、赤水、西海等地，显然他并没有到达"西极"。因而，"夕至西极"只是一种未来之预期，而非事实！胡文英《屈骚指掌》云："夕至西极，预期之辞也。"可谓慧眼独具！以往注家多将其坐实为事实，如钱澄之《屈诂》云："此从昆仑至西极，诏西皇，指西海，回翔于西，不复东矣。"从错误的基点上推导下去，又如何能自圆其说呢？因为，无论流沙、赤水还是西海，并非屈原此次昆仑之行的终点，而"西极"才是他的终极目标。

句中的一"朝"一"夕"，大有深意！清晨从天津出发，黄昏就到了西极，从天之东到天之西，只用了一天的时间，极写其行进速度之快，显然是夸张和想象！其中多少期盼，多少希冀，都隐藏在这简单的两字之中！徐焕龙《屈辞洗髓》云："朝发天津，夕至西极，与日轮而并驰矣。"为达到朝发夕至的目的，他在接下来的经行之处也往往发挥神力，驱遣神物凤皇、蛟龙、西皇、八龙为他服务！

凤皇翼其承旂兮，高翱翔之翼翼。

凤皇，神鸟。黄文焕《听直》云："凤皇翱翔，向所屡讬以为同志者，故随所往而思与偕也。"翼，恭敬谨肃貌。王逸《章句》云："翼，敬也。”其，然，的样子。裴学海先生《集释》云：“‘其’犹‘然’也。一为状事之词。”承旂，举着旌旗。承，其本义是双手捧着、举起、承载。旂，即旗帜。王逸《章句》云：“旂，旗也。”高翱翔，高高地在空中回旋飞翔。之，句中助词，用于修饰语与被修饰语之间，构成偏正短语，表示“翼翼”修饰“翱翔”。翼翼，整齐有序貌。《尔雅》云：“翼翼，飞也。”任望先生《屈原辞译注》云：“翼翼，形容整齐；形容飞动。”

在向“西极”行进的途中，凤凰们谨肃地高举着旌旗，在高空中整齐有序地回旋飞翔。这两句诗承上文而来：清晨从东极的天河渡口出发，期望黄昏时到达西极，而怎样又如何才能到达遥远的西极呢？除了车驾的气派，更需要行进的速度！这就要用到经常来帮忙的凤凰们了！在《离骚》后半篇思想斗争的描写中，屈原三次用到了凤凰：求证天帝时使凤凰为其飞腾，求有娀佚女时欲使凤凰为媒，远逝昆仑时命凤凰为随从，由此可见屈原对这种神鸟的重视！这也恰恰体现了楚人崇凤的独特风俗。黄文焕《听直》云：“求女之非凤皇不可使，独行亦非凤皇不可偕也。”钱澄之《屈诂》云：“叩帝阍，则凤皇为之飞腾；穷西游，则凤皇翼其承旂。”这种神鸟是否就是楚人心目中的九头鸟呢？我觉得有这种可能！

“凤皇翼其承旂”句中的“翼”字，与鸟的飞行有关。“翼”的本义是鸟的翅膀，由本义引申为两侧，又由两侧之义引申出“恭敬”之义。《诗·小雅·六月》云：“有严有翼，共武之服。”毛《传》云：“翼，敬也。”所以，王逸训“翼”为“敬”是有根据的；“其”承其后，训为“然”，与“翼”一起修饰“承旂”，表示一种恭敬谨肃的态度；而下句中的“翼翼”，则是修饰“高翱翔”的，表示整齐而飞的状态。王逸“和貌”、钱杲之“辅翼”、刘梦鹏“舒翅端好”等解释，均不得要领。

忽吾行此流沙兮，遵赤水而容与。

忽，匆匆，急急忙忙地。此，特指代词，这。流沙，沙漠，当有所确指。王逸《章句》云："流沙，沙流如水也。《尚书》曰：'余波入于流沙。'"洪兴祖《补注》云："《山海经》：'流沙出钟山西行。'注云：'今西海居延泽，《尚书》所谓流沙者。'"遵，沿着。王逸《章句》云："遵，循也。"赤水，神话水名，源出昆仑山。洪兴祖《补注》云："《博雅》云：'昆仑虚，赤水出其东南陬。'"而，顺接连词，表示所连接的"遵赤水"是"容与"这一行为的方式或状态。容与，徘徊不前貌。刘梦鹏《屈子章句》云："容与，徘徊貌。"

这两句诗写了两段行程：一段是穿行沙漠，一段是遇到赤水。我匆匆地从流沙穿行而过，又沿着赤水河堤往来徘徊。历代学者对这两句有关行程的描写，也多有异词，以为屈原穿过了险恶的流沙，又沿着赤水从容自娱，这显然是不切情实的。问题的症结，在于对"容与"二字的理解不同。王逸主"游戏"说，钱杲之主"雍容暇豫"说，林云铭主"自娱"说，王邦采主"泻忧"说，林仲懿主"从容"说，皆有悖情理。前面讲过，朝发天津、夕至西极只是一种未来预期，而要达到这一预期，速度是第一要务。凤凰举旗随行是迅速的，遇到流沙匆匆而过也是迅速的，而遇到赤水的阻挡就迅速不起来了，他只能沿着赤水在那里徘徊不前！但屈原的心情肯定是急切的，所以，才会有下文指挥蛟龙用身体来做桥梁、命令西皇助他徒步涉河的举措。这是一种迫不及待的节奏，哪里有时间顾得上在此"游戏流连"呢？蒋骥《山带阁注楚辞》释之为"回翔貌"，接近情实；刘梦鹏《屈子章句》释之为"徘徊貌"，得其环中！

要把文气贯通起来，就不能忽略细节。细节是文章的生命，是最见作者功力和读者眼光的地方。"忽"这个字不可忽略，它与前文的朝发天津夕至西极前后呼应，形容速度极快；"行"字亦不可小觑！《说文》云："行，人之步趋也。"它强调的是动作的过程，是"穿行"的意思；"此"是一个特指代词，与"行"相配有动作刚刚完成的味道，与"流沙"搭配有确指之意；"遵"字是沿着的意思，循着河边来来回回地走，是寻找渡口之意。这样一路推导下来，对"容与"的理解也就不会出现偏颇了。

麾蛟龙使梁津兮，诏西皇使涉予。

麾，指挥。王逸《章句》云：“挥手曰麾，或言以手教曰麾。”蛟龙，龙类。《说文》云：“蛟，龙之属也。”《广雅·释鱼》云：“有鳞曰蛟龙，有翼曰应龙，有角曰虬龙，无角曰螭龙。”王逸《章句》云：“小曰蛟，大曰龙。”洪兴祖《补注》云：“郭璞云：‘蛟似蛇，四足，小头，细颈，卵生，子如三斛瓮，能吞人，龙属也。’”钱杲之《离骚集传》云：“蛟亦龙属，无角。”使，一本作“以”，使之为，以之为。梁津，桥梁和渡口，此处偏指桥梁。朱冀《离骚辩》云：“梁，即今之浮桥。”诏，命令。王逸《章句》云：“诏，告也。”西皇，神话中的西方尊神少皞氏。朱熹《集注》云：“西皇，帝少皞也。少皞以金德王，白精之君，故曰西皇。”使，差遣之。涉，本义是徒步渡水，泛指渡河。初文见于商代甲骨文，其字形正像徒步从水里走过。王逸《章句》云：“涉，渡也。”

面对赤水的阻拦，屈原充分显示了他挥斥万有的能力和气概：指挥蛟龙让它用身体搭建浮桥，诏令西皇差遣他帮我涉河。指挥蛟龙“使之为梁津”，显然不是命令蛟龙建桥，而是以蛟龙为桥。蛟龙身体修长而灵活，正宜随时作桥。朱熹《集注》云：“以蛟龙为桥于津上，而乘之以渡，犹言比鼋鼍以为梁也。”这样理解，既符合超现实的神话思维，也符合楚人崇凤抑龙的习俗。而“诏西皇使涉予”的“涉”，则是另一种渡河手段。从字形上看，“涉”这一会意字的甲骨文形式，正是双脚（两止）与水的关系，其本义即蹚水而过。《诗经》《尚书》中出现的“涉”，均是徒步渡河之意。须知，这两种措施都是为了应对赤水的阻隔而采取的：或者直接用蛟龙搭座便桥，或者命令西皇助我渡河，或者由西皇指挥蛟龙搭桥使我渡河，或者两策并举，而其目的则是一致的。朱冀《离骚辩》云：“两策并举，皆拟议未定之辞。”而行在当下，无由狐疑，其说似未妥。汪瑗《集解》云：“此下二句亦参错文法，本谓诏西皇、麾蛟龙以梁津，使渡己也。”王萌《评注》云：“二句亦倒装，言诏西皇使蛟龙为梁也。”王邦采《离骚汇订》云：“二语是一串，非两项也。”皆认为这两句是互文之法，上下是一句话，意谓命令西皇指挥蛟龙用身体搭成浮桥把我渡过去。这种理解固然巧妙，但“麾蛟龙使”与“诏西皇使”这两个句子的高度相似又如何解释呢？从诗歌浪漫想象的角度看，既“麾蛟龙”又“诏西皇”，表现的是诗人磅礴万物的宏伟气魄，体现的是他力求“夕至西极”的迫切心情。

屈原的高度自信，处处都有表现。它不仅表现在现实斗争中，更表现在思想斗争里。李陈玉《笺注》云：“曰‘麾蛟龙’，曰‘诏西皇’，写其睥睨千古、磅礴万物之态。”眼光犀利！

路修远以多艰兮，腾众车使径待。

路，指去往“西极”的路。修远，长远。以，并列连词，又且。裴学海先生《集释》云：“‘以’犹‘且’也。一为‘又且’之义。”多艰，充满艰险。王逸《章句》云：“艰，难也。”钱澄之《屈诂》云：“多艰，谓流沙之陷、赤水之险也。”腾，使动用法，使飞驰。钱杲之《离骚集传》云：“腾，上奔也。”黄文焕《听直》云：“腾，飞腾也。”径，直接。待，侍卫。洪兴祖《补注》云：“待，一作侍。”

从天津至西极，途中既有流沙之害，又有赤水之险，长路漫漫，困难重重。如今虽已走过，而前路依然漫长而艰险，为了尽快到达西极，我让众车加快速度，伴我车驾而行。王逸《章句》云：“令众车先过，使从斜径以相待也。以言己所行高远，莫能及也。”钱杲之《离骚集传》云：“奔腾众车，使径至西海而待己。”汪瑗《集解》云：“径待，谓由邪路而先往以候己也。”凭空添出许多贪走斜径的随从，直把屈原这次高尚的精神之旅搅得乌烟瘴气。徐焕龙《屈辞洗髓》更进一步将其上升到以众车比众人的地步：“奇险我虽不畏，路方修远多艰，惟尔随行众车，料难胜此跋涉，急腾而前，使之径路待我。众遇多艰之路，无不惟径是趍。以众车比世人之履。”又无端生出众人等许多枝节，更是令人瞠目结舌。以上种种解释，既无上文之铺垫，又乏下文之照应，来得突兀，去的糊涂。究其原因，症结俱在“径待”二字上。洪兴祖《补注》云：“待，一作侍。”“侍”就是侍卫、陪伴的意思。如此一来，云开雾散，豁然开朗。这样一来，那些捉襟见肘的释读也就不攻自破，而问题也就迎刃而解了。这就是识版本的好处。

“路修远以多艰”就是“道阻且长”！道路的特征，一是距离之远近，再是步履之难易。“修远”是对耐力的考验，“多艰”是对能力的考验。两者兼具，足见考验之严峻。

路不周以左转兮，指西海以为期。

路，动词，路过。不周，即不周山。神话山名，在昆仑山西北，因山形有缺，故曰不周。王逸《章句》云：“不周，山名，在昆仑西北。”洪兴祖《补注》云：“《山海经》：‘西北海之外，大荒之隅，有山而不合，名曰不周。’”以，连词，又，再。裴学海先生《集释》云：“‘以’犹‘又’也。”左转，向左转行。汪瑗《集解》以为当作“右转”：“不周，北方之总名也……旧作‘左转’，非是。既云‘指西海以为期’，而左转之则无由经乎不周之北方矣。字相似而传写之讹，释者又不按方而深察也。”不周、西海，皆神话地名，不必坐实深究。古之博物学者，逞才使气，旁征博引，往往使语意支离。指，遥指，意谓用手指指点着说。王逸、朱熹皆云：“指，语也。”此处所谓“指”即“指语”之意。西海，神话中的西方之海。洪兴祖《补注》云：“此云‘路不周以左转’，不周在西北海之外，自右而之左，故曰‘指西海以为期’也。”以为，以之为，将其作为。期，约期之地，即目的地。王邦采《离骚汇订》云：“指以为期，所谓‘远逝以自疏’者，此则其尽境耳。”

这两句诗与“路修远以多艰”相照应，反复印证了过流沙、渡赤水之后的求索之路仍然“修远而多艰”，同时又画出了后续的行进路线：过了不周山，车子向左转，我遥指着西海告诉从者说，那就是我此行的目的地。吕延济《文选五臣注》释“左转”为“君子尚左”，徐焕龙

《屈辞洗髓》更解为屈原“舍其正路”而行不由径，俱嫌牵强而深求。而钱杲之《离骚集传》以为“自流沙、赤水至西海，路不周而左转”乃是指出了后续行进路线，林云铭《楚辞灯》谓其乃“周流险路之词”更道出其言外之意，二说最为简洁明白。

反观屈原“邅吾道夫昆仑”的全过程，从“路修远以周流”，到“路修远以多艰”，再到“路不周以左转”，除去其“修远”的共性外，“周流”（道路曲折）和“多艰”（充满艰险）是此次求索之路的新特征，由此体现了此次求索的难度已超越了“路曼曼其修远”的叩阍问天之行。而此次求索经过了灵氛、巫咸两位大巫的凿凿论证，虽然路途曲折遥远又充满险阻，屈原应该还是信心十足的！你看，“指西海以为期”这个“指”的动作，除了有前途可期的意思外，是否还透着一种志在必得的自信呢！

屯余车其千乘兮，齐玉轪而并驰。

屯，屯聚，聚集。王逸《章句》云：“屯，陈也。”朱熹《集注》云：“屯，聚也。”其，约略之词，大约。裴学海先生《集释》云：“‘其’犹‘殆’也。疑而有定之词。”千乘，一千辆车。乘，古时四马驾一车曰乘。齐，使动用法，使……排列整齐。玉轪，饰玉的车轮，代指华贵的车辆。汪瑗《集解》云：“玉轪，取其坚而贵也。”轪，车轮。洪兴祖《补注》云：“轮，韩、楚之间谓之轪。”而，副词，乃，才。裴学海先生《集释》云：“‘而’犹‘乃’也。一为‘才’义。”并驰，一同驰驱，并驾齐驱。汪瑗《集解》云：“疾走曰驰。并驰，犹言同发也。”

这是屈原不周左转之后带领随从向目的地西海进发的情景：路转不周后，我聚集了近千辆车驾，把饰玉的车辆排列整齐，才一同向前进发。对此，王逸、刘良等以玉比德，王邦采以西皇怜才，皆肆情曲解，大费周章。而谢济世《离骚解》云：“并驰，谓只留二车。”陈本礼《屈辞精义》云：“恐路远不便行，故又简其车从，使千乘屯于不周，独齐玉轪之轻车而驰也。”二者均囿于对“并驰”二字的误读，流于望文生义的学究家法。那么，屈原为什么要在此采取这样的行动呢？我以为，因为前途可期了，所以，屈原要整肃一下随行的队伍，这不仅是一种社交礼仪，更体现了来访者态度的恭谨和对主人的尊重。须知，这是屈原“两美必合”的精神求索呀！他又怎敢怠慢呢？前面我说过，屈原的每一次求索，场面都非常隆重豪华气派，这次就更不能含糊了：车辆近千乘，美玉饰车轮，阵势要整肃，步调要一致！他要以庄严、整饬的精神面貌，面见所寻觅的“知音”。

句中的“其”字，释为副词“殆”，意义耐人寻味！而“殆”这个“疑而有定之词”，体现了随从车驾的多而难数和场面的气势宏大！“而”字的副词性质，又从另一侧面反映了屈原那种沉着从容、恭敬端肃的态度。

驾八龙之婉婉兮，载云旗之委蛇。

驾，驾驭。八龙，极言驾车之龙众多。之，代词，其，复指“八龙”。裴学海先生《集释》云：“‘之’，‘其’也。”婉婉，一作“蜿蜿”，形容龙行时身躯摆动、不疾不徐之貌。王逸《章句》云：“婉婉，龙貌。”钱杲之《离骚集传》云：“婉婉，曲折貌。”徐焕龙《屈辞洗髓》云：“蜿蜿，龙行不疾不徐貌。”载，车上插着。钱杲之《离骚集传》云：“载，载旗于车也。”云旗，彩云之旗。朱熹《集注》云：“云旗，以云为旗也。”之，代词，其，复指“云旗”。裴学海先生《集释》云：“‘之’，‘其’也。”委蛇，飘扬貌。一作“逶迤”，形容云旗卷舒自如、随风飘扬之貌。汪瑗《集解》云：“委蛇，犹飘扬。”

这两句诗上承“屯余车其千乘，齐玉轪而并驰”而来。聚车千辆，玉轮齐一，沉着从容，不使参差失伍：驾车的八条龙行进不疾不徐、驯扰有致，车上所插的云旗随风飘扬、卷舒自如。这是对车驾从容整齐状态的进一步描写，旨在表现屈原此行的隆重与庄重。所谓“驾八龙之婉婉”，指的是驾起八条龙，八条龙行走起来姿态“蜿蜿”，而不是驾起

“蜿蜿”的八条龙，因为静态的八条龙本身不具“蜿蜿”的特点，只有行进之间才会有如此姿态；所谓“载云旗之委蛇”，指的是车上插着如云之旗，车子行进途中旗帜飘扬，如云卷云舒。这两句与上两句车驾描写，极言随行车马之盛，排场之大，以见其态度之从容恭敬。

《离骚》的后半篇，屈原上天入地，驱龙役凤，俱是想象与幻想的产物，不可作事实观。即如此处“为余驾飞龙”“驾八龙之婉婉”，不可坐实为“八尺以上之马”，而应该理解为神话的龙，因为这本身就是神话的内容！王树枏《离骚注》云：“马八尺以上为龙，八龙犹八骏也。”这样刻板的理解，使作品失去了神话的浪漫况味。徐焕龙《屈辞洗髓》云：“作马如龙、旗如云训可，即以龙为马、云为旗亦可。”这种理解，或不失诗人本旨。而驾龙乘云，正是“远逝”的行头！陈本礼《屈辞精义》云：“驾龙载云，则见其神之高驰而远逝矣。”而王逸、徐焕龙、夏大霖等所谓“玉德龙德”的附会之说，则殆同梦呓，令人懵懵！

不把“之”字轻易解为“语助词”，避免了将句子解为“驾八龙婉婉，载云旗委蛇”的错误，也避免了随意倒置为“驾婉婉之八龙，载委蛇之云旗”的误解。

抑志而弭节兮，神高驰之邈邈。

抑志，控制着自己的情绪，即宁神定志之意。刘梦鹏《屈子章句》云：“抑志，按止其心，无自急也。”而，顺接连词。裴学海先生《集释》云：“‘而’，承上起下之词也。”弭节，驻节，停车。汪瑗《集解》云：“弭节，谓弭止其旌节之属也。”弭，停下。朱冀《离骚辩》云：“弭，止也。”节，车行的节度，相当于鞭策之类。朱冀《离骚辩》云：“节，谓所执之旌节，以指挥进止者也。”刘梦鹏《屈子章句》谓之“从容缓进”，其意似与“吾令羲和弭节”相似，而下文“奏《九歌》而舞《韶》”，则明明是停下了车子。神，精神，思绪。高驰，高高飞翔。汪瑗《集解》云：“高驰，谓远举之意。”之，动词，至。裴学海先生《集释》云：“‘之’，‘至’也。”邈邈，辽远貌，代指遥远的西海（即西极）。王逸《章句》云："邈邈，远貌。"

我控制着激动的情绪停下车子，可我的精神却高飞到了那遥远的地方。对这两句诗的理解，历代学者聚讼纷纭：王逸以为圣哲"高抗志行，邈邈而远"，屈原"莫能追及"，故自我抑制，"弭节徐行"；张铣以为屈原"抑志按节，徐行以候世人"，即使如此，世人也"莫能逮及"；鲁笔以为"志即忧君念国之志"，而"志不可回，姑且遏抑之"，目的在"勿使郁结不扬，阻吾远逝为乐之兴"，即放下思想包袱之意；近人詹安泰释"抑志"为放下旗帜，似以其与"弭节"相对，于理不合。在屈原的所有纪行诗里，经常出现走走停停的情况：本篇前面有"吾令羲和弭节兮，望崦嵫而勿迫"，《涉江》里有"步余马于兰皋兮，邸余车于方林"，皆是因其留恋故乡而步履蹇缓、欲行又止。但这里却不是！在这里，因为前途有望、西海可期，诗人激动的心情难以抑制，所以，他要让八龙从容行进，而自己也要宁神定志，甚至停下了车子。但屈原追求"两美必合"的心情是迫切的，虽然车子停了下来，他的心却早已飞到了遥远的西海（西极）。这与"八龙婉婉""云旗委蛇"是前后照应的，文章一路写来，处处相衔，不可能至此另找话题，以致语意支离。这两句诗，把屈原即将要见到知遇时那种怵惕忐忑的心情刻画得惟妙惟肖，生动传神。朱熹《集注》云："虽按节徐行，然神犹高驰，邈邈然而逾远，不可得而制也。"林云铭《楚辞灯》云："虽按步而神已远去，期早到西海也。"均属灼见！

这两句诗是相对而言的：前句极言抑制情志并停车驻马，是动者的极静之态；后句则极言思绪飞扬、精骛八极，是静者的极动之态。一动一静，以静衬动，以动写静，相得益彰，凸显了屈原当下的情感波澜，真是妙笔生花！

奏《九歌》而舞《韶》兮，聊假日以媮乐。

奏，演奏。《九歌》，古曲名。此指夏启之《九歌》，见前文"启《九辩》与《九歌》兮，夏康娱以自纵"条注。洪兴祖《补注》云：

“《周礼》有九德之歌、九磬之歌，启乐有《九辩》《九歌》。”而，并列连词，又且。裴学海先生《集释》云：“‘而’犹‘且’也。一为‘又且’之义。”舞，跳起舞蹈。《韶》，舜之乐曲，即《九韶》。王逸《章句》云：“《韶》，《九韶》，舜乐也。”聊，姑且。裴学海先生《集释》云：“‘聊’，‘且’也。一为‘姑且’之义。”假日，借此机会。假，借。以，以之为。裴学海先生《集释》云：“‘以’犹‘以为’也。”媮乐，同“娱乐”。一说“媮”读为“俞”，即娱乐；一说“媮”同“偷”，即偷乐。洪兴祖《补注》云：“媮，乐也。音俞。”

“媮乐”是偷乐还是娱乐？若为偷乐，则说明屈原的心情一直很抑郁，即便听从了灵氛吉占，兴冲冲地取道昆仑指向西极，也会心存芥蒂，故借此偷乐，似也可通。但此次“远逝”似无抑郁，且下文“陟陞皇之赫戏兮，忽临睨夫旧乡”中的“忽”字，又是一个表出乎意料的概念，“睨”字也是一个不经意的眼神！设若一直心系旧乡而抑郁不平，登高则必频频回首望远，而绝不可能用这个“忽”字，也绝不可能用这个“睨”字！因此，洪兴祖释“媮”为“乐”是有道理的。

屈原为什么要借歌舞《九歌》《九韶》自娱呢？前面，屈原一直在讲，他择吉备粮、驾飞龙、扬云霓、鸣玉鸾、凤皇承旂、众车径侍，朝发天津、期以西极，过流沙、渡赤水、转不周、指西海，屯车千乘、齐头并驰、八龙婉婉、云旗委蛇，一路高歌猛进，可谓兴致冲冲！之后，又因西海在望、夙愿可期，其心情之激动，自然难以抑制。为调整一下情绪，于是停下车子，但管不住自己心猿意马，神思依然高驰邈邈，于是演奏起《九歌》，又舞动起《九韶》，姑且借此机会娱乐一番。这是否有庆祝一番的意思呢？王萌《评注》附王远评之曰：“己之神高驰远想，于是奏舜、禹之乐以自娱乐，将前此郁邑侘傺之情消归无有也。”是从情志角度作的解释；刘梦鹏《屈子章句》云：“言己方远逝周流，而古音希夷，神思飘忽，假日自媮，盖极言周流之乐，以起下文反顾之悲也。”是从文脉角度作的疏解。屈原为什么要取《九歌》而歌、《九韶》而舞呢？这是因为，《九歌》有强烈的娱乐性质，由《离骚》“启《九辩》与《九歌》兮，夏康娱以自纵”的叙述可得印证；而《九韶》又热闹非凡，据《史记·五帝本纪》“四海之内咸戴帝舜之功，于是禹乃兴《九招》之乐”和杨炯《盂兰盆赋》“铿《九韶》，撞六律；歌千人，舞八佾”的描述，可想见其大概。屈原行进至此，思绪飞扬，慨想前程，自娱一番，顺理成章。

陟陞皇之赫戏兮，忽临睨夫旧乡。

陟陞，上了又上，登了又登。汪瑗《集解》云：“陟亦升也，陟、升重言之也。”钱澄之《屈诂》云：“陟、陞同义，言上而益上也。”余箫客《文选纪闻》云：“陟陞，重文。”皇，皇天。王逸《章句》云：“皇，皇天也。”之，复指代词，其，指皇天。裴学海先生《集释》云：“‘之’，‘其’也。”赫戏，无限光明貌。赫，盛大貌。戏，同“曦”，光明貌。王逸《章句》云：“赫戏，光明貌。”洪兴祖《补注》云：“赫戏，炎盛也。‘戏’与‘曦’同。”王夫之《通释》云：“赫戏，光明之盛也。”忽，突然，形容动作的发生或情况的变化来得迅速又出乎意料。临睨，从高处瞥见。临，自高而下。汪瑗《集解》云：“临，逼近之意。”睨，斜视，瞥见。朱熹《集注》云：“睨，旁视也。”刘梦鹏《屈子章句》云：“睨，斜目视之也。”夫，远指代词，那。旧乡，故乡，指楚国。王逸《章句》云：“旧乡，楚国也。”

上承一番婨乐之后，屈原继续走上了“修远多艰”的西海之路：我登啊登，上啊上，终于登上了天界，但见昊天无限光明；而在这无限的光明里，我忽然间居高临下瞥见了那遥远的故乡。至此，屈原的“远逝”之行出现了一个大转折！这个转折不是“路不周以左转”那种行程路线之转，而是思想精神之转：因为望见了旧乡，“远逝”之前去与留的矛盾重又出现，而“去”必将要改作“返”了。王远《评注》云：“此承上婨乐，言己方驰神高远，上登于天，忽然俯临下土，旁睨旧乡，又不觉悲从中来，不可断绝。如苦人得喜梦，乍然惊醒，呜咽不胜。”将其比作苦人好梦乍醒，生动形象，饶有趣味。

“陟陞”是上了又上的意思，与“路修远以多艰”前后照应，极写前路之修远与艰卓。动词连用是《离骚》惯用的手法，本篇“相观民之计极”之“相观”，“览相观于四极”之“览相观”，都是动词连用的例子；“忽”字表示一种毫不经意又出乎意料的状态，陈本礼谓之“正梦中惊醒时”，可谓一语中的；“临睨”是一种不经意的旁睨眼神，是无意间瞥见的动作，徐焕龙、刘梦鹏等却谓之“不忍正视”，则“忽”字安措耶？以上三个词，把屈原从“远逝”他乡、追求“两美必合”的好梦中拉回现实，真可谓惊心动魄！

仆夫悲余马怀兮，蜷局顾而不行。

仆夫，此处指车夫。王逸《章句》云：“仆，御也。”悲，伤悲。余马，为我驾车的马。怀，怀思，怀恋。王逸《章句》云：“怀，思也。”蜷局，蜷曲，弯曲着身子。王逸《章句》云：“蜷局，诎屈不行貌。”刘良《文选五臣注》云：“蜷局，不进貌。”顾，回头看。而，顺接连词。裴学海先生《集释》云：“‘而’，承上起下之词也。”不行，停下不走，不再前行。

此承上文“临睨夫旧乡”而来。这不经意间的一瞥，却望见了故乡！《哀郢》有“鸟飞反故乡兮，狐死必首丘”的比喻性抒情，《涉江》有“乘鄂渚而反顾兮，欸秋冬之绪风”的描述性抒情，而此处则借仆马抒发了相同的感受：车夫心生悲情，连我的马也不禁怀恋乡土，它弯曲着身子回头顾望，驻足不再前行。屈原的精神之旅，经历了叩天阍、三求女、上下周流，而终以睠顾旧乡，櫽栝了《本传》所谓“系心怀王，不忘欲反”之意，照应了本篇开头“帝高阳之苗裔”一句埋下的伏笔，是对屈原“忍而不能舍”的形象表述，更是他“心犹豫而狐疑”的谜底。忠臣的软肋，就是他的忠爱之心。而仆马的一“悲”一“怀”，映衬的正是屈原“信而见疑，忠而被谤”“愁闷山泽”之悲，正是其去其乡国之怀。

“仆夫悲余马怀”的断句值得玩味！一是断在“余”字之后，即

“仆夫悲余/马怀”，意谓“车夫为我而悲，马也怀恋故乡”，与《湘君》“女婵媛兮为余太息”意同；一是断在“悲”字之后，即“仆夫悲/余马怀”，意谓“车夫心悲，马也怀乡”，与老杜“感时花溅泪，恨别鸟惊心”意同。两相比较，后者为佳；“蜷局顾而不行”句，写征马怀乡之状，委曲如画，生动传神！“蜷局”是马倔强回望和驻足不前的身姿，“顾”是马回首依恋的动作和眼神，由执拗的身姿到依恋的眼神，牵出“不行”的动作，有节奏，有次第，图形写貌，深得个中神理。王邦采《离骚汇订》云：“‘马怀’字奇。马之怀，人何由知之？蜷局廻顾而不行，即马之怀也。仆夫之悲，见马而生悲也。马怀仆悲，其何以为情哉？”这是透过一层的写法，明明是自己悲伤，却说仆夫悲伤，是“诗从对面飞来”的意思；明明是自己怀乡，反说马怀乡，正是“胡马依北风，越鸟巢南枝”的意思，马犹如此，人何以堪！我们习惯说楚辞受到过《诗经》的影响，岂不知这里的写法渊源有自呢！《诗经·周南·卷耳》有云：“陟彼砠矣，我马瘏矣，我仆痡矣，云何吁矣！”此处情景，与之何其相似！钱澄之《屈诂》云：“己不悲而仆夫悲，己不怀而余马怀……仆马且然，况于余乎？盖至此而知远逝亦不能自疏也。”徐焕龙《屈辞洗髓》云：“人是旧乡之人，马亦旧乡之马。临睨其处，马尚怀思，而况于人乎？”王远《评注》云：“仆悲马怀，亦深于言悲矣。”说《楚辞》是中国浪漫主义文学的高峰，岂是浪得虚名？

自问卜灵氛至此，为第三部分的第五层，包括问卜灵氛、求证巫咸和昆仑之行三个环节。在这三个环节当中，既有想象的故事情节，又夹杂着丰富的抒情，借幻想中的情景，从各个角度深入而全面地批判了楚国黑暗的社会现实，由此表现了屈原去与留的内心挣扎。在谈到屈原求神问卜的内容时，陈本礼《屈辞精义》曾云：“以下灵氛、巫咸、远逝平列三段，如天外三峰，高矗云表，使人望之无际，极之不穷，测之莫知其所止也。”信然！

以上是全诗的第三部分。这一部分分为五层：第一层女嬃劝谏，反映的是进与退的矛盾；第二层陈词重华，反映的是战与降的矛盾；第三层求见天帝，预示了天路难通；第四层三次求女，象征了知音之求；第五层灵氛吉占、巫咸之卜和昆仑之行，表现了去与留的矛盾。这五层，意义相对独立而又相互关联，均反映了屈原思想斗争的某一侧面，体现了其道路去取的艰难。

乱曰：已矣哉！国无人莫我知兮，又何怀乎故都！既莫足与为美政兮，吾将从彭咸之所居！

乱曰：

乱，一则表示乐章的结尾，乐歌曲终曰乱。朱熹《集注》云：“乱者，乐节之名。……《礼》曰：‘既奏以文，又乱以武。’”李陈玉《笺注》云：“凡曲终曰乱。盖八音竞奏，以收众声之局，犹之涉水者截流而渡，将到岸也。”蒋骥《山带阁注楚辞》云：“余意乱者，盖乐之将终，众音毕会，而诗歌之节，亦与相赴，繁音促节，交错纷乱，故有是名耳。”均是从音乐角度予以的解释。他们认为，“乱”是乐歌《离骚》的收束。这也说明，《离骚》或曰“楚辞”本是可以合乐歌唱的；一则表示辞赋撮要或收束式的结尾。王逸《章句》云：“乱，理也。所以发理词指，总撮其要也。”洪兴祖《补注》云：“凡作篇章既成，撮其大要以为乱辞也。”钱杲之《离骚集传》云：“治乱曰乱。赋末有乱，所以总治一篇之义。”汪瑗《集解》云：“乱者，总理之意。”闵齐华《文选瀹注》云：“乱，理也。总理一篇之辞意，而结言之也。”均是从文章学角度予以的诠释。他们认为，“乱”就是文章的总结性收尾。两说虽有差异，但在表示“结尾”的意义上则是一致的。曰，更端之词，无义，表示“乱辞”是以下内容。汪瑗《集解》云：“曰者，更端之词。下四句即乱辞是也。”裴学海先生《集释》云：“‘曰’，‘词’也，‘言’也。或于‘语更端’用‘曰’字。”

这个“乱曰”，是文章水到渠成的一个标志：全篇先是回顾了艰苦卓绝的现实斗争，诉说了自己忠而被谤、信而见疑的冤屈，表现出宁死不屈、九死不悔的坚定意志；再是反映了思想斗争的经历，表现了内心的矛盾与痛苦。前后两项内容互为表里，相互印证，虚实相生，相得益彰，完美地完成了屈原这一崇高人物形象的塑造。因而，到这里就需要有一个能够撮其大要的结尾，把以上两部分内容归纳起来。王逸《章句》云：“屈原舒肆愤懑，极意陈词，或去或留，文采纷华，然后结括一言，以明所趣之意也。”汪瑗《集解》云：“然既以为‘乱’者，乃一篇归宿指要之所在，则此四言者，实《离骚》之枢纽也。”均极具识见。

已矣哉！

已，动词，止，算了。王逸《章句》云：“已矣，绝望之词。”矣哉，均为句末语气词，表示强烈的感叹。

屈原在完成了现实斗争的回忆、经历了思想斗争的挫折后，对个人和国家的前途命运已经绝望了。所以，在这里，他用了一个表示无可奈何、马上结束、不愿再提这一意义的动词“已”作结：算了吧！上下文气，至此一转，戛然作结，通透灵活。陈本礼《屈辞精义》云：“突接‘已矣哉’三字，大有一痛而绝之意。”可谓知音。

“矣哉”是两个表感叹的语气词。“矣”表示已然或将然，“哉”表示感叹或反问，二者连用，表示强烈的感叹。这种现象，文学史上屡见不鲜！《诗经·氓》之“反是不思，亦已焉哉”，“焉哉”连用，表现了毅然决然的决绝态度；汉乐府《有所思》之“妃呼豨”，三个叹词连用，表现了情绪沉静之后无可如何的复杂心理，是女主人公在瞻前顾后、心乱如麻的处境中发出的一声歔欷长叹。陈本礼《汉诗统笺》云：“‘妃呼豨’，人皆作声词读。细观上下语气，有此一转，便通身灵豁，岂可漫然作声词读耶？”《蜀道难》之“噫吁嚱”，三个惊叹词连用，表现了李白对蜀道之险的惊叹。这就是呼叹词连用的魅力！这种小地方，切不可轻易放过。

国无人莫我知兮，又何怀乎故都！

此句《集注》作“国无人兮，莫我知兮”。国，这里指楚国。无人，没有贤人。王逸《章句》云：“无人，谓无贤人也。”莫我知，否定句中代词宾语前置，即“莫知我”，没有谁懂得我。莫，无指代词，没有谁。裴学海先生《集释》云：“‘莫’犹‘孰’也，‘谁’也。”知，懂得。又，副词，表示转折，却又。裴学海先生《集释》云：“‘又’，‘复’也。”何，疑问代词，用于谓语动词之前，表示反问，何必。怀，怀念。乎，句中语助词，也。裴学海先生《集释》云：“‘乎’犹‘也’也。以为助语之词。”故都，故国。

这是对全文内容的总结：国中没有贤人，没有人懂得我的心，我又何必怀念故国呢？国无人，一断；莫我知，一断。历代诸家多将“国无人莫我知”解为“国人莫我知”或“国无人我知”，如王逸谓之“楚国无有贤人知我忠信”，吕向谓之“时代无知我之忠正者”，虽大旨不差，而一经割裂，索然寡味。“国无人”，非真无人也，无贤良之人如禹、汤、武丁、周文、齐桓者也。如世所谓“伯乐一过，马群遂空”，非无马也，无良马也；又如《诗经·郑风·叔于田》之“叔于田，巷无居人。非无居人，不如叔也”。这是屈原对现实生活的总结：楚国朝内没有贤良！王闿运《楚辞释》云：“国无人，时俗从流也。”“莫我知”是一个否定性质的单句，即“莫知我”，是“没有人懂我”的意思。王闿运《楚辞释》云：“莫我知，蔽美称恶也。”这个单句与前面的单句“国无人”构成了因果关系：因为“国无人”，所以国人“莫我知”！朱冀《离骚辩》云：“惟其举国无人，所以莫能知我。”这是屈原对个人思想斗争的概括：自身处境很孤独，没有一个知音！正因如此，屈原愤激异常，至此似乎否定了“仆悲马怀”，即否定了自己。表面看来，屈原似乎从此不再悲怀故都，真的要与楚国决裂了。而实际上，这只是屈原的愤激之词！钱澄之《屈诂》云：“上文不自言怀，而借仆马为言，盖深于言己怀矣。至此复痛自割绝，言国之无人，莫我之知，历思其失，以决故都之不足怀，而终不能已于怀，原故无如原何也。灵氛所云‘尔何怀乎故宇'，勉词也；原云'又何怀乎故都'，愤词也。"贺贻孙《骚筏》云："既曰'忽临睨夫旧乡'，又曰'何怀乎故都'，愤懑之极，总是不忍忘楚国一意，激言之耳。"皆可谓慧眼如炬！

"又"字是表示转折的连词，它综合了国无贤人和又没人懂我的残酷现实，将其与临睨旧乡、仆悲马怀的具体表现联系起来，悲愤交加，一转而发抒为"故都之不可怀"！而"何"字这一表示疑问的代词，又以反问的形式否定了"怀乎故都"的想法，从而增强了诗句的否定效果和感情力量。

既莫足与为美政兮，吾将从彭咸之所居！

既，既然。莫，无指代词，没有谁。裴学海先生《集释》云："'莫'犹'孰'也，'谁'也。"足，值得。与，共同，一起。为，施行。美政，美好的政治，即《离骚》文中所述举贤授能和修明法度两种政治制度。钱澄之《屈诂》云："美政，原所造之宪令，其生平学术，尽在于此。"将，将然之词，表示未来的预期，将要。裴学海先生《集释》云："'将'，几然尚未然之词也。"从，跟随。彭咸，屈原所仰慕的前代贤人。见前注。之，结构助词，的。裴学海先生《集释》云："'之'，口语之'的'也。"所居，居住之所。钱杲之《离骚集传》云："从彭咸所居者，犹言相从古人于地下也。"

"莫足与为美政"承上"国无人莫我知"而来，针线细密。屈原一生所要实现的理想就是这个"美政"，既然国无贤良而没人懂我，则自己所倡导的"美政"自然无人"足与为"！既然一生的奋斗目标成了泡幻，而进又进不得，退又退不得，战又战不得，降又降不得，留又留不得，去又去不得，即行之后，返又返不得，所以，唯有"从彭咸之所居"了！王逸《章句》云："言时世之君无道，不足与共行美德、施善政者，故我将自沉汨渊，从彭咸而居处也。"林云铭《楚辞灯》云："以上把与国存亡之义，结出本质。"意谓结尾处这四句抒发与国家共存亡的话，就是《离骚》的主旨，也就是说，《离骚》的主题就是表现鲜明的美政理想，抒发强烈的忠爱之情。

“吾将从彭咸之所居”又远承“愿依彭咸之遗则”而来，前后呼应。李陈玉《笺注》云：“‘虽不周于今之人兮，愿依彭咸之遗则’，到此相应。固知屈原胸中先有定模，不是因灵氛、巫咸之告始寻结局也。”那么，“彭咸所居”指的又是什么呢？在现实斗争部分，屈原曾经说过，既然不能与世俗之人同流合污，愿意遵循古贤彭咸遗留下来的法则，可见彭咸是屈原心目中的偶像。前面说过，依照屈原的处事原则，彭咸遗留下来的法则大致可想。据前人所注，彭咸是商代一位谏君不听、投水而死的贤人；由“虽不周于今之人”可以断定彭咸是“古之人”，由“愿依彭咸之遗则”也可以断定彭咸已死。这样一位古人，其所居只能是地下了。所以，这里的“吾将从彭咸之所居”应该就是屈原始有死志的表现！徐焕龙《屈辞洗髓》云：“放废有年，苟延朝夕，不过尚怀故都，不怀，死已久矣！抑且自惜其才，能为美政，死则徒然。今既莫足与为，生亦何用？将从彭咸之所居，依其遗则而已。”爬梳文脉，所见可信。钱杲之《离骚集传》以《离骚》创作于怀王朝（值得商榷）而屈原投渊在顷襄王朝为据，认为屈原不当预言投江的方式，其所谓“从彭咸之所居”，相当于从古人于地下，也算卓见。

句中的“将”字，表示未来的预期，由此证明了即使屈原此时真的有了一死了之的想法，而距离付诸实施也还有相当的距离，它只表示这一想法是未来的事。它还说明，《离骚》不是屈原的绝命词，这对判断其作时具有参考意义。

以上是全诗的第四部分。这是全篇的尾声，它以高度浓缩的语言，概括了以上三部分内容，从个人和家国两个角度阐释了留不下、离不开的心理矛盾，否定了退隐、妥协、远逝三种消极想法，重又回到残酷的现实中来，表述了将追随彭咸、以死殉国的决心。

《离骚》共分为四部分：第一部分是对现实斗争的回忆，第二部分是由现实斗争向思想斗争的过渡，第三部分是对思想斗争表述，第四部分是全篇的尾声。其诗也，思想纯正，万世归善；结构宏伟，体大思精；文采斐然，弘博丽雅。真堪称金相玉质，百世无匹！其人也，含忠履洁，千载垂范；进德修业，君子共瞻；上下求索，初心不变。是所谓争光日月，清浊自见！

参考文献

以下古代

1. 司马迁：《史记》，中华书局，1959年。

2. 班固：《离骚赞序》，《四部丛刊》影印明翻宋本《楚辞补注》卷一附录。

3. 王逸：《楚辞章句》，《四部丛刊》影印明翻宋本《楚辞补注》本。

4. 郭璞：《楚辞注》，隋释道骞《楚辞音》引。

5. 郦道元：《水经注》，《四部丛刊》影印聚珍本。

6. 刘勰：《文心雕龙》，中华书局，2014年。

7. 陆善经：《文选离骚注》，饶宗颐《楚辞书录》辑录本。

8. 吕延济、刘良、张铣、吕向、李周翰：《文选五臣注》四部丛刊五臣注文选本。

9. 黄庭坚：《豫章黄先生文集·书幽芳亭》，《四部丛刊》本。

10. 沈括：《梦溪笔谈》，中华书局，1957年。

11. 黄伯思：《东观余论》，邵武徐氏丛书本。

12. 叶梦得：《石林燕语》，唐宋丛书本。

13. 洪兴祖：《楚辞补注》，《四部丛刊》影印明翻宋本。

14. 项安世：《项氏家说》，《聚珍版丛书》本。

15. 朱熹：《楚辞集注》，人民文学出版社影印宋端平本。

16. 吴仁杰：《离骚草木疏》，《知不足斋丛书》本。

17. 钱杲之：《离骚集传》，《续修四库全书》影宋刻本。

18. 陈振孙撰，徐小蛮、顾美华点校：《直斋书录解题》，上海古籍出版社，2015年。

19. 王应麟：《困学纪闻》，商务印书馆，1959年。

20. 张凤翼：《文选纂注》，明万历壬子刻本。

21. 赵南星：《离骚经订注》，明万历癸丑刻本。

22. 焦竑：《笔乘》，中华书局，2008年。

23. 胡应麟：《诗薮》，《广雅丛书》本。

24. 汪瑗：《楚辞集解》，明万历刻本。

25. 陈第：《屈宋古音义》，学津讨原本。

26. 黄文焕：《楚辞听直》，明崇祯十六年刻清顺治十四年增修本。

27. 闵齐华：《文选瀹注》，明刊本。

28. 李陈玉原著，刘树胜校点，刘泽注释：《楚词笺注校释》，安徽师范大学出版社，2021年。

29. 周拱辰：《离骚草木史》，清初圣雨斋刻嘉庆八年印本。

30. 陆时雍：《楚辞疏》，明缉柳斋刊本。

31. 王萌：《楚辞评注》，清乾隆三十五年致和堂刊本。

32. 钱澄之：《屈诂》，清斟雉堂刊《庄屈合诂》本。

33. 顾炎武：《日知录》，商务印书馆，1933年。

34. 王夫之：《楚辞通释》，清同治四年湘乡曾氏金陵节署刻船山遗书本。

35. 贺宽：《饮骚》，清康熙刊山响斋别集本。

36. 贺贻孙：《骚筏》，清道光二十六年敕书楼重刊。

37. 林云铭著，刘树胜校勘：《楚辞灯校勘》，河北大学出版社，2015年。

38. 徐焕龙：《屈辞洗髓》，清康熙三十七年无闷堂刊本。

39. 李光地：《离骚经注》，榕园丛书本。

40. 刘献廷：《离骚经讲录》，北京大学图书馆藏抄本。

41. 陈银：《楚辞发蒙》，陈本礼《屈辞精义》引。

42. 何焯：《义门读书记》，《四库全书》本。

43. 徐文靖：《管城硕记》，中华书局，1998年。

44. 方苞：《离骚正义》，清嘉庆十八年抗希堂刊本。

45. 郑知同原著，蒋南华等校注：《郑知同楚辞考辨手稿》，贵州人民出版社，2004年。

46. 朱冀：《离骚辩》，清康熙四十五年绿筠堂刊本。

47. 鲁笔：《楚辞达》，清嘉庆九年刊《二余堂丛书》本。

48. 蒋骥：《山带阁注楚辞》，中华书局，1959年。

49. 张德纯：《离骚节解》，《四库未收书辑刊》本。

50. 王邦采：《离骚汇订》，清康熙六十一年广雅书局刊本。

51. 江永：《古韵标准》，《粤雅堂丛书》本。

52. 林仲懿：《离骚中正》，《四库存目》本。

53. 吴世尚：《楚辞疏》，清雍正五年尚友堂刊本。

54. 谢济世：《离骚解》，清光绪十年刊梅庄杂书本。

55. 屈复：《楚辞新注》，清乾隆三年居易堂刻本。

56. 顾成天：《离骚解》，《花语山房八种》本。

57. 夏大霖：《屈骚心印》，清乾隆三十九年一本堂刊本。

58. 邱仰文：《楚辞韵解》，清乾隆三十七年硕松堂刊本。

59. 陈远新：《屈子说志》，清乾隆十四年慎余堂刊本。

60. 奚禄诒：《楚辞详解》，清乾隆九年知津堂刊本。

61. 刘梦鹏：《屈子章句》，清乾隆五十四年藜青堂刊本。

62. 戴震：《屈原赋注》，清乾隆二十五年歙汪氏刊本。

63. 纪昀：《四库全书总目》，中华书局，2002年。

64. 钱大昕：《潜研堂文集》，商务印书馆，1968年。

65. 董国英：《楚辞贯》，清光绪二十五年正谊斋刊本。

66. 姚鼐：《古文辞类纂》，清光绪二十七年求要堂校刻本。

67. 段玉裁：《说文解字注》，中华书局，1985年。

68. 陈本礼：《屈辞精义》，清嘉庆十七年裛露轩刻本。

69. 王念孙：《读书杂志》，清同治九年金陵书局重刊本。

70. 王引之：《经义述闻》，上海古籍出版社，2017年。

71. 胡文英：《屈骚指掌》，清乾隆五十一年富芝堂刻本。

72. 龚景瀚：《离骚笺》，清光绪三年崇文书局《三十三种丛书》本。

73. 孔广森：《诗声类》，《清经解续编》本。

74. 张象津：《离骚经章句义疏》，清道光九年家刻本。

75. 胡濬源：《楚辞新注求确》，上海古籍出版社《楚辞要籍丛刊》本，2019年。

76. 梁章钜：《文选旁证》，清光绪八年吴下重刊本。

77. 江有诰：《楚辞韵读》，清嘉庆十九年刊《江氏音学十书》本。

78. 朱骏声：《离骚补注》，清光绪八年印临啸阁藏版《朱氏群书》本。

79. 俞樾：《读楚辞·楚辞人名考》，清光绪二十八年《春在堂全书》本。

80. 王闿运：《楚辞释》，清光绪二十七年桂阳陈氏藏本。

81. 毕大琛：《离骚九歌释》，清光绪十八年补学斋刊本。

82. 孙诒让：《札迻》，中华书局1989年。

83. 王树枏：《离骚注》，1927年刊陶庐重刻本。

84. 马其昶：《屈赋微》，清光绪三十二年集虚草堂刻本。

以下现当代

1. 闻一多：《离骚解诂》，上海古籍出版社，1985年。

2. 闻一多：《九章解诂》《九歌解诂》，上海古籍出版社，1985年。

3. 姜亮夫：《屈原赋校注》，人民文学出版社，1957年。

4. 姜亮夫：《楚辞今绎讲录》，北京出版社，1981年。

5. 姜亮夫：《楚辞论文集》，上海古籍出版社，1984年。

6. 姜亮夫：《楚辞书目五种》，上海古籍出版社，1998年。

7. 刘永济：《屈赋通笺》，中华书局，2007年。

8. 刘永济：《屈赋音注详解》，上海古籍出版社，1983年。

9. 陆侃如、高亨、黄孝舒：《楚辞选》，上海古典文学出版社，1956年。

10. 陆侃如、龚克昌：《楚辞选注》，上海古籍出版社，1981年。

11. 林庚：《诗人屈原及其作品研究》，古典文学出版社，1957年。

12. 谭介甫：《屈赋新编》，中华书局，1978年。

13. 汤炳正：《屈赋新探》，齐鲁书社，1984年。

14. 汤炳正等：《楚辞今注》，上海古籍出版社，1996年。

15. 汤炳正：《渊研楼屈学存稿》，中国社会科学出版社，2004年。

16. 汤炳正：《楚辞讲座》，广西师范大学出版社，2006年。

17. 汤炳正：《汤炳正论楚辞》，上海科学技术出版社，2008年。

18. 马茂元：《楚辞选》，人民文学出版社，1958年。

19. 马茂元：《楚辞注释》，湖北人民出版社，1985年。

20. 詹安泰：《离骚笺疏》，湖北人民出版社，1981年。

21. 陈子展：《楚辞直解》，江苏古籍出版社，1988年。

22. 褚斌杰：《离骚要论》，北京大学出版社，2003年。

23. 褚斌杰：《诗经与楚辞》，北京大学出版社，2002年。

24. 熊任望：《楚辞探踪》，河北大学出版社，2000年。

25. 熊任望：《屈原辞译注》，河北大学出版社，2003年。

26. 熊任望：《离骚讲义手稿》，河北大学出版社，2010年。

27. 郭维森：《屈原评传》，南京大学出版社，1998年。

28. 殷光熹：《楚辞论丛》，巴蜀书社，2008年。

29. 殷光熹：《楚辞注评》，中国社会科学出版社，2015年。

30. 朱季海：《楚辞解故》，上海古籍出版社，2011年。

31. 聂石樵：《屈原论稿》，人民文学出版社，1982年。

32. 金开诚：《楚辞选注》，北京出版社，1985年。

33. 朱碧莲：《楚辞讲读》，华东师范大学出版社，1986年。

34. 张正明：《楚文化史》，上海人民出版社，1987年。

35. 张正明：《楚史》，湖北教育出版社，1995年。

36. 王洲明：《先秦两汉文化与文学》，山东大学出版社，1996年。

37. 萧兵：《楚辞全译》，江苏古籍出版社，1998年。

38. 汤漳平：《楚辞译注》，中州古籍出版社，2005年。

39. 黄寿祺、梅桐生：《楚辞全译》，贵州人民出版社，1984年。

40. 刘石林：《读骚拾零》，南京大学出版社，2017年。

41. 董楚平：《楚辞选注》，上海古籍出版社，1998年。

42. 周秉高：《楚辞解析》，内蒙古大学出版社，2003年。

43. 周秉高：《楚辞原物》，内蒙古大学出版社，2008年。

44. 周秉高：《屈原研究》，内蒙古大学出版社，2019年。

45. 周秉高：《新编楚辞索引》，内蒙古大学出版社，1999年。

46. 赵逵夫：《屈骚探幽》，巴蜀书社，2004年。

47. 赵逵夫：《屈原和他的时代》，人民文学出版社，1996年。

48. 崔富章：《楚辞书目五种续编》，上海古籍出版社，1993年。

49. 崔富章：《楚辞要籍解题》，高等教育出版社，2010年。

50. 徐志啸：《楚辞综论》，上海古籍出版社，2015年。

51. 周建忠：《楚辞演讲录》，广西师范大学出版社，2007年。

52. 周建忠：《楚辞考论》，商务印书馆，2003年。

53. 周建忠：《楚辞与楚辞学》，吉林人民出版社，2000年。

54. 周建忠：《五百种楚辞著作提要》，江苏教育出版社，2011年。

55. 潘啸龙、蒋立甫：《诗骚诗学与艺术》，上海古籍出版社，2004年。

56. 黄崇浩：《屈子阳秋》，湖北人民出版社，2006年。

57. 蔡靖泉：《楚文化流变史》，湖北人民出版社，2001年。

58. 李大明：《汉楚辞学史》，中国社会科学出版社，2004年。

59. 李诚：《楚辞论稿》，中国社会科学出版社，2006年。

60. 熊良智：《楚辞文化研究》，巴蜀书社，2002年。

61 黄建荣：《楚辞古代注释论纲》，中国文联出版社，2004年。

62. 黄建荣：《楚辞训诂史》，高等教育出版社，2015年。

63. 吴广平：《宋玉集》，岳麓书社，2001年。

64. 吴广平：《楚辞图文本》，岳麓书社，2006年。

65. 吴广平：《楚辞全解》，岳麓书社，2008年。

66. 吴广平：《楚辞阅读无障碍本》，岳麓书社，2011年。

67. 曹大中：《屈原的思想与文学艺术》，湖南出版社，1991年。

68. 廖旭东：《楚辞语法研究》，语文出版社，1995年。

69. 董运庭：《楚辞与屈原辞再考辨》，中国社会科学出版社，2005年。

70. 戴志钧：《读骚十论》，黑龙江人民出版社，1986年。

71. 张元勋：《九歌十辨》，中华书局，2006年。

72. 国光红：《九歌考释》，齐鲁书社，1999年。

73. 刘树胜：《九歌浅论》，青海人民出版社，2004年。

74. 陈炜舜：《楚辞练要》，佛光人文社会学院，2006年。

75. 陈炜舜：《屈骚纂绪》，台湾学生书局，2008年。

76. 江林昌：《楚辞与上古历史文化研究》，齐鲁书社，1998年。

77. 王德华：《屈骚精神及其文化背景研究》，中华书局，2004年。

78. 赵辉：《楚辞文化背景研究》，湖北教育出版社，1995年。

79. 金荣权：《屈宋考论》，中国文史出版社，2005年。

80. 龙文玲：《诗骚考索》，广西人民出版社，2014年。

81. 任国瑞：《屈原年谱》，中国文史出版社，1990年。

后　记

楚辞是中国文学的元典，是中国浪漫主义文学的源头和高峰。但楚辞难读，不少人，尤其是年轻人，往往望而却步。实际上，这其中多数人是随声附和，自己并没有认真去读！倘若潜下心来读一读，你肯定会爱不释手！我做这样一件工作，就是要助大家一臂之力！

读书人，必读楚辞！梁启超先生说："吾以为凡为中国人者，须获有欣赏楚辞之能力，乃为不虚生此国。"他所说的"中国人"，特指读书人。梁先生为什么要这么说呢？据我理解：首先，读书人必须读书，方能称得上是真正的读书人。而作为众书之翘楚，楚辞最具代表性，所以楚辞必读；其次，楚辞之高妙，除去写得好，重要的是它为中国读书人树立了一个做人的光辉典范。屈原思想的纯洁、品质的高尚、性格的执著，是古今仁人志士学习的榜样；而其可与日月争光的楚辞创作，又是古代士子们的精神家园，换言之，屈原的楚辞是中华民族的精神之钙！

我与楚辞的缘分，始于二十世纪八十年代中期。那时，我正读大学。三年级时，开了一门名为"楚辞专题"的专业选修课，给我们上课的是熊任望先生。从那以后，我在老师的指导下逐步阅读了屈原的二十五篇作品，并对此产生了浓厚的兴趣。当时，这门课每周只有两节。每次下课，他都会特别关照我到他家里去翻他给我准备好的几个不同本子，命我比对着读，试着发现其间的不同，我基本上是照做了。当时，选修这门课的同学两个班加起来也就三十来人，班不大，但课堂氛围很活跃。老师有时提出问题让大家讨论，大家你一言我一语，谁也不客气。有时，为了一个争议话题，大家会吵得面红耳赤、血脉偾张。现在想来，那场景依然让人感到幸福！如今，老师归道已十年余了！毕业后，同学们各奔东西，一晃也有三十余载，甚至有个别同学也过早地成了殇子！而继承老师这份儿衣钵的人，如今只剩下了我一个。我深深地怀念他！

毕业后，我在沧州师范学院中文系教古代文学，后来又到山东大学文学院访学，追随王洲明先生治楚辞，期间完成了第一部楚辞学专著《九歌浅论》。那是一本专门讨论《楚辞·九歌》的小书，未涉及屈原的其他作品。王先生在批阅了《浅论》整部书稿后，慨然赐序，舐犊提携之情溢于言表。后来，先生又介绍我加入了中国屈原学会和中国诗经学会，把我领进了一个转益多师、自由探讨的新天地。

我能在楚辞这一学术领域里小有作为，与两位恩师的提携是分不开的！

为了继承老师的衣钵，传承楚辞文化薪火，我先后在沧州师范学院中文系和金陵科技学院文献学系开设了"楚辞讲读"课。虽然受众的能力和兴趣有低昂强弱之别，但这两个平台对我的楚辞研究起到了巨大的推动作用，它让我踏实、系统、反复地对整部楚辞进行了细致的梳理。在梳理过程中，发现了若干有意义的话题，如《九歌》的系列焦点、历代楚辞著述者的籍里、江苏楚辞著述的时代分布、清初明代遗民楚辞的特点等，并以此为契机，整理出版了《楚辞灯校勘》和《〈楚词笺注〉校释》，撰写了关于《楚辞灯》《骚筏》《楚词笺注》的一系列研究论文；尤其是，通过比较阅读明人的楚辞著述，颠覆了过去对明人"学问空疏"的误随，使我对此有了全新的认知。目前的这本小书，就是这门课的副产品之一。

这本名为《离骚臆解》的小书，参考了自汉代王逸《楚辞章句》到清末马其昶《屈赋微》等八十余种古代楚辞学著作，也参考了今人闻一多、游国恩、姜亮夫、熊任望、殷光熹、褚斌杰、方铭、周秉高、周建忠、吴广平等先生的研究成果。在材料的广泛比对中，反复推导，审慎去取，得出了自认切近情实的结论。而能够得到如此众多的文献资料，除上述提及的诸先生的热情馈赠外，还得力于同仁戎辉兵先生惠赠的大型文献资料库，这是一个包含了绝大多数古代楚辞文献的资料库。

说到这里，我还要特别感谢2014届毕业生陈凯特同学，是他的敦促，使我终于完成了这本《离骚臆解》的写作。他毕业离校时，要求拷贝我的《离骚》讲稿。我告诉他，那还是一个未完成稿。他说："那就先拷一个未完成稿吧，等以后您做完了，我再拷一份完成稿！"我答应了他。为了这个承诺，我断断续续地干了近八年。如今，这本小书就要面世了，还不知他在何处高就呢！

庚子年春，全球大疫流行，国内高校大都以隔空喊话的方式为滞留在家的学生们上课，我的"楚辞讲读"也采用了这一方式。我每天都要坐在电脑前，"叮叮当当"地用"二指禅"敲打着读书心得。"写"得最多的时候一天能有两千多字，最少的时候一天只有二百来字，速度显得很蹇缓，因为我大部分时间是花在阅读和思考上的。到全城解封时，这部书稿也基本接续完成，而要将其整理出版的想法也形成了。大疫之后，学校复了课，上课时，这个书稿也被一些同学悄悄地拷走了！事后想来，他们的做法说明了一个问题：屈原和楚辞在年轻人心里还是有地位的！他们一定有未来！

在本书的写作过程中，我的妻子张国清教授也付出了许多心血。这是我第一次在文章中提及她，实际上，我以往的所有工作，都离不开她的默默奉献。她是搞英美文学的，不治楚辞，但她对文学的感觉却是相当精准的。每天傍晚出去遛弯的时候，我就和她聊起当天诠释、解读的那几句诗。每次，她都会耐心甚至饶有兴致地听我聒噪，待我讲完后，都会就其中的一些问题比如结构、方法、个别词语的理解等，提出她的看法，或印证，或反驳。然后我们就此展开讨论，这使我获益良多，这本小书里也有她的贡献。

此书的出版，得到了金陵科技学院校领导一如既往的深切关怀，得到了校教务处、科技处、学科办和人文学院领导的大力支持，在此，一并表示诚挚的谢意！

介于个人水平有限，书中难免有疏漏之处，祈望专家学者和读者朋友不吝赐教！

刘树胜

二〇二二年七月一日于南京方山自胜斋